L.I.E. 영문학총서 제11권

19세기 영어권 여성문학론

장정희 외 지음

L. I. E. ‑ SEOUL

2007

책머리에

『19세기 영어권 여성문학론』은 19세기 영어권문학회에서 발간하는 학술지 『19세기 영어권문학』지에 실린 논문들 가운데 19세기 영어권 여성작가에 대한 다양한 논의들을 모은 기획총서이다. 특히 19세기 영어권 여성작가 가운데 영국 소설가와 시인을 중심으로 편집되었다. 편집 과정에서 한 작품에 대해 중복된 논문이 있는 경우 비교적 최근에 발행된 논문들을 우선하였고, 개별총서에 게재된 논문들과의 중복을 피하여 선별하였다. 또한 연구방법론을 고려하여 다양한 연구방법론이 소개되도록 선별하였다. 따라서 본 총서는 최근의 비평이론을 중심으로 정신분석학적 접근방식, 여성론적 접근방식, 생태학적 접근방식, 문화연구적 접근방식을 시도한 논문들을 포함하고 있으며 당시 영국 사회의 상황과 문화 코드를 중심으로 분석한 논문들을 포함하고 있다.

21세기의 정보과학 시대에 19세기 영어권의 연구영역은 자칫 새로운 연구영역으로서의 매력도 없고 지나간 시대의 유물로 간주될 수도 있다. 그러나 19세기 영어권문학 만큼 우리 사회에 시사하는 바가 많고 현재성을 지닌 영역은 없다고 볼 수 있다. 아울러 19세기 영어권문학에 대한 제대로 된 이해와 시각이 바탕이 될 때에야 20세기와 21세기 영어권문학에 대한 올바른 방향의 연구가 이루어질 수 있다. 이

총서에 소개된 작품론은 19세기 영어권 여성문학에 대한 다양한 시각을 제공함으로써 당시 여성문학에 대한 전문성뿐만 아니라 현재 활성화된 여성문학론 영역에 하나의 새로운 지표를 마련해줄 수 있을 것이다.

본 총서를 기획한 19세기 영어권문학회는 지리적 구분과 장르적 구분에 입각한 기존의 영미문학 전공 규정과 연구가 갖는 한계를 극복하고자 하는 취지에서 1992년 결성되었다. 본 학회는 19세기의 영미문학에 대한 연구를 중심으로 하되 연구의 시야를 19세기 영어권 문학으로 넓히고 통합장르적 연구와 학제간 연구를 지향해왔다. 이를 위한 구체적 활동으로 매년 19세기 영어권 문학과 관련한 학술대회 개최와 학술지 발간, 총서 발간 등을 통해 다양한 학술담론의 장을 형성하고 있다. 19세기 영어권문학회에서 발간하는 학술지 『19세기 영어권문학』은 1998년 1권을 발행하기 시작하여 현재까지 11권을 발행하였으며 학술진흥재단 등재지일뿐만 아니라 미국 MLA 학술지 목록에 등재되어 매년 해외학자들과의 교류도 활성화되고 있다. 이러한 점에서 본 학회지에서 선별하여 편집된 『19세기 영어권 여성문학론』은 수준 높은 학술지침서의 역할뿐만 아니라 19세기 영어권 여성작가에 대한 관심과 흥미를 고취시키는 데 하나의 역할을 하리라 본다.

마지막으로 11권 총서 발간에 협조해주신 필진 교수님들께 감사드리며 학회총서를 위해 늘 수고하시는 이만식 LIE 영문학총서 발간위원장님, LIE 정구형 이사님 이하 편집진 선생님들께 감사의 말씀을 전한다.

2007년 12월
19세기 영어권문학회 회장　장 정 희

목차

| Part 1 | 메리 셸리

울스튼크래프트의 감성문화비평과『프랑켄슈타인』
―부르주아 가정과 성 규정의 문제를 중심으로

I. 들어가는 말

소녀 시절의 메리 쉘리(Mary Shelley), 즉 메리 울스튼크래프트 고드윈 (Mary Wollstonecraft Godwin)은 어머니 울스튼크래프트(Mary Wollstonecraft) 가 묻혀있는 성 판크라스(St. Pancrass) 교회 묘지에 가서 책을 읽고 공상 하며 시간을 보내곤 했다. 울스튼크래프트와 고드윈(William Godwin)이 라는, 18세기 말 영국의 "두 걸출한 문인들의 딸로서"[1], 메리 쉘리의 자의식은 부모에 대한 애정과 자부심, 그리고 그들에 대한 세간의 평 가―비난을 포함하여―속에서 형성될 수밖에 없었다. 아버지 고드윈 뿐 아니라, 자신을 낳다가 죽은 어머니 울스튼크래프트에 대한 메리 쉘리의 애정 역시, 각별한 것이었다. 고드윈을 방문하여 지적인 토론 을 펼치곤 했던, 코울리지(Coleridge)와 램 남매(Charles and Mary Lamb)

---

1) Mary Shelley, "Introduction", *Frankenstein, or the Modern Prometheus*. (New York: Dell, 1975) 9. 앞으로 이 책의 인용은 괄호에 면수만을 표시하겠음.

를 포함한 당대 지식인들의 울스튼크래프트에 대한 칭송과 심지어 "창녀"라는 꼬리표를 붙일 정도로 그녀에게 퍼부어졌던 격한 비난이 엇갈리는 상황에서, 어머니의 저서를 탐독하며 그녀를 옹호하고자 했던 메리 쉘리의 열망은 지극히 당연한 것이라 할 수 있다. 아버지의 자유롭고 급진적인 교육관에 힘입어, 메리 쉘리는 울스튼크래프트의 저서를 포함하여 아버지의 서재에 있는 방대한 책들과 당대 지식인들의 토론을 자유롭게 접할 수 있었다.

메리 쉘리가 열아홉의 나이에 쓴 『프랑켄슈타인』(*Frankenstein, or The Modern Prometheus*)은 급진적 계몽주의자였던 부모의 사상과 교육, 집에서 예사로 접했던 지적인 토론, 그리고 그녀 자신의 낭만적 공상과 열정의 산물이었다. 『프랑켄슈타인』이 지대한 비평적 관심을 받는 이유가 다양한 시각에서의 접근을 가능케 하는 풍부한 울림이라 할 때, 그녀가 태어나고 성장한 18세기 말, 19세기 초의 지적 배경이야말로 이 소설의 토양이라 할 수 있다. 이 소설에는 워즈워스(Wordsworth)나 코울리지 등 당대 시인들 뿐 아니라, 밀튼(Milton)에서부터 로크(Locke)와 루소(Rousseau) 에 이르기까지 유럽 문화를 대표하는 사상가들을 떠올리게 하는 요소들이 여기저기 깔려있다. 인간 본성과 사회, 생명과 창조, 과학과 기술 문명에 대한 성찰에서부터 메리 쉘리의 부모들이 깊이 연루되어 있는 프랑스 혁명을 둘러싼 논쟁에 이르기까지, 이 소설은 당대 지성들의 사유 주제들로 넘쳐난다. 하지만 이 주제들은 일관되게 이어지기보다는 서로 충돌하기 일쑤다. 예를 들어 빅터 프랑켄슈타인(Victor Frankenstein)이 만든 괴물은 인간의 선한 본성과 악마성, 남성성과 여성성을 동시에 지니고 있고, 그 둘의 관계는 창조주와 피조물, 주인과 노예, 가학자와 피학자의 여러 층위와 반전을 넘나든다. 마치 이 작품을 쓸 당시 메리 쉘리가 읽었다고 언급된 책들이 마구 뒤섞여 있는 듯한 느낌을 주기도 하는데, 이런 점에서 그녀를 "저자라기보다는 그녀 주위에 있는 사람들이 가지고 있는 개념들이 통과

하는 투명한 매개체"(Mores 219)라고 보는 입장이 가능할 수도 있겠다. 하지만 이러한 '불확정성'(indeterminacy)과 '파편성'(fragmentarity)이야말로 이 소설이 오늘날까지 고전으로서 비평적 관심과 대중적 인기를 동시에 누리게 만든 가치이기도 하다. 시체의 조각들이 모여서 괴물이 창조되었듯이, 이 소설은 메리 쉘리에게 영향을 끼친 사상가들과 그녀 자신의 삶과 사상의 조각들이 모여서 창조되었다. 이 "텍스트-괴물"(Botting 27)이야말로 고정된 읽기를 거부하면서 근 이백년이 지난 지금까지도 새로운 창조적 해석을 가능케 하는 힘일 것이다.

『프랑켄슈타인』의 이러한 불확정성과 파편성은 작가의 미성숙함에 기인한 것으로 해석되어 온 것이 사실이다. 하지만 이 소설의 불확정성과 파편성은 단순히 작가의 미성숙의 운 좋은 결과가 아니라, 쉘리의 부모가 소설과 사상서를 통해 탐구해온 근대적 주체에 대한 성찰의 산물로 보는 것이 타당할 것이다. 프랑켄슈타인과 괴물의 모순과 역설로 가득 찬 관계는 『칼렙 윌리엄스』(*Things As They Are: or, Caleb Williams*)의 포클랜드-칼렙의 관계를 모태로 하고 있음을 쉽게 알 수 있다. 개인의 이성의 가치를 옹호한 급진적 계몽주의자 고드윈은 이 소설에서, 사람들의 예상과는 달리, 일관되고 자율적인 주체를 내세우지 않았다. 오히려 자율적이고 독립적인 개인의 이상을 내세우며 투쟁한 칼렙의 패배[2]를 그려내면서, 고드윈은 칼렙의 입을 통해 인간을 "머리 둘 달리고 팔 네 개 달린 쌍둥이"(314) 혹은 "괴물"(181)로 규정한다. 『프랑켄슈타인』에서 사회와의 갈등 속에서 왜곡되고 소외된 존재로 그려진 괴물은 이미 칼렙에게서 그 원형을 볼 수 있는 것이다.

---

2) 칼렙이 자신의 투쟁을 반성하며 포클랜드와 화해하는 결말은 보는 이에 따라 여러 가지 해석이 가능하다. 그것을 승리로 볼 수도 있고 패배로 볼 수도 있을 것이다. 필자는 칼렙이 투쟁의 과정에서 사회로부터 점점 더 고립되었고, 마지막 법정 싸움이 결코 이성적 판단의 결과가 아니라 이성을 상실한 복수심의 결과였으며, 따라서 철저한 자기 부정으로 귀결되었다는 점에서 이 소설의 결말을 패배로 보았다. 물론 그 패배는 포클랜드와의 진심어린 화해로 나아가는 의미 있는 패배이기도 하다.

고드윈이 근대적 주체의 불확정성과 모순을 사회 계급적 차원에서 탐구했다면, 울스튼크래프트는 당대 성 규정, 즉 젠더 비평을 통해 이를 수행한다.『여성의 권리 옹호』(Vindication of the Rights of Woman)에서 울스튼크래프트는 당대 감성문화를 비판하면서 여성성과 남성성이 루소의 주장처럼 '자연'에 의해 절대적으로 규정된 것이 아니라 사회 정치적 관계 속에서 구성된 것이라고 주장했다. 이 책에서 울스튼크래프트는 남성과 여성이 상호 평등에 근거한 우애의 관계가 아닌 지배복종이라는 힘의 우열로 묶인 관계 속에서 각기 "괴물"적 존재가 될 수밖에 없음을 강조한다(130-31). 이 왜곡된 지배복종의 관계는 포클랜드와 칼렙, 프랑켄슈타인과 괴물의 관계처럼 역설과 반전을 내포한다.3) 울스튼크래프트의 소설『메리』(Mary, or a Fiction)와『여성의 고난: 머라이어』(The Wrongs of Woman, or Maria)의 주인공들 역시, 선한 본성과 훌륭한 이상을 지녔으되 늘 사회와 충돌하고 소외되는 존재라는 점에서 본성적으로 선하지만 늘 인간에게서 따돌림 받고 충돌하는『프랑켄슈타인』의 괴물을 닮았다. 가정에서 그녀들은 정서적 권위를 지닌 '가정 여성'으로 안주하지 못하고, 부르주아 가정은 사적 영역으로서의 자기 완결성4)을 갖지 못한다. 남성과 여성이 평등한 존재로서 진정한 감성적 교류를 나누어야 한다는 울스튼크래프트의 공화주의적 언설은, 그녀의 소설에서는, 늘 사회적 고립과 죽음의 그림자를 지닌

---

3)『여성의 권리옹호』에서 울스튼크래프트가 무엇보다도 비판의 화살을 겨누었던 것은 '약한' 여성이 '강한' 남성에게 복종함으로써 역설적으로 남성에 대한 지배권을 행사한다는 루소의 성담론이었다. 이러한 관점에서는 남녀관계가 진정한 우애의 관계가 아니라, 지배복종의 '힘'의 관계이며, 결국 힘을 쥐고 있는 기존 지배 계층의 논리의 답습이기 때문이다. 루소의 지배복종 관계는 변증법적인 관계전도를 이미 내포하고 있다. 울스튼크래프트는 루소의 남녀관이 "이러한 감성에 현혹된 여성은 때때로 자신들의 약함을 자랑하며 남성의 약점을 이용함으로써 교묘히 힘을 얻는다"(125)는 왜곡된 파워 게임임을 보여주면서, 힘의 우열로 묶인 이 지배복종의 관계를 탈피하여 평등의 관계를 확립해야한다고 주장했다.
4) 하버마스에 의하면 부르주아는 사적 자율성을 본질로 하며, 순수한 정서적 유대의 장으로서의 가정은 "사적 자율성의 봉인"으로서 역할 한다. (Habermas, 46.)

채 사회의 변방을 떠도는 불안한 사랑으로 구현된다. 결혼 제도에 편입되는 것을 거부한 채 떠돌아다니는 메리와 억압적인 남편을 피해 달아나다 자살에까지 이르는 머라이어는 견고한 이성을 지닌 자율적 주체라기보다는, 내면의 열정이 충동하고 사회와 충돌함으로써 사회의 견고한 이념적 장벽이 억압적인 허구임을 드러내는 존재이다.

울스튼크래프트는 영국 중산층, 혹은 부르주아 여성을 대변하는 사상가로 평가 받아왔다. 몰락한 부농의 자손으로 태어나 학생들을 가르치고 글을 쓰면서 생계를 이어간 울스튼크래프트의 계급적 기반이 그러하거니와, 대표적 저서인 『여성의 권리 옹호』에서 누구보다도 중산층 여성의 자각을 호소하고 있는 점 등을 볼 때, 울스튼크래프트가 부르주아 계층을 기반으로 하고 있음은 명백하다고 할 수 있다. 이런 점에서 울스튼크래프트의 한계가 늘 지적되어 왔으며,5) 특히 수단(Rajani Sudan)같은 비평가는 울스튼크래프트에게서 "부르주아 급진주의"와 제국주의의 공모, 즉 "애국주의, 제국주의, 외국인 혐오주의"를 읽어내기도 한다(72-79). 하지만 킬고어(Maggie Kilgour)의 주장처럼, "자아 분석" 혹은 "자아 성찰"이야말로 이성적 주체를 구성하는 부르주아적 가치로서, 고드윈이나 울스튼크래프트 같은 부르주아 사상가로 하여금 부르주아적 가치 그 자체를 비판적으로 성찰하게 하는 힘이라 할 것이다(57-53). 『여성의 권리 옹호』가 18세기 영국 중산층의 문화적 헤게모니로 평가되는 감성문화6)에 대한 전면적인 비판서이며, 울스튼

---

5) 감성 문화의 성담론에 대해 전면적인 비판을 가했던 울스튼크래프트는 서구 페미니즘의 대모로 칭송되지만, 그녀의 한계성에 대한 비판 역시 적지 않다. 가장 일반적인 비판으로는 울스튼크래프트가 '이성'이라는 근대 부르주아 남성의 가치를 지향함으로써 한계성을 노정한다는 것이다. 키인(Angela Keane)은 울스튼크래프트가 정신/몸의 이분법에 근거함으로써 결국 '몸'을 억압하고 있다고 지적하며, 푸비(Mary Poovey)는 그녀가 '남성적' 이성과 '여성적' 감성 사이를 "오락가락했다"고 비판한다. 또한 수단(Rajani Sudan) 같은 비평가는 울스튼크래프트가 여성의 몸을 부르주아 가정성(bourgeois domesticity)과 모성 담론 안에 가두어 둠으로써 18세기 제국주의 담론에 공모(共謀)했다고 주장하기도 한다.

6) 감성 문화에 대한 본격적인 연구서인 The Culture of Sensibility에서 바커 벤필드(G. J.

크래프트의 소설들이 부르주아 가정에 대한 날카로운 비판을 수행하고 있다는 점을 고려할 때, 울스튼크래프트는 부르주아 가치의 무비판적 옹호자가 아니라 그 자체의 문제점을 성찰하는 비판가라 해야 할 것이다.

이 글은『프랑켄슈타인』이 부르주아 가정관과 성규정에 대한 울스튼크래프트의 비판의식을 계승하고 있음을 보여주려는 시도이다. 이는『프랑켄슈타인』에서 메리 쉘리가 감성적 여성과 부르주아 가정을 보수적으로 이상화했다는 견해와는 전혀 다른 관점으로 작품을 해석하는 작업을 포함한다. 또한『프랑켄슈타인』이 창조한 독특한 존재인 괴물이 울스튼크래프트 비평의 계승임을 밝히도록 하겠다.

II. 감성 문화의 성 규정과 부르주아 가정에 대한 울스튼크래프트 의 비평

『여성의 권리 옹호』에서 울스튼크래프트가 무엇보다도 비판하고 나선 것은 감성 문화에서 횡행하던 성별화(gendered division), 즉 이성을 남성적 가치로, 감성을 여성적 가치로 구분하면서 덕목을 '남성적 덕목'과 '여성적 덕목'으로 나누는 태도였다. 이 책에서 울스튼크래프트가 특히 비판의 대상으로 지목한 것은 루소의 성담론이었다. 루소는『에밀』(*Emile, or On Education*)에서 가정을 "마음의 결합"(400)으로 규정하면서, 부부간의 정서적 유대를 강조하는 감성적 가정관을 설파했다. 하지만 루소의 주장은 특유의 상보적(相補的) 성 담론에 기초하고 있다. 예컨대 "남성은 활동적이고 강해야 하는 반면, 여성은 수동적이고 약해야 하며, 남성은 반드시 의지와 능력이 있어야하나, 여성은 거의 저항하지 않는 것으로 충분하다"라든가, 남성은 철학에 적합하나 여성은 기술에 적합

Barker-Benfield)는 18세기 부르주아의 물질주의의 문화적 발현으로서 감성을 과학적, 종교적, 사회 개혁적 차원에서 전면적인 분석했다.

하며, 남성의 이성은 일반적 원칙을 도출하나 여성의 이성은 세부적인 것에 적합하다는 등의 논리가 그것이다. 루소는 이러한 성 규정에 기초하여 남녀간 지배복종의 변증법적인 전도(顚倒)관계를 도출해 낸다. 여성은 남성에게 복종하고 "즐겁게"(please man)해서 "남성으로 하여금 자신의 힘을 발견하고 사용하도록" 만듦으로써, 남성을 통해 힘을 발휘한다는 것이다. 여성의 약함과 수동성이란 "강한 자를 노예로 만들기 위해 자연이 약한 자에게 무장시킨 수줍음과 부끄러움"이며, 이를 통해 약한 여성이야말로 강한 남성 지배자를 지배하는 존재가된다. 루소는 이러한 남성과 여성의 성적 특성이 "자연 불변의 섭리"이자 "자연의 경이"라고 설파한다(358-60).

울스튼크래프트는 소위 '여성적'이니, '남성적'이니 하는 특성들이나 덕목들이 루소가 주장하듯이 "자연"(nature)에서 비롯된 것이 아니라 사회의 지배적 이데올로기에 의해 문화적으로 만들어지는 가치라고 주장한다. 그녀는 연약함, 아름다움, 복종, 겸양, 관능 등의 소위 '여성적' 특성들이 군인이나 귀족, 궁정인등 권력집단의 특성이기도 하다는 점을 예리하게 지적한다. "군인들은 여성과 마찬가지로 까탈스러운 예의범절로 사소한 미덕을 행하고"(105) 있으며, 루이 14세나 루소 자신도 여성적 특성에서 자유롭지 않다. 루이 14세가 칭송받았던 "우아한 외모", "위엄있는 아름다움", "고상하고도 감동적인 목소리", "걸음걸이와 품행"은 사실 당대 여성들이 갖추어야 할 것으로 추천되는 "하찮은 소양"과 그리 다르지 않다(150). 루소 역시, "강한 정신"과 "이성"이라는 남성적 덕목 대신, "거품 같은 상상력"과 "공상"이라는 여성적 특성을 지닌 사람이었다. 여기서 울스튼크래프트의 비판은 그들이 남성답지 못하다는데 초점이 맞추어져 있는 것은 아니다. 그녀가 주장하는 바는 소위 여성적이니 남성적이니 하는 특성들이 사실은 문화적, 정치적으로 성별화된 개념이고, 따라서 생물학적으로 남성인 이들도 얼마든지 여성적 가치를 구현한다는 점이다.

울스튼크래프트는 이성을 남성적 특질로, 감성을 여성적 특질로 표현하던 당대의 관습을 비틂으로써, 당대 이성과 감성의 성별화에 도전한다. 버크(Edmund Burke)의 『프랑스 혁명에 대한 고찰』(*Reflections on the Revolution in France*)에 대한 반론서인 『인간의 권리 옹호』(*Vindication of the Rights of Men*)에서, 울스튼크래프트는 보수적 감성을 대표하는 버크의 체계에서 이성과 감성의 관계를 다음과 같이 묘사한다.

> 감성은 신성하기도 하여라! 타오르는 불길로 모여들어, 감성은 생명의 태양이 된다. 감성이 활력있게 배태시키지 않으면, 이성은 아마도 무기력하게 누워서 결코 자신의 유일한 적자인 미덕을 낳지 않으리라. 그러나 진실로 미덕은 개인이 얻는 것이지, 실수하지 않는 본능의 맹목적 충동이 아니라는 것을 증명하기 위해서, 악덕이라는 사생아가 종종 같은 아버지에게서 태어난다. (31)

이 예문에서 감성은 "타오르는 불길"이나 "생명의 태양"과 같은 활기차고 적극적인 남성, 즉 미덕을 "활력있게 배태시키지"만 때로는 외도를 통해 사생아 악덕을 낳기도 하는 아버지로 묘사되는 반면에, 이성은 미덕을 낳기 위해 단지 무기력하게 누워서 감성을 기다리는 수동적인 여성으로 그려진다. 이를 통해 울스튼크래프트는 통상 수동적이고 여성적이라고 생각되는 감성이 사실은 가부장적인 보수주의자인 버크 같은 인물이 사용하는 적극적인 수사적 힘이고, 이렇게 '남성적'인 감성의 짝으로서의 이성이야말로 여성처럼 소극적이고 수동적일 수밖에 없음을 강조한다. '남성적' 감성과 '여성적' 이성이라는 비틀기의 아이러니를 통해, 울스튼크래프트는 당대 감성 문화가 흔히 말하듯 여성적 가치가 아니라 사실은 가부장 남성의 가치와 이해를 중심으로 한다는 점을 지적하고 있다. 감성 문화에서 여성의 위치는 감성의 능동적 주체가 아니라 "남성 구경꾼의 눈물짓는 인간성을 이끌어내기 위한 고난받는 여성", 즉 "감성적 남성성"의 대상이라는 존슨(Claudia Johnson)의 지적과 일맥상통하는 지점이라 하겠다(4-5). 울스튼크래프트가 주장하는 바, 감성과 이성은 "개인"안에서 조화롭게 함양되어야 할 가치이지, 성에 따라 어느 하나를 선택하는 문제는 아니다. 다시 말해서, 만약 이성과 감성을 성적 특질로 구분한다면, 한 인간 안에 양성적 특성을 모두 갖추어야 한다는 것이다. 이에 따라 울스튼크래프트는 숭고-죽음-고통-고독은 남성적 가치요, 아름다움-생식-즐거움-사회성은 여성적 가치라는 당대 미학적 성별화에 문제를 제기하며, 여성도 고독과 숭고, 위대한 정신을 갖추어야 한다는 주장을 펼친다. 울스튼크래프트에게 있어서 온전한 '개인'은 사회적, 문화적 특성으로서의 여성성과 남성성을 조화롭게 갖춘 존재라 할 수 있다.

'감성적인' 여성과 '이성적인' 남성이 만나 정서적 유대로 묶인 완벽한 가정을 이룬다는 감성적 가정의 이상이 당대 왜곡된 감성 문화와 가부장적 현실에서 한낱 허구임을 울스튼크래프트의 소설들은 말하고 있다. 물론 그녀는 로크나 루소처럼 인간의 도덕성 형성의 근본적인 요람으로서 건강한 가정의 필요성을 누구보다도 역설했다. 『머라이어』의 저마이머(Jemima)는 가정이 없는 인간이, 특히 여성이 어떤 비참함에 빠지게 되는지 보여주고 있으며, 머라이어의 연인인 단포드 (Henry Darnford) 역시, 상류층이지만 사이가 나쁘고 부도덕한 부모들 밑에서 "가정적 애정의 즐거움"(100)을 맛보지 못한 탓에 심각한 도덕적 결함을 갖고 있는 인물로 등장한다. 하지만 울스튼크래프트의 소설이 그리고 있는 바, 이러한 하층이나 상층 가정 뿐 만 아니라 부르주아 가정 역시 건강한 가정의 이상과는 거리가 멀다. 오히려 부르주아 중산층 가정은 정서적 유대를 강조했기에 그 억압성과 고립성이 더욱 두드러져 보인다. 메리의 부모는 부르주아 가정의 이상에 맞게 애정, 혹은 서로 간의 끌림에 의해 결혼했지만, 이후의 가정생활은 가부장적 지배와 억압으로 점철된다. 머라이어의 부모 역시 연애결혼을 했으나, 결혼 후 그녀의 아버지는 집에서 절대적 복종을 강요하며, 그 전제적 권위는 큰아들에게 그대로 계승된다. 이러한 가부장적 억압에 대하여 메리나 머라이어의 어머니 같은 감성적 여성들은 강요된 감성의 이념 속에서 기꺼이 애정의 이름으로 복종의 삶을 살면서, 감상소설을 읽으며 무기력과 게으름 속에 점차 "헛것"(*Mary*, 8)이 되어버릴 뿐이다.

머라이어의 결혼은 가부장적 가정의 억압성이 어떻게 여성을 치명적인 파멸로 이끄는지를 잘 보여준다. 머라이어는 폭군적인 아버지와 오빠의 횡포에서 벗어나길 간절히 바라고 있었고, 남편 배너블(Veneble)과의 만남은 가부장적 억압이 빚어낸 왜곡된 환상과 공상의 결과였다. 그녀는 억압적인 집으로부터의 자유를 꿈꾸며 배너블과의 결혼이 "서로 간의 이끌림에 의한 결혼"(133)이라고 생각하지만, 그것은 완전한 착각이었다. 현실에서 결혼은 5000파운드의 지참금 덕에 이루어진 "단순한 거래"(133)였을 뿐, 남녀의 평등하고도 애정 어린 결합과는 거리가 멀었다. 정서적 유대로 가정을 이끌어 가려는 머라이어의 바램과는 상관없이, 남편은 오로지 돈을 얻어낼 궁리에만 빠져 있고 심한 바람기를 보이며, 심지어 친구에게 돈을 얻기 위해 그녀에게 매춘을 강요하기까지 한다. 그녀는 자신이 "일시적인 의존에서 벗어나 미지의 하늘에서 깃털이 갓 나온 날개를 펼치려 서두르다가 덫에 걸려 영원히 갇힌 신세가 되고 말았다"(138)고 고백한다. 이제 머라이어에게 있어서 결혼은 "평생 갇혀있어야 할 바스티유 감옥"(146)이 되었다.

결국 머라이어는 남편을 더 이상 견딜 수 없어 도망을 쳤으나, 그녀를 기다리는 것은 사회의 냉대와 멸시, 그리고 일방적으로 남편에게 유리한 불합리한 법 질서였다. 자유를 찾기 위한 그녀의 투쟁은 가정으로부터의 탈출로, 나아가 사회와의 대립으로 이어진다. 그녀가 직면한 사회는 부르주아 가정에서 감성의 이름으로 가려져 있던 가부장적인 억압과 전횡이 노골적으로 행해지는 곳이었다. 감성의 이름으로 여성에게 남성을 사랑할 것을 요구하면서도 여성에게 절대적으로 불리한 제반 법적, 사회적 조건이 강요되는 상황을 머라이어는 다음과 같이 비판한다.

> 그렇게 그「배너블」는 나와 내 가족을 강탈하고, 유용한 일들을 하고자 하는 나의 계획을 좌절시켰다. 그러나 나는 이 남자를 존경하고 높이 평가해야만 한다. 마치 존경과 평가가 여성들의 임의적인 의지에 달려있기나 한 것처럼! 그러나 아내는 말이나 당나귀처럼 남자의 소유물에 지나지 않기 때문에, 자신의 것이라고 부를 만한 것은 아무 것도 갖고 있지 않다. (149)

스톤(Lawrence Stone)에 의하면, 18세기 들어 부부간의 애정이 강조된 새로운 형태의 가정이 등장하고 상층 부르주아 중심으로 여성의 교육이 확대되면서, 교양을 갖추고 가정에서 중요한 무게를 가지게 된 "가정의 여성"들이 등장하게 된다. 또한 여성들이 점차 자신만의 재산을 갖는 등, 여러 면에서 18세기에 여성의 지위가 향상되었다. 하지만 일반적으로 보아서, 18세기 여성의 법적, 사회적 지위는 여전히 열악했다(2: 358-59). 기혼 여성의 재산 소유가 법적으로 보장된 것은 1870년대에 이르러서였고, 이혼 역시, 국회의 승인을 얻어야 하는, 지극히 비용이 많이 들고 어려운 일이었다. 브라운(Julia P. Brown)에 의하면, 1857년에 이르러서야 이혼은 민사 소송의 영역으로 옮겨지고 중산 계층의 생활권내로 들어오게 된다. 19세기 말까지, 아내가 가출할 경우 남편은 정당하게 아내를 감금할 수 있었다(118-20). 남편이 아내의 모든 법적 권리를 대신 행사하는 그 유명한 "coverture"의 관습법 아래, 18세기 여성들은 여전히 법적, 사회적으로 남편에게 완전히 종속된 존재였다. 머라이어는 가부장적 질서로 짜여진 사회 속에서 종속당하고 억압받는 여성의 상황을 상징적으로 드러낸다. 울스튼크래프트는 『여성의 권리 옹호』에서 "불평등한 존재들 사이에 무슨 사귐이/ 가능할 것이며, 조화나 진실한 기쁨이 있겠습니까?/ 그런 것들은 합당하게 서로 주고받는 상호적인 것이니;"(*Vindication of the Rights of Woman*, 102)라는 밀튼의 『실락원』(*Paradise Lost*)의 구절을 빌어 불평등한 남녀 사이에는 진실한 애정의 교류가 불가능하다고 역설한 바 있다. 제반 법적, 사회적 조건의 불리함을 외면한 채, 여성에게 애정을 강조하는 태도는 가부장적 억압을 은폐, 강화하며, 결국 여성의 고립과 탈선, 파멸로 이어짐을 울스튼크래프트는 역설한다. 정서적 유대의 공간으로서 자율적인 사적 영역으로 규정되는 부르주아 가정이 사실은 사회적 관념과 정치적, 법적 질서에 직접적으로 노출되어 있음을 그녀의 소설은 보여준다.

　『인간의 권리 옹호』와 『여성의 권리 옹호』, 그리고 소설 등을 통해 울스튼크래프트는 당대 감성 문화를 비판했지만, 열정의 교류와 공감을 성취하는 도덕적 상상력으로서의 감성 그 자체를 결코 비판한 것은 아니었다. 그녀가 비판하는 감성은 "제멋대로의 감성"이나 "감각주의적인", "관능적 몽상"으로 '왜곡된' 감성이었다(*Vindication of the Rights of Woman*, 107). 울스튼크래프트는 열정과 상상력이 인간의 성장과 교육에 있어서 기본적인 구성 요소라고 보면서, "공감"과 "이성의 필수적인 보조물"(189)인 열정의 중요성을 강조했다. 앞서 지적했듯이, 이성과 감성이 조화된 온전한 개인이야말로 울스튼크래프트가 지향하는 바였다. 울스튼크래프트는 감성 비판을 통해 감성을 폄하하고 이성적 가치를 내세우는 것이 아니라, 감성과 이성이 온전하게 조화되지 못하는 제반 사회적 제도와 관념의 문제를 지적하는 것이다. 가부장적 질서 아래서, 여성을 남성의 종속물로 여기는 관념은 여성을 온전한 개인으로 길러내는 교육을 불가능하게 한다. 그릇된 감성에 빠진 여성은 가정을 제대로 관리하지 못하고 이는 사회 전반의 도덕적 타락을 야기하는 악순환의 고리에 빠지게 된다. 울스튼크래프트는 이성과 독립의 가치를 강조했지만, 그렇다고 이성적 주체와 보편자적 관점을 일방적으로 내세웠다고 볼 수는 없다. 오히려 그녀는 개인으로 하여금 근대적 주체로 서지 못하게 하는 조건들을 탐색하고 비판한다. 울스튼크래프트 소설이 "편견에 대항하는 이성의 투쟁과 궁극적 승리"(Kelly 8)가 아닌 '패배'를 그리고 있고, 그 주인공들이 견고한 이성적인 주체가 아니라 늘 갈등하고 패배하는 불안정한 존재들인 이유가 바로 여기에 있다.

머라이어는 갈등하고 패배하는 불안정한 여성 주체를 대표하는 인물이다. 가부장적 억압과 그녀 자신의 내면의 통제되지 않은 열정은 그녀를 결국 자살이라는 파멸[7]로 이끈다. 헛된 공상 속에서 인간성 나쁜 배너블을 제대로 알아보지 못하고 결혼한 것은 물론, 그의 계략으로 정신병자 수용소에 갇힌 후에도 그녀의 낭만적 공상과 열정은 수그러들지 않는다. 수용소에서 단포드와의 사랑은 그의 배신으로 파국을 맞고, 머라이어는 철저한 고립 속에서 자살을 선택한다. 소설에서 머라이어의 주체는 결코 안정적이거나 확고하지 않다. 그녀는 열정의 충동 속에서 늘 잘못된 판단을 하기 일쑤이고, 높은 이상을 가지고 사회의 부조리에 용감히 대항하나 대책 없는 패배와 고립의 수렁에 빠진다. 그녀가 늘 처하는 "지옥과 같은 고독"의 상황이야말로 문제의 근원인지 모른다. 고독을 벗어나 사회 속에서 건전한 교류를 하는 것이 유일한 치료책이겠으나, 사회 자체가 이미 견고한 편견의 아성 속에서 건전한 교류를 허용하지 않고 오히려 고립을 더욱 심화시키니, 투쟁과 고립의 악순환은 더욱 심해져 간다. 정신병자 수용소로 표상되는 사회적 고립의 억압성은 인간 문명과 이성의 힘에 대한 위협으로 작용할

---

7) 『머라이어』는 울스튼크래프트가 채 완성하지 못한 유고 형태이기 때문에 작품의 최종적인 결말과 작가의 의도를 알기는 어렵다. 그녀가 죽고 나서 고드윈이 정리해서 출간한 소설은 몇 개의 결말로 나뉘어진다. 하지만 가장 정리된 형태로 남아 있는 결말은 머라이어가 단포드에게서 버림받고 자살을 선택한다는 것이다.

수도 있다. 머라이어가 정원을 거니는 정신병자들을 보며 인간의 광기를 건물의 폐허에 비유하는 장면은 이를 잘 보여준다.

> 머라이어는… 가장 끔찍한 폐허 - 영혼의 폐허를 응시했다. 이성의 허약성, 불안정성의 이 살아있는 유물과 해로운 열정의 난폭한 범람에 비교한다면, 가장 훌륭한 기술로 만든 기둥이 무너지고, 홍예문이 썩어 가는 광경이 뭐 그리 대단한가? 열정은, 방향을 잘못 틀면, 둑을 흘러넘치는 강물처럼, 인간의 사고를 두려울 정도로 집중시키며, 파괴적인 속도로 돌진한다.(91-92)

머라이어가 본 영혼의 폐허는 단지 정말로 미친 정신병자들만을 지칭하는 것은 아닐 것이다. 그들과 같은 수용소에 갇힌 머라이어 자신역시, "해로운 열정의 거친 범람"에서 자유롭지 않기 때문이다. 가부장적 가정의 고립과 억압의 상징으로서, 정신병자 수용소는 건전한 사회적 교류가 아닌 억압과 고립 속에서 인간의 열정이 광기로 분출되는공간이다. 이 억압과 고립, 분열된 주체의 문제는 『프랑켄슈타인』에서도 그대로 이어진다.

Ⅲ. 『프랑켄슈타인』 - 부르주아 가정 비판을 중심으로

『프랑켄슈타인』에서 그려진 여성이나 가정의 모습을 보면, 메리 쉘리는 마치 울스튼크래프트와는 전혀 견해를 달리하는 듯이 보인다. 가정이라는 영역이 사회적, 법적 현실과 밀접히 연관되어 있음을 주장했던 울스튼크래프트와는 달리, 이 소설 속에서 가정은 공적, 사회적 영역과는 동떨어진 자족적이고 감성적인 사적 영역으로 존재한다. 이 소설에서 여성은 철저히 가족 내의 관계 속에서 이상적인 감성적 여성으로 존재하며, 아마도 울스튼크래프트가 반대했을 '여성에 대한 감성적인 이상화'가 시도되고 있다. 이 소설에서는 쉘리의 부모들이 관심을 가졌던 당대 정치나 역사에 대한 언급 없이 각 인물들의 내적인 심리성이 강조되고 있는데, 흥미롭게도 그 결과는 고드윈이나 울스튼크래프트의 소설에서 강조되었던 '고립'의 주제가 더욱 극단적인 형태로 제시된다는 것이다. 빅터의 창조는 실험실, 혹은 자연 속에서 고립된 채 이루어지며, 괴물을 만든 후 빅터는 스스로 사회적인 고립 속에서 괴물에 대한 극단적인 추구로 생을 마감한다. 고드윈과 울스튼크래프트의 소설이 보여주는 현실 비판적인 요소는 최소화되며, 괴물과 빅터는 사회와 동떨어진 자연을 배경으로 해서 파멸적인 자아추구-혹은 상호추구-에 몰입하고 이 과정에서 감성적 가정들도 파괴되어 간다. 바로 이런 점에서 "쉘리의 비평의 전복성"(Ellis 126)에 주목할 필요가 있다. 이 소설은 자족적이라고 상정된 개인과 가정을 이상화 시키되, 그것들이 고립 속에서 파괴되어 나가는 과정을 그림으로써, 개인과 가정을 자족적인 사적 영역으로 간주하고 감성적으로 이상화 시키는 부르주아적 가치에 문제를 제기하고 있는 것이다.

이 소설에서 부르주아 가정과 여성에 대한 감성적 이상화 이면에는 여성에 대한 배제와 죽음이 깔려있다. 캐롤라인(Caroline), 엘리자베스(Elizabeth), 저스틴 모리츠(Justine Moriz) 등 헌신적이고 이상적인 어머니의 모습으로 등장하는 여성들이 모두 죽음을 맞이하는데, 이 반복되는 '어머니의 죽음'은 프랑켄슈타인 가정의 비건강성을 암시한다. 특히 빅터의 자기중심성은 여성을 배제하는 근본 요인이다. 주목할 점은 사실 이 소설에서 여성에 대한 감상적 이상화가 빅터의 감상적인 수사(sentimental rhetoric)를 통해서 이루어지고 있다는 점이다. 빅터의 수사를 통해 그려지는 엘리자베스와 엘리자베스 자신의 언어를 통해서 드러나는 엘리자베스의 모습을 구별할 필요가 있으며, 이를 통해 빅터가 감상적 수사를 통해 엘리자베스를 과도하게 이상화하는 동시에 지워버리고 있다는 것을 명백히 알 수 있다. 언뜻 건강하고 바람직한 가정으로 묘사되는 드 레이시 가정과 사피(Safie)는 이상적 가정이 타자에 대한 긋는 경계선의 문제, 그리고 여성의 독립성의 문제를 매우 흥미롭게 보여주는 존재들이다. 다음에서는 엘리자베스와 사피를 중심으로 여성과 부르주아 가정에 대한 쉘리의 '전복적 비판'[8]을 살펴보도록 하겠다.

소설에서 엘리자베스를 극단적으로 이상화시키고 있는 존재는 바로 빅터이다. 엘리자베스가 처음 발견될 당시, 빅터는 그녀를 "하늘이 보내준, 그리고 모든 모습에서 천상의 인장이 찍힌 다른 종"(33)라던가, "그들의 거친 집에서 검은 가시나무 잎 사이에 난 정원 장미보다 더 아름답게 꽃 핀"(34)등의 지나치게 이상화된 수사로 표현한다. 게다가 엘리자베스가 발견된 당시에 빅터는 그 자리에 없었으며, 단지 그의 부모가 그녀를 발견한 상황을 설명한 것이라는 점을 고려할 때, 엘리자베스에 대한 빅터의 묘사가 지나치게 과장되었음이 더욱 부각된다.

더욱 문제가 되는 것은 엘리자베스에 대한 빅터의 지나친 이상화가 바로 죽음과 관련되어 있다는 점이다.

> 엘리자베스의 성스러운 영혼은 우리의 평화로운 가정에서 성물에 봉헌된 등불과도 같이 빛났다. 그녀의 공감은 우리 것이었다. 그녀의 미소, 그녀의 부드러운 목소리, 그녀의 천상의 부드러운 눈길은 우리를 축복하고 생기 있게 하기 위해 그곳에 존재했다. 그녀는 부드럽게 하고 매력을 끌게 하는 사랑의 살아있는 정령이었다. 내가 격한 성격 때문에 서재에서 우울하게 있으면, 그녀는 나를 순종케 하여 그녀처럼 부드럽게 만들기 위해 그 곳

---

8) 부르주아의 감성적 가정의 전제, 즉 사회적, 공적 영역과 구분된 자족적인 감성적 사적 영역으로서의 가정이라는 전제를 구현하되, 그것을 극단화시킴으로써 그 파괴성을 보여준다는 점에서 전복적이라는 의미이다.

에 있었다. (36-37)

여기서 엘리자베스는 천상의 고귀한 존재로 숭앙되나, 죽은 성자들의 유골을 밝히는 등불이라는 점에서 죽음의 존재이기도 하다. 숭앙을 받는 대신, 그녀는 지상에 자신의 존재를 갖고 있지 않다. 그녀의 미소, 목소리, 눈길 등은 "우리", 사실은 프랑켄슈타인 그 자신을 위해 존재하며, 그녀는 사람이 아니라 "사랑의 살아있는 정령"이 된다. 엘리자베스가 갖는 의미를 설명하면서, 빅터는 "우리"를 "나"로 바꾸는데, 사실 빅터에게 있어서 엘리자베스는 바로 "나의 것"이었다.

> 그리고 아침에 어머니가 약속한 선물로서 엘리자베스를 나에게 보여주었을 때, 나는 흔히 어린아이들이 진지하게 말을 받아들이듯이 어머니의 말을 곧이곧대로 해석하여, 엘리자베스를 나의 것이라고 생각했다. 내가 보호하고 소중히 해야 할 나의 것… 누이 이상인 나의 누이, 그녀는 죽을 때까지 오로지 나의 것이기 때문이다. (34)

어린 시절 "나의 것"인 엘리자베스가 계속 그의 것이 되기 위해서는 엘리자베스 고유의 정체성과 독립성은 사라져야 한다. 집안의 등불로서 항상 타인을 비추기 위해서는, 여성의 독립적 정체성은 지워져야 하는 것이다.

하지만 정작 소설에서 엘리자베스의 모습을 자세히 들여다보면, 그녀는 '성스러운 천사'가 아니라 용기 있고 독립적인 정신을 지닌 현실의 여성이라는 점을 알 수 있다. 모두가 두려움에 떨며 저스틴을 위한 증인의 자리에 나서길 두려워할 때, 엘리자베스는 나서서 합리적이며 "간명하고도 강력한 호소"(84)로 재판의 청중을 감동시킨다. 그녀의 호소는 엘리스의 지적처럼 "무력"할지는 모르나, "오로지 자신의 선함을 전시"하는 "여성적 부드러움"만을 발휘한다고 볼 수만은 없다 (Ellis 132). 또한 클러벌(Clerval)의 죽음과 영국에서의 감금으로 연락이 두절되었던 프랑켄슈타인에게 그녀는 "혹시 다른 사람을 사랑하는 것이 아닌지"를 묻고, 자신과의 결혼이 프랑켄슈타인의 "자유 결정"에 의한 것이어야 하지, 단지 자신의 "명예를 지키기 위해" 이루지는 것이어서는 안 된다고 주장한다(187). 그녀의 진술은 그녀가 나약한 감정의 발휘에만 머무르는 여성이 아니라, 철학적이고도 독립적인 사색을 할 줄 아는 인물임을 보여준다. 하지만 프랑켄슈타인은 '남성적인' 진지한 학문, 혹은 인류를 위한 과업으로 자신의 영역을 규정하고 엘리자베스를 "가정의 천사"로 이상화시키는 성별화 과정을 통해, 그녀의 현실적인 목소리와 존재를 지워버린다.

빅터가 괴물을 창조하고 꾼 꿈은 그의 욕망과 그 욕망의 발현인 창조 행위가 여성의 죽음과 관련되어 있음을 상징한다. 꿈에서 빅터는 잉골슈타트 거리에 나타난 건강한 엘리자베스를 보고 기뻐하면 키쓰하지만, 빅터의 키쓰를 받은 엘리자베스의 입술은 곧 납빛 죽음의 빛깔로 변한다. 여성을 자신의 것으로 소유하려는 빅터의 여성에 대한 사랑은 건강하고 독립적인 여성의 죽음으로 이어진다. 그것은 독립적인 성적 주체로서의 여성의 죽음에 대한 빅터의 욕망을 상징한다. 이런 것들을 통해 메리 쉘리는 부르주아 가정의 '가정의 천사'가 빅터와 같은 자기중심적 남성의 욕망의 산물이며, 동시에 여성의 독립적 정체성이 부정된 결과임을 말하고 있다.

드 레이시 가정은 이런 부르주아 가정의 남성 중심성과 비 건강성이 존재하지 않는 바람직한 가정으로 묘사되는 듯 하다. 펠릭스(Felix)와 아가사(Agatha) 남매는 눈 먼 아버지를 봉양하며 가난하지만 아름답게 살아가고 있다. 펠릭스는 남성의 우위를 주장하지도 않고, 여성에게 공감의 미소를 강요하지도 않는다. 또한 펠릭스의 연인인 사피가 "성물에 봉헌된 등불"의 역할을 하고 있지도 않다. 드 레이시 가정은 터키 상인과 아랍인 기독교도 사이에 태어난 '외부인'(outsider)인 사피까지도 받아들일 수 있는 포용성을 지닌 것처럼 보이기도 한다. 하지만 사피가 드 레이시 집안에 받아들여진 이유는 무엇보다도 사피의 이국적인 아름다움에 매혹된 펠릭스의 열정 때문이다. 의사소통도 하지 못하면서 여성의 외모에 반해 생겨난 열정을 메리 쉘리는 "쾌락의 꿈"(126)이라고 표현한다. 이방인인 사피를 포용하는 드 레이시 가정의 포용력이 얼마나 건강한 것인지는 괴물을 대하는 태도에서 알 수 있다. 드 레이시 가정에 대하여 사피와 괴물은 외모의 미추를 제외하고는 외부자라는 점에서 동일하다. 아름다운 사피를 기꺼이 받아들일 수 있었던 드 레이시 가정은, 그러나 괴물을 보자마자 혼비백산하거나 극단적인 적의를 드러낸다. 이 가정을 헌신적으로 도왔던 괴물이 이들 앞에 모습을 드러내며 관계를 맺을 것을 요구하자, 이들의 전원에서의 아름다운 삶은 당장에 끝나버린다.

유럽 가정의 바깥에 존재하다가 내부로 들어가게 된 사피는 괴물과 묘한 대비를 이룬다. 드 레이시 가족에게 불어를 배우는 사피와 그녀에게 마치 경쟁심이라도 느끼는 듯이 열심히 언어를 배우는 괴물은 드 레이시 가정이 타자에 대해 그은 경계선을 선명하게 보여주는 존재들이다. 사피는 아름다운 용모와 기독교에 대한 믿음, 그리고 언어 습득을 통해 드 레이시 가정의 일원으로 받아들여진다. 사피는 "칠흑같이 빛나는 검은 머리와 생기 있지만 부드러운 검은 눈"의 이국적인 외모를 지녔으나, "각 뺨이 사랑스러운 분홍빛으로 물든 놀랄 정도로 흰 피부"(118)라는 서구적 미인의 조건을 갖추고 있다. 이슬람대신 기독교를 받아들이고, 모국어 대신 불어를 배우며, 또한 분홍빛 뺨과 흰 피부라는 유럽적 특성을 갖고 있었기 때문에 사피는 드 레이시 가정에 받아들여질 수 있었다. 이는 사피가 외부자로서의 특성을 버리고 철저히 유럽적인 특성을 내재화하고서야 비로소 내부로 받아들여질 수 있음을 의미한다.

이에 반하여 괴물은 기형적 외모 때문에 애초에 경계선 바깥에 존재할 수밖에 없었다. 곤궁한 드 레이시 가족을 도와주는 "착한 정령"(115)이었을 뿐 아니라,『플루타크 영웅전』,『실낙원』,『젊은 베르테르의 슬픔』 등을 읽으며 유럽 문화를 습득했고, 언어적인 면에 있어서도 사피보다 훨씬 빠른 진전을 보인, 내적으로는 사피보다 더 유럽인적이며 드 레이시 가정과 결합된 괴물은 거부당한다. 드 레이시 가정은 그 자체로는 인간적이며 사랑이 넘치는 긍정적인 가정이지만, 괴물이라는 '다른 것'을 받아들이지 못한다. 괴물은 드 레이시라는 이상적인 부르주아 가정이 타자에 대해 그은 경계선의 한계와 허약성을 드러내는 존재이다.

IV. 괴물의 탄생 ─ 이분법의 경계선을 넘어서

괴물은 사회적으로 소외되고 고립된 존재로서 머라이어와 저마이머의 후손이기도 하고, 남성성과 여성성의 절대적 이분법을 허무는 존재라는 점에서 울스튼크래프트의 성 담론 비판을 계승한 존재이기도 하다. 빅터에게 "나에 대해 당신의 의무를 다하시오. 그러면 나도 당신과 다른 인간에 대한 나의 의무를 다하겠소"(99)라는 괴물의 언급이나, 사회적 불의에 대한 주장, 그리고『제국의 멸망』이나『플루타크 영웅전』,『실낙원』,『젊은 베르테르의 슬픔』 등 그가 섭렵했던 책들을 볼 때, 괴물은 분명 당대 계몽주의와 공화주의 이념의 산물이라고 할 수 있다(Sterrenberg 61-62). 괴물이 "인간 사회의 이상한 체계"(*Frankenstein*, 120), 즉 "재산의 분할과 엄청난 부와 비참한 가난, 지위, 가문, 고귀한 혈통 등에 관해"(121) 의문을 품은 대목은 그가 프랑스 혁명의 문맥에서 생겨난 존재임을 말해주고 있다.[9] 괴물이 사회적 편견과 불의에 의해 만들어지는 존재라는 점은 똑같은 편견과 불의를 경험한, 그래서 괴물성을 경험한 저스틴 모리츠와 엘리자베스를 통해서도 드러난다. 모리츠는 자신을 살인범으로 모는 사회의 불의 앞에서 스스로를 "괴물"(86)로 규정하고, 엘리자베스 역시 저스틴의 죽음을 보며 "인간이 서로의 피를 갈구하는 괴물로 보인다"(92)고 고백한다. 불의가 정의로 보이고 참과 거짓의 외양과 내면이 불일치하는 상황 자체가 괴물적일 때, 엘리자베스의 말처럼 세상은 "혼돈의 나락"(92)일 뿐이다.

칼렙이나 머라이어가 사회와 맞서 싸우다 철저한 고립으로 몰리면서 스스로를 괴물적 존재로 인식했다면, 『프랑켄슈타인』의 괴물은 처음부터 '고립'을 모태로 하여 탄생한 존재이다. 프랑켄슈타인이 여성을 배제한 채 스스로를 사회에서 고립시켜 자연에서 시체를 뒤지며 만들어낸 존재로서, 괴물은 "치명적인 편견이 사람들의 눈을 가려서, (내게서) 감성적이고 친절한 친구를 보아야 함에도 불구하고, 그들의 눈은 오로지 혐오스러운 괴물만을 보지요"(134)라고 세상을 불평하지만, 이미 괴물의 고립은 탄생 그 자체에서부터 연원한 괴물성에 기인한다. 괴물의 '괴물성'은 세계가 근거한 이분법의 경계를 허물고 있다는 점이다. 괴물은 시체에서 만들어진 생명으로서 죽음과 삶의 이분법을 넘어서며, 또한 자연과 문명, 남성과 여성이라는 이분법의 경계선을 넘어서서 존재한다. 괴물은 자연의 존재이되 인공적으로 만들어진 문명의 소산이며, 빅터가 추구한 숭엄-고통-고독의 소산이라는 점에서 남성이되 아름다움과 즐거움, 가정의 사랑을 절실히 요구한다는 점에서 여성이기도 하다. 메리 셸리는 괴물이라는 존재에 당대의 남성성과 여성성을 동시에 부여했던 것이다. 앞서 지적했듯이, 울스턴크래프트는 당대 성별화를 비판하며 남성성과 여성성을 조화롭게 갖춘 존재로서 온전한 개인을 제시한 바 있다. 성별화의 관점에서 볼 때,

---

9) 프랑스 혁명의 맥락에서 괴물을 설명하는 글로는 Sterrenberg의 글 이외에도, Botting, Chris Baldick, 참조.

괴물은 그 온전한 개인의 악몽적 버전이라 할 수 있을 것이다. 메리 쉘리는 울스튼크래프트를 이어받아 당대 여성성과 남성성의 절대적 이분법을 허물어 버림으로써, 괴물이라는 전대미문의 독특한 존재를 만들어 낸 것이다.

립킹(Lipking)의 지적대로, 괴물은 고정되고 일관된 규정을 회피한다 (315-20). 괴물은 프랑켄슈타인의 상상력의 소산이되, 그의 분신으로만 남지는 않으며, 프랑스 혁명의 문맥에서 정치적 의미를 지니되, 정치적 해석만으로는 충분히 설명되지는 않는다. 인공적이되 자연적 존재이며, 남성성과 여성성을 동시에 지닌 괴물은 그 어떤 단일한 개념으로도 충분히 설명되지 않는 "잉여"(Botting 26)이다. 괴물의 괴물성은 메리 쉘리의 부모로부터 계승된 사회 비평에 근거하면서도, 단지 그것만으로는 설명되지 않는 그 이상의 창조적이고도 풍부한 의미를 발하고 있다. 이것이야말로 메리 쉘리가『프랑켄슈타인』의 서문에서 표명한 바람대로 "흉물스런 후손"인 괴물이 "세상에 나와 번창"(14)할 수 있는 요인이기도 할 것이다.(『19세기영어권문학』 10권 2호)

< 인용문헌 >

Armstrong, Nancy. *Desire and Domestic Fiction*. Oxford: Oxford UP, 1987.

Baldick, Chris. *In Frankenstein's Shadow*. Oxford: Clarendon Press, 1987.

Barker-Benfield, G. J. *The Culture of Sensibility*. Chicago: Chicago UP, 1992.

Botting, Fred. "Reflections of Excess: *Frankenstein*, the French Revolution and Monstrocity." *Reflections of Revolution*. Eds. Yarrington and Everest. London and New York: Routledge, 1993.

Brown, J. Prewitt. *A Reader's Guide to the Nineteenth Century English Novel*. New York: Harper & Row, 1976.

Ellis, Kate. "Monsters in the Garden: Mary Shelley and the Bourgeois Family." *The Endurance of Frankenstein*. Eds. George Levine and U. C. Knoepflmacher, Berkeley: California UP. 1979.

Habermas, Jürgen. *The Structural Transformation of the Public Sphere*. Trans. Thomas Burger. Cambridge: Cambridge UP. 1962.

Hornor and Keane, Eds. Body Matters. Manchester and New York: Manchester UP, 2000.

Johnson, Claudia. *Equivocal Beings*. Chicago & London: Chicago UP, 1995.

Kilgour, Maggie. *The Rise of the Gothic Novel*. London and New York: Routledge, 1995.

Lipking, Lawrence. "*Frankenstein*, the True Story: or Rousseau Judges Jean-Jacques." *Frankenstein*. Ed. Paul Hunter. New York: Norton, 1996.

Mores, Ellen. "Female Gothic." *The Endurance of Frankenstein*. Eds. George Levine and U. C. Knoepflmacher. Berkeley: California UP, 1979.

Rousseau, Jean-Jacques. *Emile, or On Education*. Penguin Classics, 1991.

Shelley, Mary. *Frankenstein, or the Modern Prometheus*. New York: Dell, 1975.

Stone, Lawrence. *The Family, Sex, and Marriage*. 2 vols. New York: Harper & Row, 1976.

Sterrenberg, Lee. "Mary Shelley's Monster: Politics and Psyche in *Frankenstein*." Reflections of Revolution, Eds. Yarrington and Everest. London and New York: Routledge, 1993.

Sudan, Rajani. "Mothering and National Identity in the Works of Mary Wollstonecraft." *Romanticism, Race, and Imperial Culture, 1780-1834*, Eds. Alan Richardson and Sonia Hofkosh. Bloomington and Indianapolis: Indiana UP, 1996.

William Godwin, *Things As They Are: or, the Adventures of Caleb Williams*. Ed. Maurice Hindle. New York: Penguin Books, 1974.

Wollstonecraft, Mary. *Vindication of the Rights of Woman*. Ed. Miriam Brody Kramnick. Penguin Book, 1982.

_____. *Vindication of the Rights of Men*. Cambridge: Cambridge UP, 1995.

_____. *The Wrongs of Woman*: or, Maria. Eds. Janet Todd and Marilyn Butler. New York: New York UP, 1989.

_____. *Mary, a Fiction*. Eds. Janet Todd and Marilyn Butler. New York: New York UP, 1989.

| Part 2 | 제인 오스틴

여성의 경제 행위로서의 결혼
- 사회적 필요성과 개인적 도덕성의 갈등

김 현 숙

I. 머리말

제인 오스틴(Jane Austen)의 소설은 주로 19세기 초의 시골 젠트리 계층이라는 한정된 사회에서 일어나는 결혼을 소재로 하고 있다. 오스틴은 이처럼 좁은 범위의 인물들의 결혼 이야기에 집중하면서 나폴레옹 전쟁이나 혁명적인 기운 속에서도 보수화되던 유럽 전체의 여러 양상 등 역사적인 사건에 대해서는 외면하고 있다는 비판을 받기도 했다. 그러나 시골 젠트리라는 작은 규모의 사회에 속한 인물들의 다양한 결혼이야기 속에서 오히려 격변하는 사회의 모습과 가치를 투영해내고 있는 것이 오스틴의 뛰어난 성과라는 점은 이미 인정되고 있다. 오스틴은 표면적으로는 신분과 계층의 구별이 고정되어 있는 18세기적인 사회를 그리고 있는 것처럼 보이나 사실은 사회적 변화와 궤를 같이하는 계층의 이동과 변화를 개별 인물의 결혼을 통해 포착하고 있다. 오스틴의 소설은 사회적 변화를 충실하게 반영하고 있으며 이런 사회적 변화가 야기한 사회적 도덕적 문제를 다루고 있는 것이다(Q. D. Leavis 27).

　오스틴이 다루고 있는 결혼이야기는 당대의 사회적 변화와 개인의 도덕적 갈등을 첨예하게 드러내는 장의 역할을 하고 있다. 사회적 산물로서의 결혼제도는 체제를 유지하고자 하는 보수적 세력의 힘을 결집하는 매개체로서 역할하면서 당대의 사회적 관례를 가장 잘 반영하는 보수적인 시스템이다. 동시에 결혼은 근본적으로 결혼상대자들의 사랑을 기본으로 한 감정적 결산이기에 다른 계층 간의 새로운 결합을 통해서 새로운 가치를 창출하는 혁명적인 장이 될 수도 있다. 오스틴이 살고 작품을 쓰던 19세기 초 섭정기의 영국에서도 결혼은 개인적인 감정을 기초로 한 감정적 결합인 동시에 사회적 주도 세력이 연대하는 기회를 제공하는 정략적인 선택의 기회로서도 충분히 작동했던 것이며 그로 인한 갈등이 편재해 있었다. 그러므로 개인의 결혼은 사회적 힘과 개인적 힘의 갈등의 장이 되는 것이다.

　젠트리 계층 내에서의 결혼을 다루고 있다는 점에서 오스틴의 소설에서 혁명적일 정도로 신분간의 경계가 무너지고 새로운 연대가 가능해지는 일은 생기고 있지 않다고 여겨질 수도 있다. 그러나 당시 젠트리 계층 내에서도 재산, 지위의 정도에 따라 엄청나게 폭넓은 층위가 매겨져 있었다. 『오만과 편견』(*Pride and Prejudice*)에서는 작위와 재산을 지닌 캐서린 영부인(Lady Catherine)과 대저택과 엄청난 자산을 지닌 다아시(Darcy)가 맨 위의 층에 있다면, 상업으로 돈을 벌어 새로운 자본계층으로 부상한 빙리(Bingley), 연수 2,000 파운드 정도의 베넷(Bennet)가문, 상업을 해서 시골에 저택을 마련한 루카스(Lucas)네, 심지어 집사의 아들인 위컴(Wickham)이나 상업을 하는 가드너 씨(Mr. Gardiner)에 이르기까지 다양한 계층이 다루어지고 있으며 이들 사이의 차이는 상당히 크다고 볼 수 있다. 따라서 젠트리 계층 내에서도 재산이나 지위에 따른 계층간의 갈등은 큰 것이며 이들 간의 결혼은 중요한 사회적 갈등을 드러낼 수 있는 계기가 된다.

오스틴의 결혼 이야기에서 재산의 정도는 언제나 중요한 관심의 대상이다. 개인의 재산문제를 구체적으로 언급하기를 회피하는 다른 소설가들과는 달리 오스틴의 소설의 서두와 첫 문장에는 항상 돈을 비롯한 정확한 재산내역이 언급되고 있다(Moers 67). 각 인물이 등장할 때에도 정확한 재산규모가 꼼꼼히 밝혀지면서 이들이 그 사회에서 차지하고 있는 위치가 분명하게 드러난다. 『오만과 편견』에서 빙리는 연 5,000 파운드, 다아시는 연 10,000 파운드의 수입이 있으며 베넷 씨가 부인과 딸들에게 남겨줄 수 있는 재산은 5,000 파운드에 불과하다. 오스틴이 이처럼 재산의 정확한 정도를 규명하면서 각 인물들을 소개하는 것은 이미 이 시대가 18세기적인 고정된 신분의 시대가 아니라는 것을 파악하고 있기 때문이다. 실제로 오스틴은 18세기적인 보수적인 신분구별을 부정하고 있다. 그녀는 지주계층을 이상적으로 미화하지도 않을 뿐 아니라 산업이나 상업으로 돈을 번 인물들을 폄하하지도 않는다. 다아시는 훌륭한 지주로 여겨지는 반면에 같은 지주계층인 캐서린 부인은 편협한 인물로 그려져 있다. 북부에서 상업에 종사해서 돈을 벌어 새로이 젠틀맨의 대열에 들어선 빙리에 대해 비판적인 어조를 찾아 볼 수 없으며, 런던에서 상업을 하며 자신의 창고가 보이는 곳에서 살 정도로 풍족하지 못한 가드너 씨는 인품이 훌륭한 것으로 그리고 있다. 곧 지위와 재산정도가 개인의 인품과 교양, 도덕적 성향을 결정하는 것은 아니라는 것을 분명히 하고 있는 것이다. 오스틴은 각 개인의 재산을 밝히는 것으로 이들이 속한 사회적 위치를 규정하는 것에 그치지 않고 이들의 도덕적 인격적 성향을 꼼꼼히 평가하면서 변화하는 사회의 성격을 규정하려고 한다. 재산은 19세기 초의 젠트리 사회에서 개인의 사회적 위치를 가늠케 하는 중요한 지표이기는 하지만 그렇다고 해서 재산의 많고 적음이 자동적으로 개인의 도덕적 성향을 결정짓는 것은 아니기 때문이다. 오스틴은 인물들의 재산의 정도와 도덕적 성향을 끊임없이 연결시키면서 도덕적 관심과 물질적 관심의 조화를 어떻게 이루는지를 포착하려고 노력하고 있다.

그런데 여성은 직접 재산과 연관되는 일이 드물다. 대부분의 부동산은 장자상속에 의해 아들에게 상속되는 것이 일반적인 관례이며 심지어 한정상속이라는 제도를 통해서 여성에게 상속이 되는 것을 막았기 때문에 대부분의 여성은 자신이 온전하게 행사할 수 있는 재산을 가지고 있지 못한 것이 현실이었다. 지참금 몫으로 일정한 동산을 상속받기도 했으나 기혼여성의 재산권이 인정되지 않았으므로 결혼 후에는 이 동산마저도 남편의 권한에 속하게 되어 실제로 여성이 재산에 관여할 기회는 차단되었다. 일정한 상속재산을 가지지 못한 여성의 경우에는 상황이 더욱 열악할 수밖에 없었다. 교육받은 젠트리 계급의 빈한한 여성이 할 수 있는 유일한 경제활동은 가정교사가 되는 것이었으며 그 이외의 경제활동은 여성에게 전적으로 제한되어 있었다. 그러므로 여성이 재산에 접근할 수 있는 유일한 통로는 바로 재산이 있는 남성과의 결혼이었다. "여성의 가장 중요한 경제적 행위"는 결혼이었던 것이다(Evans 22).

『오만과 편견』에서 "그녀의 평생의 사업은 딸들을 결혼시키는 것이었다"(3)[1]라는 베넷 부인에 대한 묘사는 베넷 부인의 과도한 모성에 대한 풍자에 그치지 않고 생존을 위해 일정재산을 확보하기 위해 결혼을 필생의 목표로 삼고 있는 여성들의 보편적 절박성을 생생히 전달하는 문장이다. 여성에게 결혼은 감정적 결실이라기보다는 생존을 건 "사업"이었던 것이다. "재산깨나 있는 독신 남자에게 아내가 꼭 필요하다는 것은 누구나 인정하는 진리이다"(1)라는 묘사는 베넷 부인의 딸과 같이 풍족하지 못한 처지에 있는 여성들은 돈 많은 총각을 꼭 잡을 필요가 있다는 진리를 역설적으로 강조하고 있는 것이다. 베넷

---

1) Austen, Jane. *Pride and Prejudice* 168. 이후는 인용문 옆에 면수만 표시함. 번역은 윤지관. 전승희의 『오만과 편견』을 참조로 하여 일부 수정하였음.

부인은 돈 많은 독신 남성을 자기 딸들을 위한 "합법적인 재산"(1)으로 생각하고 있다. 결혼은 여성이 합법적으로 재산을 만들어낼 수 있는 유일한 길이었으며 남성은 결혼을 통해서 여성의 "합법적인 재산"으로 기능하는 것이다.

『오만과 편견』에서 여성은 이처럼 "합법적인 재산"을 획득할 수 있는 결혼을 통해서 자신의 정체성과 인격을 드러내는 중요한 도덕적 결단을 하게 된다. 오스틴은 결혼이라는 삶의 중요한 선택의 기로에 선 여성이 어떤 선택을 하는지를 보여주면서 당대 여성의 삶의 현장을 포착하고 있으며 동시에 건전한 삶의 방식에 대한 탐구를 이루어가고 있다. 『오만과 편견』에서 여성이 재산을 얻기 위한 결혼이라는 선택의 갈림길에서 어떤 도덕적 갈등을 겪는 것으로 그려져 있는지를 살피면서 당대의 현실에 대한 오스틴의 통찰을 살펴보고자 한다.

II. 샬롯 ─ 경제적 생존행위로서의 결혼

19세기 초의 영국사회는 전형적인 가부장제 사회로서 여성에게는 억압적인 환경을 조성하고 있다. 특히 일정부분 진행된 산업화로 인해 물질주의적인 사고가 지배하면서 일정한 재산이 없는 여성에게는 더욱 위협적인 힘으로 압박해오는 사회이다. 경제적인 활동영역이 제한되어 있는 여성으로서 유일하게 선택할 수 있는 삶의 방식은 결혼을 해서 가정을 유지하는 것이었다. 결혼을 하지 못하게 되면 남자형제의 집에 빌붙어 살면서 살림을 도와주거나 아니면 가정교사로 나가야하는 한정된 선택의 기회가 있을 뿐인 비참한 삶을 살게 된다. 결혼은 비참한 독신자의 삶에서 구원받을 수 있는 유일한 길이었다. 오스틴은 샬롯 루카스(Charlotte Lucas)에 대한 묘사를 하면서 다음과 같이 지적하고 있다.

> 좋은 교육을 받았지만 재산이 없는 아가씨에겐 그것[결혼]이 유일한 명예로운 생활 대책이었고, 결혼이 가져다줄 행복 여부가 아무리 불확실하다 해도 그것이 가장 좋은 가난 예방책임이 틀림없었다. (86)

이처럼 재산상 불리한 위치에 있는 여성이 제대로 살기 위해서는 꼭 결혼을 해야 한다는 절박한 현실을 잘 포착하고 있는 인물이 베넷 부인이다. 딸들을 결혼 잘 시키는 것이 평생의 목표인 베넷 부인은 빙리가 이웃에 이사를 오게 된다는 소식을 듣자마자 "엄청난 재산이 있는 총각이래요. 연 수입이 사, 오천은 된대요. 우리 딸들에게는 얼마나 잘된 일이예요"(1)라며 반가워한다. 베넷 부인에게 돈 많은 남성은 자신의 딸들을 위해서 반드시 쟁취해야만 할 "합법적인 재산"이므로 이것을 획득하기 위해 갖은 노력을 하게 된다. 베넷 씨는 베넷 부인의 주책에 가까운 집착을 비웃고 있지만 실제로는 아내가 시키는 대로 빙리를 방문하고 온다는 점을 볼 때 그도 베넷 부인의 현실 인식을 받아들이고 있다는 것을 알 수 있다.

베넷 부인의 사고는 사실상 당대사회에 전반적으로 퍼져있는 풍조를 대표하는 것인데 샬롯은 바로 그런 전통적 개념의 결혼을 수용하는 여성으로 등장한다. 주책없고 멍청한 베넷 부인과는 달리 샬롯은 "지각있고 똑똑한 아가씨"(11)로 인정받고 있지만 현실적인 방향으로 향하고 있는 샬롯의 사고는 기본적으로 베넷 부인과 다르지 않다. 샬롯은 다아시에 대해서 집안도 좋고 재산도 많고 모든 점에서 훌륭한 젊은이라면 자만심을 가져도 당연하다고 말하는데, 여기서 그녀는 그 사회의 조야한 물질주의의 대변자로서의 면모를 드러낸다(Michael Williams 55).

특히 그녀는 결혼에 대해서 현실적인 태도를 지니고 있다. 물려받을 유산도 없고 지참금도 부족하며 인물도 시원찮은 샬롯은 자신의 미래를 위해서는 결혼만이 유일한 해결책이라는 점을 명심하고 있다. "남자나 혼인관계 그 자체를 중시한 것은 아니었지만, 결혼은 언제나 목표였던"(86) 샬롯은, "순전히 다른 마음 없이 정착하려는 욕구"(85)에서, 엘리자베스(Elizabeth)에게 거절당한 콜린즈(Collins)를 보고는 그에게 다정하게 접근하며 자신도 예상치 못한 성공을 거두어 결혼에 진입한다. 이처럼 샬롯이 결혼에 집착하는 것은 오로지 필사적으로 살아남으려는 경제적인 욕구와 연결되는 것이다(Van Ghent 101). 샬롯은 모든 다른 고려를 경제적 고려에 종속시키고 있는 대표적인 여성으로 등장하고 있다(Satz 181).

샬롯에 대한 오스틴의 태도는 복합적이다. 먼저 오스틴은 엘리자베스를 통해서 샬롯의 선택에 대한 비판적인 시각을 보내고 있다. 우스꽝스러울 정도로 우둔하면서도 부를 가진 자에게는 굴욕적일 정도로 아첨하고 자신에 대한 그릇된 오만으로 가득 차 있는 콜린즈에 대한 희극적인 묘사를 봤을 때 이런 남성을 남편으로 선택한 샬롯에 대한 평가는 비판적이 되지 않을 수 없다. 게다가 작가의 공감을 받고 있는 엘리자베스는 적절한 사고를 가진 사람이라면 콜린즈를 받아들일 수가 없다면서 콜린즈의 아내가 되어 있는 샬롯을 상상만 해도 "정말 창피스러운 그림"(88)이라고 느낀다. 엘리자베스는 제인(Jane)에게 샬롯의 선택이 얼마나 잘못된 것인지를 지적한다.

> "한 개인을 위해 원칙과 인격의 의미를 바꿀 순 없고, 이기심을 신중함이라고, 위험에 둔감한 게 행복을 보장하는 거라고 언니 스스로든 나든 설득하려 들 순 없어." (94)

엘리자베스는 샬롯의 선택을 눈앞에 있는 안정된 길을 찾는 이기심에서 비롯된 것으로 보면서, 아무리 여성이 열악한 처지에 처해 있더라도 편안한 가정을 구하겠다는 욕구만으로 결혼을 하는 것이 얼마나 비도덕적인가를 주장하고 있는 것이다.

그런데 오스틴이 샬롯과 콜린즈의 결혼이 "정말 창피스러운 그림"이라는 엘리자베스의 의견에 전적으로 동의하고 있는지는 다시 짚어 볼 필요가 있다. 물론 콜린즈라는 인물을 생각할 때 엘리자베스의 비판은 타당하기는 하나 그녀의 비판은 "결혼만이 명예로운 생활대책이었고… 가장 좋은 가난 예방책"이라며 샬롯의 행위를 설명하는 서술자 오스틴의 설명을 고려하면 너무 과도한 것이다. 말하자면 인물로서의 엘리자베스는 자신의 도덕성으로 샬롯을 판단하면서 샬롯의 절박한 처지에 눈을 감고 있으며 여성에게 가해지는 압력의 강도를 이해하지 못하고 있다고 볼 수 있다(Mudrick 85). 그에 반해 서술자로서의 오스틴은 샬롯의 입장과 현주소에 대한 꼼꼼한 묘사를 통해서 샬롯의 현실적 입장을 성실하게 전달하면서 일단 비판을 유보하는 면이 보인다는 점에서 작중인물인 엘리자베스와 한걸음 떨어져 있다. 한번도 예쁘다고 인정받은 적도 없고 이미 27세에 이르러 다른 청혼을 받기 힘든 샬롯이 인간답게 살 수 있는 유일한 길은 경멸스럽기는 하지만 경제적으로 안정되어 있는 콜린즈 같은 사람의 청혼이라도 받아들이는 것이라는 점이 주변의 반응을 통해서 나타난다. 샬롯의 가족은 모두 샬롯의 결혼을 기뻐한다. 남동생은 부양가족이 없어져서 좋아하고 여동생은 언니의 결혼으로 자신이 조금이라도 빨리 사교계에 나가서 청혼 받을 기회가 생긴 것을 기뻐하는 것이다. 샬롯은 이들 가족의 눈치를 받지 않고 살 수 있는 개인적 공간을 마련한 것이다. 샬롯의 현실에 대한 이런 객관적인 묘사는 절박한 여성의 상황에 대한 작가의 이해를 보여주는 부분이다.

샬롯의 결혼에 대한 엘리자베스의 비판을 작가가 전적으로 지지하지는 않는다는 것은 위컴에 대한 엘리자베스의 태도를 묘사하는데서 잘 나타나고 있다. 샬롯이 경제적 안정 때문에 콜린즈를 선택한 것에 대해 강력하게 비판하던 엘리자베스는 위컴이 자신에 대한 호의를 접고 10,000 파운드를 상속받은 킹 양(Miss King)과 약혼을 하자 그를 비난하는 대신에, "못생긴 남자 뿐 아니라 잘생긴 남자도 먹고 살 재산이 필요하다"(104)며 위컴을 변호해주면서 결혼의 경제적 성격을 인정하고 있다. 이러한 엘리자베스에 대해 오스틴은 "샬롯 때보다 분별력이 떨어졌는지 엘리자베스는 넉넉한 재산을 확보하겠다는 위컴의 욕망을 비판적으로 보지 않았다"(104)라고 묘사하고 있다. 이런 부분은 엘리자베스가 편견에 사로 잡혀 있으며, 객관성을 온전히 지닌 여주인공은 아니라는 것을 보여주는 것이다(Satz 175). 이처럼 모순된 엘리자베스의 모습을 드러내면서 오스틴은 샬롯에 대한 엘리자베스의 비판을 약화시키고 있다.

오스틴은 이후 샬롯의 선택에 대한 엘리자베스의 반응을 처음의 경악했던 태도에서 현실적 이점을 객관적으로 인정하는 모습으로 변화시키고 있다. 샬롯이 결혼해서 살고 있는 헌스포드 목사관(Hunsford Parsonage)을 방문한 엘리자베스는 샬롯이 될 수 있으면 콜린즈와 같이 시간을 보내지 않으면서 콜린즈의 우둔한 면에 눈을 감고 살며, 자신만의 조용하고 안정된 시간을 보내면서 나름대로 자신의 삶에서 만족을 구하는 것을 보게 된다. 엘리자베스는 다아시와 대화를 하면서 샬롯의 결혼이 "신중함이라는 관점에서 보자면 확실히 아주 잘한 결혼인 것도 사실이지요"(123)라고 유보적인 판단을 하는 변모된 모습을 보인다.

이런 점들을 볼 때 오스틴은 샬롯의 결혼을 "정말 창피스러운 그림"으로만 단정 짓고 있지는 않다는 것을 짐작할 수 있다. 오스틴은 샬롯의 선택을 통해 당대의 여성에게 위협적인 현실, 그 속에서 생존하기 위해서 여성이 필사적으로, "그런 남성의 감정이나 견해"(1)에 상관없이, 심지어 자신의 감정이나 견해와도 상관없이 그들을 붙잡기 위해 노력할 수밖에 없는 현실을 담담하게 그려내고 있다. 즉 재산을 얻기 위해 자신의 도덕적 정체성을 외면할 수밖에 없는 여성의 현실을 있는 그대로 인정하고 있는 것이다.

그러나 오스틴이 여성의 열악한 현실을 파악하고 있으며 그 상황에서 나름대로 현실적인 선택을 하는 여성을 이해한다고 해서 그런 선택을 한 여성의 도덕성까지 합리화하는 것은 아니다. 오스틴은 샬롯과 같은 여성의 보편적인 상황에 대한 이해를 하는 것과는 별도로 샬롯과 마찬가지로 힘든 상황에서도 자신의 도덕성과 정체성을 지킬 수 있는 선택을 하려는 엘리자베스를 통해 바람직한 여성의 생존방식을 그려내고자 하는 것이며 그런 점에서 오스틴은 삶에 대한 정직한 탐구를 성실하게 하는 도덕적 작가로서의 면모를 보이는 것이다(F. R. Leavis 16).

III. 엘리자베스 — 도덕적 정체성을 이룬 결혼

엘리자베스 역시 생존의 문제에 있어서 엄청난 위험 앞에 서있다는 것은 아무리 강조해도 지나치지 않다. 엘리자베스는 외모가 뛰어나다는 점에서 샬롯과 차이도 있으나 재산상의 문제에서 샬롯보다 전혀 나을 것이 없으므로 샬롯이나 마찬가지로 "합법적인 재산"을 절실하게 추구해야할 정도로 절박한 상황에 처해있다. 그녀를 돌보아줄 남자형제도 없다는 점에서 샬롯보다 더 열악할 수도 있다. 그녀의 어머니를 비롯한 다섯 딸들은 아버지가 돌아가시면 콜린즈에게 넘어갈 저택에서 쫓겨 나와야 하며 그들이 기댈 수 있는 동산은 아버지가 물려줄 5,000 파운드의 이자에 불구하다. 엘리자베스는 결혼을 해서 안정적인 거처를 마련해야 할 상황이지만 실제로 결혼을 잘 하기도 힘든 상황이다. 콜린즈는 엘리자베스에게 청혼을 하면서 거절하는 엘리자베스에게 단도직입적으로 그녀의 현실을 지적하는 몰지각함을 보이기는 하지만 그것이 현실이다.

> "당신에게 여러 가지 매력이 있음에도 불구하고, 당신이 다른 청혼을 영영 못 받을지도 모른다는 점도 고려해야겠지요. 불행히도 상속 유산이 너무나 작기 때문에 아마도 당신의 사랑스러움, 당신의 장점이 가져올 효과가 상쇄될 테니까요." (76)

엘리자베스가 실제로 좋은 청혼을 받을 기회가 많지 않다는 것은 다아시도 지적한다. 엘리자베스는 상속유산이 없을 뿐만 아니라 어머니 쪽 친척의 신분이 낮다는 것도 중대한 걸림돌이 되는 것이다. 런던의 다소 저급한 상업구역인 칩사이드(Cheapside) 근처에 살면서 상업을 업으로 하는 아저씨와 메리튼(Meryton)에서 변호사를 하는 아저씨가 있다는 것에 대해, 그러한 것이 베넷 가의 딸들이 결혼하는 데에 별 지장을 주지 않을 것이라고 빙리는 애써 두둔하지만, 다아시는 "그렇지만 실질적으로 웬만한 신분의 남자와 결혼할 가능성이 많이 줄어드는 건 사실이겠지"(24)라고 현실을 지적하고 있다. 실제로 다아시는 엘리자베스에게 많은 매력을 느끼면서도 엘리자베스의 낮은 신분 때문에 그녀에게 향하는 호의를 자제하고 있다는 것이 "그는 그녀의 집안이 그렇게 열등하지만 않았더라면 자신이 상당한 위기에 처해 있었을 거라고 진심으로 믿고 있었다"(35)라는 묘사에서 나타난다. 이런 면에서 본다면 엘리자베스 역시 자신이 살고 있는 사회적 위치에서 전락하지 않고 생존하기 위해서는 샬롯과 마찬가지의 선택을 해야 할 상황에 놓여 있다는 것이 분명하다. 그러나 오스틴은 전혀 다른 선택을 하는 엘리자베스를 통해서 여성의 삶에 대한 진지한 탐구를 하게 된다.

엘리자베스가 샬롯과 다른 선택을 하게 되는 것은 엘리자베스가 자신의 불리한 현실을 파악하지 못하는 낭만주의자이기 때문은 아니다.

엘리자베스는 자신에게 호감을 보이다가 막상 유산을 받은 킹 양과 약혼한 위컴에 대해 "재산만 있었더라면 자신이야말로 그의 유일한 선택이었을 거라고"(104) 생각할 정도로 현실에 있어서 재산이 가지고 있는 힘에 대한 냉철한 분석도 할 수 있다. 그리고 현실적으로 "돈을 보고 하는 결혼과 신중을 기하는 결혼의 차이"(106)가 무엇인지를 깊이 생각하기도 한다. 이처럼 현실의 장벽을 파악하고 있음에도 불구하고 엘리자베스는 일정한 재산도 있고 안정된 직업도 있는 콜린즈의 청혼을 거절함으로써 합법적인 재산을 얻을 수 있는 기회를 거부하는데 이러한 엘리자베스의 행위가 당시의 사회적 관례로 볼 때는 얼마나 위험한 것인지는 주변의 반응에서 잘 나타난다. 콜린즈가 엘리자베스의 거절의 말을 듣고서도 그것을 여성의 겸양으로 여기면서 거듭 청혼을 하는 것은 단순히 그가 우매해서라기보다는 엘리자베스의 처지로서는 자신의 청혼을 거절할 수 없을 것이라는 현실적 판단을 하고 있기 때문이다. 엘리자베스는 자신을 "진심으로 진실을 말하고 있는 합리적인 사람"(76)이라고 하면서 자신의 거절을 있는 그대로 받아달라고 하지만 콜린즈는 고집스럽게 자신의 청혼을 되풀이하며 심지어는 "당신의 훌륭하신 부모님께서 명백한 부모의 권위로 제 청혼을 허락해 주신다면, 그때는 당신도 제 청혼을 받아들이실 수밖에 없을 거라고"(76) 주장하면서 부모의 결정에 그녀가 따를 것으로 믿고 있다. 이것은 엘리자베스에게 가해지는 사회적 압력을 의미하는 것이며 실제로 그녀의 어머니는 "이런 식으로 청혼이 들어오는 족족 거절한다면, 절대로 시집은 못 갈 줄 알아. 그러면 아버지께서 돌아가신 다음 누가 너를 부양해 줄 건지 난 정말 모른다"(79)며 엘리자베스를 위협한다. 그러나 엘리자베스는 샬롯과 달리 자신이 가진 더 나은 감정을 "세속적인 이익"(88)에 희생할 생각이 없으며 사회적 관례에 저항하는 도덕적 힘을 보여주고 있다. 그런 점에서 엘리자베스는 여성에 대한 당대의 전형적인 이미지를 탈피하는 신여성의 면모를 가지고 있다.

다아시의 청혼은 콜린즈의 청혼과는 비교도 안 될 정도로 큰 힘으로 다가오는 유혹이다. 다아시는 콜린즈와 같은 풍자의 대상이 될 우스꽝스러운 존재도 아니며 외면적으로 볼 때도 신랑감으로서 부족한 점이 없고 게다가 엄청난 부자[2]라는 점에서 베넷 부인이 원하던 진정한 "합법적인 재산"이 될 수 있는 사람이다. 엘리자베스와 같은 처지에 있는 여성에게 다아시의 청혼은 신데렐라의 꿈을 이루어주는 기회를 제공하는 것일 것이다. 다아시로서도 당연히 엘리자베스가 자신의 청혼을 받아들일 것이라고 생각한다. 다아시의 태도는 당대의 전형적인 사고를 가진 인물인 그가 결혼문제를 어떻게 생각하고 있는지를 잘 보여주는 부분이다.

> 그의 말은 훌륭했다. 그러나 그에게는 가슴에서 우러나오는 사랑의 감정 외에도 자세히 설명할 다른 감정들이 있었다. 애정에 대해서보다도 자존심에 대해 말할 때 더 열변이었다. 그녀의 신분이 열등하다는 것, 그런 결혼은 집안에 수치라는 것, 그녀의 집안을 생각하면 이성은 언제나 감정에 제동을 걸었다는 것 등을 하나하나 열심히 설명했는데, 그렇게 열을 올리는 것은 지금 자신이 스스로 손상시키고 있는 그 신분 때문인 듯했지만, 그의 청혼에는 도움이 될 것 같지 않았다……
> 그는 이렇게 말할 때 긍정적인 대답을 들을 것에 대해 추호의 의심도 하지 않고 있다는 것이 그녀가 보기에 명백했다. 말로는 걱정이니 불안이니 했지만, 받아들여질 것을 추호도 의심하지 않는 표정이었다.(131)

다아시는 엘리자베스에 대해 열렬한 사랑에 빠져 있다는 점에서 콜린

---

2) 『이성과 감성』에서 다소 풍족한 삶을 원하는 마리앤은 연 2,000 파운드가 있으면 충분하겠다고 생각하는데 실제로 브랜든 대령의 수입이 그 정도 된다. 연 10,000파운드를 버는 다아시는 그에 비하면 엄청난 부자라고 하겠다. 실제로 1790년대에 다아시는 대지주 400가문 안에 든다고 한다(Mingay 19-26).

즈와 차이는 있다. 그러나 다아시 역시 콜린즈나 마찬가지로 엘리자베스의 처지가 열악하므로 자신의 청혼을 당연히 받아들일 것이라고 믿고 있다는 점에서 사회적 관례를 대표하고 있다. 엘리자베스의 청혼거부는 여성에 대한 사회적 규정화에 반발하면서 자신의 존재를 부각시키고자 하는 욕구와 연결된다.

엘리자베스의 거절의 의미를 확실히 하기 위해 오스틴은 엘리자베스가 왜 다아시를 거절하는지를 분명히 규정하고 있다. 위컴에 대한 오해로 인해 다아시를 몹시 좋지 않게 생각하는 엘리자베스는 다시 피츠윌리엄 대령(Colonel Fitzwilliam)으로부터 빙리와 제인을 헤어지게 한 장본인이 바로 다아시이며, 다아시는 그런 자신의 행동에 대해 아주 자랑스럽게 생각한다는 이야기를 듣고 극도로 흥분해 있는 상태이다. 이때 다아시가 들어와 청혼을 하므로 극적인 흐름으로 볼 때 엘리자베스가 다아시를 거부하는 것은 당연한 감정의 결과이다. 그러나 오스틴은 거기서 그치지 않는다. 위컴의 일과 언니의 일로 자신을 이렇게 거부하는 것이냐는 다아시의 질문에 엘리자베스는 처음부터 자신은 절대로 다아시와 같은 사람과는 결혼하지 않겠다고 생각했다면서 단지 위컴의 일과 언니의 일은 자신이 이렇게 예법을 지키지 않고 거절하게 된 요인이 되었을 뿐이라고 대답한다. 여기서 알 수 있는 것은 엘리자베스가 다아시의 재산에도 불구하고 다아시와 같은 인간성의 사람과는 결혼할 수 없다는 생각을 일찍부터 굳히고 있었다는 점이다. 엘리자베스에게 결혼은 재산을 얻는 기회로서만 역할 하는 것이 아닌 것이다. 따라서 다아시의 청혼을 거절하는 것은 엘리자베스의 정신적 독립심을 보여주는 부분이며 그녀가 자신이 속해 있는 사회보다 도덕적으로 우월하다는 것을 드러내는 부분이다(Gooneratne 84, 87).

오스틴은 엘리자베스를 통해서 새로운 결혼의 가능성을 제시하고 있다. 그것은 결혼을 재산을 얻는 과정으로서만 생각하는 물질적 사고를 보이는 베넷 부인이 전혀 고려하지 않는, "감정이나 견해"를 우선으로 하는 결혼이다. 이때 "감정"은 두 사람 사이의 애정과 관계있다. 엘리자베스가 결혼 당사자인 두 사람 사이의 애정을 중시한다는 것은 분명히 나타난다. 위컴과 좋은 감정을 느끼기 시작할 무렵 엘리자베스는 가드너 부인과의 대화에서 "사랑하는 젊은이들이 당장 재산이 없다고 해서 약혼을 주저하지는 않는 일이 매일 일어나고 있는 이상, 저라면 유혹을 받아도 제 또래 많은 다른 젊은 사람들보다 지혜롭게 처신할 거라고 어떻게 장담할 수 있겠어요?"(100)라고 반문한다. 엘리자베스는 제인과 빙리의 사귐을 보면서도 베넷 부인처럼 빙리의 재산에만 관심을 쏟는 것이 아니라 제인의 감정을 존중하고 있다. 결혼에 있어서 두 사람의 감정에 많은 점수를 주고 있는 엘리자베스를 시사하는 부분이다. 그러나 오스틴은 리디아와 위컴, 베넷 씨와 베넷 부인처럼 충동적이며 감정적인 사랑이 기초가 된 결혼에 대해서는 비판적인 태도를 보인다. 리디아와 위컴을 두고 "미덕보다 강한 열정 때문에 서로 이끌린 이 한 쌍이 얼마나 행복을 지속할 수 있을까"(214)라는 엘리자베스의 생각에 감정적이고 충동적인 남녀관계에 비판적이면서 그 대안으로 "미덕"에 기초를 둔 결혼에 대한 오스틴의 지지가 나타나 있다. 이런 미덕은 바로 상대방의 "견해"에 대한 존중과 연결되어 있다. 오스틴이 바람직하게 생각하는 결혼은 서로의 감정에 기초를 두고 있으면서도 서로의 견해까지도 존중하는 이성적이고 신중한 결혼이다. 리디아가 위컴과 도주한 사건으로 인해 엘리자베스는 다아시와의 인연은 끝이라고 생각하면서, 두 사람이 만약 결혼했더라면 가능했을 관계를 생각하는데 여기서 오스틴이 생각하는 바람직한 결혼의 모습이 제시된다.

두 사람 모두에게 도움이 될 것이 분명했을 결합이었다. 자신의 편하고 활기 있는 태도로 그의 마음은 부드러워질 것이고 태

도는 개선될 것이며, 그의 판단력, 지식, 세상에 대한 식견으로
자신은 매우 소중한 이익을 얻게 될 것이었는데. (214)

여기서 엘리자베스는 다아시에게서 자신의 최상의 동지를 만난 모습을 상상하고 있다(Gooneratne 96). 오스틴은 서로에게 도움을 주면서 도움을 얻는 새로운 관계를 통해서 사랑과 존경에 기초를 둔 진정한 결혼이 가능함을 나타내는 것이다(Merryn Williams 47).

이처럼 서로를 배려하는 결혼이 가능하기 위해서는 당사자들의 변화가 전제되어야 한다는 것이 그려져 있다. 엘리자베스는 다아시에 대해 자신이 "눈이 멀었고 편파적이었으며 편견에 가득 차고 어리석었다"(143)는 것을 깨달으면서 "나는 선입관과 무지를 따르고 이성을 쫓아낸 거야. 지금 이 순간까지 난 나 자신에 대해 모르고 있었던 거야"(143)라고 절규한다. 펨벌리를 보면서 엘리자베스는 자신의 깨달음을 확인한다.

엘리자베스는 변모한 다아시의 재청혼을 수락한 후 이 사실을 제인에게 알리는 과정에서 언제부터 다아시를 좋아하게 되었느냐는 제인의 질문에 다아시의 아름다운 펨벌리 저택을 보고 난 후부터라고 대답한다(258). 놀라는 제인에게 엘리자베스는 이 말은 농담이며 사실은 다아시에 대한 사랑을 확신하고 있다고 진지하게 말하기는 하지만 이 말은 상당한 논란을 일으키기도 하는 부분이다. 펨벌리의 우아한 풍경과 저택에 매료된 엘리자베스는 기뻐하면서 펨벌리의 여주인이 된다는 것은 굉장한 일이라며 "이런 집의 여주인이 될 수도 있었는데"라며 일말의 후회를 느끼기도 하기 때문이다(167). 월터 스코트는 엘리자베스가 펨벌리를 방문하고 나서야 청혼을 거절한 것이 바보짓이었다고 깨닫는다고 하면서 엘리자베스의 속물적인 면을 시사하고 있기도 하다(Scott 194-5). 그러나 펨벌리라는 거대재산의 상징을 보고 엘리자베스가 다아시의 청혼을 받아들인 것으로 단정 짓는 것은 무리일

것이다. 엘리자베스는 이 곳에서 다아시를 만나지 않기를 바라며 결혼에 대한 꿈도 꾸지 않는다. 펨벌리가 아무리 멋져도 엘리자베스가 여기서 느끼는 것은 "심미적 반응"일 뿐이다(Michael Williams 63). 단지 펨벌리는 다아시라는 인물을 새로이 보여주는 장치로 작용하고 있다. 인위적인 면이 없이 자연스러운 풍경을 지녔으며 로징스의 화려한 가구에 비해 더 고풍스럽고 우아한 가구가 설치되어 있는 펨벌리는 다아시의 부와 지위뿐만 아니라 기호를 나타내주는 것이다(Mudrick 95). 게다가 펨벌리에서 만난 다아시의 가정부인 레이놀즈 부인(Mrs. Reynolds)은 다아시가 "최고의 지주이자 최고의 주인"(169)이라면서 인간적으로도 훌륭한 미덕을 지니고 있다고 한다. 펨벌리는 단순히 물질로서가 아니라 숨겨져 있던 "소유주의 진짜 성격"을 나타내는 상징물로 등장하는 것이다(Gooneratne 96). 레이놀즈 부인의 증언처럼 다아시의 인품이 확대되는 것은 엘리자베스가 다아시의 미니어쳐를 본 이후 곧 그의 실물 초상화를 보게 된다는 점에서도 상징된다. 위컴은 미니어쳐 속의 모습으로 그대로 남아 있는 반면에 엘리자베스는 갤러리로 안내되어 다아시의 "더 멋지고 더 큰 초상화"(168)를 보게 되는 것이다. 웃고 있는 다아시의 초상화는 "다아시의 성격의 본질적인 부분"을 나타내는 것이다(Burlin 160).

엘리자베스는 다아시의 편지를 읽은 후에 위컴과 제인에 대한 다아시의 행동에 대한 오해를 풀었으며 그가 베넷 부인을 비롯한 자기 가족의 주책없는 모습에 대해 혐오감을 느꼈을 수도 있다는 것을 인정하게 된다. 그 이후 펨벌리에서 여러 가지를 보고 들은 후에 다아시가 "아주 불쾌하고 고약한 인간"(8)과는 거리가 멀다는 점을 확신하게 된다. 그러나 다아시가 자신의 사랑을 인정하기를 주저했던 또 하나의 원인, 즉 엘리자베스의 낮은 신분관계에 대한 불만을 여전히 가지고 있을 정도로 신분차별적인 사고방식을 가진 사람일 것이라는 엘리자베스의 생각은 변함이 없다. 따라서 엘리자베스는 우연히 다아시와 마주쳤을 때 가드너 부부에 대한 다아시의 행동을 주시하면서 당연히 다아시가 신분차별적인 행동을 취할 것이라고 생각한다. 그러나 오스틴은 이 부분에서 다아시의 놀라운 변화를 꼼꼼히 그리고 있다. 다아시는 자신이 멸시할 법도 한 상인계급인 가드너 씨와 함께 한 자리에서 "놀랍도록 변했고", "그토록 위엄을 부리지 않는 태도", "그런 다정함"(172)을 보이므로 가드너 씨 마저 다아시에 대해 "사람이 행동거지 나무랄 데 없고, 예의바르고, 겸손하더구나"(175)라고 칭찬을 하게 되는 것이다. 가드너 씨에 대한 다아시의 태도에서 그가 전통적인 신분 개념을 다소나마 극복했음을 알 수 있으며 이런 다아시의 변화는 새로운 도덕적 가치를 다아시가 수용할 가능성을 시사하는 것이다. 그러므로 "그렇게 자만심 가득한 사람의 그러한 변화"(181)를 몸소 느낀 엘리자베스는 다아시를 새로이 보게 되는 것이다. 게다가 리디아와 위컴의 사건을 몸소 나서서 해결해준 다아시에 대해서 엘리자베스가 감사를 느끼면서 다아시를 사랑하게 된 점은 설득력 있게 그려져 있다(Brower 63).

엘리자베스는 베넷부인이 그토록 바라던 "합법적인 재산"을 얻었지만 그것은 서로의 "감정과 견해"를 중시하고자 하는 자신의 도덕적 결단을 끝까지 지킴으로서 가능해진 것이다. 이런 힘겨운 투쟁이 있었기에 엘리자베스는 다아시와 다소의 균형을 이루는 결혼을 하는 것이 가능해지며 다아시는 엘리자베스에게 군림하는 자세가 아니라 그녀의 이해를 구하는 자세로 변한 것이다. 오스틴은 여성의 어려운 현실을 이해하고 그 속에서 생존해야만 하는 여성의 현실적 선택을 이해하면서도 자신의 도덕적 정체성을 잃지 않고 끝까지 지켜나가는 엘리자베스를 통해서 바람직한 결혼, 이성적 사랑과 상호이해, 존경에 기반을 둔 결혼을 성취할 가능성을 열어두고 있다(Mellor 53).

IV. 맺음말

위에서 살펴 본 바처럼 『오만과 편견』에서 오스틴은 결혼이라는 선
택의 기로에 선 샬롯과 엘리자베스를 통해서 결혼 이외에는 별다른
삶의 방식을 찾을 수 없었던 여성이 처해 있는 어려운 현실을 드러내
면서, 재산이 없는 여성이 결혼을 통해서 재산을 확보해야하는 필연
성과 자신의 도덕적 정체성을 지키고자 하는 의지 사이에서 힘든 결
단을 내리는 모습을 잘 그리고 있다. 오스틴은 특히 엘리자베스를 다
아시와 결혼시키면서 물질적 번영과 도덕적 번영의 조화로운 관계를
이루고자하는 소망을 보여주고 있다(Evans 19). 물론 엘리자베스의 경
우에는 가능해진 이런 결혼이 도덕적 진지성을 지닌 모든 여성에게
실현될 수 있는 것은 아니라는 것이 오스틴이 그토록 힘겹게 엘리자
베스의 결혼을 그리고 있는데서 암시되고 있다.

그런데 결혼을 앞둔 여성들의 힘든 현실이 결혼 후라고 해서 완전
히 해결되는 것도 아니라는 것을 오스틴은 시사하고 있다. 엘리자베
스가 자신의 도덕적 진지함을 지키면서도 성공적으로 재산을 성취하
는 결혼을 이루기는 했지만 여전히 그녀에게 가해지는 녹녹치 않은
현실적 위험이 간과되지 않고 있다. 베넷 부인은 다아시와 결혼하게
된 엘리자베스를 축하하면서 "런던 시내에 집이 있겠다! 모든 것이 너
무 근사하구나!... 일년에 10,000 파운드라니!"(261)라고 부러워하지만
그러한 표면과는 달리 엘리자베스는 여전히 다아시의 재산에 직접 관
계하고 있지 못하다. 엘리자베스는 낭비벽이 심한 리디아를 도와주지
만 그것은 자신에게 허용된 용돈을 쪼개서만 가능할 뿐이라고 묘사되
어 엘리자베스의 한계가 지적되고 있는 것이다.

오스틴은 결혼한 여성의 권한이 가부장제 가정에서 축소될 수밖에
없으며 그것이 재산 문제에 국한 되지는 않는다는 현실인식을 드러낸
다. 엘리자베스는 결혼 후에 재산에 대해서 한정된 권한만을 가지게

될 뿐 아니라 가정 내의 전반적인 상황에서도 그녀의 권한은 한정된 범위 내에 머무를 것이라는 것이 암시되고 있다. 엘리자베스는 다아시와 어느 정도 동등한 결혼을 한 것으로 볼 수 있지만 결혼 후 주도적인 역할은 여전히 남성에게 온전히 가 있게 될 것이 예상된다. 그것은 엘리자베스의 변모에서부터 나타난다. 빙리가 좋은 친구라는 다아시의 말을 듣고서 엘리자베스는, 빙리가 다아시의 말만 듣고 그렇게 쉽게 제인을 포기한 것을 비웃고 싶어서, 그렇게 쉽사리 친구의 말을 듣기 때문에 그의 가치가 더욱 높이 여겨지는 것이 아니냐고 농담을 하려다가 자제를 한다. 다아시가 이런 비웃음 섞인 농담도 들어봐야 한다고 생각하면서도 "지금부터 시작하기에는 너무 이르다"(256)고 생각하는 것이다. 이처럼 비웃기에 앞서 다아시에게 시간을 주는 것은 인간적이고 성숙한 모습으로 변모한 엘리자베스를 나타내기도 하지만 달리 생각하면 미래의 아내로서 주도하기보다는 다아시의 주도를 기다리는 태도라고 할 수 있다(Boone 96). 즉 엘리자베스는 결혼을 앞둔 시점부터 이미 자신의 말을 억제해야할 필요성을 배우고 있는 것이며 겸손한 과묵함으로 자신의 성숙함을 나타내고 있다(Gilbert 160). 또 다아시에게 장난스럽게 말을 거는 엘리자베스를 보고 다아시의 여동생 조오지아나(Georgiana)가 놀라는 모습을 묘사하면서 오스틴은, 그가 10년 연하의 동생에게는 "허용하지 않을"(268) 것을 아내에게는 허용한다고 서술하여 엘리자베스의 재치와 농담이 다아시의 묵인을 전제로 한다는 것을 시사하고 있다. 이처럼 엘리자베스처럼 똑똑하고 재치 있고 생기 넘치는 여주인공도 결국 남성의 힘과 권한에 굴복하고 있다는 점이 간과되지 않고 있다. 다시 말하자면 오스틴은 다아시와 엘리자베스의 동등한 결혼이 이루어진 것처럼 독자가 믿게 만들고 있으면서도 바로 이런 부분이 품고 있는 어두운 뉘앙스를 통해 진정 동등한 결혼이 아직 영국에서 가능하지 않다는 것을 상기시켜줄 정도로 정직하다(Mellor 57). 오스틴은 엘리자베스를 통해서 여성이 자신의 도덕적 정체성을 누릴 수 있는 결혼의 가능성을 힘겹게 그리고 있으면서도 여전히 상존하고 있는 현실적 위험의 그림자를 포착하고 있는 것이다.(『19세기영어권문학』9권 2호)

< 인용 문헌 >

Austen, Jane. *Pride and Prejudice*. Ed. Donald J. Gray. New York: Norton, 1966.

Boone, Joseph Allen. *Tradition Counter Tradition--Love and the Form of Fiction*. Chicago and London: University of Chicago Press, 1987.

Brower, Reuben. "Light and Bright and Sparkling: Irony and Fiction in *Pride and Prejudice*." *Jane Austen: A Collection of Critical Essays*. Ed. Ian Watt. Englewood Cliffs, N. J.: Prentice-Hall, Inc., 1963. 62-75.

Burlin, Katrin R. "'Pictures of Perfection' At Pemberley: Art in *Pride and Prejudice*." *Jane Austen: New Perspectives*. Ed. Janet Todd. New York: Holmes & Meier Publishers, Inc., 1983. 155-170.

Evans, Mary. *Jane Austen & The State*. London & New York: Tavistock Publications, 1987.

Gilbert, Sandra M. & Gubar, Susan. *The Madwoman in the Attic*. New Haven: Yale University Press, 1979.

Gooneratne, Yasmine. *Jane Austen*. Cambridge: Cambridge University Press, 1970.

Leavis, F. R. *The Great Tradition*. Harmondsworth: Penguin, 1948.

Leavis, Q. D. *Collected Essays 1: The Englishness of the English Novel*. Ed. G. Singh. Cambridge: Cambridge University Press, 1983.

Mellor, Anne K. *Romanticism & Gender*. New York & London: Routledge, 1993.

Mingay, G. E. *English Landed Society in the Eighteenth Century*. London, 1963.

Moers, Ellen. *Literary Women*. Garden City, N.Y.: Doubleday, 1976.

Mudrick, Marvin. "Irony as Discrimination: *Pride and Prejudice*," *Jane Austen: A Collection of Critical Essays*. Ed. Ian Watt. Englewood Cliffs, N. J.:

Prentice-Hall, Inc., 1963. 76-97.

Satz, Martha. "An Epistemological Understanding of *Pride and Prejudice*: Humility and Objectivity." *Jane Austen: New Perspectives*. Ed. Janet Todd. New York: Holmes & Meier Publishers, Inc., 1983. 171-186.

Scott, Walter. "Unsigned review of *Emma.*" *Quarterly Review*, XIV (1815): 188-201.

Van Ghent, Dorothy. *The English Novel: Form and Function*. New York: Harper Torchbooks, 1953.

Williams, Merryn. *Women in the English Novel 1800-1900*. London: Macmillan Press, 1984.

Williams, Michael. *Jane Austen: Six Novels & Their Methods*. New York: St. Martin's Press, 1986.

제인 오스틴. 『오만과 편견』. 윤지관·전승희 역. 서울: 민음사, 2003.

보이지 않는 경계선-『엠마』와 "문화자본"

한 애 경

I. 부르디외의 '문화자본'

　『엠마』(*Emma*)는 제인 오스틴(Jane Austen, 1775-1817)이 죽기 바로 전 해인 1816년에 출판된 네 번째 장편이다. 이제까지 『엠마』에 관한 연구는 아이러니나 내러티브 등 주로 형식적인 면이나 자아각성 및 개인과 사회의 조화라는 내용 면에서 제법 많은 접근이 이루어져왔다. 먼저 이 작품은 대체로 기법적으로 짜임새 있는 오스틴의 여섯 편의 장편 중에서도 주로 형식의 균형과 조화 면에서 가장 완성도가 높은 작품으로 극찬을 받아왔다. 『오만과 편견』(*Pride and Prejudice*)이 가장 인기 있는 작품이라면, 『엠마』는 위트가 부족하지만(Poovey 212) 가장 위대한 작품이라 평가된다(Moore 1768). 가령 와트(watt)는 리차드슨(Richardson)의 "표현의 리얼리즘"(realism of presentation)과 필딩(Fielding)의 "판단의 리얼리즘"(realism of assessment)의 장점을 결합시킨 오스틴의 "기술적 천재성"을 칭찬하며(9-37, 337-39), F. R. 리비스(Leavis)는 영문학의 '위대한 전통'이 오스틴에서 시작된다고 본다. 부스(Booth)는 엠마의 결함에도 불구하고 독자로 하여금 여주인공에게 공감과 비판적 거리를 유지하게 한 뛰어난 서술기법과 짜임새 있는 형식을 칭찬한다(Booth

243-64, 특히 256, 249. 이외에 Ferriss 123 참조). 또한 엠마 우드하우스(Emma Woodhouse)의 자아각성이라는 주제에 관해서도 많은 논의가 이루어져왔다. 최근에는 페미니즘 입장에서 접근하여, 오스틴이 여주인공의 결혼에만 관심을 지닌 작가가 아니라 여주인공이 결혼을 추구하는 과정에서 제기되는 여러 가지 여성문제를 아이러니를 통해 비판하고 전복한 페미니스트 작가임을 밝혀준 바 있다.[1]

본고에서는 이런 기존의 접근에서 한 걸음 더 나아가 프랑스의 저명한 사회학자인 피에르 부르디외(Pierre Bourdieu, 1930-2002)의 "문화자본(cultural capital)"과[2] 계급이라는 관점에서 『엠마』를 새롭게 조명해 보고자 한다. 지금까지 『엠마』를 분석한 논문은 많이 있었지만, '문화자본'이라는 개념에 의거한 분석은 가볍게 지나가며 언급한 콥랜드(Copeland)의 분석(Edward Copeland 89-116) 외에 별로 없는 것으로 알고 있다. 그러므로 이런 접근은 자아각성의 주제나 엠마의 결혼을 사회·경제적 측면에서만 보는 분석, 그리고 페미니즘적 접근 등의 기존 분석에서 벗어나 18세기 당시 급부상하던 부르주아 계급 및 귀족계급에 대한 오스틴의 입장을 정립함으로써, 이 작품을 더욱 새롭고도 깊이 있게 이해하게 해줄 것이다.

이제 본격적인 분석에 들어가기에 앞서 사르트르(Sartre) 이후 프랑스 최고의 행동하는 지성으로 평가되는 부르디외의 '문화자본'에 대해 잠시 살펴보자. 본고의 관심은 ('아비투스habitus'와 계급론, 취향 및 문화자본과 계급재생산, 상징폭력과 지배이론, '장'Field의 이론[현택수 111]과 지식사회학, "구별 짓기" 등) 그의 여러 이론 중 핵심 개념이라 할 문화자본과 계급이다. 그는 자본을 '권력의 사회적 관계', 즉 행위자(집단, 계급)와 지배의 정당성을 획득하고 유지하기 위해 동원되는 모든 수단으로 정의한다. 그는

---

1) 일례로 Mary Poovey와 Claudia Johnson 등의 논의가 있다.
2) 한국 사회 계급 연구에서 문화 자본이 갖는 함의와 중요성에 주목하기 시작한 것은 1990년대 들어와 부르디외 이론이 소개되면서부터이다(윤정로 1991; 현택수 외 1998; 홍성민 2000; 조은 50).

자본의 개념을 경제적 의미에 한정하지 않고 다른 영역에도 확대하여 경제
자본(재화 및 자산)과 문화자본(학위증을 포함한 문화적 산물 및 서비스)·
사회자본(사회적 연결망 및 지인, 인맥 등)·상징자본(위신, 신앙, 존엄, 명예,
명성 등 정당화 기제, 사회적 권위 등)의 네 가지 유형으로 나누었다.[3] 그는
이처럼 경제 분석의 논리를 비경제적인 상품과 서비스로 확대하여 '문화자
본'이라는 개념을 만들었다(Swartz 1997, 73-74, 75). 문화자본은 "고급문화
활동을 하게 해주는 사회화 과정을 지칭하는 개념"(Kalmijn & Kraaykamp
1996, 23)이나 "사회적·문화적 배제를 위해서 사용되는 태도와 선호, 공식
적인 지식, 행동, 상품, 자격증" (Lamont & Lareau 1998, 156), 또는 지배적인
문화의 코드와 관행에 대한 숙달과 친숙함"(Achaffenburg & Maas 1997, 573)
등 다양하게 정의되나(장미혜 99), 대부분의 논의에서 고급문화에 친숙할
수 있는 문화적 성향이나 "가족의 사회화 과정 속에서 얻어진 상징적·인지
적·미학적 능력을 모두 포괄하는"(Joppke 1986, 24; 장미혜 109에서 재인용)
복합적인 개념이다.

그 중에서도 문화 자본은 크게 상속자본(inherited cultural capital, 부모의
학력 수준이 높은 사람들)과 획득자본(acquired cultural capital, 본인의 교육
수준이 높은 사람들)의 두 가지로 구분할 수 있다. 상속자본이 "사회화 과
정에서 습득되어 오랫동안 지속된 성향과 아비투스"를 의미한다면, 획득
자본은 "공식적인 교육과 훈련을 통해 얻어진 자질"을 일컫는다(장미혜
97-98). 그 결과 동일한 상층 계급 내에서도 "학문적인 성공을 매개로 상층
계급에 운 좋게 도달한 사람들(주로 상급 기술자, 공기업 관리직, 중등교육

---

3) ≪구별짓기≫에서는 경제자본 및 문화자본에 근거한 계급간의 서열이 반드시 일치하지
않는다는 점이 강조된다. 문화자본의 고유한 특성으로, 1) 문화자본의 최초 습득조건은
출생 가정이나 지역을 떠난 후에도 변치 않으며, 2) 문화자본은 실체가 분명치 않는 비
물질적 대상을 의미하며, 3) 문화자본은 종종 은폐된 형태로 존재하며 사람들은 문화자
본의 존재를 오인한다(Featherstone 1991, 106)고 지적한다. 또한 부르디외에 의하면 경제
자본, 문화자본, 사회자본, 상징자본은 각기 '사회적 장(場)들'을 이루고 이 사회적 장들
의 다차원적인 복합관계가 '사회공간'을 구성한다. 행위자의 사회적 지위는 각 장에서
점하는 위치들의 복합적 비례관계에 의해 정해진다(정일준 37). 이외에 현택수 110 참조.

교사)과 부르주아지 계급의 오랜 구성원"(Bourdieu 1995, 441) 간의 취향이 다르다(Bourdieu 1982, 243; 장미혜 107-08; 정일준 31-32). 또한 문화자본의 형식은 1. '체화(滯貨)된 (Embodided State) 문화자본', 2. '객관적(objectified state) 문화자본', 3. '제도적 문화자본'의 세 가지로 나뉜다. 첫 번째 '체화된 상태의 문화자본'은 (아비투스로 개념화되는 지속성을 지닌 신체적 성향이나 습성 같은) '신체자본 내지 상속 자본으로 표현된다. 두 번째 객관화된 상태의 문화자본은 주로 도서나 그림, 기계나 건물, 골동품 같은 문화적 재화(물적 대상)를 지칭하며, 경제자본처럼 법적 소유권을 가질 수 있고 상속을 통해 다음 세대로 세습된다. 세 번째 (학력자본이나 획득자본 등) 제도화된 문화자본은 공식적인 교육 과정을 통해 획득되며, 정규교육 연수로 측정된다((Bourdieu 1996, 37; 장미혜 108-09).

부르디외에 의하면 개인은 정식 교육이나 사회계급 문화를 통해 '문화자본'을 소유하며, 옷, 영화, 책, 가구, 미술, 음악 등 모든 문화 자본은 사회적·경제적 불평등 및 이를 영속화하는 '구별 체계'(systems of distinction)를 낳는다. 다시 말해 고상한 취향 같은 문화자본이 사회구조적인 것이라기보다 본래 있는 것이라는 '체계적 오인'(systematic misconception)에 의해 계급이 보존된다. 즉 계급별로 문화적 취향의 차이는 계급체계를 정당화하고 재생산하게 된다. 이처럼 경제·사회자본 외에 체화된 문화자본이 계급 결정(계급재생산)에 중요 요인이라는 것이다.

문화자본의 분석은 교육체계의 연구와 아비투스의 행위이론 및 취향과 불가분의 관계에 있다. 먼저 부르디외는 어린이들이 사회적 출신 계급별로 학업 성취가 다른 현상, 즉 상이한 계급이나 계급 분파 출신의 어린이들이 학력 시장에서 얻는 이익이 문화자본의 분포에 따라 다른(Bourdieu 1982, 243) 현상을 연구하다가 이 문화자본 개념을 발견했다. 그에 의하면, 학교 성적은 개인의 재능이나 성취보다 가정에서 물려받은 문화자본의 양과 유형으로 더 잘 설명된다는 것이다(Swartz 75-76; 현택수 114-16). 문화자본을 많이 보유한 부모 슬하에서 자란 사람은 부모에게 물려받은 문화자본을 보다 손쉽게 교육적 자질로 전환시킬 수 있는데, 이런 입장은 문화자본을 습득하는데 어린 시절의 초기 사회화 과정의 중요성, 즉 상속자본의 효과를 강조하는 것이다(Savage, Barlow, Dickens & Fielding 1992, 17).[4] 이처럼 문화자본과 교육적인 성취도 간의 연관 관계를 밝히는 작업은, 미시적인 수준에서 계급간의 자녀 교육에 대한 지원의 차이가 자녀의 학업 성취도에 미치는 영향 분석을 넘어, 부모의 자녀교육 지원이 거시적인 수준에서는 다음 세대에도 부모와 유사한 계급이 되게 만드는 거대한 계급 재생산 전략의 일환임을 보여준다. 학교교육은 표면상 계급 권력 관계에서 중립적으로 보이지만, 문화자본의 배분을 불균등하게 재생산함으로써 부모와 자녀의 계급이 일치되는 계급재생산에 기여하게 된다(장미혜 116).

또한 부르디외는 취향과 계급구조 사이의 밀접한 관계를 설명하기 위해 구조와 행위를 직접 연결시키기보다 그 사이를 매개하는 구조로서 '아비투스'라는 개념을 도입하였다.[5] 부르디외는 현대사회에서 지배구조나 계급구조가 어떻게 유지되고 재생산되며, 피지배계급이나 노동계급이 그들의 지위를 '자연스러운' 것으로 받아들이는 현상을 맑스 식의 경제결정론을 넘어 문화자본과 관련하여 설명한다. 즉 그는 계급을 나누는 것으로서 경제자본 외에 문화자본이라는 독특한 분류법을 통해 기존 자본의 개념을 확장시켰다. 부르디외는 문화자본은 경제자본과는 독립적으로 그 자체의 가치 구조를 가지며(Bourdieu 1984, 62; 장미혜 107) 경제자본뿐 아니라 문화자본도 사회 계급 간에 불균등하게 배분되면 계급간의 불평등 재생산에

---

4) 반면에 이후 미국에서의 연구들에서는 부르디외가 지나치게 초기 사회화 과정이 문화자본의 습득에 미치는 영향을 강조했다고 비판한다(Achaffienburg & Maas 1997; Erickson 1996; 장미혜 100에서 재인용).

5) 문화적 욕구는 교육에 의해 생기며, 개인에게 예술적 (감상)능력이나 예술적 코드와 분류체계에 대한 감식능력(아비투스)을 부여한다. 따라서 일종의 감식능력으로 이해되는 문화 개념은 결국 체득된 코드를 사용하여 문화적 산물과 행위를 해독하는 내면화된 성향의 체계로서 문화와 동의어가 된다. 아비투스는 개인의 수준에서 실현되지만, 개인의 능력과 습관을 초월한다. 따라서 아비투스는 집단적이거나 계급적인 속성을 부여하는 근거가 된다(정일준 35). 이외에 아비투스에 관해 장 미혜 87-88; 홍성민 18-22; 현택수 117-19; 이상호 134-39 참조.

중요한 역할을 함을 밝혀주었으며, 이 점이 문화자본 연구의 초점이다(장미혜 91). 문화자본을 세습시킴으로써 교육 체계는 계급들간의 문화와 지위의 틈새를 강화시켜 사회 계급구조의 재생산에 기여한다는 것이다(Bourdieu 1982, 244; 장미혜 103).

아울러 문화자본의 핵심인 취향은 선천적으로 물려받은 개인적인 것이라기보다 경험과 생활 속에서 획득한 후천적 성향이므로 계급적·이데올로기적 의미가 있다. 이러한 연유로 부르디외는 1) 취향과 계급구조, 즉 객관적 계급구조와 취향간의 선택적 친화력(selective affinity)에 지대한 관심을 갖고 가장 개인적인 영역에 속한 것으로 간주된 취향의 영역을 사회학의 새로운 분석대상으로 삼았다. 2) 취향은 객관적 계급위치의 사회적 위계를 반영하는 문화적 위계로 조직화된다. 즉 문화와 경제는 상호 구성망 속에서 복잡하게 관련되며, 경제의 계급구분은 반드시 문화의 상징적 구분을 하게 한다. 3) 이러한 취향은 다시 계급구조를 낳고 정당화하며 불평등한 계급구조를 재생산하게 된다. 즉 상징적 상품의 소비가 정당화와 선택을 통해 계급지배의 재생산에 기여한다는 것이다(Gartman 1991, 421-423; Swartz 1977, 547).

본고에서는 『엠마』에서 문화자본과 계급의 관계가 어떻게 나타나는지 고찰해보고자 한다. 이런 분석은 세 쌍의 결혼으로 끝나는 결말 분석에 매우 유용해 보인다. 즉 이 작품에서 경제자본뿐 아니라 문화자본이 계급유지와 계급재생산에 중요한 역할을 한다는 것을 규명하려 한다. 이런 분석은 오스틴의 소설에 등장하는 여성인물들의 결혼을 단지 자아각성이라는 도덕적 측면이나 사회·경제적 측면에서 고려하는 것보다 좀 더 섬세하고도 풍부하게 읽어낼 수 있는 분석틀을 제공해줄 것이다.

Ⅱ. '문화자본'과 계급

이 소설에서 금전적으로 안정되었지만 사생아인 해리엇(Harriet)은 프랭크(Frank)나 나이틀리(Knightley)에게 끌리지만 결국 갖은 우여곡절 끝에 부유한 농부 마틴(Martin)과, 재산은 없으나 우아한 제인(Jane)은 프랭크와, 최고 가문인 엠마는 나이틀리와 결혼한다. 해리엇과 제인, 엠마의 세 여성은 그저 경제적·사회적 측면에서 각기 자기 계급에 어울리게 결혼한다고 평가되어 왔다. 엘튼 부부 및 결말에서 이루어지는 이 세 쌍의 결혼이 부르디외의 문화자본과 계급이란 측면에서는 어떻게 평가할 수 있는지 분석해보자.

1) 급부상하는 부르주아 계급과 문화자본의 결여

필립 엘튼(Mr. Philip Elton)은 하이베리에 온지 2년밖에 안된 젊은 교구목사이지만 신분상승을 꾀하는 야심만만한 부르주아 계급의 인물이다. 엠마는 해리엇을 좀 더 "손질하여"[6] 숙녀로 만들어 엘튼과 결혼시키려 하지만, 정작 그는 만사가 계급으로 결정되는 사회에서 부모와 재산, 그리고 사회적 지위도 없는 사생아인 해리엇에게 관심도 없고, 그녀와 절대로 "경솔하게 결혼"(66)하지도 않으려 한다. 그는 부유한 젠트리 계층인 엠마와 결혼하여 재산과 지위 외에 문화자본까지 거머쥐려 하므로, 엠마에게 청혼했다 거절당하자 휴양지 바스(Bath)에서 만난 오거스타 호킨즈(Augusta Hawkins)와 서둘러 결혼한다. 그녀는 돈 많은 상인집안 출신으로, 우아하고 잘난 척하지만 매너와 교양 없는 무례한 속물이다.[7] 따라서 엘튼은 돈은 있지만

---

6) Austen, Jane. *Emma*. Harmondsworth: Penguin Books, 1966. 이제부터 나오는 본문의 인용은 이 책에 의거하여 면수만 표기하기로 한다. 54면.

7) 신체와 관련된 문화자본의 체화과정에서 시간적인 투자와 교육 같은 장기간의 경제적 투자가 요구되며, 바로 이 과정이 경제 자본이 문화자본으로 전화되는 과정이다. 가장 일반적인 의미의 객관적 문화자본을 소유하기 위해서는 해당 재화에 대한 관심과 애착, 기본지식 등이 필요하다. 제도적 문화자본은 소유자에 대해 상대적 자율성을 유지한다(정일준 31-33). 이와 같이 문화 자본에는 언어 능력, 일반적인 문화적 상식, 미적

문화자본 없는 여성과 결혼하여 재산은 증대되지만 문화자본은 얻지 못한다. 이와 같이 엘튼의 결혼은 그의 속물근성과 지나친 야심, 더 나아가 취향(문화자본)과 대치되는 계급의 문제를 가장 단적으로 보여준다.

문제는 이들 부부가 결혼한 뒤 문화자본까지 있는 체 한다는 점이다. 즉 그들 부부는 상류 사회에서 무례하게 행동하면서 문화자본까지 겸비한 체 함으로써 사회에서 비웃음과 조롱을 당한다. 가령 엠마가 사회적 예의에 따라 갓 결혼한 이 신혼부부를 집으로 초대했을 때, 이들이 문화자본이 결여된 "벼락부자"같다는 인상을 받는다. 또한 후일 엠마의 결혼식에 초대받지 못한 엘튼 부인은 엠마의 결혼식을 자기 결혼식보다 초라하다고 동정하는데, 이 일화에서 그녀가 만사를 물질로 평가한다는 사실이 밝혀진다. "흰 새틴을 그렇게 조금 쓰고, 레이스 베일도 그렇게 조금 쓰다니. 아주 불쌍한 일이군!"(484)이라는 엘튼 부인의 말은 돈은 있되 교양 없이 상품에만 주목하는 문화자본의 빈곤을 드러낸다(Copeland 108). 요컨대 엘튼 부인이 교육을 통해 얻은 제도화된 문화자본은 엠마나 제인의 성장과정에서 체화된 문화자본에 비하면 아주 보잘 것 없다. 이처럼 문화자본의 차이는 생산 영역보다 소비 영역에서 보다 가시적으로 드러나며, 계급간의 장벽은 일상생활 속에서 나타난다(조은 51, 82-83).[8]

이처럼 만사를 물질적 가치로만 평가하는 속물적인 엘튼 부부는 문화자본 면에서 가장 재미있고 분명한 분석대상이 된다. 이 부부의 경우 문화자본의 결여 때문에 경계할 대상으로서 가장 혹독히 비판된다. 이 점은 좋은 친구인 엘튼가의 섬세한 취향에 관해 별로 할 말이 없다는 작가의 대변인 격인 나이틀리의 언급에서도 암시된다. 이런 묘사 뒤에는 막대한 재산을

취향, 학교제도나 학벌이나 졸업장, 계급 지표에 대한 정보 등 광범위한 자원이 포함된다(Bourdieu 1996; 장미혜 106).

8) 부르디외는 《구별짓기》에서, 소비 영역에서 드러나는 계급 간 차이가 각 계급의 경제적인 소비 능력의 차이뿐 아니라 어린 시절 가정 내의 사회화 과정이나 공식적인 교육 과정에서 형성된 취향의 차이에서 비롯된다는 점을 보여준다. 이처럼 각 계급 구성원들의 소비 행위는 경제적인 요인으로만 설명될 수 없다(장미혜 116-17).

획득했으나 문화자본 없이 급부상하는 중산층에 대한 작가의 우려 및 이들이 지배계급에 편입되기를 저지할 방안은 문화자본이라는 작가의 생각이 들어있다. 작가의 이런 우려는 엠마와 나이틀리의 결혼식에 엘튼 부인을 의도적으로 배제시켜, 문화적 가치체계(distinction)에 따른 "구별 짓기"를 옹호한 데서도 드러난 바 있다.

엠마의 친구인 해리엇은 결국 농부인 마틴과 결혼한다. 엠마는 십 육 년간 자신의 가정교사로서 어머니와 친구 역할을 해준 32세의 테일러 양(Miss Taylor)과 홀아비 이웃 신사 웨스턴 씨(Mr. Weston)[9]의 중매에 성공하자 해리엇을 지위가 높은 엘튼이나 프랭크와 차례로 결혼시키려 하지만, 이들은 각기 돈 있는 오거스타 호킨즈와 결혼하거나 제인과 비밀약혼을 함으로써, 엠마의 계획은 좌절된다. 엠마의 계획은 해리엇을 좋아하는 나이틀리 영지의 부유한 자작농 로버트 마틴(Robert Martin) 때문에도 방해를 받는다. 출생을 알 수 없던 사생아로 돈도 지위도, 문화자본도 없던 해리엇은 뒷부분에서 상인의 사생아로 밝혀져 재산을 얻게 되며, 마틴은 건실한 농부로서 돈은 있지만 문화자본이 없다. 그러므로 금전적으로 안정되었지만 사생아인 해리엇과 부유한 농부 마틴은 돈은 있지만 문화자본이 없는 사람끼리 결혼함으로써 계급구조를 계속 유지한다. 즉 해리엇이 "출생이나 성격, 교육상 로버트 마틴보다 더 높은 계급"(61)과 결합할 수 없다는 나이틀리의 말처럼, 해리엇과 마틴은 신분이나 재산, 문화자본 면에서 서로 어울리게 결혼한다.

작가는 돈은 있지만 문화자본이 결여된 엘튼 부부와 해리엇 부부의 경우, 같은 중간 부르주아 계급이라도 엘튼 부부에 비해 해리엇 부부를 그렇게 경계하거나 싫어하지 않는다. 그 이유는 해리엇 부부는 엘튼 부부처럼 문화자본이 있는 척 하지 않으며, 신분상승을 위해 '보이지 않는 계급의 경계선'을 넘으려 애쓰지도 않기 때문이다.

---

[9] 웨스턴 씨는 하이베리 출생의 육군 장교로서 런던에서 장사로 돈을 모아 수십 년에 걸쳐 하이베리 상류사회에 확고히 정착하였다.

2) 젠트리 계급과 문화자본의 획득

제인은 교구 목사인 할아버지의 손녀로 젠트리 가정에서 태어났지만, 세 살에 부모 잃은 고아가 되어 나이틀리나 우드하우스의 호의로 살아갈 정도로 가난한 여성이다.[10] 그녀는 엠마와 비슷한 나이에 좋은 가문과 미모, 우아함을 지녔으며 피아노나 노래실력 등 재능과 교양도 있다. 제인은 이처럼 사회적 지위 및 좋은 가문에서 체득한 문화자본은 있지만 경제적으로는 박탈된 상태에 있다. 따라서 재산만 제외한다면 거의 모든 관점에서 엠마보다 우월하다고 하겠다(Booth 249). 그러나 이 한 가지 차이는 당시 결혼시장에서 제인의 다른 장점을 모두 상쇄해버릴 만큼 엄청난 영향력을 발휘한다.

엠마는 나이나 교육, 계급상 비슷하지만 교양과 지성, 우아함 등 문화자본에 있어 우월한 제인에게 무의식적으로 미묘한 경쟁심과 질투를 느낀다. 엠마는 그들의 소원한 관계를 속을 잘 털어놓지 않고 늘 뭔가 숨기는 제인의 탓으로 돌리지만, 실은 엠마의 경쟁심과 질투가 더 큰 원인이다. 자신의 자존심과 우월감을 충족시켜주는 해리엇과는 달리, "정말로 교양"(180)과 문화자본을 지닌 제인의 등장은 엠마에게 그간 누려오던 우월감과 자신감을 손상시킬 만큼 커다란 위협이자 도전이었기 때문이다. 이런 이유로 그녀와 제인은 가까워질 수 없다(Langland 229). 가령 엠마는 콜씨의 파티에서 제인이 피아노를 잘 치자 자존심이 상해 낯모르는 익명의 사람에게 받은 피아노 선물 때문에 제인과 유부남인 캠벨의 사위 딕슨(Mr. Dixon)씨의 관계를 근거 없이 의심하는가 하면, 제인의 경제적 궁핍 때문에 그녀를 친구

---

10) 제인은 지참금이 전혀 없음을 고려한 아버지 친구 캠벨 대령(Colonel Campbell)의 호의로 양가집 숙녀의 생계수단으로서 가정교사직에 필요한 모든 교양과 지식을 습득하였다. 그녀는 프랭크와의 비밀약혼이 알려지기 전 캠벨 대령 집에서 양육되다가 착하지만 수다스런 노처녀 이모 베이츠 양(Miss Bates)과 할머니 베이츠 부인(Mrs. Bates)과 함께 살면서 생활비를 벌어야 한다. 따라서 제인은 결혼을 하거나 속물적인 엘튼 부인이 주선한 굴욕적인 가정교사 일자리를 수락하는 것 외에 이런 가련한 처지에서 벗어날 탈출구가 없다.

라기보다 보살펴주어야 할 가련한 동정의 대상으로 여긴다. 엠마는 이렇듯 문화자본 면에서 자기보다 우월한 재인을 경계한다.

한편 프랭크 처칠(Frank Chrchill)은 엠마의 가정교사인 테일러 양(Miss Taylor)과 재혼한 웨스턴 씨(Mr Weston)의 전처 소생 아들로 외삼촌인 요크셔주 앙스콤(Enscomb)의 명문가 처칠 장군의 양자로 들어갔다. 그러나 그는 양부모에게 상속을 못 받을까봐 제인과의 약혼을 숨긴다. 그는 급부상하는 부르주아와 더불어 급속히 세력을 얻어가던 군인 집안에서 나름대로 재산과 사회적 지위 그리고 교양을 후천적으로 교육받았지만, 문화자본은 부족한 편이다. 이와 같이 전통적인 맑시즘에서는 단일한 계급으로 인식되던 지배계급이 부르디외에 오면 문화자본은 많지만 상대적으로 경제자본이 적은 분파와, 반대로 경제자본은 많지만 문화자본은 적은 두 개의 분파로 나뉜다. 이처럼 문화자본과 경제자본은 상호보완적일 수도 있지만, 대체로 배타적인 개념이다(Frows 2000, 52; 장미혜91-92). 따라서 프랭크는 제인과의 비밀 약혼을 은폐하려고 엠마에게 의도적으로 접근하는 등 갖은 우여곡절 끝에 제인과 결혼함으로써 한층 성장하게 될 것이다. 구체적으로 재치와 뛰어난 화술, 개성으로 쉽게 사람의 마음을 사로잡는 유쾌하고 매력적인 인물이긴 하지만 의무와 책임감은 없던 그는 이제 한층 책임 있는 인물로 변화될 것이다. 부르디외 식으로 말하자면, 프랭크는 제인과 결혼하여 그녀의 존중할 만한 가문(계급)과 우아한 태도(문화자본) 덕분에 그에게 부족했던 문화자본을 보완하여(Langland 227) 더 훌륭한 젊은이가 되어 한층 유망한 미래를 얻게 되리란 것이다. 이 점은 제인의 문화자본을 칭찬하면서 제인과 프랭크의 결혼이 "사회와 중요한 모든 습관[문화자본], 매너에 관한 한 … 동등한 상황"(415)이라는 나이틀리의 긍정적 평가에서도 입증된다.

이상에서 제인은 출생이 불분명하고 가난하다는 점에서 해리엇과 유사하지만 문화자본 면에서 해리엇과 구분되며, 또한 경제자본 면에서는 엘튼 부인보다 못하지만 "출생"(사회자본)과 "교육자본"(문화자본) 면에서는 그녀와 완전히 구별된다는 사실이 밝혀진다. 제인의 탁월한 문화자본을 높이 평가하는 오스틴은 문화자본이 부족한 프랭크를 제인과 결혼시켜 문화자본을 얻게 한다. 즉 재산은 없으나 우아한 제인과 돈은 있으나 문화자본이 부족한 프랭크가 각기 문화자본과 경제자본을 교환하게 함으로써, (신분과 재산상) 서로 어울리는(Langland 227) 계급의 연대를 옹호하는 듯하다. 작가는 이렇듯 부르주아 출신의 프랭크가 젠트리 계급의 문화자본을 획득해 한 계급 상승하는데, 즉 '보이지 않는 경계선'을 넘는데 거부감이 없는 듯하다.

3) 이상적인 지배계급

나이틀리는 이웃마을에서 최고 가문으로 계급이나 재산, 그리고 문화자본 면에서 볼 때 엠마와 유일하게 어울리는 인물이지만, 16세라는 현격한 나이차이 및 사돈총각이라는 친인척관계 및 도덕적 안내자이자 스승 같은 역할 때문에 그들의 결혼가능성은 애초에 배제된다. 가령 상식과 이성, 정확한 판단력 을 지닌 그는 엠마가 자신의 자존감과 지성, 아버지와 사회를 버리지 않고 그녀의 한계에서 벗어나도록 도와주는 성숙한 기준의 역할을 했던 것이다. 구체적으로 나이틀리는 인격적으로 성숙할 뿐 아니라, 자신의 소유지나 하이베리 주변의 사회활동에 적극 관여하는 등 외적인 면에서도 완벽한 규범 같은 인물이다. 가령 그는 지배계급은 물론 건실한 농부 마틴을 "나의 친구"라고 부르는 등 이웃의 소작인과 중하류 계급 사람에게도 따뜻한 친절과 관심, 관용을 보인다. 그는 가난한 베이츠 양이 원할 때는 언제든지 마차를 쓰도록 하며, 무도회에서 엘튼에게 모욕당한 해리엇에게 춤을 청해 구해주는 등 주위 사람을 배려한다. 또한 그는 사회적으로 자신의 위치에 수반되는 "농장과 양들, 서재와 행정교구를 다스려야 하는" 책임을 인식하고 있으며, 동생 존이 크리스마스 휴가차 방문했을 때 여러 가지 직업적 대화를 나눈다(Duckworth 156). 구체적으로 그는 콜 가의 저녁 파티나 크라운(Crown) 여관에서 엘튼 목사와 웨스턴 씨와 교구나 마을일을 의논한다. 단지 농부라는 이유로 마틴을 "나와 아무 관계가 없는 … 사람들"(59)이나 "다른 부류의 사람"으로 무시하는 엠마와는 달리, 그는 마틴처럼 성실하고 근면한 자작농이 영국사회의 발전에 필요하다면서 마틴의 경제적·사회적 지위 상승을 인정하며 영국의 농업혁명 과정에서 젠트리 계층이 차지농 계층과 협력해야 성공할 거라 생각하는 등 현실을 정확하게 인식하고 있다. 그는 이처럼 지배계급에게 요구되는 자질을 안팎으로 지닌 완벽하고도 이상적인 토지귀족 젠트리로 제시된다.

반면 엠마는 일찍 돌아가신 어머니 외에 재산과 사회적 신분, 문화자본은 물론 미모와 지성, 아버지의 사랑까지 갖춘 부러울 것 없는 여성이다. "안락한 집과 행복한 기질을 지닌 예쁘고, 영리하며, 부유한"(37) 엠마는 "그녀를 슬프게 하거나 화나게 할 게 별로 없는 세계에서 거의 21년간 살았다"(37). 이 유명한 시작은 그녀가 삶의 모든 축복을 두루 갖춘 안정된 하트필드(Heartfield)의 안주인으로서 외적으로 아무 부족함이 없음을 알려준다. 구체적으로 그녀는 런던에서 16마일 떨어진 작은 하이베리(Highbury) 마을에서 가장 유서 깊은 우드하우스 가문-하이베리의 땅을 거의 다 차지한 나이틀리 가문의 돈웰 애비(Donwell Abbey)에 뒤지지 않는(155)-에 속해 있다(154). 게다가 엠마는 부유한 우드하우스 가의 막내딸로 그녀가 물려받을 3만 파운드의 연수입은 1500파운드이다. 그러므로 아버지의 재산은 여주인공의 자기 가치와 확신감의 열쇠로서 강조된다(Ferriss 125). 비록 어머니가 일찍 돌아가시고 늘 매사에 노심초사하는 병약한 아버지가 좋은 역할 모델이 아니므로 가정 환경상 부족한 면이 있긴 하지만, 부르디외 식으로 표현하자면 엠마는 경제·사회자본은 물론 문화자본, 즉 유수한 가문에서 물려받은 체화된 문화자본과 골동품과 가구 등 객관적 문화자본, 교육을 통한 제도적 문화자본, 또는 상속자본과 획득자본까지 골고루 갖추고 있다.

그러나 그녀는 인격적으로 아직 미숙하다. 그녀의 유일한 단점이라면 자기만족, 즉 "너무 지나치게 자기 마음대로 하는 힘과 자신에 대해 지나치게 좋게 생각하는 경향"(37)이다. 작가는 가정이란 왕국에서 제멋대로 군림하는 독재자 엠마에 대해 "나 자신 외에는 아무도 좋아하지 않을 여주인공"(Austen-Leigh 157)이라 언급한 바 있다. 가령 엘튼의 청혼에 분개하고, 농부라는 이유로 마틴을 무시하며, 가난이나 문화자본의 부족 때문에 제인이나 엘튼 부인을 무시하는 것 등은 계급과 지위로 사람을 평가하여 무시하는 예다. 이런 계급적 우월감과 속물근성 때문에 엠마에게는 지배계급에게 요구되는 타인에 대한 배려와 온정이 부족하다.

이런 이유로 엠마는 자신을 최고라 착각한다. 이런 착각은 일차적으로 그녀의 잘못이다. 즉 하이베리와 그 주변에 제한된 그녀의 환경과 경험부족으로 인한 좁은 시야 때문이다. 즉 그녀가 하이베리 사회에서 할 수 있는 사회적 역할이나 경험은 거의 없었던 것이다. 그녀는 바다는 물론 불과 16마일 떨어진 런던, 그리고 칠 마일 거리에 있는 가까운 명소 박스 힐(Box Hill)에도 가본 적이 없다. 게다가 그녀는 외출을 싫어하며 우울증이 있는 아버지 때문에 제한된 반경에서 매우 단조로운 생활을 하며, 그녀의 사회생활이란 이웃에 사는 나이틀리나 가난한 병자 방문, 그리고 이웃 상류계급 사람들과의 저녁식사가 전부다.

따라서 엠마는 하이베리에 자기에게 필적할 만한 인물이 없다는 자만심과 사회적 우월감 때문에 여신처럼 주위 사람의 운명을 지배하려고 중매에 몰두하지만, 거듭 실수할 따름이다. 이런 관점에서 이 작품이 자기 능력을 과신하는 중매쟁이가 자기 잘못을 깨닫는 과정에서 사랑을 발견하는 코미디라는 지적(Ferriss 122)은 적합하다. 구체적으로 엠마의 착각은 결정적으로 세 남성의 의도를 잘못 파악한 세 가지 사건을 계기로 깨진다. 첫째, 엘튼 목사가 해리엇이 아닌 자신을 좋아하며11), 둘째, 프랭크 처칠이 자기 아

---

11) 엠마만이 자신에 대한 엘튼의 연모와 애정을 감지하고 못하고 있다. 가령 엘튼이 해리엇을 모델로 하여 그린 엠마의 그림을 칭찬하며 이 그림의 액자를 런던에서 구해다 갖다 준 것은 해리엇에게 관심이 있어서가 아니라 엠마가 이 그림을 그렸기 때문이다.

닌 제인 패어팩스를 좋아하며,12) 셋째, 나이틀리가 해리엇 아닌 자신을 좋아한다는 것이다.13) 즉 해리엇과 엘튼, 처칠과 제인, 그리고 나이틀리에 대한 세 번의 판단 착오와 박스 힐(Box Hill) 소풍 에피소드(가난한 노처녀 베이츠 양(Miss Bates)을 무례하게 무시한 일 때문에 나이틀리에게 호된 꾸짖음을 듣고(368) 다음 날 직접 찾아가 사과한 일) 등을 통해 자신의 상상과 실제 현실간의 차이(Nachumi 132) 및 자신도 잘못 판단할 수 있음을 깨닫게 된다. 엠마는 이런 실수를 통해 그간 무시하던 중하류 계급 사람을 배려하게 되어 책임 있는 귀족이자 명실상부한 사회지도자 계급이 된다.

나이틀리의 신부가 되기에 부족했던 엠마는 이제 정신적으로 성장하여 원래 완벽한 나이틀리와 결합함으로써, 그들은 '보이지 않는 계급의 경계선'을 넘지 않고 더욱 책임 있는 귀족이 된다. 가령 "화려하지도 과시"(464)하지도 않는 수수하고도 검소한 결혼식은 엠마가 얻은 분별력을 입증한다. 즉 그녀는 과도한 상상력에 기인하는 자기중심적 현실해석과 계급의식으로 인한 하층 계급에 대한 오만한 태도라는 "[그녀] 상황의 …… 진짜 악"(37)을 정복했던 것이다. 이 작품에서 이들의 결혼이 가장 이상적인 결합으로 제시됨으로서, 이 결혼이 책에 구현된 모든 가치를 구현한다는 지적(Booth 259)은 적합하다. 이들의 결혼에서 이상적인 지배계급이라면 계급과 돈(즉 사회·경제자본), 문화자본 외에 내면적 성숙까지 요구하는 오스틴의 생각을 엿볼 수 있다.

---

12) 엠마는 휴양지 웨이머스(Waymouth)에서 만나 서둘러 한 제인과 프랭크의 비밀 약혼이 밝혀지자, 프랭크의 정체를 파악한다. 그녀는 프랭크를 사랑하지는 않았지만, 내심 프랭크가 자기를 좋아하는 것으로 착각하고 그를 조정하여 해리엇과 맺어줄 수 있다고 자신했기 때문에 큰 충격을 받는다. 엠마는 비로소 자신의 짝짓기 행위가 타인들의 사회적·경제적 관계에 간섭하며, 그녀에게 부여된 경제적·사회적·계급적 힘의 남용이었음을 깨닫는다(Tobin 419)

13) 엠마는 농부 마틴을 좋아하는 해리엇에게 처음에는 엘튼을, 나중에는 프랭크를 염두에 두고 좀 더 고상한 사람을 좋아하라고 부추겨왔지만 막상 엘튼에게 춤을 거절당한 자신을 나이틀리가 구해준 일로 그를 사랑하게 되었다는 해리엇의 고백을 듣자, 해리엇은 경제·문화 자본면에서나 내적인 인격 성숙의 면 등 어느 모로 보나 나이틀리에게 부적절한 대상임을 깨닫는다.

한 가지 생각할 점은 해리엇과 제인, 엠마 세 쌍이 각기 자기 계급에 어울리게 결혼하는 이 결말에서 엠마와 해리엇의 관계도 재정립되어야 한다는 점이다. 즉 그들의 관계는 계급의 경계 안에서 더 분명하게 정리되고 (Dole 68) 재배치되어 다른 "구별체계"에 들어가야 한다. 여기서 엠마가 (뒤늦게 등장하긴 하지만) 나이나 신분상 그녀에게 어울리는 제인이 아니라 해리엇과 친한 친구가 된 이유를 생각해 보자. 예술적 취향의 예술가를 친구로 두어야 하는 '문화자본'의 기준에 비추어 볼 때, 해리엇보다는 제인이 엠마에게 어울리는 친구일 것이다. 해리엇은 예쁘지만 돈도 없고 신분도 불확실한 사생아인 데다 어리석기까지 하다. 즉 그녀는 출생이 불분명한 "누군가의 사생아"(53)로 고다드(Goddard) 부인이 운영하는 여학교를 졸업한 뒤 그 학교의 특별기숙생(parlor boarder)으로 있는 예쁘지만 약간 모자라는 십 칠세 하류 계급 여성으로, 경제자본이나 문화자본이 없는 여성이다. 부르디외에 의하면, 사회에서는 일반적으로 문학적·언어학적 스타일의 습득을 강조하고 지배계급 가정의 언어와 문화 습득을 요구하며, 그 결과 문화자본을 풍부히 물려받은 사람을 선호한다(Swartz 200). 그렇다면 문법적으로 틀리며 어눌한 해리엇의 언어는 빈약한 교육 등 문화자본의 결여를 보여준다(Duffy 45).[14] 부르디외 식으로 말하자면 상속자본과 획득자본 같은 두 가지 문화자본이 다 부족하다는 것이다. 그런데 엠마가 사생아라는 출생이나 계급, 재산 등 여러 가지 면에서 부족한 해리엇의 후견인 노릇을 자처하고 나서는 이유는 가정교사인 테일러가 결혼한 뒤 친구가 없어 외롭기도 하지만, 해리엇이 하이베리 사회의 명문 귀족으로서 지켜온 자신의 우월감을 충족시켜주기 때문이다. 즉 엠마는 해리엇에게 후원자 노릇을 하

---

14) 부르디외에게 "직접적이고 본능적으로 미적 가치를 판단하는 능력을 의미하는 취향"이란, 선천적이라기보다 계급에 따라 다르게 경험된다. ≪구별짓기≫에서 부르디외는 (옷차림이나 의상, 말투, 억양이나 자세와 태도, 매너 혹은 집안의 가구, 즐겨 읽는 신문 등) 개인들의 일상생활 속의 사소한 행위와 실천이 어떻게 계급 간 경쟁과 분할의 구도를 재생산하는지 보여 준다. 그는 출생과 가정환경 외에 교양이나 교육 같은 장기간의 훈련(교육자본, educational capital)을 통해 문화자본이 몸으로 체화된다고 보았다(장미혜 87-88, 96, 106).

면서 실은 자신보다 열등하며 상대적으로 자기 장점을 부각시킬 친구를 발견했던 것이다. 다시 말해 엠마의 우월감이 이 관계의 동인이라 할 것이다. "해리엇이 그렇게 기분 좋게 열등감을 보이는데, 엠마가 어떻게 스스로 배울 점이 있다고 상상이나 할 수 있겠는가?"(67)라는 나이틀리의 언급은 해리엇과의 관계에서 엠마가 느끼는 우월감을 간파한 것이다. 또한 모든 걸 안다고 자신하는 엠마에게 "그녀[해리엇]의 무지는 매순간 아부"(67)가 된다는 나이틀리의 지적은 해리엇의 무지 때문에 엠마의 허영심과 자만심이 조장되며 해리엇이 하트필드에 자주 드나들면 자신의 사회적 지위에 불만을 갖게 될 것이므로, 그들의 관계가 두 사람에게 모두 별로 좋지 못한 결과를 초래하리라는 사실을 예견한 것이다. 엠마는 이제 문화자본의 중요성을 깨닫고 해리엇과 일정한 거리를 두며, 이후 제인과 친분을 유지할 것이라 암시되면서 작품이 마무리된다.

III. 보이지 않는 계급의 경계선

이와 같이 부르디외에게 있어 계급 재생산의 핵심 개념인 문화자본이라는 관점에서 『엠마』를 재조명해본 결과, 엘튼 부부 및 세 쌍의 결혼에 함축된 의미가 더욱 분명히 이해되며, 이 결혼들은 '보이지 않는 계급의 경계선'을 넘지 않고 그 안에서 위험한 균형을 유지하고 있음을 확인하였다. 이러한 논의의 연장선상에서 각기 제자리를 찾아가는 결말을 문화자본과 계급이라는 관점에서 어떻게 평가할 수 있을지 살펴보자. 작가는 해리엇은 농부 마틴과 짝지우며, 제인은 프랭크와 결혼하여 상류 사회에 포함시키고, 엘튼 부인을 그 사회에서 배제시키며 엠마는 나이틀리와 결혼하여 이상적인 지배계급이 되게 하는 등 등장인물을 원래 고정된 계급의 틀 안에 집어넣거나 (into) 배제(out)시킨다.[15] 이렇게 계급에 따라 "구별 짓기"하는 "구별체계"

에 따라 살펴보면, 이들의 결혼을 그저 피상적으로 경제·사회적 지위라는 측면에서 분석할 때보다 세 쌍의 결혼에 함축된 의미가 더욱 섬세하게 이해됨을 확인하였다. 가령 해리엇과 제인, 엠마 등은 부모의 계급을 거의 그대로 물려받는다. 그러나 같은 중간계급이나 상류계급이라도 해리엇과 마틴, 엘튼 부부, 그리고 제인과 엠마 간에는 문화·경제자본 면에서 상당히 다르게 "구별짓기"할 수 있다. 제인의 경우 사회·문화자본은 있지만 경제자본 없이 온전한 지배계급이 될 수 없으며, 이상적인 지배계급은 사회·경제자본 외에 문화자본도 지녀야 한다. 즉 이 세 쌍의 결혼에서 계급 이동이나 계급 재생산 구조상 "계급 간에 '건널 수 없는'(조은 52) 계급 장벽이 나타나고 있음을 확인하였다.

이런 분석을 통해 이상적인 지배계급에 대한 오스틴의 생각을 엿볼 수 있다. 오스틴이 이 소설에서 하이베리를 통해 그린 18세기 초의 영국 사회는 전통적 사회 질서를 유지하면서도 계층 간 이동이 심심찮게 일어나는 유동적인 사회다. 가령 하이베리에 정착한지 몇 년 안 된 착하지만 계급이 낮은 상인 출신의 콜(Cole) 가가 런던 상점에서 얻은 큰 수입 덕분에 하이베리에서 두 번째로 중요한 집안으로 자리 잡고, 그의 초대에 상류 계층이 다 응하는 것은 이런 변화를 보여준다.[16] 또한 마틴은 주인인 나이틀리와 좋은 관계에 있지만, 현실에서 그와 같은 농부 계층은 나이틀리가 축복하지 않아도 전시의 번영 때문에 신사로 급부상 중이다. 나이틀리는 베이츠 양

---

15) 이와 관련하여 엠마의 물질계라는 유쾌한 표면에 깊은 균열이 있다는 논의 참조. 경쟁적인 소비로 운영되는 사회제도에서 계급은 불안정하다. 가령 목사 아내인 엘튼 부인은 브리스톨의 "보통" 상인계급 출신의 침입자이긴 하나, 하이베리라는 사회에서 계속 건재할 것이다. 엠마의 결혼식에 그녀를 초대하지 않는다고 해서 하이베리에서 그녀의 존재를 없앨 수는 없을 것이다. Copeland, 109.

16) "하이베리 사회의 대단한 명사"(55)라 자부하는 엠마는 콜 가의 주제넘음과 건방짐을 제지하기 위해, 이는 그들이 초대해도 가지 않기로 결심하지만, 나이틀리와 웨스튼 씨가 콜 가의 저녁 초대를 받아들이자 자신도 응낙하는데, 이는 아직도 그녀에게 계급적 편견이나 우월감이 남아 있음을 보여준다(Langland 231). 이러한 사실은 경제·문화자본 없는 해리엇을 목사인 엘튼과 결혼시켜 신분상승 시키려 하면서, 문화 자본이나 사회·경제적 지위상 자기보다 열등한 엘튼의 청혼에 분개하는 엠마의 모순적 태도에도 암시된다.

을 무시한 일 때문에 엠마를 야단치지만, 그렇다고 해서 그의 야단이 베이츠 양을 곤경에서 구하거나, 그녀의 암울한 미래를 개선해 줄 수는 없다.[17] 이와 같이 당시 현실에서 상류계급은 점차 세력을 장악하며 급부상중인 중간부르주아에게 지배권을 내주게 된다. 작가는 이런 현실에 대해 우려와 걱정을 금치 못한 나머지, 엠마와 나이틀리로 대변되는 지배계급에게 그저 경제·사회적 지위만이 아니라 "귀족의 의무", 즉 최고 수준의 진정한 문화자본을 요구한 것으로 보인다. 동시에 오스틴은 상류사회에 잠입하거나 은근히 그 틈새를 공략하는 급부상하는 벼락부자인 부르주아의 경제자본을 저지할 방안은 체화된 문화자본의 발전으로, 좋은 신분의 소유야말로 경쟁적인 상품 구입으로 인한 혼란을 개선할 거라고 여겼던 것이다(Copeland 107-08). 더 단순하게 말하자면, 경제자본과 문화자본 중에서 굳이 하나를 택해야 한다면 엘튼 부인의 천박한 경제자본보다는 제인의 문화자본을 택하겠다는 것이 오스틴의 생각이다. 이러한 관점에서 오스틴은 표면상 보수적인 작가로 보이지만, 그렇게 단순하게 볼 수만은 없다. 아울러 오스틴은 귀족계급은 물론 젠트리 계급이나 중간 부르주아 계급도 지도계급의 반열에 들어가려면 문화자본을 갖추어야 한다고 두 계급에게 문화자본을 요구한 것으로 보이는 바, 이 점은 새롭게 인식되어야 한다.

이런 부르디외의 접근은 역동적이지 않으며 상류사회를 오히려 견고히 하는데 기여하는 보수화 경향이 있다는 이유로 간혹 비역사적이라는 비난을 받기도 했다. 또한 구조와 행위를 연결하고자 한 부르디외의 원래 의도에도 불구하고, 그의 설명이 구조 결정론적이라거나 주요개념이 모호하고 모순되게 사용되며 그가 사용하는 지배계급의 직업구성에 대한 비판과 성적인 측면에서 문화적 취향의 분화에 대한 연구의 필요성이 제기된다 (Longhurst 1986, 454).[18]

---

17) 부르디외에 의하면 문화자본은 불행히도 무능력한 여성에게 수입을 허용하지 않는다. 즉 돼지고기 선물이나 사과, 그리고 카드놀이에 초대한다고 해서 베이츠 양을 가정소비에 대한 두려움에서 구할 수 없으며, 어려운 시절을 겪고 있는 베이츠 양은 시장문화 속에서 냉혹한 생존의 상실감만 느낀다는 것이다(Swartz 108-109).

그러나 이런 몇 가지 문제점에도 불구하고, 부르디외가 최초로 제시했던 문화자본이란 개념은 사회의 제반 현상분석에 유용하다. 지도자 계급 두 사람이 여덟 사람을 먹여 살린다는(20/80) 파레토(Pareto)의 법칙이 회자되는 요즘, 18세기와 21세기 간의 커다란 간격을 뛰어넘어 문화자본의 상속을 통한 계급재생산은 더욱 빈번하게, 더욱 심화될 가능성이 있다(2005.1.4. 조선일보). 실제로 현대로 오면서 교육과 경제자본 등으로 자유로운 계층간 이동이 일어나다가 다시 문화·경제자본의 상속으로 재벌가나 신귀족층(전문지식, 사회적 소양, 높은 학력 등을 겸비한 소득수준이 높은 전문가 집단)이 대를 이어 세습되고 있다. 이 결과 계급간의 차이는 취향의 차이로 전화되고, 그 결과 계급간의 경계는 더욱 강화된다(장미혜 94). 이런 까닭에『엠마』에 등장하는 여성 인물들의 결혼을 '문화자본'에 입각하여 분석하는 작업은 단순히 사회·경제적 지위만이 아니라 문화자본까지 상호작용하여 결정되는 18세기 이후의 결혼양상을 밝히고 바람직한 결혼에 대해 재고하게 함으로써, 현대에도 현재성을 갖는다.

---

18) 이외에도 문화자본 및 문화자본을 통한 계급재생산 이론은 다음과 같이 비판된다. 1) 부모의 출신 계급이나 직업의 차이가 어린 시절의 사회화 과정을 결정짓는다고 상속 자본의 효과를 강조하는 이론들, 2) 문화자본이 계급재생산 과정에 미치는 영향이 긍정적인가/부정적인가라는 점, 3) 각 사회의 역사적 상황에 따라 보편적으로 인정되는 고급문화의 범위나 특성이 다르게 나타난다는 점 등이 문제점으로 드러난다. 또한 계급 관계가 세대를 거쳐 재생산되는데 초점을 맞춰 계급이 구조화되고 변형되는 역동적인 과정은 설명하지 못한다는 문제가 있다. 따라서 특권 집단의 배제 과정은 잘 드러나지만, 사회적 특권에서 배제된 집단이 희소한 자원을 찬탈하는 과정이 잘 분석되지 않음으로써, 새로운 저항문화가 재생산될 가능성(장미혜 111-15)이나, 현실개혁적인 저항의 여지가 별로 없다고 비판된다.

또한 문화에 대한 이러한 경제주의적인 해석에서 다양한 문화 현상의 다양한 측면이 투자와 손실과 이득과 비용이라는 공리주의적인 의미로 재해석되고 집단 전체가 공유한 상징이나 가치, 규범 등 문화의 또 다른 측면이 무시될 가능성이 있다(Joppke 1986, 24; 장미혜 116에서 재인용).

< 인용 문헌 >

인터넷 자료

www.happycampus.com/pages/2003/09/22/D2385972.html

인터넷시민도서관>시론정자 edited 2001.7.31. 이중한

한겨레신문 2000. 10. 2. 권태선 kwonts@hani.co.kr)

한겨레신문 2001. 9. 29. 권태선 kwonts@hani.co.kr)

조선일보 2005. 1. 4. http://www.chosun.com

부르디외, 피에르. 김용숙 · 주경미 옮김. 『남성지배』. 서울: 동문선,
        1998.

부르디외 지음. 정일준 옮김. 『상징폭력과 문화재생산』(Language and
        Symbolic Power). 새물결: 서울, 1997.

부르디외, 피에르. 하태환 옮김. 『예술의 규칙: 문학 장의 기원과 구조』.
        서울: 동문선, 1998.

부르디외, 피에르. 최종철 옮김 『구별짓기: 문화와 취향의 사회학 上
        下』. 서울: 새물결, 1996.

이상호. 「아비튀스와 상징질서의 새로운 사회이론」. 현택수·정선기·이
        상호·홍성민, 『문화와 권력: 부르디외 사회학의 이해』, 나남출
        판, 1998. 121-61.

장미혜. 「예술적 취향의 차이와 문화 자본」. 『문화와 계급: 부르디외
        와 한국사회』. 양은경/이상길/장미혜/조은/주형일/홍성민. 서울:
        동문선, 2002. 87-120.

──. 「한국 사회에서의 사회계급별 소비양식의 차이」. 『문화와 계
        급: 부르디외와 한국사회』. 양은경/이상길/장미혜/조은/주형일/
        홍성민. 서울: 동문선, 2002. 121-48.

조 은. 「문화자본과 계급재생산: 계급별 일상생활 경험을 중심으로」.
        『문화와 계급: 부르디외와 한국사회』. 양은경/이상길/장미혜/조

은/주형일/홍성민. 서울: 동문선, 2002. 49-86.

현택수. 「문학예술의 사회적 생산」. 현택수·정선기·이상호·홍성민, 『문화와 권력: 부르디외 사회학의 이해』, 나남출판, 1998. 19-48.

──. 「아비투스와 상징폭력의 사회비판이론」. 현택수·정선기·이상호·홍성민, 『문화와 권력: 부르디외 사회학의 이해』, 나남출판, 1998. 101-20.

현택수·정선기·이상호·홍성민, 『문화와 권력: 부르디외 사회학의 이해』, 나남출판, 1998.

홍성민. 「아비투스와 계급」. 『문화와 계급: 부르디외와 한국사회』. 양은경/이상길/장미혜/조은/주형일/홍성민. 서울: 동문선, 2002. 13-48.

──. 「계급 아비투스와 정체성의 정치」. 『문화와 계급: 부르디외와 한국사회』. 양은경/이상길/장미혜/조은/주형일/홍성민. 서울: 동문선, 2002. 277-319.

Booth, Wayne. The *Rhetoric of Fiction*. Chicago & London: The U. of Chicago P, 1961.

Bourdieu, Pierre. *The Field of Literary Production: Essay on Art and Literature.* Ed. Randal Johnson. Cambridge: Polity, 1993.

Bourdieu, P. and Jean-Claude Passeron. *Reproduction in Education, Society and Culture.* London: Sage Publication, 1977.

Bourdieu, P and L. J. D. Wacquant. *An Invitation to Reflexive Sociology.* U. of Chicago P, 1992.

Copeland, Edward. *Women Writing about Money: Women's Fiction in England, 1790-1820.* New York: Cambridge UP, 1995.

Dole, Carol M. "Austen, Class, and the American Market." *Jane Austen in Hollywood.* Eds. Troost, Linda & Greenfield, Sayre. The UP. of Kentucky, 1998. 58-78.

Duckworth, Alistair. M. *The Improvement of the Estate: A Study of Jane Austen Novels*. Baltimore & London: The John, Hopkins UP, 1994.

Duffy, Joseph M. Jr. "Emma: The Awakening from Innocence." *A Journal of English Literary History*. 21(March, 1954): 39-53.

Ferris, Suzanne. "Emma Becomes Clueless." *Jane Austen in Hollywood*. Eds. Troost, Linda & Greenfield, Sayre eds. The UP of Kentucky, 1998. 122-29.

Gartman, D. "Culture as Class Symbolization or Mass Reification?: A Critique of Bourdieu's Distinction," *American Journal of Sociology* 97, 1991: 421-427.

Langland, Elisabeth. *Nobody's Angels: Middle class Women's Domestic Ideology in Victorian Culture*. Ithaca & London: Cornell UP, 1995.

Leavis, F. R. *The Great Tradition*. London: Chatto & Windus, 1948.

Moore, Cathrine. E., *Masterplot*. New Jersey; Salem Press, 1976.

Nachumi, Nora. "'As If': Translating Austen's Ironic Narrator to Film." *Jane Austen in Hollywood*. Eds. Troost, Linda & Greenfield, Sayre. The UP. of Kentucky, 1998. 130-37.

Poovey, Mary. L. *The Proper Lady and the Woman Writer*. Chicago & London; The U. of Chicago P, 1984.

————. *Uneven Developments: The Ideological Work of Gender in Mid-Victorian England*. Chicago: Chicago UP, 1988.

Swartz, David. *Culture and Power: The Sociology of Pierre Bourdieu*. Chicago & London; The U of Chicago P, 1997.

Tobin, Mary-Elisabeth F. "Aiding Impoverished Women." *Criticism*. 30:4 (Fall, 1988):413-30.

Watt, Ian. *The Rise of the Novel*. Harmondsworth: Penguin Books, 1957.

| Part 3 | 브론테 자매

『워더링 하이츠』의 분신 - 언캐니와 오브제 아

김 진 옥

"All my life's bliss is in the grave with thee"
(Emily Brontë, "Remembrance")

I. 들어가는 말

등장인물이 자신의 거울 역할을 하는 분신을 통해 자아의 정체성을 형성하는 것은 오랜 문학 전통이며 19세기 영국 소설의 주요 모티브이기도 하다. 등장인물은 분신과의 관계를 통해 자신이 누구이며 혹은 무엇을 욕망하는지 더욱 구체적으로 인식하게 된다. 이런 정체성과 욕망을 인식하는 과정에서 자아는 분신의 욕구와 일치하거나 갈등을 경험하기도 한다. 분신을 통한 자아의 정체성 경험이 가장 두드러지게 나타난 작품으로 『워더링 하이츠』(*Wuthering Heights*, 1847)를 들 수 있다. 이 소설에서 주인공 캐서린(Catherine Earnshaw)과 히스클리프(Heathcliff)는 분신과의 관계를 통해 주체성을 형성한다. 캐서린의 "나는 바로 히스클리프"라는 단언은 이 소설 전체에 나타난 자아와 분신의 밀접한 관계를 말해 준다. 그러나 그들은 서로의 분신에 대해 단지 하나의 감정만을 갖는 것이 아니라 양가적 감정, 즉 동일시하기도 하고 혐오하기도 한다. 즉 캐서린과 히스클리프는 서로를 분신으로 생각하며 또 상대방을 통해 자신의 모습을 보기도 하지만, 서로 배척하며 격렬한 증오심을 표출하기도 한다. 이러한 양가성은 어린 시절뿐만 아니라 성장한 후에도 반복되어 언캐니(uncanny)[1]한 감정을 불러일으킨다.

지금까지 많은 비평가들은 정신분석학적 관점에서 『워더링 하이츠』의 자아 문제를 연구해 왔으며,[2] 이런 자아 문제를 분신의 존재와 관련시켜 논하기도 했다. 예를 들어 길버트(Sandra Gilbert)와 구바(Susan Gubar)는 히스클리프를 캐서린의 저항적 분신으로 간주한다(265). 세지윅(Eve Sedgwick)은 이 소설에서 고딕 구조에서처럼 유령으로서 분신의 존재를 지적했으며(97-118), 자아와 분신의 합일을 레즈비니즘적 경향으로 보는 비평가도 있다(Jean Kennard 24). 분신의 존재를 고려한 자아에 관한 이러한 분석은 종전의 페미니즘이나 맑시즘적 연구보다 진전되었지만 자아와 분신 간에 교차되는 다양한 감정교류에 대해 연구하지 않았다. 본 연구에서는 자아와 분신의 관계를 언급한 프로이트의 언캐니 개념과 라캉의 거울 단계 이론을 통해서 『워더링 하이츠』에 나타난 자아와 분신의 다양한 감정 교류, 즉 친숙하지만 동시에 낯선 언캐니한 측면을 살펴보고자 한다. 이런 분석은 종전의 페미니

---

1) 언캐니(uncanny)는 프로이트의 용어로, 사전적 의미는 "친숙하지 않은," "낯선," "두려운"을 뜻한다. 프로이트의 "The 'Uncanny'" 219-226 참조

2) 헬렌 모글렌(Helen Moglen)은 이 소설이 여성 캐서린의 성장 과정을 전기적인 관점에서 묘사한 것으로(391-405), 엘렌 모어즈(Ellen Moers)는 어린 시절로 되돌아가고 싶은 한 성인 여성의 비극적인 삶을 그린 작품이라고 주장한다(106). 또한 마가렛 호만스(Margaret Homans)는 라캉 이론과 대상관계 이론가인 낸시 초도로우(Nancy Chodorow)의 이론에 영향을 받아 언어의 상징계적 성격과, 그것을 두 여성의 삶과 연관지어 해석하고 있다. 어머니 캐서린은 아버지의 법인 상징계에 들어가기를 거부하는 반면, 딸 캐서린은 어머니의 이야기를 개정하여(모녀관계를 강조한 초도로우의 이론을 도입), 상징계의 질서에 들어가고 있음을 지적한다(68).

즘이나 정신분석학적 접근에서 간과했던 자아 형성의 문제를 더욱 폭넓고 깊이 있게 파악하는데 일조를 할 것이다.

　프로이트와 라캉 두 이론가 모두 자아의 형성에 있어 분신의 중요성을 강조하고 있다. 프로이트는 "자아는 그림자, 거울 이미지"(235)를 통해서 형성된다고 주장한다. 이런 거울 이미지는 라캉이 주장하는 거울 단계의 개념과 상통한다. 프로이트의 분신의 존재는 라캉의 거울 단계에서의 자아의 영상 이미지 개념과 유사하다. 라캉은 "거울기제의 역할은 이질적인 심리적 현실을 드러내고 있는 분신(double)의 면모 속에서 찾을 수 있다"("The Mirror Stage" 5)며, 거울 이미지를 자아의 분신으로 정의하고 있다. 자아는 거울을 통해 자신의 이미지인 분신과의 관계를 통해 자아의 정체성을 형성하기 시작한다는 것이다.

　프로이트에게 분신은 언캐니의 대표적 예이며, 특히 그는 언캐니란 낱말의 어원에 양가성이 드러나는 점에 주목한다. "친근한," "집 같은," "낯익은"이란 뜻을 가진 캐니(canny)는 "낯선," "두려운," "놀라운"의 뜻을 가진 언캐니(uncanny)의 뜻을 담고 있다(224-226)고 그는 지적한다. 분신은 자아에게 동일하고 친근한 존재로 다가오지만, 동시에 두렵고 낯설게 느껴지는 양가성을 띤다는 것이다. 프로이트의 언캐니 개념처럼 라캉의 거울 단계 이론도 자아와 분신 사이의 양가적인 경험에 관해 설명하고 있다. 아이는 거울에 비친 자신의 이미지에 매혹되어 그 이미지와 자신을 동일시한다. 하지만 아이는 거울 속에 비춰진 자신의 이미지와 실제 자신의 몸을 제대로 움직일 수도 없는 현실과의 차이로 인해 갈등을 경험한다. 이 때 "즐거움(jubilation)"이 "소외(alienation)"로 변하면서, 아이는 자신이 동작의 주인이 아니라 소외된 존재임을 지각한다. 프로이트의 구조에서 자아와 분신 사이의 언캐니한 감정은 혐오의 양상을 띠며, 라캉의 경우 그들 간의 갈등은 라이벌에 대한 공격성으로 발전되어 나타난다.

　프로이트는 자아와 분신의 어린 시절 인상적인 경험은 성장한 후에도 반복적으로 나타나며, 이런 반복성은 언캐니한 면이 있다고 주장한다. 즉 어떤 대상과 사람이 어릴 적에는 친숙한 모습으로 보였으나, 성장한 후에는 낯선 모습으로 나타난다는 것이다. 반복 강박증을 주장한 프로이트처럼, 라캉도 주체의 욕망은 어떤 대상, 즉 오브제 아 (*objet a*)[3]를 계속 추구하는 형태로 반복성을 띤다고 주장한다. 주체는 어떤 특정한 대상에 만족할 수 없으며, 이런 부족과 결핍된 부분을 메우기 위해 끊임없이 다른 대상을 계속 추구한다는 것이다.

『워더링 하이츠』에서 자아는 분신에 대해 나르시즘적 동일시에 빠지지만, 갈등과 모순을 느끼면서 자아의 정체성을 형성해 나간다. 캐서린과 히스클리프는 서로를 동일시하지만 혐오하고 복수하고자 하는 양가성을 보여준다. 과거에 그들은 서로 친숙하고 동일시하는 낯익은 관계였으나, 성숙한 후 그들의 관계는 낯선 언캐니한 면모를 지닌다. 또한 캐서린과 히스클리프의 어린 시절 경험은 성장한 후에도 반복적으로 나타나는 특징을 지닌다. 그들은 분신의 욕망을 통해서 자신의 욕망을 보기 때문에, 자아의 진정한 욕망이 무엇인지 알 수가 없다. 자아의 욕망은 상실되고 결핍되지만, 이런 결핍은 자아로 하여금 또 다른 대상을 추구하게 한다. 이런 식으로 자아의 욕망은 반복성을 띠게 된다. 본 논문에서는 프로이트의 언캐니 개념과 라캉의 거울 단계 이론과 오브제 아 개념을 통해서 『워더링 하이츠』에 나타난 자아와 분신간의 양가적인 경험과 자아 욕망의 반복성

---

3) *objet (petit) a* 라캉은 이 단어가 기호일 뿐 번역되는 것을 원하지 않았기 때문에, 그냥 '오브제 아'라고 표기하는 것이 합당할 것이다. 상징 *a*(타자 *autre*라는 단어의 첫 글자)는 L도식과 관련하여 1955년 처음 소개되었는데, 여기서 *a*와 *a*'는 구별 없이 자아와 유사한 거울상을 지시하고 상상계에 속한다. 그 후 실재계의 의미를 담게 되었다. 오브제 아는 결코 획득될 수 없는 대상을 지시하며, 다른 한편 욕망을 일으키는 어떤 대상을 의미한다(Evans 124–125). 오브제 아는 주체가 환상 속에서만 존재하는 대상—완전한 충족의 대상이었으나 영원히 상실한 대상인 어머니의 가슴과 같은 것이다. 오브제 아는 또한 상징계의 도입으로 인해 실재계 이면에 남겨진 잔여물, 향유로 정의되기도 한다. 상징계의 언어구조 속에서 주체는 분열되고 파편화된 존재이다. 이런 분열된 주체는 오브제 아로써 자신의 결여나 상실을 메우려고 하지만 이는 불가능하다.

에 대해 살펴보고자 한다.

II. 언캐니와 거울 단계의 양가성 - 『워더링 하이츠』

프로이트는 자아와 분신 사이의 나르시즘적 동일시 현상을 강조하고 있다. 이런 자아와 분신의 동일시 현상은 『분신』(*The Double*)을 저작한 정신분석학자 오토 랭크(Otto Rank)의 이론에 영향을 받았다. 자아를 영속시키기 위한 현상에 분신의 기원이 있다는 랭크의 주장을 받아들이면서, 프로이트는 이것이 나르시즘과 깊은 관계가 있다고 설명한다.

> "분신"은 원래 자아의 소멸에서 영속성을 보장하려는 욕망, 오토 랭크의 표현에 의하자면 "죽음의 힘에 대한 강한 부인"에 기원을 두고 있다. 그래서 아마 "불멸의" 영혼이 육체의 첫 번째 "분신"이다…. 이와 같은 욕망이 고대 이집트인들로 하여금 썩지 않은 물질로 죽은 사람의 모습을 형상화하는 기술을 발전케 했다. 그러나 그러한 생각은 무한한 자아 사랑의 영역, 즉 어린아이와 원시 인간의 마음을 지배했던 원초적 나르시즘에 근원을 두고 있다. (235)

이처럼 분신은 자아의 나르시즘적 동일시의 대상이지만, 자아에게 혐오스러운 언캐니한 대상이 될 수도 있다고 프로이트는 강조한다. 자아와 분신 사이에 나르시즘적 동일시의 감정을 갖지만, 이 둘 사이에 균열이 일어날 수 있다는 것이다. 이런 갈등에 대해 다음과 같이 지적한다. "나르시즘 단계가 지나가면 분신은 그 모습을 바꾼다. 영원불멸의 확신이었던 것은 죽음의 언캐니한 선구자가 된다"(235). 분신은 새로운 내용을 갖게 되어 예전의 자아와 대립할 뿐만 아니라 자아를 비판하기도 한다. 즉 자아 내에 자신을 혐오하는 다른 모습이 있다는 것이다.4) 비평가 로일(Nicholas Royle)은 프로이트의 자아와 "분신의 경험은 텔레파시처럼 아름답지만 무서운 어떤 것, 비밀스럽지만 드러난 어떤 것을 포함한다"(2)며 그것의 언캐니한 면을 강조한다. 랭크 또한 자아와 분신 사이에 나르시즘적 동일시뿐만 아니라 갈등과 증오의 양가성이 작용함을 지적하고 있다. "분신은 어떤 그리고 모든 면에서 그의 원래 모델의 라이벌이다"(Rank 75)며, 자아와 분신의 갈등을 지적한다. "오스카 와일드(Oscar Wilde)의 『도리안 그레이의 초상』(*The Picture of Dorian Grey*)에서 주인공 자신의 이미지에 대한 나르시즘적 매력뿐만 아니라 증오가 나타남"(Rank 71)을 예를 들어 설명한다. 랭크가 지적한 이런 양가성은 프로이트가 언급한 자아와 분신사이의 친숙함과 낯섦의 언캐니한 감정 바로 그것을 의미한다.

프로이트의 언캐니 개념처럼, 라캉의 거울 단계이론도 자아와 분신 사이의 나르시즘적 동일감과 갈등을 지적한다.5) 아이는 생후 6개월에서 18개월 사이에 "걷거나 일어설 수도 없지만, 거울에 비친 자신의 이미지에 매혹되어 그 이미지와 자신을 동일시한다." 이 거울 단계에서 자아는 정신분석학적 용어로 "이상적인 에고(ideal ego)"라 불리는데, 거울에 비친 "자신의 몸에 대한 이마고(타자에 대한 주체의 주관적인 이미지)"를 총체적이고 완전한 것으로 가정하고 동일시한다("The

---

4) 프로이트는 분신에 의해 유발되는 언캐니한 감정을 자신의 여행 경험을 통해 설명한다. 그가 혼자 침대차로 여행을 하는데, 그 기차의 흔들거림으로 인해 화장실로 통하는 문이 저절로 열렸다. 어떤 중년 신사가 그의 방으로 들어오는데, 프로이트는 그 사람이 방을 잘못 찾아 왔다고 생각해서 말해 주려고 일어났다. 그 순간 프로이트는 그 남자가 다름 아닌 거울에 비친 자신의 모습이라는 것을 알게 되었다. 그 모습은 프로이트에게 아주 혐오스러웠다. 프로이트는 이런 혐오감을 어린 시절 자신의 분신을 이상하게 두려운 것으로 무서워하며 보였던 반응이 여전히 남아 있다가, 후에 표출된 것이라고 여겼다(248 주석 참조).
5) 랭크와 프로이트에게 있어서 자아와 분신 사이의 나르시즘과 갈등은 어느 정도 순차적으로 일어나지만, 라캉의 경우에는 그것이 거의 동시에 일어난다고 볼 수 있다.

Mirror Stage" 6). 동시에 아이는 거울 속에 비춰진 자신의 이미지와 실제 자신의 몸을 제대로 움직일 수도 없는 현실과의 차이로 인한 갈등을 느낀다.

우선 캐서린과 히스클리프가 경험한 프로이트와 라캉의 나르시즘적 동일시의 감정부터 살펴보자. 캐서린과 히스클리프는 서로를 동일시하며, 서로를 통해 자아를 인식하고 자아의 욕망을 형성해 나간다. 바인(Vine)도 "캐서린의 자아는 분신에 의해서만 존재한다"(47)고 지적한다. 캐서린은 히스클리프와 대여섯 살 때부터 같이 놀고 자라면서 어린 시절의 본능적 유대감으로 인해 서로를 분리된 독립체로 생각하지 않는다. 즉 그들은 서로를 자신의 일부분이라고 인식한다. 이 소설을 맑시즘적 관점에서 분석한 테리 이글튼(Terry Eagleton)도 정신분석학적 입장에서 "히스클리프와 캐서린의 관계는 고전적인 라캉식의 상상계 경우에 속한다. 각각은 타자의 존재에 전적으로 의존하며 그들의 자아는 완전히 합쳐진다"(18)고 주장한다. 이글튼의 주장처럼 자아와 분신은 서로 동일시되는 상상계적 관계에 있다. 캐서린은 이 소설의 화자인 넬리(Nelly Dean)에게 "그가 나보다 더 나 자신이기 때문이야. 우리의 영혼이 무엇으로 만들어졌든 그의 영혼과 나의 영혼은 같아"(81)라는 말로, 자아와 분신이 나르시즘 관계에 있음을 드러내고 있다. 그녀는 자신과 히스클리프를 구분하지 못할 뿐 아니라, 그를 통해서만 자신의 욕망을 추구하려고 한다. 즉 자아의 욕망은 분신에게 전적으로 의존해 있다. 캐서린은 라캉의 거울 단계의 아이처럼 거울에 비친 자신의 영상 이미지와 자신을 동일시하며 나르시즘에 빠지는 것이다.

캐서린은 라캉의 거울 단계 아이처럼 자신의 영상이미지(분신)를 보며 그것을 자아의 욕망과 동일시한다. 이것의 대표적인 예가 캐서린이 히스클리프와 헤어지고 난 후 정신착란 상태에서 "거울 속에" 비친 자신의 모습을 보면서, "저 얼굴이 보이지 않아?"라고 넬리에게 묻는 장면이다. 캐서린은 이 거울 이미지(분신)를 "아직도 저 뒤에 있어!…그리고 움직였어"(124)라며, 실제 존재하는 타자로 규정한다. 그녀는 거울 속 이미지를 총체적이고 온전한 것으로 보고 나르시즘적 환상에 빠진다. 거울 단계의 아이가 거울에 비친 "자신의 모습을 인식하고 환호성을 지르며 매료되듯"("The Mirror Stage" 4), 캐서린은 자신의 영상이미지(분신)를 타자로 보고 그것과 동일시하고 기뻐한다. 넬리는 자아와 타자를 구별하지 못하는 캐서린의 욕망을 광기로 보면서, "당신은 거울 속에서 당신 자신을 보고, 나는 바로 그 곁에 있어"(124)라며 그녀의 환상을 깨려고 한다. 하지만 캐서린은 자아와 거울 이미지 분신의 존재를 구별하지 못하는 거울 단계의 나르시즘적 환상에 빠져 있다.

히스클리프 역시 캐서린에게서 자신의 분신을 본다. 그는 그녀를 통해 글을 깨우치며 사회화되어가는 자신을 발견하게 된다. 어릴 적 "두 아이는 함께 있기만 하면…모든 것은 잊어버렸다"(47)는 넬리의 말은 그들이 서로 얼마나 상대방과 자신을 동일시하는지를 대변해 준다. 캐서린이 쓰러시크로스 그랜저(Thrushcross Grange)에 가 있을 동안 특히 "히스클리프는 다른 사람들에게 무관심했으며 다른 어떤 사람들도 히스클리프에게 관심을 주지 않는다"(54)고 화자가 말한다. 이것은 히스클리프가 캐서린을 통해서 자신의 삶의 의미나 가치를 모두 인식했음을 나타내준다. 캐서린에 대한 히스클리프의 나르시즘적 사랑은 다음에서 극대화되어 나타난다. 캐서린이 죽은 후에 그녀의 관 뚜껑을 열고 얼굴을 보며 "제발 널 볼 수 없는 이 지옥 같은 세상에 날 내버려 두진 말란 말이야. 아! 난 견딜 수가 없어! 내 생명인 너 없인 못 살아! 내 영혼인 너 없이 난 살 수 없단 말이야!"(169)라며 극단적인 행동을 한다. 여기서 분신인 캐서린에게 지나치게 의존해 있으며, 단지 그녀를 통해서만 자신의 존재 이유나 의미를 깨닫는 히스클리프의 모습을 볼 수 있다.

프로이트가 자아와 분신 사이의 친숙함 뒤에 낯설음이 있다고 지적하듯, 라캉은 동일시 뒤에 거리감과 갈등이 존재함을 강조한다. 이런 갈등 은 거울 단계의 나르시즘적 동일시 경험이 허구나 오인(misrecognition)에 근원한 것이라는 그의 주장을 통해서도 이해될 수 있다. 거울에 비친 영 상 이미지는 실상이 아니라 허상인데, 아이는 그것과 자신을 동일시한다 는 점에서 주체의 인식이 허구와 오인의 환상에서 시작된다는 것이다. 자아는 "스스로 움직이지도 못하고…말도 못하지만, 거울에 비춰진 자신 의 이미지를 총체적이고도 완전한 것으로 가정하고 기뻐한다는 사 실"("The Mirror Stage" 4) 또한 자아의 인식이 오인에서 시작됨을 보여주 는 다른 예가 된다.[6] 라캉의 구조에서 자아가 무언가 응시하는(gaze) 것은 자아 바깥의 타자와 거리 둠을 전제로 하기 때문에 타자의 존재를 인정 하는 것이다. 라캉은 상상계에서도 "상징계에 내몰렸다며(precipitated)" ("The Mirror Stage" 4), 상상계에서도 자아와 타자(분신)간에 거리감과 갈 등을 강조하고 있다. 거울 단계에서의 이런 자아와 타자(분신)와의 거리 감과 갈등은 동일시만큼 중요한 부분으로 간주한다.

라캉은 이런 자아와 분신 사이의 갈등은 자아의 "소외(alienation)"로 이어진다고 주장한다. 즉 자아와 분신을 동일시하는 "즐거움"에서 그 런 동일시의 상실로 인해 자아는 "소외"된다는 것이다. 라캉의 주장에 의하면 "자아의 최초 통합은 본질적으로 분신이다. 즉 자아는 분신에 게 속하므로, 자아는 소외되어 있다. 이런 점에서 소외는 상상계에 속 한다"(Evans에서 인용 9). 거울 단계의 아이는 거울이미지와 동일시와 질투의 극적 사건을 벌이면서, 타자의 욕망을 통해 자신을 봄으로써 자아 스스로를 소외시킨다 ("The Mirror Stage" 7). 다시 말하면 자아는

---

6) 라캉은 자아(ego)와 주체(subject)를 구분한다. 자아가 상상계의 일부인 반면, 주체는 상 징계의 일부이다. 자아는 거울단계에서 거울이미지와 동일시함으로써 생겨난 구조이 다. 따라서 자아는 주체가 자신으로부터 소외되어 다른 한 쪽으로 변형되는 장소이다. 주체는 무의식 영역에서 말하는 존재로서, 언어에 의해 거세되고 분열된 존재이다 (Evans 51). 본 고에서는 분신과의 연관성이 주된 논의이기 때문에, 자아와 주체의 용어 를 구분하지 않고 사용했다.

타자의 욕망을 통해서 자신의 욕망을 보기 때문에 자아는 "소외"된다
는 것이다. 소외란 자아가 자신의 고유한 욕망을 타자에게 주어버리
는 것을 의미한다. 따라서 자아는 결여되고 분열되며, 충족될 수 없는
것이 불가피하다. 라캉에게 있어서 "소외는 주체에게 일어나고 초월하
는 우연적 사건이 아니라 주체를 구성하는 필수적인 구성요소이다"
(Evans 9). 비평가 돌라(Mladen Dolar)도 이와 유사하게 거울 단계에서
자아는 분신에게서 나르시즘적 동일감를 느끼지만, 동시에 상실을 경
험한다고 지적한다. 그는 포우(Edgar Allan Poe) 작품의 주인공 윌리엄
윌슨(William Wilson)이 분신과 나르시즘에 빠져 결국 분신을 죽이는
예를 들면서, 자아와 분신 사이의 나르시즘 안에 포함된 상실을 강조
한다. 이런 나르시즘과 상실의 양가적인 경험이, 프로이트의 자아와
분신 사이에 경험되는 친숙하나 낯선 감정의 양가성과 유사하다고 돌
라는 설명한다. 즉 상실과 결핍을 강조한 라캉의 오브제 아 개념과
프로이트의 언캐니 개념은 일맥상통하다고 지적한다(12). 라캉의 나르
시즘 내에 포함된 상실이, 자아와 분신 사이의 친숙하지만 낯설고, 동
일시하지만 두려운 프로이트의 언캐니한 감정과 유사하다는 돌라의
지적은 설득력이 있다.[7] 그는 라캉의 거울 단계에서도 자아가 분신을
보고 인식할 수 있음은 그것이 거리 둠을 전제로 하기 때문에, 자아
는 분신과 동일시될 수 없음을 반증하는 것이라고 본다.[8] 거울 이미
지 분신은 이미 자아를 즐겁게 해줄 수 있는 동일시의 감정을 상실하
고 있다. 즉 자아에는 거울을 통해 재현될 수 없는 상실의 부분이 있
다는 것이다. 자아로 하여금 욕망을 추구하게 하지만 욕망을 결코 충

---

[7] 필자는 프로이트의 언캐니와 라캉의 오브제 아 개념의 유사성에 관한 돌라의 견해에
영향을 받았다. 본고에서는 특히 언캐니와 오브제 아 개념이 공유하는 반복성에 강조
점을 둔다. 이것은 본고의 후반부에서 설명되고 있다.

[8] 돌라는 "분신과의 관계가 시작되는 거울 단계의 상상계는, 실제적으로 공포를 갖게 하
며 오브제 아가 포함된 실재계와 일치하기 시작한다"(13)며, 상상계와 실재계가 중첩될
수 있음을 지적한다.

족시켜 줄 수 없는 대상인 오브제 아는 프로이트가 말하는 동일시 될 수 없고 만족될 수도 없는 언캐니한 감정과 유사하다는 것이다.

캐서린과 히스클리프는 서로를 자아와 동일시하며 친숙해하지만, 동시에 이런 동일시의 상실로 낯설게 여기기도 한다. 비평가 버만 (Jeffrey Berman)은 캐서린과 히스클리프는 서로 "거울 이미지로서 나르시스(Narcissus)와 에코(Echo)처럼 다른 쪽을 포용하기도 하고 배척하기도 한다"(92)고 주장한다. 그들은 서로 친숙하게 생각하지만 낯설고, 같지만 다르게도 생각한다는 것이다. 즉 서로 동일하고 친숙하게 여기나, 같은 모습에 갈등과 혐오감을 갖는다. 이런 갈등과 혐오는 자아와 분신 사이에 경험하는 소외와 공격성의 형태로 나타난다.9)

라캉에 의하면 욕망은 내부 자체에서 형성되는 것이 아니라, 자아와 외부 세계와의 이중적 상호 교환과 관계의 산물이다. 자아는 대상이 욕망하는 그 대상을 원하기 때문에 경쟁 관계에 있다는 것이다. 자아는 "자신의 이미지뿐만 아니라 동료의 몸의 중재에 의해 자신의 욕망을 알고 인식하게 된다"(『Seminar I』 147). 즉 인간은 다른 사람이 그 대상을 원하기 때문에 자신도 그것을 원한다는 것이다. 이런 라캉의 욕망 이론을 통해 캐서린이 어떻게 자신의 욕망을 인식하는지 볼 수 있다. 캐서린은 "내가 바로 히스클리프야"라며, 히스클리프의 욕망과 자신의 욕망을 동일시하며 그를 통해서만 자신의 욕망을 인식한다. 다시 말해, 그녀는 자아의 진정한 욕망을 자신의 내부에서 찾지 않고, 타자의 중재에 의해 인식하고자 한다. 위에서 언급한 타자의 욕망에 지나친 자아의 의존은 소외로 이끈다는 라캉의 설명에서처럼, 캐서린은 자신의 욕망을 포기하고 타자의 욕망에 사로잡혀 있기 때문에 자아가 소외될 수밖에 없다. 그녀의 소외됨은 두 남성에 대한 자신의 사랑을 서로 비교하는 장면에서 더욱 잘 나타난다.

---

9) 자아와 분신의 갈등의 예는 다음에 오는 소외와 공격성 논의에서 구체적으로 소개된다.

"린튼에 대한 나의 사랑은 숲의 잎사귀와 같아. 겨울이 되면 나무들의 모습이 달라지듯이 세월이 흐르면 달라지리라는 걸 난 잘 알고 있어—그러나 히스클리프에 대한 사랑은 나무 아래 놓여 있는 영원한 바위와 같아—눈에 보이는 기쁨의 근원은 아니더라도 없어서는 안 되는 거야—넬리, 내가 바로 히스클리프야—그는 언제나 언제까지나 내 마음 속에 있어—기쁨으로서가 아니야. 내 자신이 반드시 나의 기쁨이 아닌 것처럼—내 자신으로서 내 마음 속에 있는 거야—그러니 다시는 우리가 헤어진다는 말은 하지 말아—그건 있을 수 없는 일이니까. 그리고—"(82)

캐서린은 린튼과 히스클리프에 대한 자신의 사랑을 비교함으로써만, 자신의 진정한 욕망을 발견하고자 한다. 결국 그녀는 히스클리프와 자신을 동일한 존재로 생각할 때, 자신의 욕망을 알 수 있다는 것이다. 캐서린은 "내 자신이 반드시 나의 기쁨이 아닌 것처럼—(그가) 내 자신으로서 내 마음 속에 있는 거야"라며, 자신의 욕망을 히스클리프의 욕망에 일치시킨다. 이것은 캐서린의 자아가 자신의 고유한 욕망을 타자에게 주어버림으로써 자신이 소외됨을 뜻한다. 자아는 텅 빈 타자의 욕망에 사로잡혀 있기 때문에 자신의 욕망은 결핍되고 충족될 수 없다. 이것은 라캉이 말하는 충족될 수 없는 인간 욕망의 본질적인 특성이기도 하다.10) 프로이트식의 어법을 쓰자면 그들의 욕망이 충족될 수 없음은 자아와 분신의 낯섦으로 인한 거리감과 혐오감 때문이다.

프로이트의 경우 자아는 분신에게 혐오감을 가지듯이, 라캉의 경우

---

10) 라캉은 욕구(need), 요구(demand), 욕망(desire)을 구분하는 맥락에서 욕망을 설명한다. 생물학적 욕구(need)는 충족되어도, 사랑을 원하는 요구(demand)는 충족되지 않은 채로 남는다. 예를 들어 아이의 울음은 욕구(배고픔)의 표시이기도 하지만 사랑에 대한 요구이기도 하다. 이러한 욕구는 충족되어도, 사랑에 대한 요구는 무조건적이기 때문에 충족될 수가 없다는 것이다. 요구와 욕구 사이가 분리된 결과, 만족될 수 없는 나머지가 나오는데, 그것이 바로 욕망이다("The Signification of the Phallus" *Écrits* 276). 따라서 욕망은 만족될 수 없는 성격을 지닌다.

자아는 거울 이미지와 자신의 몸을 통제할 수 없는 거리감 사이의 갈등으로 인해 분신에게 공격적인 감정을 갖는다. 자아는 분신에 대해 동일시와 더불어 "원초적 질투"("The Mirror Stage" 7)와 "공격성"("The Mirror Stage" 17)을 갖는다. 이와 유사하게 캐서린과 히스클리프는 서로의 거울 이미지로서 동일시도 하지만 라이벌 관계에 있다. 캐서린은 자신의 죽음을 앞두고도 히스클리프에게 "네가 아무리 괴로워한다 해도 난 아랑곳하지 않을 거야. 네 고통에 조금도 마음 쓰지 않을 거야"(160)라며 공격적인 태도를 보인다. 히스클리프 역시 캐서린에게 공격적이다. 그가 캐서린과 재회하려고 할 때 넬리가 거절하자, "나는 어떤 연민도 없다! 벌레가 꿈틀거리면 짓뭉개서 창자가 터져 나오게 하고 싶단 말이야"(151)라고 넬리에게 퍼붓는다. 또한 그는 "가난도, 신분의 전락도…우리를 갈라놓을 수 없었는데, 네가 나서서 그렇게 한 거야. 날 버렸어"라며 자신의 분신인 캐서린을 맹렬히 공격한다. 이런 히스클리프의 공격적인 발언은 프로이트가 말하는, 분신을 향한 자아의 낯설고 두려운 감정을 대변해 준다.

분신을 향한 자아의 공격성은 이 소설의 시작 부분인 록우드의 꿈을 통해 이미 암시되고 있다. 캐서린은 록우드의 꿈에 나타나 창문 안으로 "들어가게 해 주세요! 라고 울부짖으면서"(25), 악착같이 (록우드)의 손을 붙잡는다. 여기서 "창문은 (외부와 내부를 연결시켜주는 매개체로서) 자아와 분신의 연관성"(Van Ghent 161)이 이 소설의 주요한 모티브가 됨을 알려주는 상징적인 대상물이 된다. 미셸 마세(Michelle Massé)는 캐서린의 공격성을 강조하면서, 그것을 프로이트적인 나르시즘과 젠더의 측면에서 해석하고 있다. 캐서린은 대상(히스클리프)에 대해 여성으로서 수동적인 나르시즘에 빠지지만, 동시에 가부장제(아버지와 오빠에 의해 나타난)에 대한 저항성의 양가적인 면을 갖는다고 마세는 주장한다 (143). 캐서린의 양가성을 페미니즘적 입장에서 본 마세의 분석은 흥미롭다. 하지만 여기서 캐서린은 육체적으로 성숙하지만, 정신적으로는 나르시즘 단계의 어린이에 불과하며, 이런 점에서 볼 때 그녀의 공격성은 마세가 보듯 가부장제에 대한 저항이라기보다는 라캉식의 주체와 타자의 욕망 사이의 갈등에서 유래한다고 볼 수 있다.

III. 언캐니와 오브제 아의 반복성 - 워더링 하이츠

어릴 시절의 자아와 분신과의 경험은 성장 후에도 반복되어 나타나는데, 어릴 적 친숙한 감정이 억압되었다가 다시 나타날 때는 낯설고 두려운, 즉 언캐니한 감정이 일어난다고 프로이트는 주장한다. 어떤 형태로든 어릴 적의 감정이 반복된다는 것이다. 이런 현상은 과거의 것이 꿈이나 증상이나 행위화의 형태로 계속 현재로 회귀하려는 "반복 강박(compulsion to repeat)" 때문에 일어난다. "본능은 유기적 생명체 속에 내재하는 본래의 상태로 되돌아가고자 하는 충동"(Laplanche and Pontalis 98)이 있다는 것이다. 프로이트는 「늑대 인간 사례」("Wolf-Man Case")와 같이 어릴 적 아이가 부모의 성교 장면인 원초경(primal scene)을 최초로 목격한 것은 아이의 장래에 영향을 끼칠 수 있다고 본다.[11] 그 장면은 그 아이의 정신적 외상으로 남는 경우에 그의 생애 반복적으로 나타나도록 되어 있다. 이 원초적 장면이 억압되어 있다가 다시 나타날 때 언캐니하다는 것이 프로이트의 주장이다.

프로이트는 이런 반복성의 언캐니한 면을 설명하기 위해 우연하게 나타난 동일한 숫자를 예로 든다. 동일한 숫자는 친숙함을 주지만, 그것의 반복은 이상한 느낌을 갖게 만든다는 것이다. 또한 "같은 것이 반복해서 회귀함으로써 무언가 이상한 불안한 것이 생긴다는 사실은 어린시절과 관련을 맺고 있다"(238)고 그는 주장한다.

---

11) 이 사례는 한 살 반 때의 부모의 원초적인 장면의 인상이 네 살 반 때 꾼 늑대 꿈으로 이어지는 식으로 어릴 적 경험이 반복적으로 나타나는 것을 보여 준다(Laplanche and Pontalis 335).

자아는 분신과의 어린 시절 경험을 반복하는데, 즉 어린 시절의 낯익은(캐니) 무의식이, 후에 반복될 때 낯선 두려움(언캐니)으로 공포감을 주는 식으로 양가성을 띤다는 것이다. 사회에서 억압된 욕망은 사라지지 않고 의식 밑에 있다가 간혹 귀환하여, 반복 강박관념으로 나타난다고 프로이트는 주장한다. 이런 프로이트의 반복 강박증은 라캉의 경우 상징계에서 금기된 욕망을 가능케 하는 실재계의 오브제 아와 유사하다. 오브제 아는 주체가 자신의 욕망을 만족시키기 위해 계속 찾는 대상이기 때문이다. 프로이트의 반복 강박증처럼, 라캉의 경우에도 자아는 거울 이미지의 동일시에 포함될 수 없는, 즉 자아가 거울에서 볼 수 없는 상실의 부분이 있으며, 이를 충족하기 위해 자아의 욕망은 대상을 계속 추구하는 형태로 반복성을 띤다는 것이다. 라캉의 경우 "결핍은 빈 것을 채우는 가능성의 기능 때문에 주체로 하여금 반복을 하게 한다"(Wright 58)는 것이다. 이 오브제 아는 환상 속에서 한 때 완벽한 충족의 경험을 제공했지만, 영원히 상실한 대상인 어머니의 젖가슴과 같은 충동의 대상이다.12) 이것은 영원히 상실되고 결핍되어 있다.

이 소설에서 캐서린과 히스클리프에게 어릴 적에는 가능했지만, 지금은 영원히 상실된 대상이 있다. 이것은 그들이 어린 시절을 함께 보냈던 워더링 하이츠라는 장소이다. 이 곳은 성인이 된 캐서린과 히스클리프에게 지금 다시 얻어질 수도, 충족될 수도 없는 오브제 아이다. 오브제 아인 캐서린의 어릴 시절 경험은 하나의 트로마가 되어 유령처럼 계속 반복되어 나타난다. 프로이트에게 있어 "반복은 이전의

---

12) 욕망(desire)과 충동(drive)은 동일하게 대타자의 영역에 속한 것으로, 영원히 충족될 수 없는 결여, 상실을 전제로 한다는 점에서 공통된다. 하지만 욕망은 하나의 대상 오브제 아를 목표로 하지만, 충동은 여러 대상 오브제 아 주위를 맴돌면서 반복한다는 점에서 다르다. 즉 욕망의 대상은 하나이고 나누어지지 않지만, 충동의 대상은 젖가슴(breast), 목소리(voice), 응시(gaze), 배설물(faeces)과 같이 부분적인 대상(partial object)이다 (Evans 46-48 참조). 주체는 이런 오브제 아를 추구하지만, 그것은 상실된 것이다. 따라서 욕망처럼 충동도 결코 만족될 수 없다.

위치, 즉 트로마를 유발했던 순간, 더 넓은 의미에서 무생물에서 생물적 위치의 진입을 시도한 지점으로 돌아가고자 하는 움직임" (Wright 55)에서 비롯된다. 이 소설에서 트로마를 유발했던 지점은 어린 시절의 워더링 하이츠이며, 성장한 후에도 캐서린과 히스클리프는 절대적 유대가 가능한 그 곳으로 되돌아가고자 한다. 하지만 그곳은 그들의 욕망이 결코 충족될 수 없는 오브제 아이다.

캐서린이 히스클리프와 재회하지만 결합할 수 없는 이유는 그녀가 린튼(Edgar Linton)과 이미 결혼했기 때문이 아니라, 과거로 돌아가고자 하는 욕구 때문이다. 이미 상실된 과거, 즉 도달할 수 없는 오브제 아를 추구하기 때문에 그녀의 욕망은 충족될 수 없다. 하지만 캐서린에게 어린 시절 워더링 하이츠는 억압된 꿈처럼 무의식에 남아있으며 반복되고 있다. 히스클리프의 도착과 더불어 "워더링 하이츠의 어린시절은 정신분석에서 억압된 자처럼 (그녀에게) 다시 회귀 된다"(Vine 32). 그녀의 어린 시절은 라캉의 구조로 보자면 "상징계의 도입으로 인해 실재계에 남겨진 잔여물"(Evans 125)이다. 캐서린과 히스클리프의 어린 시절의 나르시즘적 사랑과 갈등은 사회질서를 강요하는 상징계 속에서 억압되지만, 그 잔여물은 계속 반복되어 나타난다는 것이다.

어린시절로 되돌아가고자 하는 캐서린의 외침은 그녀의 언캐니한 면을 가장 명백히 나타내준다. 그녀는 "난 워더링 하이츠의 내 방에 누워 있는 줄 알았어… 난 잠드는 게 두렵고. 내가 꾸는 꿈이 소름 끼치도록 무서워"(124)라며, 아직도 어린 시절의 그 워더링 하이츠에 살고 있다. 어린 시절의 삶이 억압되었다가 다시 나타날 때 그 곳은 낯설고 두렵게 느껴진다. 즉 과거의 워더링 하이츠가 무의식적으로 반복하여 나타날 때 그녀는 낯설고 두려움 속에 사로잡히게 된다.

난 어린 아이로 돌아갔고 아버지가 돌아가시고 얼마 안 된
때였는데 힌들리 오빠가 히스클리프와 같이 놀아서는 안 된다고

해서 슬퍼하고 있었어…. 열두 살 때의 내가 워더링 하이츠와
어린 시절부터 *친숙한 모든 것*과 그 당시 나의 전부였던 히스클
리프에게서 억지로 떨어져 나와, 단박에 린튼 부인이며 쓰러시
크로스 그랜저의 안주인이며 그리고 *낯선* 사람의 아내가 되어
버렸다고 생각을 해 봐. 자기 세계에서 쫓겨나 버림받은 사람이
되었다고 생각해 봐. 그렇다면 내가 느낀 고통의 깊이를 조금이
나마 상상할 수 있을 거야! (이탤릭체는 필자 강조) (125)

캐서린은 어릴 적 워더링 하이츠가 "친숙한 모든 것"이었으나, 지금
은 "낯선" 상태가 되었다고 고백한다. 이것은 "어릴 때 친숙하게 보였
던 것이 억압되었다가 다시 나타날 때는 낯설고 두려운 것으로 느껴
진다"(220)는 프로이트의 언캐니 개념에서 설명될 수 있다. 캐서린이
어릴 적에 뛰어 놀았던 친숙한 워더링 하이츠는 이제 캐서린에게 언
캐니한 곳이 된다. 그녀는 쓰러시크로스 그랜저에서 워더링 하이츠로
처음 돌아왔을 때처럼, 무섭고 낯선 유령(분신)의 모습으로 워더링 하
이츠에 다시 돌아오게 된다. 즉 그녀는 안식처인 집(home)에 오길 추
구하나 "낯선(unhomely)" 유령의 형태로 돌아온다. 그녀가 돌아오고자
한 워더링 하이츠는 자신의 "고향(Heimat)"이지만 "이상하고 두려운
언캐니한" 곳이다("The Uncanny" 245). 어린 시절로 회귀하고자 하는
캐서린의 소원은 곧 죽음을 넘어서서 히스클리프와의 친숙함과 동일
시를 반복하고자 하는 욕망에 근원하고 있다. 라캉적인 관점에서 보
자면 캐서린이 추구하는 오브제 아인 어린 시절의 워더링 하이츠는
상실되었지만, 이런 상실은 그들로 하여금 계속 욕망을 불러일으키는
동인이 된다. 결핍과 상실은 그들의 욕망 추구를 반복하게 만드는 에
너지이기 때문이다. 위에서 살펴보았듯이 캐서린과 히스클리프의 반
복적인 욕망추구는 언캐니와 오브제 아의 반복성 개념을 통해 더욱
쉽게 이해될 수 있다.

Ⅳ. 나가는 말

지금까지 자아와 분신의 관계를 중심으로 프로이트의 언캐니 개념과 라캉의 거울 단계 개념이 어떻게 공통점이 있으며, 또한 그들의 이론을 통해 『워더링 하이츠』의 주인공들이 서로의 분신으로서 어떻게 동일시와 갈등의 양가성을 경험하게 되는지에 대해 살펴보았다. 자아와 분신 사이의 친근하면서도 낯선 언캐니한 감정은 거울 단계의 자아가 거울이미지인 분신에 대해 갖는 나르시즘적 동일시나 즐거움, 갈등이나 소외의 양가적인 경험과 유사하다고 볼 수 있다. 캐서린과 히스클리프는 각각 자신의 욕망을 충족시켜 줄 환상의 대상을 계속 추구한다. 그들은 분신의 욕망을 통해 자신의 욕망을 보기 때문에 자아의 욕망은 충족될 수 없으며, 이런 결핍과 상실은 대상을 찾고 또 찾는 반복 속에서만 충족될 뿐이다.

캐서린은 친숙하고 친밀한 집이자, 새롭고 낯선 양가적인 모습을 띤 워더링 하이츠로 되돌아간다. 그녀는 죽었지만 유령의 모습으로 록우드의 꿈에 살아 있는 언캐니한 존재가 된다. 프로이트와 라캉이 지적한 자아와 분신 사이의 나르시즘적 동일시와 소외나 상실 그리고 그것의 반복이 주는 언캐니한 감정은 독자들로 하여금 두 주인공을 더욱 불가사의한 존재로 보이게 한다. 캐서린과 히스클리프가 서로 동일시했던 어린시절의 워더링 하이츠는 오브제 아로 계속 반복하여 나타난다. 이런 반복성은 딸 캐서린(Catherine Linton)과 린튼 히스클리프(Linton Heathcliff)가 부모의 이름을 사용하는 등 플롯 요소 자체에도 나타난다. 프로이트의 구조에서처럼 이런 반복적인 구조 때문에 이 소설은 독자들에게 친숙하기도 하지만 낯설고 비밀스러운 어떤 것을 지닌 작품으로 남는다.(『19세기영어권문학』11권 2호)

< 인용 문헌 >

Berman, Jeffrey. *Narcissism and the Novel*. New York: New York UP, 1990.

Brontë, Emily. *Wuthering Heights*. Ed. Pauline Nestor. New York: Penguin, 2003.

Dolar, Mladen. "I Shall Be with You on Your Wedding—Night." *Lacan and the Uncanny*. October 58 (Autumn 1999): 5-23.

Eagleton, Terry. *Heathcliff and the Great Hunger: Studies in Irish Culture*. Verso: New Edition, 1996.

Evans, Dylan. *An Introductory Dictionary of Lacanian Psychoanalysis*. London and New York: Routledge, 1996.

Freud, Sigmund. "The 'Uncanny'(1919)." *The Standard Edition of the Complete Psychological Works of Sigmund Freud Vol 17*. Trans. James Strachey. London: Hogarth P, 1955. 217—256.

Gilbert Sandra and Gubar Susan. *The Madwoman in the Attic: the Woman Writier and the Nineteenth—Century Literary Imagination*. New Haven and London: Yale UP, 1984.

Homans, Margaret. *Bearing the Word: Language and Female Experience in Nineteenth-Century Women's Writing*. Chicago: U of Chicago P, 1986. 68-83.

Kennard, Jean E. "Lesbianism and the Censoring of *Wuthering Heights*." *NWSA Journal* 8 (Summer 1996): 17—36.

Lacan, Jacques. "The Mirror Stage as Formative of the *I* Function, as Revealed in Psychoanalytic Experience." *Écrits: A Selection*. Trans. Bruce Fink. New York: W.W. Norton, 2004.

———. "Aggressiveness in Psychoanalysis." *Écrits: A Selection*. Trans. Bruce Fink. New York: W.W. Norton, 2004.

———. "The Signification of the Phallus," *Écrits: A Selection*. Trans. Bruce Fink. New York: W. W. Norton, 2004.

———. *The Seminar of Jacques Lacan Book I: Freud's Papers on Technique 1953—1954*. Ed. Jacques-Alain Miller. Trans. John Forrester. New York: W. W. Norton,

1991.

Laplanche J. and Pontalis J. B. *The Language of Psychoanalysis*. Trans. Donald Nicholson-Smith. New York: W. W. Norton, 1973.

Massé, Michelle A. "'He's More Myself than I Am': Narcissism and Gender in *Wuthering Heights*." *Psychoanalyses/Feminisms*. Eds. Peter L. Rudnytsky and Andrew M. Gordon. New York: State University of New York P, 2000. 135－152.

Moers, Ellen. *Literary Women*. London: Oxford UP, 1977.

Moglen, Helen. "The Double Vision of *Wuthering Heights*: a Clarifying View of Female Development." *Centennial Review* 15 (Autumn 1971): 391-405.

Rank, Otto. *The Double*. Ed. and Trans. Harry Tucker, Jr. North Carolina: U of North Carolina P, 1971.

Royle, Nicholas. *The Uncanny*. New York: Routledge, 2003.

Sedgwick, Eve Kosofsky. *The Coherence of Gothic Conventions*. New York and London: Methuen, 1980.

Van Ghent, Dorothy. *The English Novel: Form and Function*. New York: Harper and Row, 1953.

Vine, Steven. "The Wuther of the Other in *Wuthering Heights*." *Nineteenth-Century Literature* 49 (December 1994): 339－359.

Wright, Elizabeth. *Feminism and Psychoanalysis: A Critical Dictionary*. New York: Blackwell P, 1992.

『제인 에어』와 영국 민족주의*

박 상 기

I

가야트리 스피박(Gayatri Spivak)은 『제인 에어』(*Jane Eyre*)를 탈식민주의 관점에서 새롭게 읽는다. 소설에서 "원주민" 버사를 희생시킴으로써 주인공 제인이 백인 여성의 개인성을 획득한다고 주장한다. 스피박은 소설을 "자식 양육"과 "영혼 형성"이라는 두 축을 중심으로 설명한다(236). 그녀에 의하면, 자식 양육은 "성적 재생산"을 통하여 "가정적 사회"를 형성하는 "공감적 사랑"으로 나타난다. 반면 "영혼 형성"은 "사회 선교"를 통하여 "시민 사회"를 이루는 "제국주의 과업"으로 표현된다(237-238). 한 마디로 식민주의 맥락에서 국내의 가정 형성과 국외의 식민지 개척에 의하여 소설을 설명한다. 스피박은 자신의 탈식민주의 비평이 성적 재생산 과정에서 "아직 남자가 되지 못한" 여성이 자신의 개인주의적 독립성을 쟁취하는 것에 치중하는 페미니즘의 한계를 극복한다고 주장한다. 이를 위하여 영혼 형성의 과정에서 "아직 인간이 되지 못한" 유럽인의 "타자"로서 식민지인을 고

*이 연구는 2007년도 서강대학교 교내연구비 지원에 의하여 이루어졌음.

려해야 한다고 주장한다. 식민주의에 대한 고려는 기존의 마르크시즘이나 페미니즘 비평에 반하여 소설을 더 넓은 시야에서 역동적으로 볼 수 있게 한다. 스피박은 제인을 "가정교사라는 모호한 *사회계급*"으로 설명하는 테리 이글튼(Terry Eagleton)의 마르크시즘적 설명이나 제인을 그녀의 "검은 분신"인 버사와 연결하는 샌드라 길버트(Sandra Gilbert)와 수잔 구바(Susan Gubar)의 페미니즘적 설명과 자신의 탈식민주의적 주장을 구분한다(240 본문 강조).

식민주의적 선교를 강조한 소설의 결말은 분명히 여성의 독립성을 주장하는 페미니즘의 설명을 넘어선다. 특히, 스피박은 "주체 구성"에 치중하는 페미니즘 설명을 극복 대상으로 삼고 그것에 "영혼 형성"을 주장하는 식민주의에 관한 비판을 연계시킨다. 흔히 여성의 영역이라 여기는 '사적 영역'과 남성의 영역이라 여기는 '공적 영역'이 식민주의 맥락에서 가정과 식민지로 나타난다. 소설의 결말을 장식하는 리버스의 중요성을 강조하면서 스피박은 식민주의 과업이 "이교도(야만인으로 동일시 됨)를 인간으로 만들어 스스로 목적이 될 수 있게 하는 것"이라고 정의한다. 그녀에 의하면 탈식민주의 비평은 페미니즘의 개인주의적 관점이 강요하는 서술적 폐쇄성을 벗어나게 하는 "접점" 역할을 한다. 그 중심에 리버스가 있고 이런 중요한 역할 때문에 그의 이야기가 소설의 결말을 맺는다고 주장한다(241). 그러나 그런 주장에도 불구하고 스피박은 식민주의의 이면에서 그녀의 설명의 두 축 "성적 재생산(가정과 여성)"과 "사회적 주체 구성(인종과 남성)"을 연결해 주는 민족주의를 설명하지 못한 한계를 드러낸다. 단지 유럽을 그것의 타자인 식민지와 구분할 때 스피박은 유럽 내에서 영국이 다른 유럽 국가들과 벌이는 식민지 획득 경쟁을 간과한다. 그런 이유 때문에 그녀는 다른 유럽 국가와 경쟁 관계에 있는 영국이 유럽적 요소와 구분되는 영국적 민족성을 강조하는 정교한 과정을 설명하지 못한다.

스피박의 주장 이후 국내외에서 『제인 에어』에 숨겨진 식민주의 책략을 폭로하는 많은 탈식민주의 비평이 발표된다. 그러나 지금까지 수많은 논문이 탈식민주의 관점에서 발표되었음에도 불구하고 작품에 숨겨진 영국의 민족주의적 주장을 본격적으로 설명한 논문을 아직 찾아볼 수 없다. 식민주의는 식민지에 대한 자국의 우월성을 강조하기 때문에 민족주의적 경향을 보인다. 또한 식민주의는 식민지 획득과 유지를 위하여 다른 유럽 국가들과 경쟁하기 때문에 민족주의적 성격을 띤다. 이런 까닭에 민족주의를 도외시하고 식민주의를 비판하는 것은 식민주의의 중요한 부분을 간과한 것이다. 물론 민족주의는 식민주의적 성격을 보일 수도 있고 반식민주의적 특성을 드러내기도 한다. 이 논문에서는 영국의 민족주의가 어떻게 식민주의와 밀접한 관계를 갖는가에 초점을 맞출 것이다. 또한 민족주의는 어니스트 겔러(Ernest Gellner)의 산업화 부산물, 에릭 홉스봄(Eric Hobsbawm)의 "창조된 전통," 베네딕트 앤더슨(Benedict Anderson)의 "상상의 공동체" 등 여러 방식으로 설명될 수 있다. 민족이 실제적인 것인가 혹은 상상적인 것인가, 또는 민족이 오래 전부터 있었던 것인가 혹은 근대의 산물인가 같은 논쟁은 이미 많이 논해지고 있다. 그리고 식민주의가 계몽주의적 보편성을 가지고 식민지의 근대화 과정에 기여했다는 주장과 그런 근대화가 식민지의 자원착취를 위한 것이기 때문에 자국중심주의에서 벗어나지 못한다는 반론이 있다. 이 논문에서는 주로 고전으로 읽혀지는 19세기 영국소설이 어떻게 구체적으로 식민주의와 관련하여 영국 민족주의를 반영하는지를 밝히려 한다. 특히, 이런 점을 고려하여 소설을 세밀히 분석해 보면 얼마나 체계적으로 동양, 식민지뿐만 아니라 고대 그리스와 로마, 현대 유럽국가 프랑스, 독일, 이탈리아, 스페인 등과 비교하여 영국의 우월성이 주장되는지를 알 수 있다.

II

영국의 국가적 우월성은 낙후된 억압적 동양과 비교하여 강조된다. 자신을 "막강한 터키인" 술탄으로 비유하면서 로체스터는 "이 한 명의 영국인 소녀"를 "막강한 터키인의 모든 노예 첩"과 바꾸지 않겠다고 주장한다(229). 이렇게 '동양' 지배자의 성격을 드러낸 로체스터를 제인은 노예 상인에 비유한다. 지배 성향을 나타낸 로체스터에게 저항하면서 그녀는 노예 첩에게 자유를 설파하여 독재자에게 반란을 일으키는 것을 도와주는 선교사를 자처한다. 수잔 메이어(Susan Meyer)에 의하면 이들의 동양에 대한 편견이 가득한 대화는 억압적 폭력이 영국적인 것이 아니라 인종적 타자와 접촉하여 "오염된" 결과라는 식민주의적 주장을 나타낸다(82). 이런 탈식민주의 설명 방식을 따르면 로체스터는 억압적 지배자가 되든가 아니면 노예 상인처럼 되는 것으로 설명된다. 이렇게 타인종적 억압에 의해 오염된 남성에게 저항하면서 제인은 억압받는 타인종, 특히 성적으로 지배받는 동양 여인들의 자유를 위해 투쟁하는 선교사가 될 것임을 자임한다. 물론 이것은 1807년 아프리카 노예무역의 종결과 1834년 노예 해방법의 통과라는 영국의 역사적 사실이 반영된 반노예주의적 발언이다. 한 마디로 메이어는 소설이 억압적 폭력을 타인종 남성에게 돌리고 폭력에서의 해방을 영국인 여성의 몫으로 만든다고 설명한다. 이런 탈식민주의 설명에서 페미니즘은 동양 담론에 의하여 식민주의와 긴밀하게 결합된다. 이렇게 소설에서 영국 여성은 식민주의와 페미니즘의 결합을 통하여 영국 남성에 대해 독립성을 성취하고 영국은 동양에 대해 도덕적 우월성을 획득한다.

메이어가 간과한 것은 지배자와 해방자로서 대립되어 보이는 로체스터와 제인이 공유하는 민족주의다. 동양에 대한 편견에 근거하여 로체스터와 제인 모두 동양을 매우 미개하고 억압적인 곳으로 생각한다. 로체스터가 결혼 전에 많은 옷과 보석을 사주려 할 때 제인은 자신이 "인형"처럼 수동적 존재로 꾸며지는 것 같은 모멸감을 느낀다. 돈에 의해 매수당한 것 같은 느낌을 주기 때문에 그녀는 분노를 느끼면서 그의 선물을 거절한다. 그녀는 로체스터에게서 노예에게 보석을 사주는 독재자 술탄 같은 모습을 발견한다. 메이어가 주장하듯이 동양은 유럽과 대조적으로 억압적 폭력이 가득한 곳으로 그려진다. 그러나 그녀가 설명하지 못한 것은 그것이 단지 서양 문명의 우월성을 강조하는 데 그치는 것이 아니라 특별히 영국의 우월성을 주장하는 것이다. 로체스터는 매우 구체적으로 한 명의 '영국' 소녀가 수많은 '터키' 노예 첩보다 소중하다고 말함으로써 민족주의를 드러낸다.

제인의 반노예주의적 발언은 매우 인본주의적인 것처럼 들리지만 동시에 그것은 동양에 대한 영국의 절대적 우월성을 드러낸 것이다. 노예 상인에 대한 비유를 로체스터는 더 비인간적인 방식으로 발전시킨다. 그의 발언에서 노예는 더 이상 인간이 아니라 단지 신체 부분의 조합으로 전락한다. "제인, 내가 그렇게 많은 살과 그렇게 다양한 검은 눈을 흥정할 때 당신은 무엇을 할 것입니까?"(229). 물론 메이어가 지적하듯이 로체스터의 비인간적 발언은 동양의 억압적 폭력성과 그것에 관련된 노예 무역상의 비도덕성을 강조한 것일 수 있다. 그렇지만 동시에 그것은 영국의 반노예주의 정책의 도덕적 우월성을 부각시키기 위한 것이다. 제인은 자신을 억압적 술탄이나 노예 무역상에 맞서 싸우는 노예 해방자로 그린다. 이렇게 그녀가 주장하는 인본주의적 자유주의는 궁극적으로 민족주의를 드러내기 위해 사용된다. 노예무역 폐지 후 영국은 물론 경제적 이유도 있지만 다른 유럽국가에게 그 정책의 도덕적 중요성을 특히 강조하였다. 무지한 노예 첩을 해방시키는 계몽적 선교사는 소설의 결말에서 인도인을 미신에서 해방시키는 종교적 선교사 리버스로 구체화된다.

폭력적 동양과 계몽적 서양의 대조는 초월적 무저항주의를 표방하는 헬렌에게서도 찾아볼 수 있다. 메이어는 소설이 폭력을 영국적인 것이 아니라 인종적 타자와 접촉하여 오염된 것으로 재현했다고 주장한다. 그렇기 때문에 영국인의 폭력성은 영국인이 타인종의 검은 피부색을 가지거나 그렇게 변할 때 드러내는 것이라고 설명한다. 그러나 소설에서 여러 인물이 인종과 상관없는 폭력을 드러내는 것을 찾을 수 있다. 소설은 리드 부인과 그 아들 존이 제인에게 가하는 차별과 폭력으로 시작된다. 헬렌은 로우우드 학교에서 브록클허스트가 주도하고 선생님들이 따르는 억압적 폭력에 희생된다. 성격과 지식에서 뛰어남에도 불구하고 헬렌은 영국 교육기관의 억압적 폭력과 영양 결핍을 겪게 되고 결국 불결한 교육환경 때문에 발생한 병에 걸려 죽는다. 이들의 폭력은 영국 내에서 자생한 백인의 계급적 폭력으로 타인종과 무관한 것이다. 주인공 제인은 헬렌과 친구가 되어 자신의 지식을 확장하고 심화하게 된다. 헬렌은 종교성과 합리성을 절묘하게 조화시킨 인물로 묘사되고 주인공 제인의 교육에 중요한 기여를 한다. 부당한 처벌에 저항하려는 제인과 대조적으로 헬렌은 자신을 심하게 벌하는 선생님을 비난하지 않고 자신의 결점을 냉정하게 받아들이는 합리성을 보인다. 또한 헬렌은 초월적 내세를 강조하는 기독교에 의지하여 현세에서 발생하는 부당한 폭력을 묵묵히 견뎌낸다.

이렇게 소설에서 훌륭한 인물로 묘사되는 헬렌은 이민족의 야만성과 영국의 문명성을 대조함으로써 식민주의가 계몽주의의 전파라는 문명화 담론을 충실히 따른다. 자신이 영국인의 폭력에 의해 희생됨에도 불구하고 그녀는 그런 폭력에 저항하려는 제인에게 폭력과 투쟁을 타인종의 야만적인 것으로 설명한다. "이교도나 야만인 부족들이 그런 (투쟁에 관한) 주장을 한다. 그러나 기독교인과 문명화된 민족들은 그것을 주장하지 않는다"(49). 로체스터가 죽음에까지도 함께 따라가는 사랑을 노래할 때 제인은 그것을 "이교도적 생각"이라고 비판한다. "그가 그렇듯이 나는 내 시간이 되었을 때 죽을 권리가 있다. 나는 그 시간을 기다리고 있어야 한다. 순사(suttee)로 죽음을 재촉해서는 안 된다"(233). 이렇게 제인은 이교도적 폭력에 대한 거부로 자신의 독립성을 강조한다. 결국 소설에서 주장하는 것은 영국인이 기독교와 합리성을 근간으로 한 서양문명을 추구해야 한다는 것이다. 이런 식민지에 대한 영국의 도덕적 우월성에 대한 주장은 소설의 후반에 리버스가 실천하는 식민주의의 계몽적 선교로 연결된다. 그런 식민주의의 합리화 중심에 민족주의가 있다.

III

대영제국의 국가적 우월성은 다른 민족의 여성에 대한 지배로 표현된다. 특히 식민지 여성과 유럽 여성의 차별을 통하여 식민주의적 우월성으로 변형된다. 국외의 식민지와 국내의 가정의 미묘한 관계는 식민지인과의 결혼을 통해서도 잘 나타난다. 식민지인과의 결혼은 제국의 식민지 지배를 영속화하는 효과가 있다. 특히 부유한 식민지인과의 결혼에 의해 획득한 재산은 제인이 식민지로부터 물려받은 유산만큼이나 영국 경제에 기여하는 것이 사실이다. 두 중요 인물 제인과 로체스터가 식민지 자본과 밀접한 관계가 있는 것은 매우 흥미로운 사실이다. 그러나 식민지의 경제적 기여에도 불구하고 로체스터는 버사의 부정에 대해 셀린느의 부정과는 전혀 다른 반응을 보임으로써 식민지인에 대한 편견을 드러낸다. 프랑스 여인의 부정을 "일상적인" 일로 가볍게 여기는 것과 대조적으로 버사의 부정을 통제할 수 없는 욕망으로 매우 심각하게 다룬 것에 주목할 필요가 있다. 물론 버사는 정식 부인이고 셀린느는 단지 애인이라는 차이가 있다. 그러나 로체스터는 "광적인" 버사를 대신할 여인을 찾고 있었다. 또한 제인에게 버사의 존재가 드러났을 때 부인이 될 수 없으면 대신 애인이 될 것을 강력하게 요구한다. 물론 당시 법적으로 재혼하기가 매우 힘든 상황에서 진심으로 사랑하는 여인과 함께 살기 위하여 불가피한 방법은 그녀를 애인으로 만드는 것이다. 그러나 여인의 부정에 대한 로체스터의 대조적 반응은 단지 부인과 애인의 차이 때문이 아니라 유럽인과 식민지인의 차이 때문이다. 그것은 식민지인이 지배의 대상이지 함께 가정을 이루는 주체가 될 수 없다는 생각을 담고 있다.

　로체스터는 버사의 부정과 셸린느의 부정에 대하여 대조적 반응을 보임으로써 명백히 인종주의적 성격을 드러낸다. 영국은 유럽에 속해 있기 때문에 유럽의 다른 국가들과 혈통적으로나 문화적으로 많은 교류가 있었다. 특히 영국의 왕실은 소설이 발표된 당시만 보더라도 정략결혼을 통하여 유럽의 많은 나라와 혈통적으로 연결되어 있었다. 18세기 후반부터 조지 왕조는 독일 출신들이 영국의 왕이 되었고 19세기 빅토리아 여왕의 남편 역시 독일 출신이었다. 후에 빅토리아 여왕의 자녀들이 유럽의 여러 국가와 정략결혼에 의해 맺어진 것은 널리 알려진 사실이다. 소설에서 유럽의 다른 국가 사람과 결혼하는 것은 혈통적 순수성을 오염시키는 문제로 다뤄지지 않는다. 일종의 형제국으로서 그들의 차이는 단지 문화적 차이로 그려질 뿐이다. 영국 남자가 프랑스 여인을 사랑하는 것을 "일상적"으로 여김으로써 제인은 나폴레옹 전쟁에서 승리하고 유럽의 패권을 장악한 영국에 대한 민족적 자긍심을 반영한다. 소설 집필 당시 패권국으로서 영국의 위상을 나타내기라도 하듯이 로체스터는 셸린느 외에 클라라와 지아친타 등 다른 유럽 국가의 여인들을 애인으로 삼는다. "부자 영국 남자가 프랑스 댄서를 열정적으로 사랑하고 배신당하는 이야기는 일상적으로 일어나는 것으로 아무 특이한 것이 없다"(124). 이것은 또한 당시 세련된 유럽문화의 중심지였던 파리에 대한 영국인의 매혹을 영국 남자가 프랑스 댄서를 열정적으로 사랑하는 것으로 표현한 것이다.

이와 대조적으로 식민지는 피지배국으로서 인종적으로 다뤄진다. 버사가 식민지인임에도 불구하고 혈통적으로 유럽인에 비교적 가까웠기 때문에 로체스터는 그녀와 결혼하는 것에 거부감을 덜 보인다. 그녀는 아버지가 영국인이고 그녀의 피부 또한 다른 식민지인에 비해 흰색에 가까운 것이다. 그럼에도 불구하고 그녀는 아직도 식민지인이라는 결점을 가진다. 그런 까닭에 식민지 여인의 부정은 유럽 여인의 부정과 전혀 다른 차원에서 다뤄진다. 이미 버사의 혼혈 가능성은 로체스터가 가진 유럽인의 순수한 혈통, 특히 영국인의 우월한 혈통에 대한 집착을 위협한다. 그런 까닭에 버사의 부정은 인종적 오염의 성격을 가진 매우 위험한 것으로 그려진다. 셀린느의 부정은 그녀의 상대가 프랑스 백인이기 때문에 로체스터는 그와의 차이를 단순히 문화적 수준의 차이로 표현한다. 이와 대조적으로 버사의 부정은 그녀의 상대가 식민지 흑인일 수 있기 때문에 인종적 차이를 포함하는 매우 위협적인 것이다. 로체스터를 참을 수 없게 만드는 것은 버사가 지적이지 못할 뿐만 아니라 "절제할 수 없으면서 동시에 순결하지 못한 것"이다(261). 로체스터는 버사의 성적 문란함을 "광기"와 연관시켜 비판할 때 인종주의에 근거한 도덕적 우월성을 드러낸다. 식민주의 담론을 통하여 서양의 이성에 대조되는 식민지의 감성은 통제력을 상실할 때 광기로 전락한 것으로 표현된다. 로체스터는 버사의 광기를 그녀의 영국인 아버지가 아니라 그녀의 식민지인(크리올) 어머니로부터 물려받은 것으로 설명함으로써 식민지인의 혼혈 가능성에 의하여 영국인의 순수성이 오염되는 것에 대한 공포를 드러낸다.

소설에서 식민지에 대한 인종주의적 편견은 민족주의적 편견과 교묘하게 연결되어 표현된다. 특히 인종주의적 편견은 유럽의 다른 국가에 대한 영국의 민족적 우월성을 나타내기 위하여 사용된다. 블랑쉬를 처음 봤을 때 제인은 그녀를 "스페인 사람처럼 검다"고 말하면서 그녀의 검은 피부색을 강조한다(147). 물론 모든 스페인 사람의 피부가 검지 않다는 점에서 이런 의견은 인종적 전형에 근거한 편견이다. 특히 비교적 검은 피부의 스페인 남부 사람들이 이교도 타인종의 지배를 더 많이 받았다는 역사적 사실을 고려할 필요가 있다. 소설의 인종 담론에서 비록 스페인인은 유럽인임에도 불구하고 비교적 검은 피부색 때문에 흰 피부색을 가진 다른 유럽인보다 열등하게 그려진다. 유럽인들 사이에 널리 퍼져있는 검은 피부색에 대한 편견은 소설의 여러 곳에서 표현된다. 피부색에 대한 편견을 의식한 듯이 블랑쉬의 어머니는 검은 피부를 가진 자기 딸을 "백합화"라는 애칭으로 부른다. 물론 백합화는 흰 피부색과 함께 귀족적 우월감을 반영한 애칭이기도 하다. 또한 그녀는 검은 피부를 가졌음에도 불구하고 "희다"는 의미를 가진 프랑스 이름 "블랑쉬"로 불려진다. 로체스터는 제인보다 더 직설적으로 검은 피부를 가진 블랑쉬를 "카르타고의 귀부인" 같다고 말함으로써 그녀를 북아프리카인과 연관시키려 한다. 또한 숨겨진 부인의 존재가 밝혀졌을 때 로체스터는 제인에게 버사가 "크고 검고 당당한 블랑쉬 잉그램 스타일의 좋은 여자"였다고 말한다(260). 이런 식으로 로체스터는 비록 블랑쉬가 영국인임에도 불구하고 그녀를 식민지인 버사와 연관시킴으로써 그녀가 부인이 되기에 부적합함을 강조한다.

소설에서 블랑쉬는 매우 이국적인 여인으로 그려짐으로써 제인을 영국적 여인의 이상으로 부각시키는 역할을 한다. 로체스터는 여러 해 동안 유럽의 여러 국가에서 이상적 여인을 찾으려 했으나 좌절된 채 영국으로 돌아온다. 대신에 그는 영국 내에서 이상적 여인을 찾으려 하지만 다른 유럽 국가의 성격을 드러내는 블랑쉬 역시 그의 욕구를 충족시키지 못한다. 그녀는 덴트 부인의 식물에 관한 무지를 조롱할 때 자기 어머니에게 불어로 말한다. 이것은 그들의 귀족적 오만과 동시에 그들의 세련된 프랑스 문화에 대한 귀족적 선호를 드러낸 것이다. 다른 유럽 국가의 여인들과 대조적으로 블랑쉬는 사회적 지위에서 조금도 부족함이 없는 상류층 출신의 여인이다.

그런 의미에서 그녀는 돈으로 사는 노예나 고용되는 애인과 다르다. 그러나 오히려 그런 상류층의 사회적 지위가 그녀의 도덕적 한계를 조장한다. 잉그램 모녀는 제인의 직업 가정교사에 대하여 경멸을 표시함으로써 사회적 지위에 대한 우월감을 노골적으로 드러낸다. 이렇게 스페인 혹은 프랑스와 연관시켜 블랑쉬의 결점을 지적할 때 제인은 그 유럽 국가들에 대한 영국인의 민족적 편견을 간접적으로 드러낸다. 블랑쉬는 혈통으로는 영국인이면서도 제인과 로체스터에 의해 스페인이나 프랑스뿐만 아니라 심지어는 카르타고나 서인도 제도 사람과 연관되어 설명됨으로써 더 이상 영국인의 성격을 대변할 수 없게 된다. 이와 대조적으로 영국적 특성을 가장 잘 대변하는 제인이 그의 기대를 만족시켜줄 수 있는 이상적 여인으로 등장한다.

블랑쉬는 귀족적인 오만함과 함께 잘못된 남성관을 가진 것으로 표현된다. 그녀는 여성은 아름다워야 하고 남성은 "사냥, 총 쏘기, 싸움"을 즐기고 "힘과 용기"를 지닌 귀족적 특성을 가져야 한다고 주장한다 (153). 그러나 그녀가 원하는 남성은 영국의 전형적 귀족 남성이 아니다. 소설의 변장극에서 동양의 지배자로 분장했던 로체스터에게 불한당의 붉은 피부색이 그에게 어울린다고 말하면서 그녀는 그를 용감한 노상강도에 비유한다. "노상의 영국인 영웅은 이탈리아인 산적 다음으로 최상일 것이다. 단지 레반틴 해적만이 그보다 더 뛰어날 것이다"(157). 낭만적 모험을 선호하는 블랑쉬는 자신의 이국적 특성에 맞게 전형적 영국 남성보다 모험적 이국 남성에게 더 호감을 보인다. 그녀는 영국인이면서도 다른 유럽 국가 사람과 연관되고 심지어는 검은 피부색 때문에 타인종과도 비유된다. 그녀에 대한 비유에 걸맞게 그녀는 붉은 피부를 가진 이탈리아인 도적 심지어는 레반틴 해적의 용맹성을 선호하는 무모함을 보인다. 이렇게 요란하고 과장하기를 좋아하는 블랑쉬는 그녀보다 전형적 영국인의 특성을 더 잘 나타내는 소박하고 순수한 제인과 대조를 보인다. 로체스터가 고백하듯이 미인이 아님에도 불구하고 제인이 그에게 매혹적이었던 것은 무엇보다 "솔직하고 진실한" 전형적 영국인의 성격을 소유했기 때문이다(147).

IV

소설에서 제인은 다른 유럽 국가의 여인들과 비교되어 영국의 민족적 우월성을 드러낸다. 로체스터는 블랑쉬에 대해 취한 것 같은 인종적이고 민족적인 편견을 다른 유럽인과 가진 관계에서도 나타낸다. 같은 유럽에 있으면서도 아랍 문명의 영향을 받았던 스페인은 비교적 검은 피부색 때문에 아프리카와 연관되어 유럽의 인종적 위계질서에서 열등하게 평가된다. 소설에서 다른 유럽 국가들 또한 차별적으로 평가된다. 로체스터의 유럽인 애인 중 독일인과 이탈이아인은 클라라와 지아친타로 단지 이름만 밝혀지고 그들의 간단한 특성만 제공된다. 소설에서 유럽인 성격의 전형을 충실히 따라 이탈이아인은 다혈질적으로 그려지고 독일인은 매력 없는 것으로 표현된다. "이탈리아인 지아친타는 절제 없고 폭력적이다. 반면에 독일인 클라라는 정직하고 조용하지만 무겁고 생각이 없으며 인상적이지 못하다"(266). 반면에 프랑스인은 셀린느 바렌스라고 이름과 성이 모두 밝혀지고 그녀와의 관계는 더욱 상세히 다뤄진다. 이것은 유럽 국가들 중 당시 아직 통일을 이룩하지 못하고 산업화에서도 뒤처진 독일이나 이탈리아보다 문화적으로 세련된 프랑스가 당시 영국의 경쟁국으로서 더 큰 비중을 차지하는 사회현실을 반영한 것이다. 제럴드 뉴먼(Gerald Newman)은 18세기 이후에 영국인들이 자신의 민족성을 프랑스인의 세련됨과 대조하여 "순진함, 정직함, 창조성, 솔직함 그리고 도덕적 자주성"으로 설명하였다고 주장한다(133). 제인에게 밝히듯이 로체스터는 우연히 셀린느의 부정을 발견하고 처음에는 억제할 수 없는 질투심을 느낀다. 그러나 셀린느와 프랑스인 애인의 대화를 듣고 그들의 대화 수준을 확인한 후 그는 더 이상 질투심을 느끼지 않는다. "그들은 말하기 시작했다. 그들의 대화를 듣고 나의 마음은 완전히 편안해졌다. 그것은 천박하고 금전적이며 느낌도 이성도 없는 것이어서 듣는 사람을 화나게 하기보다 차라리 지루하게 만들려는 것 같았다"(123). 이런 반응을 통하여 로체스터는 천박함으로 정형화된 프랑스에 대한 영국의 민족적 우월감을 드러낸다.

영국의 민족적 우월성은 당시 유럽의 다른 국가뿐만 아니라 고대의 그리스나 로마와 비교하여 설명된다. 다혈질적이고 폭력적인 이탈리아인의 성격 묘사는 유럽 문명의 기원 중 하나로 여겨지는 로마 문명의 성격 묘사에 연결된다. 제인은 사촌 존 리드를 로마 황제와 비유하면서 그의 폭력성을 강조한다. 이런 전형을 통한 성격 묘사는 귀부인 잉그램의 귀족적 오만함을 표현할 때도 그녀를 로마인과 비교함으로써 사용된다. "진정 제국적 위엄"을 드러내는 로마인의 억압적 폭력성은 귀부인 잉그램이 계급적 차별을 강조하는 리드 부인과 공통적으로 보이는 특성이라고 제인은 생각한다(146). 메이어는 로마 제국과 귀족적 오만함의 연관에서 인종적 억압과 계급적 억압의 연관성을 찾아낸다. 그녀에 의하면 로마 제국과 연관된 귀부인 잉그램은 인도산 숄을 걸침으로써 로마뿐만 아니라 영국의 제국적 억압을 드러낸다(80). 즉, 로마와 영국은 제국으로서 타인종 지배라는 공통된 특성을 가진다. 메이어는 이런 제국적 연관성에도 불구하고 소설이 영국의 제국적 억압을 타인종의 폭력성에 의한 오염으로 면죄부를 준다고 비판한다. 그러나 소설에서 로마제국의 폭력성은 영국의 민족적 우월성을 강조하기 위해 사용된 성격이 더 강하다. 또 다른 고대 유럽문명과의 대조가 그런 기능을 잘 드러낸다. 흔히 유럽 문명의 근원으로 여겨지는 그리스 문명 역시 소설에서 결점을 가진 것으로 표현된다. 리버스는 "윤곽이 매우 뚜렷하고 곧고 고전적인 코와 아테네인의 입과 턱"을 가졌다. 어떤 영국인도 "그리스인 얼굴"을 가진 리버스만큼 "고대의 조각상"을 닮은 사람이 없다(294). 이렇게 "고전적" 그리스 문명의 이성 중심주의를 상징하는 그는 너무 이성적인 나머지 감성의 결핍을 드러낸다. "고대의 조각상"으로 비유되기도 한 그는 결국 감성적 결핍 때문에 제인에게 결혼상대로 부적합하다고 간주된다. 한 마디로 산업혁명을 선도한 국가로서 영국은 당시의 다른 유럽 국가뿐만 아니라 고전문명의 그리스와 로마보다 우월한 것으로 표현된다.

소설에서 식민지와 다른 유럽 국가들에 대한 영국의 도덕적 우월성은 매우 세분화하여 재현된다. 대양을 건너 유럽에서 불어온 "상쾌한 바람"은 모기가 들끓는 서인도 제도의 "숨 막히게 하는" 뜨겁고 혼탁한 공기에서 로체스터를 구원하는 것으로 그려진다. 유럽과 식민지의 대조는 정열의 도덕적 위험성을 상징하는 지옥 같은 무더위와 사랑의 도덕적 건전성을 의미하는 "달콤한 바람"으로 대조된다. 이런 식민지와 유럽의 대조는 후에 유럽 내에서 영국과 프랑스의 대조로 변형된다. "한 순간 착각을 일으키는 축복에 취하고 다음 순간에 후회와 수치의 가장 쓴 눈물에 숨 막힌 채 마르세유에 있는 바보의 천국에서 노예가 되는 것과 영국의 건강한 심장부에 있는 연풍 부는 산자락에서 자유롭고 정직한 시골 여선생이 되는 것 중 어느 것이 좋은가?"(306). 이렇게 식민지의 뜨겁고 혼탁한 공기와 유럽의 상쾌한 바람의 대조는 프랑스의 착각하게 하는 분위기와 영국의 건강한 연풍의 대조로 전환된다. 버사의 위험한 정열과 세린느의 천박한 바람기의 관계는 식민지의 도덕적 타락과 프랑스의 도덕적 해이의 관계로 설명할 수 있다. 식민지의 정열과 그것이 야기한 혼란 그리고 프랑스의 착각과 그것이 야기한 수치 모두 결국 도덕적 "숨 막힘"으로 귀결된다. 특히 당시 유럽 문화의 중심지 중 하나로 여겨지던 마르세유는 "축복"과 "후회와 수치"의 극단을 오가는 "바보의 천국"으로 표현되어 비하된다. 이렇게 제인은 그 당시 유럽 문화의 중심지를 지적 결여를 드러내는 환락가로 평가 절하한다. 반면에 영국은 국가 전체가 "건강," "자유," "정직" 등 매우 긍정적 특성을 가진 것으로 칭송된다.

다른 유럽국가에 대한 영국의 도덕적 우월성은 교육의 대조에 의하여 더욱 강조된다. 제인은 자기 학생 아델이 얼굴이나 표정에서 로체스터를 전혀 닮지 않았기 때문에 그의 딸이 아니라고 단정 짓는다. 제인은 아델이 그녀의 프랑스인 어머니에게서 "천박한 성격"을 물려받은 것 같다고 추측한다. 제인은 그런 천박한 성격이 진실한 영국인의 마음에 적합하지 않다고 생각한다(124). 이런 제인의 생각은 민족성의 정형화에 의한 민족주의적 경향을 드러낸다. 경쟁국 프랑스에 대한 영국의 도덕적 우월성은 로체스터의 입을 통하여 당시 유럽 문화의 중심지였던 파리와 비교되어 더욱 명백하게 표현된다. "(아델이) 매우 궁핍하다는 것을 듣고 그녀를 파리의 수렁과 진흙에서 건져내어 영국의 시골 정원의 온전한 흙에서 깨끗하게 자라도록 이곳으로 이식하였다"(124). 여기서도 프랑스 문화의 중심인 파리가 도덕적 타락을 드러내는 "수렁과 진흙"으로 그려진다. 프랑스는 환락에 의한 도덕적 타락의 장소로 재현되고 프랑스인은 연애나 구원의 수동적 대상으로 표현된다. 반면에 영국은 전체가 "깨끗하게 자라게" 하는 "온전한 흙"으로 그려진다. 특히 영국에서도 "시골의 정원"은 도덕적 건전성을 회복하는 도덕의 온상으로 강조된다. 온전한 토양에 식물을 이식하고 자라게 하듯이 영국의 교육은 유럽의 문명화 과정을 모범적으로 수행한다. 이상적 영국 여성 제인은 도덕적 구원에서 적극적 역할을 담당하는 교육자로 표현된다.

다른 유럽 국가에 대한 영국의 도덕적 우월성은 자신이 가르쳤던 학생들에 대한 제인의 만족감을 통해서도 표현된다. 특히 영국의 도덕적 우월성을 드러내기 위하여 서유럽 문명의 중심에 있는 프랑스와 독일이 구체적으로 지목된다. "어쨌든 영국의 시골 아이들은 유럽에서 가장 잘 교육 받았고 가장 예절 밝으며 가장 자긍심이 있다. 그때 이후에 프랑스와 독일의 시골 여자아이들을 봤지만 그들 중 가장 뛰어난 아이들도 내가 몰튼에서 가르쳤던 여자아이들에 비하면 무식하고 거칠며 정신없는 것 같다"(331－332). 이런 비교에서도 사회적 현실을 반영하여 시골은 도시와 대조적으로 도덕의 온상으로 묘사된다. 물론 도시는 낯선 사람들이 모이고 이동이 잦으며 경쟁이 심하기 때문에 시골에 비해 범죄율이 높은 것이 사실이다. 또한 영국 내에서 비록 국가의 수도로서 런던이 상업과 문화의 중심지이지만 전통적 농업공동체 성격이 비교적 강한 시골이 영국인에게 '마음의 고향' 역할을 했던 것이 사실이다. 이런 순수한 영국의 시골 아이들이 좋은 교육을 받았을 때 다른 유럽 국가의 시골 아이들보다 지적으로나 도덕적으로 우월한 것은 당연한 결과로 그려진다. 영국의 도덕적 우월성은 제인의 프랑스인 제자 아델의 교화를 통해서도 강조된다. "그녀가 성장함에 따라 건전한 영국의 교육이 그녀의 프랑스적 결점을 매우 많이 교정하였다. 그녀가 학교를 떠날 때 기분 좋고 책임감 있는 동료가 되었음을 알 수 있었다. 즉, 고분고분하고 성격이 좋으며 매우 원칙 있게 되었다"(383). 이렇게 소설에서 영국은 "건전한 영국의 교육"을 통하여 도덕적 우월성을 확보하고 아델의 "프랑스적 결점"을 교정하듯이 식민지뿐만 아니라 다른 유럽 국가를 교화하는 국가로 매우 구체적으로 표현된다.

영국의 도덕적 우월성에 대한 주장은 제인이 모튼의 시골 학교에서 행하는 자국민의 교육과 리버스가 식민지 인도에서 행하는 타민족의 교화를 관통하는 것이다. 제인이 영국뿐만 아니라 다른 유럽 국가의 학생을 교화하듯이 리버스는 제인을 고용하여 영국의 학생을 가르칠 뿐만 아니라 선교를 통하여 식민지인을 교화하려 한다. 이렇게 국내외의 교화를 통하여 민족주의와 식민주의는 연결된다. 메이어는 제인이 자신의 독립성을 획득하기 위하여 리버스의 "불평등한 결혼"에 관한 제안을 거부하는 것을 강조한다. 메이어는 제인이 "전염병, '검은 종족,' 위계적 억압의 새로운 환경"으로 가기를 거절하고 국내에서 "깨끗하고, 건강하고, 평등하고, 중산층적이고 가정적인 환경"을 창조하려 한다고 주장한다(85). 그러나 제인은 인도에서 선교하기 위하여 리버스로부터 그 지방 언어를 배운 적이 있다. 메이어의 주장과 달리 그녀는 선교를 위하여 인도에 가기를 거절하는 것이 아니라 동료가 아닌 아내로서 그곳에 가는 것을 거부한 것이다.

제인은 리버스가 너무 이성적이어서 감성이 결여되었다고 생각하기 때문에 그와 결혼하는 것을 거절한다. 그러나 그녀는 그의 민족주의를 거절하는 것은 아니다. 리버스는 제인이 모튼의 시골 학교 선생님이 되어줄 것을 요청하면서 거절하기 힘들게 민족주의에 호소한다. "당신의 취향은 이상적인 것을 지향한다. 적어도 당신은 교육받은 사람들과 지내왔다. 그러나 나는 우리 민족을 향상시킬 수 있는 봉사가 저급하게 한다고 생각하지 않는다"(302). 이렇게 자기 민족의 교화는 기독교적 도덕성에 기반을 둔 것으로 식민지 선교의 초석이 된다. "나는 기독교인 농부에게 경작하도록 부여된 땅이 불모지이거나 개간되지 않을수록 그리고 그런 노고가 가져다주는 보답이 적을수록 그만큼 명예가 최고가 될 것이라고 주장한다"(302). 제인이 결함 많은 아델을 프랑스의 타락한 토양에서 영국의 건전한 토양으로 이식하여 자라게 하듯이 리버스는 제인에게 함께 불모지 식민지를 개간할 것을 제안한다. 비록 식민지 교화에 직접 참여하지 않지만 제인은 소설의 결말에서 리버스를 식민지 인도에서 위대한 선교 사업을 하는 서사시에서나 나올 것 같은 영웅적 전사로 찬양한다. "그는 확고하고 신실하며 헌신적이다. 활력, 열정, 진리가 충만한 그는 그의 (이)민족을 위해 일한다. 그는 그들의 발전으로 향한 어려운 길을 열어준다. 그는 그 길을 막고 있는 믿음과 지위에 관련된 편견들을 거인처럼 베어버린다"(385).

리버스의 민족주의적 호소는 분명히 로체스터의 이성적(異性的)

호소보다 더 뿌리치기 힘든 것이다. 식민지에서의 선교는 단순한 이성적 사랑과 달리 국가적 사업으로 중요한 것이다. 이런 거절하기 힘든 호소에 대하여 제인은 민족주의에 근거한 대답으로 응대한다. "더구나 영국을 떠날 것을 확고히 결정하기 전에 나는 그곳을 떠나는 것보다 그곳에 남는 것이 더 유용할 수 없을지에 대해 확실히 알아야 한다"(352-53). 리버스가 제인을 식민주의적 선교를 위한 "유용한" 도구가 되기를 원할 때 그녀는 자신의 영국 내에서의 유용성을 강조한 반론을 제기한다. 결국 제인이 식민주의적 선교를 포기하는 것은 단지 로체스터에 대한 사랑으로 설명될 수 없다. 소설의 결말에서 제인은 자신의 사랑스런 가정을 이룰 뿐만 아니라 리버스 자매와 친자매 같은 관계를 형성한다. 이런 공동체적 관계는 영국의 우월한 도덕성을 보전하고 발전시킨다는 점에서 민족주의적 성격을 드러내는 것이다. 제인은 결국 가정교사로서, 학교 선생님으로서, 현모양처로서 그리고 지역공동체의 일원으로서 도덕적 우월성에 근거한 민족적 우월성을 보존하고 발전시키는 역할을 충실히 수행한다. 제인이 친자매처럼 지내게 된 리버스 자매가 우월한 민족성 보전과 식민지 확대에 중요한 역할을 하는 목사와 해군장교에게 결혼한 것은 우연이 아니다.

V

탈식민주의 비평은 계급과 성별에 근거한 전통적 비평이 설명하지 못했던 국내의 사회상황과 국외의 식민지의 역동적 관계를 드러내는 장점이 있다. 특히 탈식민주의 비평은 마르크스주의나 페미니즘이 계급의 사회적 지위나 여성의 개인적 독립성을 강조하는 과정에서 간과했던 식민지와의 관계를 강조한다. 그러나 이런 비평의 장점에도 불구하고 대부분의 탈식민주의 비평이 식민주의와 밀접한 관계가 있는 민족주의에 관한 설명을 간과하였다. 소설에서 로체스터가 제인을 부인으로 선택하여 가정을 이루는 과정은 식민지인 버사와 다른 유럽 국가 여인들과 비교를 통하여 이루어진다. 이것은 단지 한 남성이 이상적 여성을 찾는 과정을 보여주는 것만이 아니다. 오히려 그것은 주인공 제인이 이상적 여성이 되는 과정이고 로체스터 그리고 리버스와의 관계를 통하여 민족주의적이고 식민주의적인 관점을 제시하는 것이다. 이렇게 단순히 연애과정으로 보이던 소설은 동양이나 식민지와의 대조에 의해 유럽의 인종적 우월성을 드러내는 수단이 된다. 이 과정에서 제시된 인종적 우월성은 다시 다른 유럽 국가들과의 대조를 통하여 민족적 우월성으로 변형된다. 그 결과 영국은 서인도 제도, 인도, 터키 등 타인종 국가뿐만 아니라 그리스, 로마 등 고대 유럽문명 그리고 프랑스, 독일, 이탈리아, 스페인 등 당시 유럽 국가들과 비교하여 민족적 우월성을 가진 것으로 주장된다. 이런 비교는 인종적이고 민족적인 전형을 사용하여 영국의 민족적 우월성을 강조한다. 또한 소설에서 민족주의는 다른 유럽국가에 비해 우월한 영국의 교육을 통하여 건전한 교육환경에서 보존되고 발전된다. 그런 교육의 중심에서 주인공 제인이 주도적 역할을 한다. 국내에서 배양된 도덕적 우월성은 궁극적으로 식민지 교화에 기여한다. 이렇게 소설에서 민족주의는 식민주의에 도덕적 근거를 제공함으로써 그것과 긴밀한 연관성을 드러낸다.(『19세기영어권문학』11권 2호)

< 인용 문헌 >

Brontë, Charlotte. *Jane Eyre*. Ed. D. W. Harding. New York: Norton, 1985.

Meyer, Susan. *Imperialism at Home: Race and Victorian Women's Fiction*. Ithaca: Cornell UP, 1996.

Newman, Gerald. *The Rise of English Nationalism: A Cultural History, 1740 —1830*. New York: St. Martin's, 1987.

Spivak, Gayatri Chakravorty. "Three Women's Texts and a Critique of Imperialism." *Critical Inquiry*, 12: 1 (Autumn 1985), 235 — 61.

러다이트 운동과『셜리』

조 애 리

I

샬롯 브론테의 작품 중 (*Shirley*, 1849)는 사회적 문제를 언급한 유일한 작품이다.『제인 에어』의 성공에도 불구하고 브론테는 사회적인 문제에 대해 언급을 해야한다고 느꼈다. 개인적으로 그녀의 불안은『제인 에어』(*Jane Eyre*)가 하찮은 문제를 다룬 소설로 여겨질 것을 염려한 데서 비롯되었다. "그것은 지식이나 연구결과를 담고 있지 않고, 그것은 공적인 관심거리를 논하고 있지도 않습니다... 넓은 견해와 심오한 학식을 갖춘 분들에게는 단순한 가정소설이 하찮게 보일까 두렵습니다"(Wise and Symington Ⅱ, 151). 실제로 그 당시의 관점으로 볼 때『제인 에어』는 지극히 편협한 개인적인 문제를 다루었으며, 기껏해야 가정교사 문제를 다룬 정도였다. 이에 비해 빅토리아조 초기의 소설들은 빅토리아 문화를 평가하려는 노력을 보였다. 소설은 사회 비판의 장이자 새로운 패러다임을 마련했다. 1840년대 나온 디킨즈(Charles Dickens)나 새커리(William Makepeace Thackery)의 소설은 대중적인 인기를 누렸을 뿐 아니라 사회적 문제에 대한 발언이기도 했다. 브론테의 전기를 쓸 정도로 브론테와 가까웠던 개스켈의 경우 『매리 바튼』(Mary Barton)에서 노동자들의 상황을 『북과 남』(North and South)에서 노동자들과 공장주의 화해 가능성을 주제로 다루었다. 개스켈의 관심사는 부자와 빈민의 나라로 분리된 '두 나라' 사이의 의사소통이었다. 그녀는 『매리 바튼』에서 하층 계급의 도덕적 코드가 여러 면에서 모범적임을 보여주는 가운데 "노동계급을 관찰하는 수많은 사람들, 특히 맨체스터의 관찰자들이 표시한 폭력과 배신에 대한 두려움"(Childers 165)을 줄일 수 있으리라고 생각했다.

1840년대의 가장 큰 사회적 이슈는 챠티즘이었다. 브론테의 『셜리』는 러다이트 운동을 다루고 있지만 이글튼의 표현대로 "『셜리』의 이야기되지 않은 주제"(45)는 챠티즘이며, 러다이트 운동은 "챠티즘 시대의 약속이자 경고"(47)이다. 『셜리』는 '좋은' 결과를 가져온 계급 갈등의 시기를 채택해 어떻게 하면 당대 영국에서 그러한 해결이 가능한지를 보여주고 있다. 차티즘이 실패한지 1년 후인 1849년 출판된 이 작품은 40년 전으로 돌아가서 현재의 기원이 된 중요한 순간을 다시 살린다. 이 작품의 무대인 웨스트 라이딩(West Riding)은 1840년 차티스트 항거의 중심지였다. 1845년 이후에는 격심한 경제 불황, 높은 실업률, 치솟는 식량가격 등으로 차티즘이 다시 활발해졌다. 1848년에 이르면 웨스트 라이딩의 노동자들이 무장훈련을 할 정도였으며 2000명의 노동자와 비슷한 숫자의 군인 및 경찰과 충돌했다. 이런 당대 상황에 대해 브론테는 1848년 혁명이 재현될 것을 두려워했다. 1848년 3월 친구에게 보낸 편지에서 브론테는 "격렬한 혁명은 모든 좋은 것을 후퇴시키고, 문명을 저지한다...영국이 현재 대륙을 뒤틀고 아일랜드를 위협하고 있는 발작과 광기에서 벗어나길 간절히 기도한다"(Wise and Symington Ⅱ, 202-3)고 한다. 브론테가 생각하는 '영국'은 조화로운 사회이며 챠티스트들로 인한 '발작과 광기'를 제거하면 그러한 사회가 가능해진다고 본다.

그러나 브론테는 챠티즘을 직접 다루는 대신에 러다이트 운동을 통해 그에 대해 이야기하고 있다. 이글튼은 러다이트 운동의 숨겨진 주제가 챠티즘이라는 탁월한 통찰력에도 불구하고, 갑자기 『셜리』의 관심사는 노동계급의 문제가 아니고 지배자의 자질이라며 러다이트에 대한 논의를 중단한다. 그러나 브론테의 관심은 러다이트 운동을 지나쳐서 지배 계급으로 넘어간 것이 아니라 러다이트 운동이 완벽하게 지배질서에 포획되는 모습을 보여주는 데 있다. 오히려 이 작품은 셜리와 무어의 연합이 상징하는 지배질서가 공고해져가는 빅토리아조 중반에 노동 계급의 적대감을 포획하여 사회통합이라는 환상으로 재구축하려는 시도로 볼 수 있다. 본 논문에서는 브론테가 사회적인 조화를 막는 장애물로서 러다이트 운동을 어떻게 형상화하고 포획하며 그러한 상징적 재현의 의미는 무엇인지 평가하고자 한다.

Ⅱ

러다이트 운동은 역사상 가장 강렬한 저항이었지만 동시에 완전히 소멸된 것처럼 보이는 독특한 운동이다. 그것은 시작 당시 비밀 결사의 형태를 취하고 있었고 1812년에 절정을 이루었다. 실존 인물인지조차 애매한 전설적인 인물인 네드 러드(Ned Ludd) 장군의 편지가 1811년 노팅검에 있는 고용주들에게 보내졌으며, 임금 삭감과 비숙련 노동자 고용에 분개한 노동자들이 밤에 공장에 침입해 새로 들여온 기계를 파괴했다. 3주 안에 200개가 넘는 기계가 파괴되었다. "아사 브리그즈(Asa Briggs)의 지적대로 러다이트들을 물리치기 위해 동원된 군인 12000명은 1808년 웰링턴이 페닌술라에 동원한 군대보다 더 큰 규모였다"(Johnson 106). 그럼에도 불구하고 브론테 당시 러다이트 운동은 완전히 신화의 공간으로 사라진 사건이었다. 아마도 이것이 브론테가 러다이트 운동에 끌린 이유였을 것이다.

그러나 러다이트 운동은 노동자들의 조직적인 반항의 출발점이기도 하다. E. P.톰슨에 따르면 새로운 종류의 노동 계급의 급진주의는 "1811-13년을 분수령으로 보아야한다. 이를 기점으로 한 흐름은 튜더조로 돌아가고, 다른 흐름은 그 후 100년 동안 공장법 쪽으로 간다. 러다이트들은 마지막 길드 맨이다. 동시에, 10시간 노동운동으로 이끈 소요를 시작한 최초의 사람들이기도 하다" (552)는 것이다. 물론 브론테가 러다이트 운동이 노동자 계급의 조직적인 저항의 출발점임을 의식적 수준에서 인식하고 있었던 것은 아니다. 톰슨이 복원시키기 전까지 러다이트 운동은 역사에서 조차 소멸된 운동이었다. 그러나 그 격렬한 저항과 처참한 결과는 브론테와 당대인들에게 늘 회피하고 싶고, 또 인정하고 싶지도 않은 외상으로 남아 있었다. 러다이트 운동이 존재했다는 사실 자체가 언젠가는 챠티즘이나 또 다른 형태의 저항으로 나타날지 모른다는 지속적인 불안을 촉발시켰다. 당대의 지배 계급의 입장에서 보면 어떤 식으로든 러다이트라는 상징적인 기표와 그것이 촉발하는 불안을 고정시킨 후 제거할 필요가 있었다.

러다이트 운동의 직접적인 원인은 기계의 도입과 그에 따른 실업의 위협이었다. 이 소설에서 로버트 무어(Robert Moore)는 새 기계를 도입하고 경쟁과 자유방임의 원칙에 기초한 기계공업 체제로 공장을 전환시킴으로써 자신의 경제적 난관을 극복하고자 한다. 이 과정에서 수많은 실업노동자가 배출되었으며 이들의 반발로 사회적 갈등이 야기되었다. 산업혁명기에 노동 계급은 보편적으로 존재를 부인당했으며 "인간성 외에 모든 것을 박탈당했으며 그 인간성조차도 소외된 미완성의 형태로 존재했다"(Marcus, Engels, *Manchester* 138, Childers 162에서 재인용). 그러나 특수한 상황에서 러다이트들이 겪은 고통은 노동자들에게 보편적으로 적용된 존재의 부인보다 더욱 가혹했다. 러다이트

운동의 원인은 기계도입과 이로 인한 실업의 위협이지만 직접적으로
폭동을 촉발시킨 것은 곡물 가격의 상승으로 인한 당장의 굶주림이었
다. 바이런 경(Lord Byron)은 기계를 파괴하는 사람들을 사형에 처하려
고 하는 1812년의 기계파괴법(Frame Breaking Act) 제정을 반대했다. 상
원에서 한 연설에서 그는 "이 불행한 사람들은 절대적 결핍을 겪고
있다. … 구걸이라도 하겠지만 그럴 수도 없다. 이들에게는 생계수단
도 일자리도 없다"(Spartacus 4)며 이들에게 닥친 가혹한 상황을 참작해
법제정을 중단해 달라고 촉구했다.

　　그러나 브론테에게 러다이트 운동은 생존을 위한 몸부림이기 보다
는 우선 비합리적인 '광기와 발작'이다. 이때 러다이트 운동의 상징적
인 재현은 지젝이 말하는 이데올로기적 환상의 구축과정을 거친다.
꿈과 마찬가지로 이데올로기적 환상의 구축에서도 전치(displacement)와
응축(condensation)이 발생한다. 전치는 꿈 작업 중에 심리적인 강렬함
이 원래의 생각과는 전혀 관계없는 다른 생각에 전이되어 표현되는
것을 말한다. 이 작품에서는 노동 계급과 자본 계급의 사회적 대립이
"건전한 사회 구성체와 그것을 부식시키는 타락한 힘 사이의 대
립"(Zizek: 1989, 125)으로 전치되어 나타난다. 사회적 육체는 원래 건
강한데 폭력적인 러다이트의 침입을 받은 것으로 제시된다.

　　　쨍그랑, 우당탕하는 소리에 온 몸이 떨려 그들은 속삭임을 멈
　　추었다. 공장의 넓은 전면을 행해 일제히 돌멩이가 날아왔으며,
　　창문과 격자창 유리는 모두 박살이 나서 부서진 파편이 난무했
　　다. 이 시위에 뒤이어 고함소리-폭도들의 고함소리-잉글랜드
　　북부-요크셔-웨스트라이딩-요크셔 웨스트라이딩의 섬유공업
　　지역의 폭도들의 고함소리가 들려왔다. 아마 이런 소리를 들은
　　적이 없죠? 안 들을수록 당신의 귀에-아마 당신의 가슴에 좋을
　　겁니다. 그 소리가 당신, 당신이 옹호하는 사람들과 원칙들, 당

신 편의 이익을 혐오하여 하늘을 찌르면−증오의 함성을 듣고 분노가 일깨워진다. 하이에나의 비명에 맞서 사자는 갈기를 흔들며 일어난다. 계급은 계급에 대항해 봉기한다. 부당한 대우를 받아서 화가 난 중간 계급의 정신이 굶주리고 분노에 찬 수많은 노동계급의 대중을 경멸하면서 격렬하게 진압한다. 그런 순간에 관대하고 정당해지기는 어려운 일이다.[1]

브론테는 러다이트의 공격을 묘사할 때 우선 이들을 전체 사회집단에서 분리한 후, 이들을 사회를 부식시키는 비합리적인 힘으로 재현한다. 효과적으로 노동계급을 분리하는 방법은 거리두기이다. 러다이트의 공격은 보이지 않고 들리기만 할 뿐 아니라 이 '중요한 함성'은 '쨍그랑' '우당탕' '고함소리' 등 무의미한 소리이다. 이 무의미한 소리를 듣는 주체는 누구로 설정되어 있는가? 주체는 '관대하고 정당한' 중간 계급 독자로 이들은 건강한 사회의 구성원인 것으로 가정되어 있다. 반면 러다이트는 비합리적인 그들이며, 우리 사회의 건강을 지키기 위해서 도려내야 할 환부이다. 물론 화자는 글렌의 지적대로 독자에게도 도전한다. '아마 그런 소리를 들은 적이 없을 걸요?', '당신들이 인정하는 원칙, 당신들이 잘되길 바라는 이해관계'라는 말 속에서 독자는 "반은 연루되고 반은 놀림의 대상"(Glen 125)이 되는 것은 사실이다. 하지만 이러한 거리두기는 노동계급과 지배계급 양자로부터 등거리를 유지하는 중립적인 자세를 표방함으로써 객관적인 재현임을 강조하기 위한 것이며, 독자와 화자의 거리와 독자와 러다이트의 거리는 질적으로 다르다. 화자는 조롱을 가장하지만 그러한 조롱은 화자와 독자가 이해관계가 동일하다는 전제에서 출발한 것이다.

이데올로기적 환상의 두 번째 과정은 응축이다. 지젝은 반유대주의

---

1) Charlotte Brontë, *Shirley*(1849), Harmondsworth: Penguin, 1974, 335. 앞으로는 면 수만 괄호 속에 표시하겠음.

이데올로기를 설명하면서 전치를 보완하며 전치에 활력을 주는 것이 응축이라고 한다. 대립적이고 이질적인 특징들이 유태인에게 응축되어 나타나는데, 유대인들은 더러우면서도 지적이고, 관능적이면서도 성적으로 무능하게 제시된다는 것이다(Zizek: 1989, 125). 이 작품에서 응축은 러다이트의 지도자인 모세에게 집약되어 나타난다. 모세는 이질적이며 대립적인 요소들을 함께 지닌 인물로 제시된다. 그는 지도자이지만 우스꽝스러운 인물이다. 그는 자신의 역할을 모세와 비교하지만—"나는 형제들이 억압받는 것을 보면, 내 이름처럼 그들을 위해 일어선다."(155)—희화화의 대상이다.

> 모인 사람들 중 특히 선두에 선 두 사람이 눈에 띠었다. 한 사람은 들창코에 작달만한 키로 우쭐대고 서 있었다. 다른 한사람은 어깨가 떡 벌어졌으며, 튼튼한 목발 및 의족과 함께 침착한 표정과 쉴 새 없이 교활하고 신뢰할 수 없는 눈이 두드러져 보였다. 그는 입을 약간 삐죽거리며 뒷전에서 누군가 그리고 무엇인가를 비웃고 있었다. 그의 태도에는 진실성이 전혀 없었다. (153)

모세는 지도자이며 동시에 희화화의 대상일 뿐 아니라 희화화된 모습 안에서도 이질적인 여러 자질들이 응축되어 나타난다. 그는 목발과 의족을 하고 있지만 튼튼하며, 눈은 교활하고 신뢰감이 가지 않지만 얼굴은 침착하다. 이런 응축된 이미지가 궁극적으로 지시하는 것은 '진실성이 전혀 없었다'며, 노동자들의 적대감은 진실성이 전혀 없는 지도자에게 속아서 생겨난 것이 된다. 희생이나 사랑이나 헌신을 통해 상징화될 수도, 길들여질 수도 없는 노동자들이 불러일으키는 불안은 전치와 응축의 과정을 거쳐 지도자의 간교함에서 비롯된 것으로 고정된다.

브론테의 가정대로 러다이트의 비합리성이 사회적 대립의 원인이라면 그 치유책은 오히려 간단하다. 사회 구조를 교란시키고 부패시키는 침입자를 제거하면 사회적 질서와 정체성을 회복할 수 있을 것이다. 러다이트들은 지도자의 간교함에 속고 있으므로 속고 있다는 사실을 알려주면 폭력적인 저항이 잠들 수 있을 것이다. 이러한 브론테의 시도는 중간 계급의 독자에게 노동자들이 모범적인 도덕적 코드를 가지고 있다고 설득하려했던 개스켈의 시도에 비해 좀 더 손쉬운 방법이기도 하다. 계급간의 화해를 모색할 때는 계급의 존재를 동등하게 인정해야 하지만, 브론테는 노동계급의 입장을 러다이트 운동으로, 이어서 그것을 간교한 지도자의 조종으로 점점 더 좁힌 후 그것을 완전히 소멸시키려고 한다. 그러나 이러한 고정점은 일시적일 뿐이고 러다이트라는 상징적인 기표는 다시 불안을 촉발시킨다. 브론테는 캐럴라인의 고통을 통해 다시 이 기표를 고정시키려고 시도한다.

Ⅲ

이글튼은 브론테가 노동 계급에 대해 경멸과 온정주의적인 시혜 사이에서 흔들린다고 지적한다. 그 예로서 이글튼은 챠티즘이 실패한 후 브론테가 쓴 편지를 인용한다. "차티스트나 그들의 고통을 무시해서는 안된다. 잘못된 운동이 공정하게 억압된 지금이야 말로 그들의 불평의 원인을 조심스럽게 들여다보고 정의와 인간성이 지시하는 대로 양보하기에 적절한 때이다. 정부가 그렇게 행동해 원한은 없어지고 그 대신 서로에게 친절할 수 있다면 얼마나 좋을까!" 이런 태도는 적을 쳐부수고, 강자의 입장에서 시혜적으로 귀를 기울이는 낯익은 사례라는 것이다(Eagleton 49). 그러나 『셜리』에 나타난 노동자에 대한 태도는 단순한 시혜는 아니다. 그녀는 간접적인 방법이지만 더 적극적으로 노동자의 문제가 완전히 해결된 갈등 없는 사회를 꿈꾸는 것이다. 브론테는 우선 캐럴라인의 의식을 통해 그녀가 겪는 고통과 러다이트 노동자가 겪는 고통의 유사성을 추론해낸다. "노처녀는, 노숙자나 실업자처럼 이 세상에서 어떤 장소나 어떤 직업도 구하지 말아야 한다. 그런 요구는 행복한 사람들과 부자들을 혼란스럽게 한다"(377). 존슨(Johnson)은 "이 구절이 캐럴라인이 로버트 무어의 공장 습격을 본 직후에 한 말인 점이 놀라운 사실이다"(101)라고 높이 평가하면서 러다이트의 공격으로 사랑하는 사람인 무어가 부상을 당했는데도 노동자와 여성의 정치적 연관을 생각한 것에 대해 "폭발적 연관"이라고 극찬을 아끼지 않는다. 그러나 브론테는 여성과 노동자의 상황이 유사함을 발견함으로써 노동자의 상황에 대한 더 깊은 통찰로 나간 것이 아니라 오히려 노동자의 고통을 캐럴라인의 짝사랑의 고통에 전치시킨 것으로 볼 수 있다.

브론테는 러다이트가 겪는 고통과 그로 인한 사회의 외상을 대면하는 대신, 다시 한번 그것을 짝사랑의 고통으로 전치시켜 재현한다.

네가 본 그대로 사태를 받아들여. 질문은 하지 말고. 비난도 하지 말고. 그게 가장 훌륭한 지혜야. 너는 빵을 기대했는데 돌을 얻은 거야. 돌에 이가 부서지더라도 비명을 질러서는 안돼. 왜냐하면 틀림없이 너의 정신적 위장은 타조의 것만큼이나 강건할 거야. 너는 달걀을 달라고 손을 뻗쳤는데 운명은 거기다 전갈을 쥐어주었어. 대경실색해서는 안돼. 그 선물을 손가락으로 꼭 쥐어야 해. 손가락을 찌르도록 버려둬. 염려 마. 때가 되면, 너의 손과 팔이 부풀어 오르고 고통으로 오랫동안 떨고나면 흐느끼지 않고 견디는 법이라는 큰 교훈을 배우게 될 거야. 이 시험에 합격하면-어떤 사람들은 죽기도 한다지만-더 강해지고

더 현명해지고 덜 예민해질 거야. (128-9)

캐럴라인의 고통과 러다이트의 고통의 공통점은 둘 다 격렬하다는 것이다. 러다이트의 고통이 지닌 심리적 강렬함은 원래의 대상과는 전혀 관련이 없는 캐럴라인의 짝사랑에 전치되어 나타난다. 캐럴라인은 '빵'을 원하나 '돌'을, '달걀'을 원하나 '전갈'을 얻는데, 여기서 왜 '빵'과 '달걀'이 등장했을까? 이 식량의 이미지를 통해 러다이트의 고통과 캐럴라인의 고통이 겹쳐진다. 러다이트 운동의 주축 세력은 방직의 마지막 단계를 마감하는 숙련 노동자들이고 적대감의 대상은 새로운 기계를 도입한 공장주였다. 그러나 러다이트들의 공격이 폭발적으로 확산된 계기는 1812년 곡물 가격의 상승으로 인한 굶주림이었다. 굶주린 노동자들은 필사적이 되었다. 『셜리』와 비슷한 시기에 발간된 프렌티스(Archibald Prentice)의 『맨체스터에 관한 역사적 스케치와 개인적 회상』(Historical Sketches and Personal Recollection of Manchester, 1851)을 보면, 식량 폭동과 러다이트 운동은 하나가 되어버린다. "4월 18일 토요일에 슈드 힐(Shude Hill)에 있는 감자 시장에 주로 여자들이 모였다. 파는 사람은 1 로드(252 파운드)당 14실링과 15실링을 불렀다. 여자들 중 몇이 감자를 거머쥐었다. 그러나 군인과 관료들이 개입해 8실링으로 가격을 조절했다. 월요일에는 14 로드의 감자를 실은 수레가 습격당해 털렸다. 4월 27일 폭도들이 미들튼(Middleton)에 모였다. 군인들이 지키고 있어 공격하지 못하자 그들은 버튼(Emanuel Burton)의 공장으로 가서 그의 집을 방화했다."(Spartacus 3-4) 이런 굶주림과 연관된 고통에 대해 캐럴라인이 처음 생각하는 해결책은 그냥 참고 견디는 것이다. 그러나 이것은 캐럴라인 자신에게조차 적절한 해결책이 아니다. 그것은 곧 죽음을 의미한다. 실제로 1812년 후 기계 파괴법에 의해 수많은 사람들이 사형에 처해졌다. '죽기도 했으며'라는 말 속에서 의도하지 않게 러다이트들의 참혹한 죽음이 표면으로 떠오른다.

캐럴라인의 고통에 대한 궁극적인 해결책은 무어와의 결혼이다. 이때 강조되는 것은 무어의 인간성 회복이다. 그에게는 원래 캐럴라인과 교감할 수 있는 감수성이 있었다. 그는 캐롤라인과 함께 『코리올러너스』(*Coriolanus*)를 읽고 정감을 교류할 수 있으나 캐롤라인을 버리기로 결정하는 가운데 그러한 측면을 억압하고, "공장과 시장에 알맞은 비정한 놈"(258)으로서의 자신의 모습을 택했다. 이제 그가 다시 캐럴라인에게 돌아온 것은 그에게 억압되어 있던 따뜻한 인간성이 회복된 것을 의미한다. 그리고 캐럴라인의 결혼과 노동자의 포용은 전혀 별개의 문제이지만 브론테는 캐럴라인의 고통을 해결하는 가운데 러다이트 운동이라는 불안한 상징적인 기표를 다시금 고정시키는 소원 성취적인 비전을 제시한다. 대륙봉쇄령이 폐지되자 무어는 노동자들을 "다시 고용할 수 있고, 좀 더 관대하게 대해줄 수 있으며, 그들을 위해 무언가 좋은 일을 할 수 있다--덜 이기적으로 될 수 있다"(594). 브론테가 구축한 이데올로기적 환상은 모든 사회적 갈등의 원인을 러다이트에게 부여한 후 러다이트의 제거로 사회 통합이 가능하다는 것을 보여주는 것이다. 그것으로 해결되고 남은 갈등은 캐럴라인과 무어의 갈등해결을 통해 해소된 것으로 제시한다. 로버트가 캐럴라인에게 청혼을 하는 그 순간에 대륙봉쇄령의 폐지를 알리는 종소리가 요크셔에 울려 퍼진다. 그리고 다시 우연히도 스페인에서 웰링턴의 승리를 알리는 종소리가 울려 퍼지는 순간 캐럴라인의 결혼식이 거행된다. 러다이트의 공격 대상이었던 곳이 결혼의 장소가 된 것이다. "오늘밤 브라이필드는 환히 밝혀졌다. 오늘 필드헤드의 주민들은 함께 식사를 한다. 할로우의 공장의 노동자들 역시 비슷한 목적으로 모일 것이다"(598). 존슨은 "소설의 갈등, 영국의 국가 역사와 요크셔의 지역사, 공적인 것과 사적인 것, 중간 계급과 노동 계급의 갈등"(127)이 동시에 해결되었다고 지적하는데, 이 해결에서 중요한 것은 러다이트의 분노가 포섭된 것이다. 결혼피로연과 노동 계급의 식사가 연결되고 사회 전체가 하나의 축제의 장이 되고, 축제의 장이라는 특수한 공간 속에서 러다이트의 위협은 완전히 제거되고 사회 통합이 순간적으로 달성된다. 브론테는 적대적인 관계로 분할되지 않고 유기적이고 상보적인 부분들로 이루어진 사회에 대한 하나의 비전을 보여준다.

IV

지젝에 의하면 이데올로기는 현실을 은폐하거나 왜곡시키는 것이 아니라, 실재(the Real)[2]의 외상을 회피하기 위한 하나의 방식으로써 현실을 상상적으로 구축하는 궁극적 환상이다(Zizek & Daly: 2004, 10). 외상은 사회적 장이 적대적인 관계가 가로지르는 비일관적인 장이라는 데서 비롯되며 이데올로기적 환상은 이러한 비일관성, 즉 조화로운 사회가 존재하지 않는다는 사실을 회피하기 위한 것이다. 브론테가 러다이트 운동에 대한 이데올로기적 환상을 통해 회피하려는 것도 사회 통합이 불가능하다는 외상이다. 그것은 조화로운 사회는 존재한 적이 없고, 근원적으로 불가능하다는 외상을 감추려는 시도이다. 이데올로기적 환상은 타자의 욕망의 구멍, 그 공백을 메우는 상상적 시나리오로서 기능한다. 그것은 '타자가 원하는 것은 무엇인가? 라는 질문에 확정적인 답을 줌으로써 타자의 욕망을 호명하지 못하는 막다른 골목에서 빠져나오는 것이다. 브론테 역시 러다이트들의 욕망을 비합

---

2) 실재는 1953년 이후 후기 라캉에서 중요해진 개념으로 라캉은 상징계나 상상계에 포괄되지 않는 그러나 그 못지 않게 중요한 차원이다. 실재는 현실과는 다른 것으로 "의미화의 차원인 상징계나 상상계에 속하지 않는다. 정확하게 상징계와 상상계의 질서를 거부하며 그런 질서 속에 통합될 수 없는 것이다. 실재는 영원한 결핍의 차원이며 모든 상징적-상상적 구성은 이런 근본적인 결핍에 대한 대응일 뿐이다"(Zizek & Daly: 2004, 7). 실재는 의미화 될 수 없는 미결정성을 지니며 따라서 상징적 질서 안에 포괄되지 않는다. 실재는 미결정성으로 인해 상징적 질서로 포괄되지 않는 무엇인가가 있다는 불안의 대상이 된다.

리적인 광기로 고정시키고 그 지도자만 "없었다면 사회적 조화가 가능했을텐데…"라는 환상을 통해 사회적 조화가 원래 불가능하다는 외상을 회피하고 있다.

화자는 마지막 장면에서 통합의 비전을 제시하는 동시에 그 비전에 거리를 둠으로써 다시 한번 통합의 비전을 확인하고자 한다. 지젝에 의하면 이데올로기의 또 다른 측면은 "사회 통합의 이상을 유지하면서 동시에 거리를 두려고 하는 것이다"(Zizek & Daly: 2004, 74). 몇 년 후에 본 할로우의 모습은 원경으로 제시된다.

> 나는 로버트 무어의 예언이 적어도 부분적으로는 실현되었다고 생각한다. 그 후 어느 날 녹음이 짙고 인적이 드물고 황무지인 적이 있었다고 전해지는 그 골짜기를 지나다가, 유리창이 달린 거대한 석조건물과 벽돌건물 속에 공장주의 백일몽이 구현된 것을 보았다. 공장에서 나온 재로 새까맣게 된 고속도로, 작은집과 그에 딸린 화단도 보았다. 나는 거기서 거대한 바벨탑처럼 야심만만한 공장과 굴뚝을 보았다. (599)

브론테는 무어의 비전에 초점을 맞추되 너무 가까이 가지는 않음으로써 무어의 비전에 설득력을 부여하려고 한다. 그러나 브론테가 구사한 여러 장치에도 불구하고 독자에게 남는 것은 조화와 통합의 비전이 아니다. 러다이트라는 상징적 기표가 지시하는 불안이 캐럴라인과 무어의 사랑이 완성되면서 함께 사라지리라는 환상을 제시하려고 노력했음에도 불구하고, 브론테는 이 마지막 장면에서 의도하지 않게 그 환상이 실패했음을 인정한다. '녹음이 짙고 인적이 드물고 황무지인 적이 있었다고 전해지는'에서 느껴지는 소멸과 쓸쓸함이 이 마지막 장면의 주된 분위기이며 그리고 소설을 채웠던 목소리들 대신 조용한 '바벨탑처럼 야심만만한 굴뚝'과 '공장주의 백일몽'이 강조됨으로써 조화로운 사회의 환상은 사라져버린다. 결국 모든 갈등이 해결된 후 남은 것은 사회적 조화가 아니라 단 한 사람의 꿈의 실현이었음을 시인하는 것으로 소설은 끝난다.

이 작품이 귀족과 공장주의 계급 연대를 축하하기 위한 것이라는 이글튼의 주장은 사실이다. 그러나 본 논문은 이러한 계급 연대가 어떤 식으로 노동 계급의 불만을 포획하는지에 초점을 맞추었다. 러디즘은 표면상 사라져 버렸다. 그러나 그것은 여전히 숨은 힘으로 텍스트 전체를 불안하게 한다. 그것은 캐럴라인의 짝사랑의 이면에 도사리고 있었고, 사회 전체가 어우러지는 축제에 의문을 제기하는 힘이다. 그리고 최종적으로 러디즘을 포획한 궁극적 환상을 보여주려는 여러 시도에도 불구하고 브론테 스스로가 더 이상 조화로운 사회의 이상을 지탱하지 못한다. 이것은 브론테가 설득력 있게 이데올로기적 환상을 형상화하는데 실패했음을 의미한다. 그러나 이러한 실패를 통해 작가는 실재와의 대면에 다가가고 있다. 마지막 장면의 공허함은 역설적으로 사회적 조화가 불가능하다는 실재의 근원적인 결핍을 보여준다.(『19세기영어권문학』9권 1호)

< 인용 문헌 >

Allott, Miriam ed. *The Brontë: The Critical Heritage*. London and Boston: Routledge and Kegan Paul, 1974.

Brontë, Charlotte. *Shirley(1849)*. Harmondsworth: Penguin, 1974.

Childers Josdph W. *Novel Possibilities: Fiction and the Formation of Early Victorian Culture*. Philadelphia: U of Pennsylvania P, 1995.

Eagleton, Terry. *Myths of Power: A Marxist Interpretation of the Brontë*. London and Bassingstoke: Macmillan, 1975.

Heather Glen ed. *The Cambridge Companion to The Brontë*. Cambridge UK: Cambridge UP, 2002.

Johnson Patricia E. *Hidden Hands: Working-Class Women and Victorian Social-Problem Fiction*. Athens: Ohio UP, 2001.

Thompson, E. P. *The Making of the English Working Class*. New York: Oxford UP, 1961.

Wise, T. J. and J. A. Symington, eds. *The Brontë: Their Lives, Friendships, and Correspondence*, 4 vols. Oxford: Shakespeare Head Press, 1932.

Žižek, Slavoj. *The Sublime Object of Ideology*. London, New York: Verso, 1989.

Žižek, Slavoj & Glyn Daly. *Conversations with Žižek / Slavoj Žižek and Glyn Daly*. Cambridge, UK: Polity 2004.

http:// www. spartacus. schoolnet. co. uk / PRluddites.htm

| Part 4 | 조지 엘리엇

조지 엘리엇의 문화적 페미니즘 - 『로몰라』의 경우*

이 순 구

I

케이트 밀렛(Kate Millet)에서 시작되어 플로렌스 하우(Florence Howe)와 리 에드워즈(Lee R. Edwards), 그리고 샌드라 길벗과 수전 구바(Sandra M. Gilbert & Susan Gubar)에 의해 계속되는 조지 엘리엇(George Eliot)에 대한 페미니스트 비평가들의 반대의 목소리는 거세기만 하다. 길벗과 구바는 페미니즘 비평의 고전 중의 하나인 『다락 방 속의 여자』(*The Madwoman in the Attic*)에서 다음과 같이 엘리엇을 비난한다. 왜 엘리엇은 매기 털리버(Maggie Tulliver)나 도로시아 브룩(Dorothea Brooke)처럼 영혼에 굶주린 여주인공들을 가혹하게 다루어야만 하는가? 고상한 삶을 추구하는 이들 여주인공들을 가두고 질식시키는 그물과 올가미가 왜 작품에 그토록 많아야만 하는가? 지적이며 독립적인 이들 여주인공들을 남성들에게 차례로 굴복시킴으로써, 엘리엇은 혹시 가부장제적 윤리에 암묵적으로 동조하고자 했던 것은 아닌가(469, 571)? 이

* 이 논문은 1999년 한국학술진흥재단의 학술연구비에 의하여 연구되었음.
  (KRF-1999-037-AA0018)

처럼 이들 비평가들은 엘리엇이 그녀 자신은 누렸던 자아실현과 독립을 정작 자신의 작품의 여주인공들에게는 제공하는데 인색했다고 보아, 그녀를 반페미니스트적인 작가로 규정한다. 이러한 입장은 일레인 쉬월터(Elaine Showalter), 메린 윌리암스(Merryn Williams) 등의 글에서도 계속된다. 다른 한편으로는 엘리엇 당대의 여성들의 삶의 모습이 그러했기 때문에 그렇게 밖에 묘사할 수 없었을 것이라는 리얼리즘론에 입각한 엘리엇의 페미니즘에 대한 옹호가 있다. 가령 캐스린 블레이크(Kathleen Blake)는 엘리엇이 여주인공을 사회적으로 상승하도록 만들지는 않았지만, 그와 같은 만족스러운 결말을 여성에게 부여한다는 것은 사실주의를 위태롭게 할 것이라면서 엘리엇의 여성묘사에 나타난 제한적인 페미니즘을 사실론적 관점에서 지지한다(310). 젤다 오스틴(Zelda Austen), 질리언 비어(Gillian Beer) 등도 이러한 부류의 비평가에 속한다. 이들의 주장은 엘리엇이 결코 페미니스트가 아니라는 앞의 평자들보다 페미니스트로서의 엘리엇의 면모를 인정하기는 한다. 그러나 당대의 여성들의 현실을 고려한 페미니스트였다는 소극적인 의미로서만 그것을 인정한다. 이들 역시 엘리엇의 여주인공들에게서 빅토리아조의 수동적인 여성상만을 바라보았다. 또한 그들이 구현하는 여성성의 가치를 어떤 긍정적인 도덕적 힘의 원천으로 평가하지 않았다.

이와 관련해 19세기 페미니즘에 대한 죠세핀 도노반(Josephine Donovan)의 해석은 엘리엇의 페미니즘을 다른 각도에서 설명할 수 있는 좋은 실마리를 제공해 준다. 그녀는 19세기 페미니즘에 계몽주의적 페미니즘과 나란히 문화적 페미니즘이 있다고 보고, 전자는 여성과 남성을 동등하다고 보아 여성도 제반 분야에서 남성과 똑같은 사회적 권리와 지위를 갖는 것을 목표로 함으로써, 그리고 후자는 여성과 남성이 서로 다르다고 보고 여성들이 지닌 여성적인 가치들이 결국 사회 갱생의 힘이 될 수 있을 것이라는 주장을 폄으로써 둘 다 가부장제의 성이데올로기에 반박했다고 주장한다. 도노반의 설명에 의하면 마가렛 풀러(Margaret Fuller)는 문화적 페미니즘의 창시자가 되며, 엘리자벳 스탠턴(Elizabeth Stanton), 샤롯 퍼킨스 길만(Charlotte Perkins Gilman) 등이 그녀의 후계자가 된다(1-2장 참조). 도노반에 의하면 이들 19세기 문화적 페미니스트들은 그 동안 가부장제적 문화에 의해 열등한 것으로 간주되어 온 여성성의 가치들이 남성성의 가치들과 적어도 정신적으로 동등하거나 혹은 더 우월할 수도 있다는 주장을 폄으로써 사회 전반의 가치 전환을 모색하고자 한다. 이들 문화적 페미니스트들은 여성 고유의 정신적, 문화적 유산을 존중하며 여성만이 지닌 모성적, 협동적, 이타적인 특질들이 남성 중심 사회가 지닌 사회적 병폐들을 치유할 수 있는 도덕적 힘의 원천이 될 수 있다고 믿는다.

그러나 문화적 페미니즘이나 계몽주의적 페미니즘은 둘 다 가부장제 사회의 여성에 대한 편견을 시정하는데 유효하면서도 각각 그 자체 내에 본질적인 한계를 지니고 있다. 계몽주의적 페미니즘이 여성과 남성이 동등하다고 보고 여성이 남성과 동등한 법적 경제적 권리를 누리는 것을 목표로 함으로써 기존의 성차별과 싸울 때 그 한계는 은연중에 남성성의 가치들이 여성성의 가치들보다 더 우월하다고 인정하는 점일 것이다. 반면 남녀간의 차이점에 주목하고 여성고유의 가치들을 중요하다고 간주함으로써 가부장제적 성차별과 싸우는 문화적 페미니즘의 한계는 여성의 사회적 진출을 막는 기성의 성적 편견을 지원하는 결과가 되기 쉽다는 점일 것이다(김영무 125-26).

수전 그레이버(Susan Graver)는 최근의 글에서 19세기에 계몽주의적 페미니즘과 병행해서 여성이 정신적으로 적어도 남성과 동등하거나 혹은 우월하다고 주장했던 기독교 사상에서 나온 복음주의적 페미니즘이 있었음을 받아들이게 되었다고 시인한다. 그리하여 전에는 엘리엇을 페미니스트가 아니라고 생각했었으나 이제 자신의 견해를 바꾸었다면서 엘리엇을 『미들마치』(*Middlemarch*)에서 19세기의 두 주요 페미니즘에 내재된 가치들을 극화시키고 탐구하면서 동시에 그녀 자신만의 새로운 비전을 제공하는 페미니스트로 보게 되었다고 고백한다(64). 그녀에 의하면 엘리엇은 계몽주의적 페미니즘과 문화적 페미니즘의 이원론 대신 양자의 장점을 결합하고 각각의 결함을 극복하고자 하는 새로운 차원의 페미니즘을 지향했다는 것이다. 이처럼 19세기 페미니즘에 문화적 페미니즘 혹은 복음주의적 페미니즘을 포함시키는 보다 포괄적인 태도는 여성적인 특질에 대해 남다른 관심을 갖고 여성에게서 도덕적 갱생의 근원을 찾으려 했던 엘리엇의 페미니즘을 천착하려 할 때 시사하는 바가 많다.

이 논문에서는 이러한 엘리엇의 페미니즘의 내용을 그녀의 중기작 『로몰라』(Romola)(1863)를 살핌으로써 접근하고자 한다. 이 작품에서 엘리엇은 문화적 페미니즘에 토대를 둔다. 이 작품은 남성과 여성의 동등함을 주장하는 대신 남성과 여성의 차이를 받아들이며, 여성도 남성과 동등한 사회적 법적 대우를 받아야 한다고 주장하는 대신 여성과 관련되는 여성적인 특질들을 찬미하는 데 중점을 둔다. 그리고 여성성의 가치가 남성중심적 사회의 병폐를 치유할 수 있는 사회갱생의 도덕적 힘의 원천이 될 수 있다고 주장한다. 이 작품의 여주인공인 로몰라는 작가가 소중한 것으로 간주했던 여성성의 가치들 – 엘리엇의 표현을 빌리자면 소위 "부드러움"과 "다정다감함", "모성애" 등의 특질들(Letters, 4, 468) – 을 구현한다. 다른 한편으로 그녀는 이러한 여성성의 가치들을 소중한 것으로 간직하면서도 종국에는 자아의 욕구와 권리에 눈을 뜨고, 도덕적인 위기와 갈등 앞에서 자기 자신의 욕구와 권리도 자신의 행위를 결정함에 있어 중요한 항목이 될 수 있다고 인식한다. 그리하여 그녀는 이타주의와 자기중시, 의무와 열정, 책임과 권리 등과 같은 대립되는 가치들을 그 어느 한 쪽도 배제하지 않은 채 서로 결합시켜 나감으로써 더욱 강인하고 도덕적으로 성숙한 인물로 변모한다. 이러한 측면에 입각해서 필자는 엘리엇이 문화적 페미니즘에 토대를 두면서도 결국 계몽주의적 페미니즘의 주장도 수용하는 것으로 바라보고자 한다.

　이러한 분석을 통해 이 논문에서는 엘리엇이 여성으로서의 여성을 옹호한 페미니스트였다는 것과 그녀의 작품은 당대에 활발하게 전개되던 두 가지 페미니즘을 적극적으로 작품에 용해시키고 있다는 점을 강조하고자 한다. 나아가 여성성의 가치들을 구현하는 엘리엇의 여성인물이 종래의 계몽주의적 페미니즘의 시각에서 비판한 것처럼 나약하거나 미성숙한 인물들이 아니라, 오히려 적극적이고 능동적인 도덕적 힘의 주체로서 제시되고 있다는 점을 강조하고자 한다. 이러한 논의는 결국 엘리엇이 당대에 활발하게 전개되던 여성운동에 냉담하고 소극적이었다는 종래의 견해에 맞서 오히려 당대에 활발하게 전개되던 페미니즘들을 적극적으로 작품에 수용하여 각각의 페미니즘이 지닌 장점들을 결합하고 동시에 각 페미니즘이 지닌 한계를 넘어서고자 하는 적극적인 페미니스트로서의 작가적 면모에 초점을 맞추게 될 것이다.

Ⅱ

　『로몰라』에 대해 가장 비판적인 입장을 취하는 페미니스트 비평가 중의 하나인 마가렛 호만스(Margaret Homans)는 엘리엇이 이 작품의 배경으로 15세기 플로렌스를 설정한 이유를 이 과거의 도시가 교묘한 문화적 신화적 방식으로 여성을 억압한 빅토리아조보다 더 잘 모성 이데올로기에 대한 비판적 시각을 제공할 수 있으리라고 믿었기 때문으로 해석했다. 즉 이 작품은 모성 이데올로기에 대한 비판이라는 강렬한 페미니스트적인 주장으로 출발한다는 것이었다. 그러나 작품의 처음 의도와는 다르게 반페미니스트적인 결말로 끝나고 만다고 보았다. 사심 없는 지식의 전수자로서의 로몰라의 모습과 지식을 자신만의 이기적인 목적으로 이용하는 남성 티토(Tito)의 모습이 대조적으로 전개되지만, 결국 로몰라는 작품에서 자신을 위해 아무 것도 하지 않는 인물인 채로 남으며, 남성의 지식을 전수시키는 역할만을 되풀이할 뿐이라는 주장이다. 그녀의 수동성은 문자 그대로 "마돈나"(Madonna)가 됨으로써 정점에 달하는데, 이는 남성들이 만들어 놓은 이상화된 여성 이미지에 자신을 굴복시키는 행위로 자신을 남성의 시각에 맞춰 대상화시키는 것에 다름 아니라고 해석한다 (189-207). 여주인공 로몰라의 수동성에 대한 이러한 비판적인 시각은 정도상의 차이는 있지만 길벗과 구바(451, 494-95), U. C 네플마처(Knoepflmacher 1987, 40) 등의 글에서도 반복된다.

그러나 애나 나도(Anna K. Nardo)는 이 작품이 길벗과 구바의 주장처럼 아버지 바도(Bardo)와 딸 로몰라의 관계에서 학자 밀튼(Milton)과 그를 헌신적으로 돕는 딸의 메타포가 나오는 것은 맞지만, 엘리엇이 로몰라를 통해 아버지를 위해 수동적으로 헌신하는 딸의 모습만을 보여주고 있다는 그들의 주장은 맞지 않다고 반박한다. 애나는 이 작품이 무엇보다도 삶에 의미를 주는 모든 관계의 상실을 경험한 여성의 절망을 생생하게 보여주고 있다는 점에 주목한다. 로몰라는 남성에게 의존할 수밖에 없는 가부장제 사회의 여성으로서 애정과 정신적인 지원을 그들로부터 받기를 원하지만, 그들이 자신을 이용과 봉사의 대상으로서만 바라볼 뿐이라는 점을 서서히 인식한다는 것이다. 결국 로몰라는 남성들의 도덕적 한계를 인식하며, 그녀 자신이 도덕적으로 강인한 인물로 거듭난다고 주장한다(357-63). 낸시 팩스톤(Nancy Paxton) 역시 로몰라의 두 번에 걸친 플로렌스로부터의 도주를 플로렌스 사회가 그녀에게 가하는 문화적, 법적 감금으로부터의 도피로 보아 결국 그녀가 전통적인 아름다운 아내상, 희생적인 효녀상, 마돈나 이미지의 역할을 거부하는 것으로 본다(89-91). 패트리샤 맨저(Patricia K. Manzer)

도 로몰라가 결국 남편과 아버지로서의 티토의 역할을 찬탈한다는 점에 주목해, 적극적인 도덕적 주체로서의 그녀의 변모를 높이 평가한다(587-88). 이 논문에서는 이러한 후자의 비평 경향에 동조하면서 로몰라의 도덕적 성숙을 페미니즘적 입장에서 긍정적으로 평가하고자 한다. 로몰라는 무엇보다도 자기 자신보다는 다른 사람의 욕구와 필요에 기꺼이 반응하고 그것들을 보살피고자 한다. 타인에 대한 판단을 유보하고 감정이입할 수 있는 능력, 유대감에 대한 강렬한 인식 등은 로몰라가 지닌 여성적인 특질들이다. 그러나 결국 로몰라는 도덕적 위기와 갈등에 처해서 모든 문제를 타인지향적으로 푼다는 것이 불가능함을 알게 된다. 로몰라는 다른 사람만을 위한 삶이 결코 선하지도 않으며, 또한 자기 자신을 위한 삶이 결코 이기적이지도 않은 상황에 처해 자기주장과 권리 등과 같은 개념들의 중요성을 깨닫는다. 즉 그녀는 권리와 자기주장 등과 같은 계몽주의적 페미니즘에서 중시하는 개념들을 수용함으로써, 문화적 페미니즘에서 중시하는 여성성의 가치들을 더욱 적극적이고 능동적으로 실천해 나가고자 한다.

처음 독자가 마주하는 로몰라의 모습은 눈 먼 아버지 옆에서 아버지가 구술하는 대로 받아 적던가, 혹은 그가 지시하는 대로 책을 찾아서 그가 원하는 부분을 그대로 읽어주던가 하는 수동적인 모습이다. 마치 밀튼의 네 명의 딸들이 학자인 아버지의 성공을 위해 곁에서 그를 헌신적으로 도왔던 것처럼, 로몰라는 노쇠한 아버지 옆에서 학자인 그를 돕는다. 소설의 서두에 나오는 이 서재 장면은 『미들마치』에서 도로시아가 남편 캐소본(Casaubon)을 위해 출판될 가능성이 전혀 없는 저서 『모든 신화에 이르는 열쇠』(*Key to All Mythologies*)를 위해 헌신적으로 봉사하는 장면을 연상시키기도 한다. 이 경우 두 여성은 길벗과 구바의 지적처럼 남성의 조력자라는 자신의 주어진 역할들에 기꺼이 만족한다. 이들에게 학자인 남편 혹은 아버지는 헌신적으로 봉사해야할 대상이다. 왜냐하면 여성은 이들에게 타자로서만 존재하기 때문이다. 따라서 여성들은 주어진 상황을 탓하지 않는다. 그러나 아버지 바도(Bardo)는 캐소본이 도로시아에게 그러했던 것처럼, 로몰라의 노고를 당연한 것으로 간주할 뿐 전혀 고마워할 줄 모르는 잔인한 아버지로 등장한다. 뿐만 아니라 그는 여성의 열등함을 믿기 때문에 공공연히 딸 앞에서 여성을 폄하한다(97). 그는 딸이 아들을 결코 대신할 수 없다고 판단한다(98). 로몰라는 아버지에게 커샌드라 피델(Cassandra Fedele)과도 같은 여류 지식인이 되겠다고 맹세하기도 하며, 오빠를 대신할만한 지적인 남성이 나타나면 그와 결혼해 그로 하여금 아버지를 돕도록 하겠다고 말하기조차 한다(100). 이처럼 그녀는 거의 무조건적으로, 그리고 본능적일 정도로 아버지에게 헌신적이며 순종적인 딸로서 등장한다.

따라서 젊고 잘생긴 학자 티토(Tito)가 나타나자 로몰라는 아버지를 위해 기꺼이 그의 아내가 되기로 결심한다. 그녀는 학자인 그가 그녀 대신 아버지를 곁에서 더 잘 도울 것이라고 판단한다. 착한 딸의 역할이 그녀로 하여금 아버지의 욕구를 무조건적으로 충족시키고자 했던 것처럼 남편 티토와의 관계에서도 그녀는 자신의 욕구와 필요는 무시한 채 남편의 그것들에 맞추고자 한다. 신혼 초부터 남편은 아내의 기대를 저버리는 행동을 종종 보여주지만 그녀는 그가 일로 바빠서 그럴 것이라며 그를 탓하지 않는다. 그와 의견 차이가 생길 때에도 그녀는 자신의 주장을 내세우지 않는다. 계속되는 남편의 무관심과 부당한 대우 앞에서 그녀는 사랑받는 아내가 되기 위해 노력한다. 이때 화자는 지적이면서도 자존심이 특이할 정도로 강한 그녀가 남편에게 지나치게 순종적인 면을 보여주고 있다며 이러한 그녀의 태도를 비판적으로 제시한다(313).

그러나 로몰라는 자신에게 주어진 역할들을 의심함으로써 도덕적으로 성장한다. 일련의 고통스런 대면들을 통해 그녀는 자신과 다른 사람들에 대해 더욱 분명히 인식한다. 마침내 남편이 아버지의 서재를 외국인들에게 몰래 팔아 넘겼다는 사실을 알게 되었을 때, 그녀는 남편에게 항의한다(365). 이때 물론 로몰라의 남편에 대한 분노는 아버지에 대한 그녀의 애정에 기인한 것이기는 하지만, 이렇게 자신의 입장을 표명해나감으로써 그녀는 남편과는 다른 자신의 입장을 확고히 한다. 결국 로몰라는 그의 곁을 떠날 것을 결심한다. 플로렌스 도주에 성공한 로몰라는 국경 지대에서 처음으로 해방감을 느낀다. 화자는 여기서 이제까지 그녀가 견지해 온 그녀의 도덕적 입장을 구체적으로 언급한다. "최초로 그녀는 인생을 살아오는 동안 하늘과 땅 앞에 자신이 혼자라고 느꼈다. 어느 인간도 간섭하며, 그녀에게 법을 강요하지 않았다." 지금까지 다른 사람에 대한 로몰라의 책임—다른 사람의 욕구와 필요에 대한 그녀의 반응—은 그녀에게 일종의 도덕적 "법"이었다. 이제 그녀는 그녀의 도덕적 발달에 있어 중요한 시점에 도달한다. 그녀는 처음으로 자연 앞에서 아무도 자신을 간섭하거나 책임을 강요하지 않는 해방의 순간을 만끽한다. 그곳에서는 헌신해야할 아버지도 없고, 순종해야 할 남편도 없다. 그녀는 처음으로 옥죄는 역할들로부터 자유로운 자신을 발견한다. 이제껏 자신으로부터 기대되어지는 역할들에 대한 의식적인 반항을 경험하는 것이다. 그러나 이 최초의 순간은 "신으로부터의 명령"(428)을 전달하는 사보나롤라(Savonarola)에 의해 곧 중단된다.

　사보나롤라가 플로렌스로의 귀환을 그녀에게 촉구하는 것은 다음과 같은 논리에 의해서다. 첫째, 결혼은 "신성한 맹세"이기 때문이다(435). 하나님과 플로렌스 사람들 앞에서 결혼을 맹세한 만큼 설령 결혼 생활이 행복하지 않다 하더라도, 하나님 외에는 그것을 깨뜨릴 권리가 그녀를 비롯해 아무에게도 없다고 그는 주장한다. 둘째, 아내 역할만 중요한 것이 아니라 플로렌스의 시민으로서의 역할도 중요한 것임을 상기시킨다. 아내로서의 의무만이 있는 게 아니라 플로렌스 시민으로서의 의무도 있다고 그는 주장한다(436). 특히 플로렌스는 전염병과 가난으로 고통받는 사람이 많으니, 플로렌스의 딸로서 그들을 위해 헌신해야할 의무가 있다고 그는 명령한다. 로몰라는 사보나롤라의 개입에 깊은 감명을 받는데, 그 일차적 이유는 그가 전달하는 내용 자체보다는 어려움에 처한 자신에 대해 다른 누군가가 관심을 가져준다는 사실 때문이다. 이제껏 다른 사람을 보살피기만 해온 그녀로서는 처음으로 다른 누군가가 자신의 친구가 되어주고 있다는 강렬한 인상을 받는다(429). 이러한 경험은 다른 사람의 필요와 욕구에만 반응해온 그녀로서는 진정 새로운 경험이다.

이제까지 로몰라에게 "애정"은 "법"이자, "종교"였다. "그녀는 한번도 사랑과 존경심을 벗어나는 그 어떤 의무감에 굴복한 적이 없었다. 그녀는 다른 인간관계들에 대해서는 깊이 생각해본 적이 없었다"(391-92). 그녀에게는 딸로서, 아내로서의 역할만이 있었다. 이제 사보나롤라를 만남으로써 그녀는 다른 종류의 "인간관계"를 알게 된다. 그를 통해 그녀는 딸과 아내로서의 좁은 영역을 벗어나는 다른, 보다 넓은 세계와 관련을 맺게 된다. 또한 그의 가르침은 그녀에게 권리의 개념을 인식시킨다. 결혼은 두 사람이 하나님 앞에서 맹세한 계약임으로 신성한 것이라는 그의 충고는 그녀에게 권리의 개념을 인식시킨다. 이와 같은 방식으로 그녀는 그녀의 개인적인 세계 안에서 그리고 밖에서 지켜야할 권리와 의무들이 있다는 것을 깨닫는다. 사보나롤라에 대한 그녀의 반응의 의미심장함은 이러한 사물들을 바라보는 새로운 사고 방식을 거절하지 않고 탐구한다는 점이다. 그녀의 도덕적 발달은 이처럼 자신의 것과 다른 관점들에 대해 개방적이며 이들을 수용하고 융합시키고자 하는 태도에서 비롯된다.

로몰라는 다시 티토의 아내의 자리로 되돌아온다. 주로 가정 밖에서 가난하고 병자들을 돌보는 데 시간을 쏟음으로써 그녀는 새로운 삶을 맞이한다. 이제 공적인 영역에서 일하는 아내를 위한다는 구실로 티토는 그녀로부터 점점 더 멀어져간다. 마침내 로몰라는 발다사르를 통해 남편에게 정부 테사(Tessa)가 있고 또한 남편과 그녀와의 사이에 이미 두 자녀가 있다는 것을 알게 된다. 그녀의 남편은 그녀와 결혼하기 전부터 이미 또 다른 여성 테사와 비밀리에 동거하고 있었던 것이다. 로몰라는 결혼의 맹세가 신성한 것이라는 사보나롤라의 논리를 더 이상 유효한 것으로 받아들일 수 없다고 판단한다. 사보나롤라의 충고를 받아들여 결혼의 의무를 다하고 있지만, 결혼은 그녀에게 더 이상 참을 수 없는 "비굴한 노역"(552)임을 그녀는 고백한다. 사보나롤라의 말처럼 법이 신성한 것이라면 또한 그것에 대한 반항도 신성한 것일 수 있지 않겠느냐며 그녀는 반문한다. 플로렌스의 순결한 신앙을 위해 로마 교황의 권위에 맞서 사보나롤라가 반항했던 것처럼, 로몰라는 지금 사회법에 저항하는 자신의 모습도 그의 모습과 다를 바 없다고 생각한다(553).

티토는 자신의 쾌락만을 중시하는 향락주의자다. 그는 어떠한 경우에도 다른 사람을 위해 자신이 고통받을 필요가 없다고 판단한다. 따라서 그는 자신을 친자식 이상으로 길러 주었던 발다사르를 미련 없이 배신했다. 그는 자신의 이익을 위해 다른 사람과의 관계의 망을 깨뜨리는 데 주저하지 않는 실용주의자다. 그는 낯선 플로렌스 땅에서 출세 가도를 달리는데, 이것은 바로 다른 인간을 자기 이익을 위해 이용하는 그의 노련함 때문이다. 특히 남성에게 의존적인 여성을 이용하는 그의 능력은 대단한 경지임을 보여준다. 그는 로몰라가 실수할 때마다 그것을 지배 강화의 수단으로 이용하며, 정부 테사에 대해서도 필요에 따라 회유와 협박으로 그녀를 침묵시키고 순종시키고자 한다. 두 여성을 자신의 편의대로 오가며 살아가는 티토의 모습은 아내와 이혼할 필요 없이 다른 여성과도 동거할 수 있는 당대 빅토리아조의 결혼법에 대한 비판적 시각을 담는다. 엘리엇에 의하면 법이 이처럼 남성이 여성을 이용하고 착취하도록 허락한다는 것이다. 따라서 이러한 사회법을 이용해 두 여성을 자신의 마음대로 이용하는 것은 티토에게는 당연한 권리일 수 있다. 로몰라가 자신의 발다사르의 관계에 개입하기 시작하자 티토는 완전히 그녀를 멀리 한다. 그녀는 더 이상 그에게 출세를 위해 필요한 "가구"가 되어 주지 못한다고 그는 고백한다(494).

사보나롤라도 점점 더 그녀를 실망시킨다. 민중의 정신적 지도자로서 캐밀라(Camilla) 같은 신비주의자 여성의 환상을 받아들이는 그의 신앙의 행위를 지켜보면서 그녀는 절망한다. 이제껏 그를 애정과 존경심으로 지켜봤던 이유는 무엇보다도 그가 다른 종교 지도자들과는 달리 사심 없고 합리적이라고 믿었기 때문이었다. 사보나롤라의 신앙에 대한 그녀의 이러한 비판적 인식은 그녀가 고전주의 학자였던 아버지 바도에 의해 지적인 훈련을 받았기 때문에 가능하다. 그녀는 아버지에 의해 비전의 세계를 의문시하는 법을 배웠다. 신비주의자인 오빠 디노(Dino)에게 동정을 느끼면서도 그로부터 거리를 유지했던 것도 이러한 아버지의 영향력 때문이었다. 마침내 로몰라는 그녀의 대부 버나도(Bernardo)가 죄 지은바 없이 사형선고를 받게 되었을 때 플로렌스의 공의라는 명분으로 이를 정당화하는 사보나롤라에게 맞선다. 그녀는 법과 공의의 도덕적 덕목들만큼이나 자비나 보살핌의 도덕적 덕목들도 중요한 것일 수 있음을 그에게 역설한다(578).

『로몰라』에 등장하는 남성들은 모두 자아에 갇힌 이기주의자들이다. 이들은 자신의 권리와 이익만을 중시한다. 따라서 이들은 서로 충돌한다. 각자 자아에 갇혀 서로 배신하며, 인연을 끊으며, 서로 죽인다. 이 세계에서는 부자지간이 더 이상 부자지간이 못된다. 아들이 아버지를 버리며 아버지는 아들에 복수한다. 바도와 디노, 발다사르와 티토의 부자관계는 이러한 관계를 되풀이하며, 발다사르가 폭도들을 피해 강가로 달려오는 티토를 맞이하며 자기 손으로 목졸라 죽이는 장면은 이 남성중심 사회가 안고 있는 폭력성과 자기파괴성을 암시한다. 이처럼 플로렌스 사회의 문제점은 여성적인 가치의 결핍에 있다.

그리고 로몰라는 이러한 플로렌스 사회가 필요로 하는 여성성의 가치를 구현하는 인물이다. 그러나 문제는 로몰라가 구현하는 여성성의 가치가 능동적 주체로 작용하기 위하기에는 성격상 너무 의존적이고 나약하며 수동적이라는 점이다. 로몰라가 자신의 여성성의 가치를 능동적으로 수행하기 위해서는 좀더 적극적인 자세를 필요로 하게 되며, 로몰라의 남은 이야기는 이러한 로몰라의 변신을 주요 내용으로 한다.

로몰라는 두 번째의 도주를 감행한다. 강물에 자신의 운명을 맡긴 채 표류하던 그녀는 우연히 어느 마을에 도착하며, 거기서 그녀는 죽어가기 직전에 놓인 환자들을 돌보는 일을 담당한다. 그녀는 곧 병이 나고 병상에서 그녀는 그 동안 벌어진 일들을 반추한다. 그러면서 그녀는 자신의 남편으로부터의 도주가 정당했다고 인식한다. 그녀는 자신을 위해 그렇게 할 권리가 자신에게 있다고 생각한다. 이때 이러한 인식을 가능케 하는 그녀의 도덕적 성장은 "새로운 침례"에 비유된다 (650). 이제 그녀는 자신을 보호하기 위한 한 가지 수단으로 자신의 도주를 정당화한다. 이러한 그녀의 인식의 변화는 이제 그녀가 자신의 욕구 역시 다른 사람들의 욕구만큼이나 중요하며, 행위에 있어 고려해야 할 중요한 항목이 될 수 있다는 것을 깨달았기 때문이다. 지금까지 그녀가 보살핌과 배려, 모성애 등과 같은 여성성의 가치를 실현할 때 항상 그러한 가치들을 다른 사람과 관련해서만 수행했다면 이제 그녀는 그러한 여성성의 가치들을 자신에게도 적용시켜 나가고자 하는 것이다. 이러한 여성성의 가치의 확대는 불가피하게 자기 자신의 욕구와 필요에 대한 긍정적인 인식의 토대 위에서만 가능하다.

병자들을 돌보며 마을 사람들에 의해 "마돈나"로 불리는 로몰라의 변신에 대해 많은 비평가들이 이의를 제기한다. 로몰라를 신비화시키고 이상화시킨다는 지적이다. 그러나 로몰라의 접근에 나타나는 작가의 내면세계 묘사는 이러한 가능성을 거부한다. 일찍이 로몰라는 가난한 자들과 병자들을 돌봐주는 박애주의적 삶이 자신에게는 어울리지 않으며 스스로에게 진정한 기쁨이 되지 못함을 고백한 바 있다 (463). 또한 도시의 성모마리아상 행렬에 대한 작가의 묘사 역시 마돈 나 이미지가 민중을 현혹시키고 거짓된 위로를 주기 위해 권력가들이 만들어 놓은 허상일 뿐임을 명백히 한다(467). 이 소설의 여주인공 로 몰라는 기독교적 가치의 중요성을 인정하나 기독교적 믿음은 이미 상 실한 근대적(modern) 자아라는 캐롤 로빈슨(Carole Robinson)의 지적은 옳다. 그녀는 더 이상 기댈 곳이 없는 홀로 선 근대적 개인이다(42).

플로렌스로 돌아온 로몰라는 티토는 죽고 사보나롤라 역시 사형 직 전에 놓인 것을 알게 된다. 사보나롤라를 지켜보면서 그녀는 그 역시 그녀와 똑같은 한 나약한 인간일 뿐임을 인식한다. 그의 관점이 그녀 의 것보다 더 나은 것도 더 나쁜 것도 아니라는 것을 인식한다. 로몰 라는 이제 적당한 거리를 두고 그의 도덕적 관점을 자리매김하는 한 편 그녀 자신만의 도덕적 관점도 유효한 것일 수 있음을 인식한다. 그리고 이제 자신이 자신만의 길을 걸어가야 함을 깨닫는다. 그리하 여 그녀는 테사와 그녀의 자녀들을 찾아 나서며 그들을 자신이 직접 돌보기로 결심한다. 이때 작가는 로몰라가 그러한 결심을 하는 것이 그들에 대한 동정심에서가 아니라, 진정 자신이 그것을 원하기 때문 임을 분명히 한다.

Ⅲ

물론 그녀의 보살핌의 대상은 그녀가 선택한 "가족"이라는 조그만 영역에 국한되고, 따라서 그녀의 이러한 여성성의 가치의 적극적 실 천이 어느 정도로 타락한 플로렌스 사회를 구제할 수 있는가에 대해 의문이 드는 것은 사실이다. 그러나 남자 주인공 티토가 죽고 로몰라 가 대신 그가 남긴 가족들을 보살피고 실제적인 가장 노릇을 떠맡는다는 결말은 매우 여성중심적인 것임에 틀림없다. 가령 이 소설의 결말을 하디의 소설 『테스』(Tess of the D' Urberville)와 비교할 때 이러한 사실은 더욱 분명하게 드러난다고 볼 수 있다. 『테스』에서 하디는 이상적인 여주인공 테스를 형장의 이슬로 사라지게 만든다. 그리고 남자 주인공 앤젤(Angel)이 살아남아 그녀의 남겨진 가족들을 돌본다. 이러한 하디 소설의 플롯은 진정 엘리엇의 소설 구조와는 전혀 다른 구조이다. 엘리엇의 소설에서는 플로렌스 사회의 주요 자리를 차지했던 남성들이 신체적으로 불구이든가 거의 모두 죽임을 당하는 것으로 끝난다. 바도는 눈 먼 학자이며, 발다사르는 기억상실증 환자이며, 디노는 일찍 죽으며, 티토는 목 졸라 죽임을 당하며, 버나도와 사보나롤라는 각각 사형 당한다. 이러한 플롯은 작가가 되기 전 자신을 가정에 구속시켰던 아버지(혹은 남성 일반)에 대한 작가의 분노를 드러내는 것으로 볼 수도 있고, 어머니와의 합일을 꿈꾸는 작가의 무의식을 드러내는 것일 수도 있다(Carpenter 121-22). 분명한 사실은 이러한 플롯을 통해 작가가 여성성의 가치를 결핍하는 남성들을 응징한다는 점이다. 그럼으로써 여성성의 결핍으로 인해 타락한 플로렌스 사회 구제를 위해 그 가치의 대변자로 구현되는 로몰라를 통해 여성성의 가치를 찬미한다는 점이다. 따라서 엘리엇의 여성중심주의는 여성인물 창조를 통해 드러날 뿐만 아니라, 남성 인물들의 창조를 통해서도 의도되어지고 있다는 네플마처의 주장은 옳다고 본다(1981, 133-34).

마지막 장면에서 로몰라는 죽은 사보나롤라의 신전을 섬기는 것으로 등장한다. 그 날은 사보나롤라의 제삿날로 사람들은 로몰라의 집에 만들어 놓은 그의 신전을 방문해 그를 추모한다. 이러한 이 작품의 마지막 장면은 많은 비평가들의 비난을 받아왔다. 그녀가 비판적으로 바라보았고, 궁극적으로 그의 정신적인 지도로부터 독립한 그녀가 죽은 사보나롤라를 기리기 위해 자신의 집에 신전까지 세워놓고 그를 추모하는 것은 그녀의 도덕적 성숙의 후퇴라는 것이다. 그런데

이 마지막 장면에서 그녀가 티토의 아들 릴로(Lillo)와 나누는 대화는 왜 그녀가 죽은 사보나롤라를 기리는지에 대한 구체적인 설명이 들어 있다. 우선 로몰라는 릴로에게 "위대함"의 서로 다른 종류들에 대해 설명하고 따라야 할 행위와 따라서는 안 되는 행위들을 구분해서 들려준다. 즉 이 장면에서 로몰라는 릴로의 교사로서 등장한다. 그런데 이때 릴로는 로몰라에게 왜 사보나롤라를 추모하는지 그 이유를 묻는다. 처음에 그녀는 "그가 불의와 싸우는데, 그리고 인간의 행위를 가장 고상한 수준으로 올려놓고자 하는 위대함을 실천하는데 인생을 쏟는 열정을 지녔기 때문"(675)이라고 대답한다. 그러나 릴로가 그러한 설명만으로는 이해가 가지 않는다고 하자, 그녀는 다음과 같이 그 이유를 다시 설명한다. "아마도, 내가 매우 어려웠을 적에 그가 날 도와주지 않았더라면, 그를 이렇게 사랑하게 되지 않았을 거야"(676). 즉 로몰라는 사보나롤라가 그녀가 "매우 필요로 할 때" 그녀를 도왔기 때문에, 지금 그를 소중히 생각하고 있다고 고백하는 것이다. 로몰라에게 다른 사람의 필요에 대한 반응은 이처럼 매우 의미심장한 도덕적 행위가 된다. 다시 말해 로몰라는 자신만의 가치인 여성성의 가치를 여전히 유효한 가치로 인정하는 것이다. 그러나 이제 그녀는 자아와 세상에 대한 새로운 인식을 가지고서 그렇게 한다. 그녀는 더 이상 이야기의 초반에서와 같은 나약하고 수동적인 여성으로서 그렇게 하지 않는다. 그녀의 도덕적 비전은 자기 권리, 자기 주장, 자아실현 등과 같은 계몽주의적 페미니즘에서 중시하는 도덕적 덕목들을 실천함으로써, 종래의 자신의 여성성의 가치들을 더욱 창조적이며 적극적인 가치로 변모시켜 나가는 것이다.

이 소설은 모계사회의 건설로 끝나는 유일한 엘리엇의 소설이다. 테사와 또 그녀와 티토 사이의 두 자녀, 그리고 사촌 모나 브리지다(Monna Brigida)로 구성되는 "가족"을 로몰라는 보살피고자 한다. 그녀는 이들 모두가 서로 긴밀히 연결되어져 있다고 인식하며, 따라서 그들에 대한 자신의 책임을 스스로 떠맡는다. 이러한 그녀의 자발성과 능동성은 그녀의 도덕적 성숙에 있어 중요한 잣대가 된다. 또한 이 작품의 "가족" 개념은 빅토리아조 당대의 부르조아적 가족 개념을 전복시키는 측면이 있다. 여성은 더 이상 "가정의 천사"로 안주하지 않는다. 남편에게 순종하는 사랑스러운 아내로서의 로몰라의 역할은 이 작품에서는 결코 찾아볼 수 없다. 대신 로몰라에게는 가장으로서의 역할만이 주어진다. 이러한 로몰라의 역할의 혁신적인 측면은 빅토리아조 당대의 부르조아적 결혼 개념을 전복시킨다는 점이다. 적어도 이 소설에서 남녀간 결혼은 긍정적인 것으로 제시되지 않는다. 오히려 결혼은 여성을 사물화시키고 노예화시키며 여성으로 하여금 보다 넓은 공동체에 대한 관심을 방해하는 부정적인 것으로 암시된다. 이 소설은 1860년대 초반에 출판된 소설이지만 담고 있는 페미니즘적 메시지는 1890년대에 전개된 페미니즘을 미리 보여줄 정도로 강렬한 여성중심적 사상을 내포한다. 결말에 자리 잡는 모계사회에 대한 암시는 과거의 어느 한 시점에 엄연히 존재했던, 그러나 이제 그 자취가 사라져버린 여성중심 사회에 대한 한 여성작가의 향수를 드러낸다고 볼 수 있다. 이것은 여성 고유의 경험과 전통과 문화 속에서 현재의 남성주의적 가치를 대체할 새로운 도덕적 가치를 찾고자 했던 작가에게는 당연하고도 자연스러운 귀결인지도 모른다. (『19세기영어권문학』 7권 2호)

< 인용 문헌 >

김영무. 「『미들마치』 - 여성문제」. 『영미 여성소설의 이해』. 서울: 민음
　　사, 1994. 110-33.

Blake, Kathleen. "*Middlemarch and the Woman Question*." NCF 31 (Dec. 1976):
　　285-312.

Carpenter, Mary Wilson. "The Trouble with *Romola*." *Victorian Sages and*
　　Cultural Discourse. Ed. Thais E. Morgan. New Brunswick and London:
　　Rutgers UP, 1990.

Donovan, Josephine. *Feminist Theory: The Intellectual Traditions of American*
　　Feminism. New York: Continuum, 1997.

Eliot, George. *George Eliot Letters*. 9 vols. Ed. Gordon S. Haight. New Haven
　　and London: Yale UP, 1954.

_____. *Middlemarch*. Harmondsworth: Penguin, 1965.

_____. *Romola*. Harmondsworth: Penguin, 1980.

Gilbert, Sandra M. and Gubar, Susan. *The Madwoman in the Attic*. New
　　Haven and London: Yale UP, 1979.

Graver, Susan. "'Incarnate History': The Feminisms of *Middlemarch*."
　　Approaches to Teaching Eliot's Middlemarch. Ed. Kathleen Blake. New
　　York: MLA, 1900.

Homans, Margaret. *Bearing the Word*. Chicago and London: U. of Chicago P,
　　1986.

Knoepflmacher, U. C. "George Eliot and the Threat of Story-Telling: The
　　Critic as Raffles or the Critic as Romola?" *Review* 9 (1987): 35-52.

_____. "Unveiling Men: Power and Masculinity in George Eliot's Fiction."
　　Men by Women. Ed. Janet Todd. New York and London: Holmes &
　　Meier Publishers, Inc., 1981.

Manzer, Patricia K. "'In Some Old Book, Somebody Just Like Me': Eliot's Tessa and Hardy's Tess." *English Language Notes*, Vol. 33, 3 (Mar. 1996): 33-39.

Nardo, Anna K. "*Romola* and Milton: A Cultural History of Rewriting." *NCF* 53 (Dec. 1998): 328-63.

Paxton, Nancy. "George Eliot and the City: The Imprisonment of Culture." *Women Writers and the City*. Ed. Susan Merrill Squier. Knoxville: U. of Tennessee P, 1984.

Sadoff, Diane. F. *Monsters of Affection*. Baltimore & London: Johns Hopkins P, 1982.

소설 속의 언어 공동체 건설
- 조지 엘리엇의 『미들마치』를 중심으로

이 만 식

I. 머리말

조지 엘리엇(George Eliot)의 대표적인 소설 『미들마치』(*Middlemarch*)는 1869년 초에 시작된 리드게이트(Lydgate)를 중심으로 하는 이야기와 1870년 12월 전혀 다른 책으로 시작된 도로시아(Dorothea)를 중심으로 하는 이야기가 1871년 초에 합쳐진 것이다. 이러한 작업 과정이나 『플로스 강의 물방앗간』(*The Mill on the Floss*)의 구조적 문제점에 대한 작가의 자각 때문인지, 소설의 구조에 관한 논의가 있었다. 세부 묘사에 있어서는 뛰어나지만 전체적인 구성에는 무관심하다고 헨리 제임스(Henry James)가 지적한다(1971, 353). 그러나 W. J. 하비(Harvey)는 작가의 "철학적 힘" 때문에 "도덕적 자아교육"의 실례들을 중심으로 서술과 주제의 일관성이 있게 된다고 주장한다(1985, 9-15).

미들마치라는 공동체 속에서 등장인물의 인생이 어떻게 전개될 것인지가 전기적 작가 시점의 관심이다. "브루크 양(Miss Brooke)의 이야기는 그 자체로 목표가 아니라 시작하는 지점일 뿐"이며, "우리가 숙고하고 있는 것은 오래된 지역 사회의 미묘한 움직임 전체"라는 점을 아놀드 케틀(Arnold Kettle)이 지적한다(156). 소설의 주인공은 도로시아나 리드게이트가 아니라, 다양한 인물을 동화시키는 소설 속의 공동체인 미들마치다. 예를 들면 "미들마치는 리드게이트를 삼켜버리고 아주 알맞게 동화시키게 되기를 기대하고 있었다"(183). 이에 따라 소설의 부제는 "지방 생활의 연구"(A Study of Provincial Life)가 된다. "행진의 과정"(in the Middle of March)이라는 뜻을 갖고 있는 소설의 제목처럼, 1832년의 선거법 개정법안(the Reform Bill) 이전 영국의 전형적 지역 사회인 미들마치에는 돈을 저축하기 위한 수단으로 "은행이 낡은 양말을 점진적으로 대신하기 시작하는"(122) 등 도시와 시골이 공존하고 있다. 이곳에서 도로시아는 테레사 성녀(Saint Theresa)가 되려고 노력하고, 리드게이트는 의료 개혁(Medical Reform)을 추구한다. 이런 점에서 "역사 인식의 심리학을 분석한 영국 최초의 소설"이다(Hardy 1982, 108). 본고는 조지 엘리엇이 자신의 소설에서 미들마치라는 언어 공동체를 어떻게 건설하고 있는지 검토하고자 한다.

II. 언어 공동체를 건설하는 힘 － 평행구조

『미들마치』에는 도로시아, 리드게이트, 프레드(Fred), 벌스트로드(Bulstrode) 페더스톤(Featherstone) 등을 중심으로 하는 다섯 개의 플롯이 있다. 이 플롯에 정확하게 소속되지 않는 군소 인물들은 빈시(Vincy)댁 파티와 저녁 식탁에 참여하거나, "거대한 속삭이는 복도"(448) 같은 미들마치에서 소문의 생성에 참여하여 사회적 압력이 되기도 한다. "우화"로 말해질 수 없는 "진실된 이야기"는 없다는 입장에서 화자는 이 소설의 이야기들이 "역사적 평행구조"(historical parallels)를 갖는다고 주장한다(375). 특히 제71장부터 전개되는 벌스트로드의 공개 축출은 개인의 이야기 뒤에 있던 공동체가 확대되는 "의식적"(儀式的) 장면이다(Hardy 1982, 85). 인물 자신이 아니라 그들의 "관계를 통해서만" 소설의 전체적 모습이 드러난다(Beer 112). 등장 인물이 이 소설을 해석하는 열쇠이기는 하지만, 가족 등 사회적 "맥락"이라는 과정 속에서만 의미가 있다(Campbell 10). 그리고 "자신의 성격을 넘어서, 소설의 중요한 주제를 구현하고 있는" 것 같다(Liddell 125).

> 확실히 리드게이트에게는 브루크 양의 마음의 변화가, 브루크 양에게는 이 젊은 의사를 매혹시켰던 여성적 속성이 지금 어느 것보다 훨씬 더 중요하게 여겨졌을 지도 모른다. 그러나 인간 운명의 내밀한 수렴을 날카롭게 관찰하는 사람이라면 한 인생이 다른 인생에게 가하는 영향력의 완만한 준비 과정을 볼 터인데, 이는 계산된 아이러니 즉 우리가 아직 소개되지 않은 이웃을 바라볼 때의 무심한 시선이나 냉냉한 응시라고 말할 수 있다. 운명은 팔짱을 끼고 연극의 등장인물처럼 냉소적으로 서 있다. (122)

도로시아 이야기와 리드게이트 이야기를 연결시키는 제10장의 파티 장면에 대한 제11장의 분석이다. 박애정신의 공감대를 형성한 두 사람의 열띤 대화는 파티장의 화제였다. 그러나 두 사람의 서로에 대한 호감의 언급은 도로시아의 결혼이 이미 결정되어 있다는 점에서 "계산된 아이러니"다. 이 순간 로자몬드(Rosamond)는 독자에게 "아직 소개되지 않은 이웃"으로서 "팔짱을 끼고" 자신이 등장할 차례를 기다린다(122). 전지적 작가 시점의 화자도 냉소적인 미소를 띠고 서 있다.

도로시아의 관점에서 보면, 이 소설은 여주인공이 "인생의 교육에 의해 자신과 환경의 관계에 대해 보다 본격적으로 인식하게 되는" 성장소설(Bildungsroman)이다(Daiches 10). 작품을 시작하는 「전주곡」에서 작가는 "열정적이며 자발적인 영혼을 위한 지식의 기능을 수행하는 일관된 사회적 신념과 질서의 도움을 이 뒤늦게 태어난 테레사 성녀들이 받지 못하였다"고 한탄한다(25). 또 하나의 주인공인 리드게이트의 경우에도, 미성숙에서 성숙으로 가는 노정이 소설 속에 형상화되고 있다는 점에서 성장소설이다. 미들마치에서의 실패에도 불구하고 「피날레」에 나온 보고에 의하면, 통풍 연구자로서의 업적과 런던과 대륙에서 의사로서의 세속적 성공이 있었다. 또한 매력적인 아내 때문에 주변의 질시를 받을 지경이었다. 그럼에도 불구하고 리드게이트는 자신의 인생을 실패라고 규정한다. 주변의 세속적 평가와 달리, "자신이 의도했던 바를 못했기 때문에" 자신의 인생을 실패라고 규정한다(892-3). 소설의 앞부분에서 리드게이트의 여성과 사회 경험의 미성숙이 강조된다(120, 152).

> 리드게이트가 갖고 있는 평범성의 결함은 편견의 양상을 띠게 되는데, 고상한 의도와 공감에도 불구하고 이러한 편견의 반쯤은 보통 세상 사람에게서도 발견되는 것이었다. 가구나 여성에 대한 판단과 정서나 스스로 말하지 않으면서도 자신이 다른 시골 의사보다 태생이 좋다는 걸 알리는 것이 바람직하다는 판단과 정서에 있어서 지성적 열정에 속하는 탁월한 정신이 제대로 영향을 미치지 못하였다. (179)

고귀한 이상과 뛰어난 정신에도 불구하고, 돈(가구), 여자와 사회적 상황에 대한 판단의 미숙이라는 세 가지 약점이 리드게이트의 인생을 실패로 귀결짓는다. 첫째, 진료비와 약값의 분리징수제도라는 의료 개혁에 있어서, 이것이 동료 의사에게 위협적인 문제라는 점을 전혀 고려하지 않으며 고객과 동료의사 양쪽의 반대여론을 인식하지 못한다(176, 487). 의약품의 과다한 투약을 방지한다는 개혁의 의도가 미들마치의 관행에 전혀 영향을 미치지 못한다는 사실을 파악하지 못한다. 따라서, 고귀한 이상에도 불구하고 개혁가로서뿐만 아니라 개업의사로서도 실패하게 된다. 페어브라더(Farebrother)가 공정하게(fair) 충고하는 것처럼, 아무리 능력이 있어도 그 능력의 가치를 평가받아 독립성을 유지할 수 없게 된다면, 미들마치에서처럼 결국 아무것도 할 수 없게 되거나, 미들마치 이후의 인생에서처럼 고삐 끌려다니게 된다(204). 예를 들어, 신병원(New Hospital)의 월급제 담임목사 선정문제가 벌스트로드에 의해 제기될 때 리드게이트는 문제의 심각성을 전혀 깨닫지 못한다(155). 이 장면 바로 뒤에, 리드게이트가 벌스트로드의 방을 나간 뒤, 계속되는 빈시와 벌스트로드의 대화를 통해서 페어브라더보다 타이크(Tyke)를 선호하는 벌스트로드의 판단이 능력의 공정한 비교보다 자신의 정치적 지배 욕망에 근거하고 있다는 사실을 독자는 알게 된다. 그리고 빈시 댁의 저녁 대화(184-92)를 통해서 어느 정도 사태를 객관적으로 파악하게 된 뒤, 리드게이트가 페어브라더를 방문하여 자신의 이해관계와는 무관하게 공공의 이익을 위해서 노력하겠다는 자신의 인생 목표를 피력한다(199-206). 월급제 담임목사의 40파운드라는 금액이 중요하다는 페어브라더의 설명을 들은 독자는, 리드게이트가 페어브라더를 선호하는 공정한 판단을 할 것이라고 기대하게 된다. 그러나 돈과 사회적 상황에 대한 판단의 미숙함은 리드게이트로 하여금 생활비 때문에 작은 돈을 따기 위해 카드에 열중하는 페어브라더에 대해 무의식적 혐오감을 갖게 만든다(209). 그렇지만 이러한 혐오감이 그 자체로 페어브라더냐 타이크냐의 선택에 있어서 직접 영향을 줄 수 있을만큼 큰 요인은 아니다. 이는 리드게이트가 사회적 압력을 느끼고 있다는 사실을 증명할 뿐이다(210). 이러한 사회적 압력이 페어브라더에 대한 아주 작은 혐오감을 마음 속에서 확대 재생산하여 리드게이트의 판단을 흐리게 만든다. 벌스트로드로 대변되는 부당한 사회적 압력에 굴복하여 타이크를 선택하는 결정적인 투표를

함으로써 자신의 평판을 결정짓는다. 벌스트로드 사람이라는 평판은 리드게이트 몰락의 결정적 원인이 된다. 둘째, 중산층이 두텁게 형성되어 있는 미들마치의 개업의사인 리드게이트가 돈에 대한 현실감각에 있어서 무지하다(209). 로자몬드를 위한 사치라기보다 판단의 미숙으로 인해 결혼 준비에 있어서 능력보다 과다한 지출을 한다(389). 이러한 과다 지출에 더하여 의사 수입의 수준을 넘어서는 생활비 지출로 인해 빚을 지게 된다. 이로 인해 리드게이트는 마약, 당구 도박에 빠지면서 타락한다(766). 자신의 원칙에 반하여 빈시나 벌스트로드에게 대출을 요구하는 등 금전 문제의 처리에 있어서 무분별한 프레드보다 결코 낮지 않다. 사회와 돈에 대한 현실감각의 미숙함이 병합적으로 작용하면서, 당연히 몰락해야 하는 벌스트로드와 함께 리드게이트도 미들마치에서 철저한 패배를 맛보게 된다. 셋째, 로르 에피소드(Laure episode)에서 극명하게 드러나듯이 여자에 대한 판단에 있어서도 아주 어리석다(180). 로르와의 끔찍한 경험에도 불구하고 리드게이트의 타고난 결함은 개선되지 않는다. 그저 다른 종류의 여자, 로르처럼 "눈이 큰 침묵" 즉 "신성한 암소"와 정반대 유형의 여자인 로자몬드에게 관심을 돌리게 될 뿐이다(188). 사회, 돈, 여자에 대한 현실감각의 미성숙이라는 문제점 때문에, 리드게이트와 로자몬드의 관계는 로자몬드의 일방적 지배가 될 수밖에 없도록 예정되어 있었다(336, 719). 리드게이트를 철저한 실패자로 만드는 미들마치를 대표하는 것은 돈, 남성, 사회적 현실감각에 미숙하지 않은, 다시 말하자면 "철저하게 이기적인" 로자몬드다(Leavis 83). 자신의 사악함에도 불구하고 벌스트로드가 아내의 사랑을 받게 되는 반면(808), 타인인 도로시아도 믿는 자신의 결백에도 불구하고 리드게이트가 아내의 이기심만 만나게 되는 것을 보면, 리드게이트의 실패가 얼마나 철저한 지 알 수 있다(814). 리드게이트의 인생은 죽음에 이르기까지 실패일 수밖에 없었다.

현실 사회 속에서 건설되는 공동체는 정치적, 경제적, 사회적인 측면에서 검토된다. 소설 속에서는 문학적 상상력에 의해 공동체가 건설된다. 언어는 공동체와 그 속에 거주하는 인물을 창조하고, 소설이 앞으로 나아가게 하는 생명력이다. 병행되거나 교차, 중첩되는 이야기의 평행구조에 의해서 소설 속의 공동체에 관습이나 제도가 형성된다. 도로시아 플롯이 긴 하강 이후 급격한 상승 국면을 겪는 반면, 리드게이트 플롯은 짧은 상승 이후 긴 하강 국면을 겪으면서 서로 교차한다. 도로시아와 카소본(Casaubon)의 관계가 제기하는 문제점은 카소본의 급작스러운 죽음으로 단절된다. 그러나 이러한 관계의 부차적 줄거리(sub-plot)처럼 나중에 시작되고 먼저 정리되는 리드게이트와 로자몬드의 관계가 제기하는 동일한 성격의 문제점 때문에 동일한 주제가 지속적으로 확대, 전개된다(Harvey 1985, 12). 이러한 관계를 평행구조라고 부를 수 있겠다. '현실 속에서 이상의 실패'라는 주제와 서사적 구조의 동일성 때문에 리드게이트 플롯은 도로시아 플롯의 보완이다. 리드게이트가 이상을 완전히 포기하고 평범한 사회의 일원이 된 것처럼, 도로시아도 래디슬로(Ladislaw)와의 결혼으로 평범한 사회의 일원이 된다. 리드게이트의 사회 속으로의 동화가 자명한 패배인 반면, 도로시아의 경우 사랑의 성공이라는 점이 명백한 때문인지 아니면 현대의 테레사 성녀가 되겠다는 이상의 포기가 화자의 변명적 윤색으로 흐릿하게 제시되고 있기 때문인지 패배의 성격이 두드러지지 않는다. 말하자면 정확한 평행구조라기보다 "전위된 평행구조"라고 말할 수 있을 것이다(Culler 251-7).

반복적 확대를 통해 주제가 강화되는 평행구조를 통해서 미들마치라는 역사적 장소에 관습과 제도가 형성된다. 카소본, 페더스톤, 벌스트로드와 프레드는 이기주의자의 평행구조적 초상화이며, 그들의 공통 주제는 물론 이기주의와 그 좌절이다(Hardy 1963, 76, 218). 이러한 "의미있는 반복과 변형이야말로 구조의 기본 원칙이다"(Beer 101). 도시와 시골이 공존하는 미들마치에서 자본주의적 도시를 대표하는 벌스트로드와 페더스톤을 바라보는 작가의 시선은 부정적이며, 이들 플롯은 처음부터 끝까지 하강 국면이다. 반면에 도시적인 빈시 가문 출신이지만, 시골을 대표하는 가스(Garth) 가족과 결합하는 프레드를 바라보는 작가의 시선은 긍정적이며, 프레드 플롯은 대체적으로 상승 국면이다. 도로시아 플롯의 급격한 상승 국면을 주도하는 래디슬로에 대해 비평가의 평가는 대개 부정적이다. "딜레탕트"이기 때문에(James 1971, 356), "너무 이상화되어 있기" 때문에(McSweeney 1996, 125), "사회에 소속되어 있지 않기" 때문에(Kettle 157-66), 작가가 "강도높은 낭만적 사랑을 제대로 취급할 수 없었기" 때문에(Hardy 1985, 21) '실패'라고 주장된다. "여인의 법"(Ladies' law)이라는 그의 이름도 이러한 인상을 강화한다(McMaster 115). 다른 등장인물과 구별되는 래디슬로의 모호함은 가능성있는 미래를 위한 직업의 선택을 거부하고, 집시처럼 어느 계급에도 속하지 않기 때문이다(106, 502). 그러나 유대인 전당포 주인이었던 할아버지로부터 "물려받은 오점"(inherited blot)을 어머니처럼 거부하는 등 나름대로의 "의지"(Will)를 보여준다(673). 따라서 "사회에서 추방된 주인공"의 선구자라고도 주장된다(Yoon 994). 너무 미래적이기 때문에 래디슬로가 미들마치에 소속되어 있지 않은 것과 정반대로, 메리(Mary)와 프레드가 추종하는 칼렙 가스(Caleb Garth)는 너무 회고적이기 때문에 미들마치의 현재에 온전하게 소속되어 있지 않다(Yoon 998). 그는 "이성의 시대와 인간의 권리"라는 당대의 개념을 알지 못한다(605). 그는 "사업"을 "금전 거래가 아닌 솜씨있는 노동"이라고 생각한다(596). 그의 직업관(606)은 자본주의 사회에 부적합하다. 그러나 제56장에서 프레드의 미래를 위해 결정적인 도움을 제공하는 사람은 그의 아버지인 빈시가 아니라 가스다(613, 608). 그리고 래디슬로와 가스는 둘 다 리드게이트에게 결여되어 있는 "감각의 음악과 영혼의 음악을 구별하는 귀를" 갖고 있다(Knoepflemacher 49).

III. 등장인물의 운명을 결정하는 힘 - 상상력

등장인물의 성격과 운명은 상상력의 보유 여부에 의해 결정된다.

> 우리 모두에게 있어서, 우리의 생각은 무겁게든 가볍게든 은
> 유 속에 얽혀 있게 되며, 은유의 강도에 따라 운명적으로 행동
> 하게 된다. (111)

미들마치라는 공동체를 소설 속에 건설하는 힘이 평행구조라면, 그
속에 거주하는 등장인물의 인생은 은유로 구축된다. 따라서 은유의
종류가 그들의 운명을 결정한다. 은유의 성격에 따라 등장인물은 세
집단으로 분류된다. 첫째, 카소본, 로자몬드, 벌스트로드의 은유는 폐쇄
적이다. 그들의 은유는 타인의 '공감'(sympathy)을 요구하는 '상상
력'(imagination)으로 발전하지 못한다. 그저 이기적 '환상'(illusion)일 따름
이다. 두 번째 집단에 속하는 등장인물은 첫 번째 집단과 대립되는 성
격의 은유로 구축된다. 도로시아, 리드게이트 등 성장소설적 인물들은
"젊은 시절의 환상"(youthful illusions) 때문에 고통을 겪지만, 결국 상상
력의 이타적 힘을 획득한다(110). 이 경우 "공감적 상상력"(sympathetic
imagination)은 도덕적 행동의 기반이다(Daiches 60). 『미들마치』의 "선(善)
은 자아의 한계에 대한 인식 및 수용과 필연적으로 연관되어 있
다"(Gribble 123). 세 번째 집단은 래디슬로, 프레드, 메리 가스, 칼렙 가
스 등 상상력만 갖고 있는 다소 비현실적인 집단이며, 위에서 언급한
것처럼 너무 미래적이거나 회고적이어서 미들마치의 현실과 격리되어
있다. 프레드의 낭만적 개인주의의 경우처럼, "타인의 영혼을 인식한다
는 어려운 과제는 인식 속에 자신의 소망만 가득차 있는 청년을 위한
것이 아니기" 때문이다(147). "인간적 연민"이란 이상이 리얼리즘 소설
에서 종교를 대신하는 힘이라고 주장될 수도 있다(Williams 175-6). 그러

나 특히 역사소설의 경우, 작가가 자신의 소재를 자의적으로 취급할 수 없다. 사건과 운명도 그들 나름대로 본래적이고 객관적인 무게와 몫을 갖고 있기 때문이다(Lukacs 349). 따라서 세 번째 집단의 과도한 상상력은 비현실적이다.

첫 번째 집단의 대표적 인물인 카소본의 특징은 상상력의 부족과 변화가능성의 부재다. "이러한 특징은 카소본에게 있어서 뼈처럼 고정되어 있고 불변하는 것이었다. 도로시아 자신의 소녀적이고 여성적인 정서를 드러내도록 격려를 받았었다면, 도로시아가 이러한 특징을 오랫동안 느끼지 못했을 가능성이 있었다"(230). 카소본의 성격적 문제점은 남녀간의 감정적인 관계에서 기인하는 것이 아니다. 그의 문제는 보다 본질적이다. "두 가지 스타일의 말을 할 수 없기 때문에" 구애 과정임에도 불구하고 도로시아에게 학생을 대하는 듯한 말투를 사용한다(47). 청혼 편지는 논문 같고 다정한 말투가 발견되지 않는다(66-7). 카소본이 독일어를 모르기 때문에 현재 진행되고 있는 다른 학자의 연구 내용을 알지 못한다는 사실이 래디슬로에 의해 폭로된다. 카소본의 고고학적 노력이 무의미하며 『모든 신화학의 열쇠』(*The Key to All Mythologies*)를 쓴다는 목표가 불가능하다는 점을 도로시아도 알게 된다(519). 카소본은 죽은 자들과 "유령"처럼 살고 있다(40). 육체적으로는 살아 있지만, 정신적으로는 죽어 있다. 게다가 이런 문제가 카소본에 국한되지 않는다는 것이 화자의 주장이다.

이러한 카소본 씨의 비참한 결과에 대해 놀라는 대신, 나는 이게 아주 통상적이라고 생각한다. 우리 시야의 아주 가까이에 조그마한 얼룩이 있다면 세상의 영광을 말소해버려서 우리로 하여금 더러움을 보게 하는 가장자리만 남겨놓게 되지 않겠는가. 나는 자아만큼 문제가 많은 얼룩을 알지 못한다. (456)

'자아'라는 이름의 '얼룩'이 아무리 작더라도 우리의 시야에서 아주 가까이 있기 때문에 '세계의 영광'을 인식하지 못하게 된다는 것이다. 이는 너무나도 통상적인 것으로서 예를 들면, 로자몬드나 벌스트로드에게서도 쉽게 발견되는 '비참한 결과'다.

로자몬드의 이기적 자아에 대해 언급한 바 있지만, 창문과 창문 사이의 벽에 붙어있는 "거울"(pier-glass)의 이미지는 뛰어나다(297). 밖을 내다볼 수 있는 '창문' 사이에 있는 자아의 '거울'만 바라보는 폐쇄성 즉 변화가능성의 부재야말로 리드게이트가 발견한 "여성적 연약함" 뒤에 도사리고 있는 "여성적 명령"의 원인이다(700). 메리와 같이 보면서도 로자몬드는 "거울 속에 있는 자기 목의 새로운 모습만" 본다(140). 래디슬로에 대한 환상이 무참하게 부서져버린 다음에도(837), "자존심이 무너져내리면서" 도로시아와 함께 운 다음에도(854), 이러한 폐쇄적 자아는 변하지 않는다. 그녀의 결혼 생활에 대한 불만은 그녀의 남편인 리드게이트 때문이 아니었다. "결혼에 있어서 로자몬드의 불만은 남편의 성격 때문이 아니라 결혼 자체의 조건, 즉 자기 억제와 인내의 요구 때문이었다"(810). 타인을 이해하는 상상력이 요구되고, 자신의 폐쇄적 자아에 변화를 강요하는 결혼 자체의 조건 때문이다. 결혼은 타인과 같이 공유하는 인생이다. 이기적이고 폐쇄적인 자아를 갖고 있는 로자몬드는 타인의 존재를 위한 자기 억제와 인내의 요구를 받아들일 수 없다. 결혼을 원하지만, 결혼 상대자의 자아는 원하지 않는다. "살해된 자의 두뇌 위에서 아름답게 번성하는" 나무인 것이다(893).

벌스트로드도 거울에 "반사된 자신의 이미지만 받아들인다."(Daiches 61).

정신적으로 다시 그 과거에 둘러싸이게 된 벌스트로드는 똑같은 핑계를 갖고 있었다. 진정코 그 세월 동안 핑계의 실을 영속적으로 방적하여 거미줄 뭉텅이처럼 얽히고 설킨 두꺼운 덩어리를 만들어 도덕적 감수성의 속을 채워왔던 것이다. 아니, 나이가 들며 이기주의에 더욱 열심이지만 재미가 더 없어지면서 벌스트로드의 영혼은 신을 위해서만 모든 일을 했다는 신념으로 더욱 충만해졌던 것인데, 사실 자기 자신을 위해서였지 신에게는 무관심했다. 하지만 가난했던 젊은 시절의 저 먼 지점으로 다시 되돌아 갈 수 있다면, 그러면 왜 선교사가 되기를 선택하지 않겠는가. (665)

벌스트로드의 내면 세계에는 이기심만 남아 있다. 신을 위해서 모든 일을 한다는 신앙 고백의 허구성은 그를 위선자로 규정짓게 한다. 아무도 모르는, 전지적 시점의 화자만 알고 있는, 벌스트로드의 내면에서는 가난했던 젊은 시절로 다시 되돌아갈 수 있다면 차라리 선교사가 되었을 것이라고 후회한다. 그러나 위선적 감수성이 그의 자아를 거미줄처럼 얽어 놓아 변화의 가능성은 더 이상 존재하지 않는다. 그리하여 누구에게든 자신의 "원칙"만 강조할 수밖에 없는 입장에 놓여 있다(158). 사고의 경직성은 수치스러운 과거의 기억인 래플즈(Raffles)를 만날 때, 해결책을 발견할 수 없게 한다. 래플즈는 백지에 등장한 "검은 오점"(black spot)이며, 백지를 유지하기 위한 유일한 해결책은 '검은 오점'을 지워버리는 것이다(575). 자신을 위한 "특별한 신의 섭리"는 "우연의 힘"과 충돌한다(Harvey 1985, 11). 래플즈가 죽기 직전 우연히 낯선 술집에서 자신의 과거를 떠벌이고, 이러한 사실은 소문이 되어 미들마치에 퍼진다. 우연의 현실 속에서 벌스트로드의 위선이 폭로되고, 그의 몰락은 완성된다.

이기적 자아의 '환상'을 갖고 있는 군소인물들이 많다. 카소본의 영혼 속에서 "세미콜론과 괄호만"(96) 찾아내는 캐드월러더 부인(Mrs. Cadwallader), 도로시아를 위한다고 주장하지만 논증할 수는 없는 제임스 경(Sir James), "아침 속의 더러움"(a blot in the morning, 362)같이 죽어가는 페더스톤, 그리고 보석이나 제임스 경에 대한 관심 때문에 도로시아를 날카롭게 관찰하던 쉘리아(Celia) 등은 타인을 제대로 이해할 수 있는 '공감적 상상력'을 갖고 있지 못하다.

두 번째 집단은 성장소설적 인물들로 구성된다. 리드게이트에게는 지금까지 검토되어온 첫 번째 집단의 등장인물들과는 달리 변화가능성이 있다.

> 성격은 과정이며 전개이기 때문이다. 미들마치의 의사와 불멸의 발견자로서도 이 사람은 아직 만들어지고 있는 중이며, 수축되거나 확대될 가능성이 있는 미덕과 결점을 둘 다 갖고 있다. (178)

리드게이트를 이해하기 위해서는 상상력이 필요하다고 화자가 독자에게 요구하고 있다. 이러한 종류의 등장인물은 '과정'이며 '전개'인 것이다. 리드게이트는 만들어지고 있는 중이며, 미들마치의 의사나 불멸의 발견자가 될 것인지 아직 알 수 없다. 로자몬드의 지배를 받고 있지만 리드게이트가 중요한 등장인물인 이유는 첫째, "개선 가능성의 변화를 만들어내는 적응 능력을 제공하는" 상상력을 갖고 있기 때문이다 (McGowan 151). 도로시아는 상상력으로 "자아를 초월하고 마음과 현실의 상호작용을 통한 화해 가능성"을 발견할 수 있다고 확신한다(McGowan 144). 마찬가지로 리드게이트도 상상력의 힘으로 "마음과 물질의 상호작용"을 통해 "천국"의 발견이 가능하다는 신념을 갖고 있다(Carroll 77). 도로시아가 상상력의 힘을 사용하는 방법을 발견하고 리드게이트는 잘못 사용하지만, 둘 다 "상상력의 힘"을 믿는다(Knoepflemacher 54). 리드게이트가 잘못 사용하게 되는 이유는 학문적으로는 "상상력이라는 즐거운 노동"을 하지만 현실 세계 속에서는 "전통적인 지혜"에 의존하기 때문이다(193).

둘째, 무지에 대한 깨달음, 즉 각성(覺醒)의 순간이 있기 때문이다. 이 집단의 인식론은 "진리의 상대성"에 근거한다(McSweeney 1984, 32). 진리의 절대성이란 신앙은 카소본과 벌스트로드 등 첫 번째 집단이 갖고 있던 '환상'이요 오류였다. 진리의 이름은 상대성이며 변화 속에서 진리를 찾아야 한다. 『미들마치』의 등장인물들은 변화의 역사 속에 있다. 그러므로 카소본의 실수는 그 자신의 것이지만, 리드게이트의 실수는 역사적 사건이 된다(Harvey 1967, 36). 리드게이트는 돈, 사회, 여자에 대한 자신의 판단의 미숙함을 깨닫는다. '환멸' 이후 벌스트로드의 인생이 어떻게 변했는지 소설 속에 제시되어 있지 않다. 그러나 리드게이트는 "견고하지만 진실된 사실의 인식"을 통해 "환상에서 깨어나는 혜택"(beneficial disillusion)을 받는다(Cosslett 77). 세 가지 판단의 미숙함이 리드게이트의 불행을 위해 상호작용한다. 첫째, 돈에 대한 판단의 미숙함은 리드게이트가 스스로 자각한다기보다 외부의 압력에 의해 직면하게 되는 현실의 문제로 나타난다(633). 현실 인식의 미숙함 때문에 금전 문제를 설명하는데 있어서 무능한 남편 리드게이트는 해결책을 제시하지 못하고 아내 로자몬드에게 희생만 강요한다(639-40). 이는 신뢰할 수 없는 남편의 의지에 반하여 로자몬드가 아버지나 남편의 친척에게 지원을 요구하는 등 독자적인 행동을 취하게 되는 원인이다. 리드게이트가 처해 있는 돈 문제의 해결책은 지독하지만 정확하게 현실 판단을 하는 벌스트로드의 전문가적 충고처럼 파산 선언을 하는 것이다(337). 해결책이 명확하게 제시되어 있음에도 불구하고 리드게이트는 결단을 내리지 못한다. 이에 따라 음흉한 의도를 포함한 1,000파운드를 받음으로써 벌스트로드 몰락의 적극적 동반자가 된다. 궁극적인 해결책은 리드게이트와 로자몬드가 희망하였던 바와 같이 누군가, 여기서는 도로시아의 자선적인 지원에 의해서 제시된다. 둘째, 개업 의사로서 능력도 있고 의학의 진보를 위해 최선의 노력을 다 하고 있으나 현실 상황에 대한 판단의 미숙함 때문에 결국 실패한다. 자신의 가장 충직한 환자가 다른 치료방법을 강구하는 상황임에도 리드게이트는 현실과 동떨어진 이상만 추구하기 위해 벌스트로드에게 끝까지 협력하다가 파국을 맞는다. 이러한 파국 뒤에 온천장이나 돌아다니며 돈 많은 환자를 위해 뛰어난 의학 기술을 사용하는, 미들마치 시절의 초기에 자신이 경멸한다던 종류의 의사로 전락하게 된다. 이러한 전락은 아이러니하게도 돈과 사회에 대한 현실 인식의 미숙함을 극복한 결과라고 말할 수 있는데, 리드게이트에게 세속적인 성공을 보장한다. 셋째, 여자에 대한 판단의 미숙함 때문에 로자몬드를 선택한 리드게이트는 도로시아와의 만남을 통해서 자신의 어리석음을 깨닫는다. 그러나 두 번의 연속된 실수를 경과하면서 로자몬드의 남편이 되어 있는 리드게이트에게 조화와 화해의 가능성은 존재하지 않는다.

> "성격은 대리석에 새겨져 있지 않아요. 성격은 견고하거나 바꿀 수 없는 게 아니죠. 성격은 살아 있으며 변화하기에 우리의 몸이 그런 것처럼 병들 수도 있게 되는 거죠."
> "그러면 구원되거나 치료될 수도 있겠네요." 도로시아가 말했다. (790-1)

페어브라더가 성격은 살아 있으며 변화될 수 있다는 일반론에 의거하여 리드게이트의 성격이 병들어 있을 가능성을 제기한다. 그러나 악(惡)의 가능성이 있다면 선(善)의 가능성도 있다는 것이 도로시아의 주장이다. "성모 마리아" 같은 도로시아의 개입에 의해 리드게이트는 벌스트로드처럼 몰락하지 않는다(826). 그럼에도 불구하고 도로시아와 달리, 리드게이트는 깨달음으로 인한 행동의 변화, 즉 새로운 삶의 창조라는 단계에 도달하지 못한다. "은유의 인식론"과 윤리적 행동 사이에 큰 간격이 있다(Miller 80). 진실의 인식과 행위의 수행은 자동적으로 연결되지 않는다. 미들마치의 등장인물이 공동체를 구성하지만, 그 공동체가 언제나 조화로울 필요는 없다. 사회가 갈등과 모순에 기반을 둘 수도 있다(Shuttleworth 157).

"젊은 시절의 환상"을 갖고 있던 도로시아는 리드게이트처럼 결혼 전 교제라는 "거미줄"을 짠다(45, 380). 그리고 로자몬드처럼 자신의 생각을 "거울"로 비유한다(47). '환상'의 폐쇄성과 경직성은 신혼여행지에서 자신도 알 수 없는 울음을 터뜨리게 한다. 로마라는 "이 거대한 파편성은 그녀의 신혼 생활의 꿈같이 이상한 느낌을 고양시켰다"(224). 그리하여 로마는 평생의 잊지 못할 "기억"이 된다(225). 헨리 제임스(Henry James)는 『귀부인의 초상』(*The Portrait of a Lady*)에서 『미들마치』의 과제를 의식적으로 이어간다(Bellringer 125). 동일한 성격의 로마 에피소드가 헨리 제임스의 책에서도 다음과 같이 발견된다.

> 훨씬 전부터 그녀는 늙은 로마에게 자신의 비밀을 털어 놓고 있었는데, 황폐한 세계 속에서 자신의 행복의 황폐한 모습이 보다 덜 부자연스러운 재난처럼 보였기 때문이었다. 여러 세기 동안 부서져내리면서도 아직도 여전히 꿋꿋이 서 있는 물건 위에 자신의 지친 마음을 의지하였던 것인데, 자신의 비밀스러운 슬픔을 외로운 장소의 침묵 속에 떨어뜨렸다. (1986, 564)

오스몬드(Osmond)와의 결혼 생활이 출구 없는 미로 같다는 점에서 이사벨(Isabel)은 도로시아와 비슷한 처지에 놓여 있다. 그러나 로마라는 '거대한 파편성'을 만나는 각자의 경험적 위치는 다르다. 도로시아에게는 각성(覺醒)의 상황이 이제 시작되고 있는데, 이사벨의 경우 제42장의 각성(epiphany)이 있은 뒤 제49장의 상황이다. 따라서 이사벨의 로마 에피소드는 도로시아의 평생 잊지 못할 기억의 부연 설명이다.

요컨대 폐쇄적 자아의 환상적 판단에 의거하여 결혼을 결정한 도로시아에게 제시되는 인생의 고통의 모습이다.

> 그가 그녀에게 그러했던 것처럼, 그녀도 그의 내면의 문제에 눈 멀어 있다. 우리의 연민을 요구하는 그녀의 남편 속에 숨겨져 있는 갈등을 아직 배우지 못했던 것이다. 아직 그의 심장 박동 소리를 참을성있게 듣지 못했고, 그저 자신의 심장이 격렬하게 박동하는 걸 느꼈을 뿐이었다. (232)

카소본처럼 도로시아도 폐쇄적이고 경직된 자아 속에 갇혀 있다. 카소본처럼 도로시아도 타자의 내면적 고뇌에 "눈 멀어 있다." 그저 이기적인 환상만 갖고 있을 뿐이다. 타자의 내면의 갈등을 이해하는 공감적 상상력을 아직 배우지 못한 성장의 단계에 있다. 화자는 카소본에 대해 상상력의 이타적 힘, 즉 '연민'의 감정을 갖고 있지만 도로시아는 이에 대해 무지하다.

> 그녀는, 당신도 알다시피, 쉘리아가 그녀에게 경고했던 바와 같이, 잘못된 길을 걸어가기 쉬운 것처럼, 다른 사람에게는 명백한 많은 것에 있어서 눈 멀어 있었다. 하지만 그녀 자신의 순수한 목적 속에 있지 않았던 것이 무엇이든 간에 그런 것들에 대한 눈멈으로 인해 시력이 있었으면 두려움 때문에 위험했었을 절벽의 옆길을 안전하게 통과할 수 있었다. (408)

쉘리아도 미리 알고 경고하던 문제점에 대해 도로시아는 무지했다. 하지만 그녀의 무지는 보고 두려워하면 위험해지는 절벽의 옆길을 안전하게 통과하게 해주는 종류의 것이다. 특히 벌스트로드의 경우와 비교할 때 놀라운 일이다. '특별한 신의 섭리'의 존재를 믿는 벌스트로드는 자신이 신만을 위해서 살고 있다고 확신한다. 그럼에도 불구하고 래플즈라는 과거의 힘과 충돌하면서 '우연'하게 벌스트로드의 위선이 폭로되고 그의 몰락이 완성된다. '두려움' 때문에 래플즈를 살해하게 되고, 정확한 계산이라는 '시력' 때문에 벌스트로드가 '위험'해진다. 그런데 왜 도로시아는 무지 때문에 안전한가. 현실 세계 속에서 절벽의 옆길을 눈 감고 걸어가도 안전하다는 말이 아니다. 이것은 '은유'로 설명된 '우화'다. 도로시아가 "순수한 연민"을 향해 여행하고 있기 때문이다(402). 성장의 과정 속에서 만나는 무지는 깨달음의 다른 모습이기 때문이다. 이에 따라 결혼 생활의 갈등을 같이 직면하고 있는데도, 첫 번째 집단의 카소본은 자신의 이기주의 때문에 "비극" 속에, 지옥 속에 있는 반면(460), 두 번째 집단의 도로시아는 "고귀한 영혼" 때문에 "확고부동한 순종"의 평화 속에 있다(464). 이러한 각성은 도로시아를 아침의 '창문' 앞에, 인간의 세계 속에 설 수 있게 한다.

> 저 멀리 구부러진 하늘에 진주 같은 광명이 있었다. 그녀는
> 세계가 커다랗다는 것 그리고 사람들이 여러 번 깨어나 노동과
> 인내에 도달한다는 것을 느꼈다. 저 본능적이며 약동하는 인생
> 의 일부였으며, 단순한 관람객으로 사치스러운 처소에서 밖을
> 내다본다거나 이기적인 불평 속에 자신의 눈을 감출 수 없었다.
> (846)

리드게이트는 실패하지만, 전위된 평행구조인 도로시아는 성공한다. 독자는 화자와 함께 도로시아의 공감적 상상력에 동참하면서 감동할 수 있게 된다.

Ⅳ. 소설을 만드는 힘 ― 언어

미들마치라는 공동체를 소설 속에 건설하는 힘이 평행구조이고, 그 속에 거주하는 등장인물의 인생을 결정하는 힘이 상상력이라면, 소설을 만드는 힘은 언어다. 상상력의 보유 여부에 따라 등장인물은 세 개의 집단으로 분류될 수 있었다. 이러한 분류가 그들의 언어관에도 적용된다. 문학적 상상력의 도구가 언어이기 때문이다. 언어는 도로시아와 리드게이트의 관계처럼 결정적인 대화의 매체가 되기도 하고, 로자몬드와 리드게이트의 관계처럼 대화 단절의 도구이기도 하다 (Shuttleworth 168). 카소본, 로자몬드와 벌스트로드 등 첫 번째 집단의 특징은 '환상'이었으며, 래디슬로, 프레드와 칼렙 등 세 번째 집단의 특징이 '상상력'이었던 반면, 도로시아와 리드게이트 등 두 번째 집단의 특징은 '환상'에서 '상상력'으로의 성장소설적 과정이었다. 이 세 집단 모두 화자의 언어에 의해 묘사되지만, 언어관은 서로 다르다.

첫 번째 집단에 속하는 로자몬드와 세 번째 집단에 속하는 프레드의 다음과 같은 대화는 그 변별적 특징을 뚜렷하게 드러낸다.

> "그러니까 이제 속어를 싫어하게 된 거지?" 로자몬드가 다소 진
>   지하게 말했다.
> "잘못 된 것만. 선택되는 언어 모두가 다 속어야. 계급을 표시하
>   지."
> "올바른 영어가 있어. 그건 속어가 아니지."
> "무슨 말씀. 올바른 영어란 역사와 에세이를 쓰는 교양있는 척
>   하는 사람들의 속어야. 그리고 가장 강력한 속어는 시인의 속어
>   야."
> "이길려고 무슨 말이든 다 하는 구나, 프레드."
> "글세, 말해 봐, 소를 레그플레이터(legplaiter), 즉 다리를 꼬고 있
>   는 놈이라고 부르는 게 속어야 시야."

"물론 네가 원한다면 시라고 부르겠지."

"아하, 로지, 호머와 속어를 구별하지도 못하시는군요. 새로운 게
  임을 고안해내야지. 종이 쪼각에다 속어와 시를 조금씩 쓰고 너
  보고 구별하라고 주는 것 말야." (126)

위의 인용은 언어의 근본 성격에 관한 논의다. 프레드는 모든
언어가 다 '속어'(slang)라고 주장한다. 로자몬드는 '표준말'이 선행
한다고 주장한다. 로자몬드의 언어관은 표준이 되는 언어가 존재
하며 그것과 비교하여 '속어' 여부를 결정할 수 있다는 것이다.
프레드의 언어관은 표준이란 존재하지 않으며 모든 언어는 다 일
종의 속어라는 것이다. 로자몬드의 언어관은 의식에도 영향을 주
어 자신의 행동을 표준에 맞추려고 노력한다. 따라서 "그녀는 자
신의 성격까지도 연기한다. 게다가 너무 잘 하기 때문에, 그것이
정확하게 자신의 성격인지 자신도 알 수가 없"는 경지에까지 이
른다(144). 메리는 프레드와 동일한 언어관을 갖는다. 리드게이트
를 묘사해달라고 로자몬드가 요구하자, 묘사는 불가능하며 그저
특징의 목록을 제공할 수 있을 뿐이라고 대답한다.

"메리! 너는 참 이상한 여자애구나. 그치만 그는 어떻게 생긴 사
  람이니? 내게 묘사해줘."

"어떻게 사람을 묘사할 수 있겠어? 목록을 줄 수 있을 뿐이겠지.
  짙은 눈썹, 검은 눈, 똑바른 코, 검고 숱많은 머리, 크고 두툼하
  며 하얀 손, 그리고, 보자, 아, 고상한 삼베 호주머니 손수건.
  (141-2)

제67장에서 리드게이트와 벌스트로드가 서로를 평가한다. 리드게이
트의 파산이 불가피하다는 지독하지만 정확하게 현실적인 판단을 내
리는 벌스트로드의 언어는 축어적이다(737). 리드게이트는 벌스트로드

의 종교가 갖고 있는 "부서진 은유와 나쁜 논리"를 싫어하게 된다 (733). 리드게이트의 언어는 은유적이다. 축어적인 것과 은유적인 것의 대립관계를 해체하는 해체비평의 다음과 같은 논리는 등장인물들의 언어관을 분류하는 근거가 된다.

> 문학의 개념 자체에 추가하여, 해체론은 심층에 있는 철학적 위계 질서의 파괴를 통하여 일단의 비평 개념에 충격을 주고 있다. 예를 들어, 축어적인 것과 은유적인 것의 대립관계의 해체는 앞에서 기록했던 바와 같이 비유적 표현의 연구에 더 많은 중요성을 부여하는데, 비유적 표현은 예외라기보다 규범이 되고 있으며, 특수한 사례라기보다 언어적 효과의 기초가 되고 있다. (Culler 185)

이러한 논리를 프레드와 로자몬드의 대화에 적용할 수 있다. 로자몬드는 원래 축어적(literal) 언어가 있었으며 이것과 비교하여 은유적(metaphoric) 언어가 생긴다고 주장한다. 프레드의 경우 언어가 언제나 은유적이라는 주장이다. 축어적 인물 묘사가 불가능하다는 메리의 대답은 프레드와 동일한 언어관에 기반을 둔다. 카소본의 언어관은 첫 번째 집단에 소속되어 있는 로자몬드의 언어관과 동일하다.

> 세계의 신화적 체계나 기이한 신화적 단편은 모두 밝혀진 원형적 전통의 타락상이다. 일단 진정한 위치에 정통하고 거기에 굳건히 자리 잡으면 신화적 구조라는 방대한 지역이 알려지게, 아니, 상응의 반사하는 빛에 의해 밝혀지게 된다. (46)

밝혀진 원형의 타락상이란 양상으로 신화라는 단편적 이야기가 세상에 알려지게 된다는 것이다. 원형의 체계적 구조를 확인하면 모든 해석이 가능해진다는 로고스중심주의의 논리다. "예를 들어 표상을 축어적으로 받아들이거나 수사적인 허구를 현실로 오인한 결과로 등장 인물의 환상과 망상이 소설에 제시되는 경우가 빈번하다"(Culler 249). 표상을 축어적으로 받아들이는 로자몬드나 수사적인 허구를 현실로 오인하는 카소본의 태도는 환상이나 망상에서 기인한다.

"대상을 다양한 관점에서 관찰할 수 없게 만드는 것은 좁은 마음"이라고 화자가 반성한다(91). 그리하여 화자 자신도 도로시아만의 관점을 벗어나 카소본을 연민의 눈으로 바라볼 수 있는 위치를 확보하게 된다(314).

> 로윅에 도착한 지 몇 주 뒤, 어느날 아침, 도로시아는, 그런데 왜 언제나 도로시아지? 이 결혼과 관련하여 유일하게 가능한 관점이 도로시아의 관점뿐이란 말인가? (312)

왜 언제나 도로시아만 문제가 되는가. 왜 카소본의 환상이나 축어적 언어관에 직면하여 도로시아가 어떻게 대처해나가고 있는가만 문제되는가. 도로시아나 리드게이트 등 성장소설적 인물이 『미들마치』 이야기의 중심이기 때문이다. 화자 자신도 첫 번째 집단이 갖고 있는 환상의 위험에서 자유롭지 않다는 점을 자각한다. "창작의 조건으로 거리(distance)와 이해의 감정이 필요하다"는 것을 알기 때문이다(Hardy 1967, 156). 축어적 언어관이 강요하는 "일차원적"(one- dimensional) 세계관의 거부야말로 "화자의 통찰력이란 특권"의 전제이기 때문이다 (Bellringer 134).

도로시아의 성격에 관한 제19장의 논쟁도 프레드와 로자몬드의 언어관 논쟁과 비슷하다(221-2). 노만(Naumann)이 도로시아를 '이상화의 대상'이라고 주장하는 반면, 래디슬로는 '고정될 수 없는 텍스트'라고 생각한다(217-23). 이러한 래디슬로의 판단은 도로시아를 사랑할 수 있는 권리를 그에게 부여한다.

선(善)은 감정의 질과 깊이에 의존한다. 소위 삶의 견실한 측면
이라는 데에 거의 관심이 없고 보다 미묘한 영향력에 크게 신경
쓰는 사람인 래디슬로에게 있어서 도로시아에게로 향하는 감정
같은 것을 자신이 갖고 있다는 사실이야말로 큰 재산을 물려받은
것 같았다. (510)

왜 하필이면 래디슬로인가. 그는 "유대인 전당포업자와의 접목
(grafting)"일 뿐이다(773). 여주인공 도로시아의 최종 선택이 래디슬로의
사랑이란 점에 대해 대부분의 비평가들이 불만을 표시하여 왔다. 세
번째 집단의 인물 중에서 래디슬로는 카소본을 포함한 첫 번째 집단의
인물과 정면으로 대립한다. 첫 번째 집단이 갖고 있는 환상이나 축어
적 언어관은 인생의 견실한 측면, 즉 원천에 대한 흔들리지 않는 믿음
에 기반을 두는데, 테리 이글톤(Terry Eagleton)은 이를 "이념적 총체
성"(ideological totalities)이라고 명명한다(119). 카소본의 이상주의, 벌스트
로드의 복음주의적 기독교는 물론이고 리드게이트의 과학적 합리주의,
도로시아의 낭만적 자기 성취 등이 포함된다. 이글톤에 의하면 "행동
의 통일 원리"를 요구하는 이러한 총체성이 일상성 속에서 산산히 부
서져내리는 과정인 바, "이념적 총체성에 대한 미학적 총체성의 승리"
가 『미들마치』가 제시하는 아이러니다(119). 테레사 성녀로 대표되는
낭만적 자기 성취라는 도로시아의 이념적 총체성은 첫 남편 카소본의
이상주의와 잘 어울린다. 그러나 결혼의 갈등을 통한 깨달음이 있게
되면서 이념적 총체성의 환상을 벗어나 도로시아가 공감적 상상력을
획득한다. 이념적 총체성을 정면으로 부인하는 래디슬로의 인생관은
성장(成長)한 도로시아를 사랑할 수 있는 권리를 그에게 부여한다.

우리 모두 도덕적 무지 속에서 태어나기에 세상을 자신의 지
고(至高)의 자아를 살찌우는 유방이라고 생각한다. 이러한 무지

에서 도로시아는 일찍부터 빠져나오기 시작했다. 하지만 차이를 갖고 있어 언제나 빛과 그림자가 생기는 동등한 자아의 중심을 카소본도 갖고 있다는 더 이상 생각이 아닌 느낌, 즉 사물의 견고성같은 감각의 직접성의 수준에까지 이르는 공들여서 세공된 사상을 뚜렷하게 생각해내는 것보다는 자신이 카소본에게 아주 헌신적이며 카소본이 현명하며 힘과 지혜가 강하다고 상상해버리는 것이 도로시아에게 더 쉬웠던 것이다. (243)

그저 사실을 인식하는 것과 감정과 행동에 영향을 주는 "느껴진 경험"(a felt experience)으로 인식하는 것에는 차이가 있다(Jones 79). 우리 모두 도덕적 무지를 갖고 태어나기에, 자신의 자아를 중심으로 세상이 움직인다고 믿는다. 이념적 총체성이란 자아중심적 이기주의의 주장이다. 중세 신학의 "절대적 로고스"(absolute logos)의 다른 이름이다 (Derrida 1976, 13). 이러한 환상을 벗어나야 공감적 상상력을 획득하고 타자에 대한 연민을 갖게 된다. 래디슬로처럼 타자를 '고정될 수 없는 텍스트'로 읽고, 그 책의 "가장자리"를 읽을 수 있게 된다(841). 타자를 완결된 '책'이 아니라 "파편적 텍스트"로 읽게 된다(Derrida 1981, 4). 타자의 힘과 지혜 속에서 현명해지고 강해지는 방법이다. 이러한 깨달음의 시작은 타자에게도 자아의 존재가 있다는 생각, 아니 느낌이다. 타자의 중심을 비추는 '빛과 그늘'이 갖는 차이를 느끼는 경험이다. 카소본이 자아의 중심을 갖고 있다는 인식은 역설적으로 도로시아에게 자유를 준다. 이제 카소본의 중심 앞에서 자신의 의견을 갖게 된다. 이것이야말로 도로시아의 깨달음의 혁명적 성격이다.

V. 맺음말

조지 엘리엇의 대표적 소설인 『미들마치』는 서술과 주제의 일관성을 갖고 있다. 하지만 소설의 주인공은 도로시아나 리드게이트가 아니라, "지방 생활의 연구"라는 소설의 부제가 지적하는 것처럼 다양한 등장인물을 동화시키는 소설 속의 언어 공동체인 미들마치다. 본고는 조지 엘리엇이 자신의 소설 속에서 미들마치라는 언어 공동체를 어떻게 건설하고 있는지 검토하였다.

현실 사회의 공동체는 정치적, 경제적 또는 사회적 측면에서 검토될 수 있지만, 소설 속에서는 문학적 상상력에 의해 공동체가 건설된다. 평행되거나 교차, 중첩되는 이야기의 평행구조에 의해서 소설 속의 공동체에 관습이나 제도가 형성된다. '현실 속에서 이상의 실패'라는 주제와 서사적 구조의 동일성 때문에 리드게이트 플롯은 도로시아 플롯의 보완이며, 이러한 관계를 평행구조라고 말할 수 있다. 반복적 확대를 통해 주제가 강화되는 평행구조를 통해서 미들마치라는 역사적 장소에 관습과 제도가 형성된다. 미들마치라는 공동체를 소설 속에 건설하는 힘이 평행구조라면, 그 속에 거주하는 등장인물의 인생은 은유로 구축된다. 은유의 종류가 등장인물의 운명을 결정하는데, 카소본, 로자몬드, 벌스트로드 등 첫 번째 집단의 은유는 폐쇄적이어서 타인의 공감을 요구하는 상상력으로 발전하지 못한다. 상상력이 부족하기 때문에 변화가능성이 배제되며 이기적인 자아를 갖는다. 도로시아와 리드게이트 등 두 번째 집단에 속하는 성장소설적 인물은 젊은 시절의 환상 때문에 고통을 겪지만, 결국 각성의 순간을 거쳐 공감적 상상력이라는 도덕적 행동의 기반을 획득한다. 래디슬로, 프레드, 메리와 칼렙 가스 등 세 번째 집단은 대체로 비현실적인 상상력을 갖고 있는 것이 특징인 바, 너무 미래적이거나 회고적이어서 미들마치의 현실과 다소 격리되어 있다. 문학적 상상력의 도구가 언어이기 때문에, 이들 세 집단의 언어관도 변별적이다. 첫 번째 집단의 언어관이 예를 들면 문학의 은유적 언어를 축어적 언어라는 중심의 주변부에서만 읽을 수 있다는 것이라면, 세 번째 집단의 언어관은 언어가 언제나 은유적이라는 것이다. 두 번째 집단의 언어관은 변화의 가능성과 그 과정을 강조하는데, 『미들마치』에서 화자를 통해서 조지 엘리엇이 하고 있는 주장이다. 따라서 대부분 비평가의 불만에도 불구하고 도로시아는 첫 번째 집단의 카소본의 영향력을 벗어나 세 번째 집단의 래디슬로에게로 간다. 테레사 성녀가 되려는 도로시아의 낭만적 자기 성취 노력이 카소본의 폐쇄적인 이상주의와 만나지만, 결혼의 갈등을 통한 깨달음이 있게 되면서 이념적 총체성의 환상을 벗어나 공감적 상상력을 획득한다. 이념적 총체성을 정면으로 부인하는 인생관이 도로시아를 사랑할 수 있는 권리를 래디슬로에게 부여한다. 우리 모두 도덕적 무지를 갖고 태어나기에, 자신의 자아를 중심으로 세상이 움직인다고 믿는다. 이념적 총체성이란 자아중심적 이기주의의 주장이다. 이러한 환상을 벗어나야 공감적 상상력을 획득하며 타자에 대한 연민을 갖게 된다. 타자에게도 자아의 존재가 있다는 느낌이 이러한 깨달음의 시작이다. 카소본이 자아의 중심을 갖고 있다는 인식은 역설적으로 도로시아에게 자유를 주어, 카소본의 존재 앞에서 자신의 의견을 갖게 된다. 이것이 바로 도로시아의 깨달음의 혁명적 성격이다. (『19세기영어권문학』6권 2호)

< 인용 문헌 >

1. Primary Source

Eliot, George. *Middlemarch*. Harmondsworth: Penguin Books, 1985.

2. Secondary Source

Beer, Gillain. "Myth and the Single Consciousness: *Middlemarch* and *The Lifted Veil*." *This Particular Web*. Ed. Ian Adam. Toronto: U of Toronto P, 1975.

Bellringer, Alan W. *George Eliot*. New York: St. Martin's Press, 1993.

Campbell, Elizabeth A. "Relative Truth: Characters in *Middlemarch*." *Approaches to Teaching Eliot's Middlemarch*. Ed. Kathleen Blake. New York: The Modern Language Association of America, 1990. 117-22.

Carroll, David. "Middlemarch and the Externality of Fact." *This Particular Web*. Ed. Ian Adam. Toronto: U of Toronto P, 1975.

Cosslett, Tess. *The "Scientific Movement" and Victorian Literature*. London: The Harvester Press, 1982.

Culler, Jonathan. *On Deconstruction*. London: Routledge, 1989. 『해체비평』. 이만식 옮김. 서울: 현대미학사, 1998.

Daiches, David. *George Eliot: Middlemarch*. London: Edward Arnold Ltd., 1968.

Derrida, Jacques. *Of Grammatology*. Tr. Gayatri Chakravorty Spivak. London: The Johns Hopkins Press, 1976.

_____. *Positions*. Tr. Alan Bass. Chicago: The U of Chicago P, 1981.

Eagleton, Terry, *Criticism and Ideology*. London: Thetford Press Ltd., 1985.

Gribble, Jennifer. *The Lady of Shalott in the Victorian Novel*. London: The Macmillan Press Ltd., 1983.

Hardy, Barbara. *Particularities*. London: Peter Own Limited, 1982.

_____. *The Novels of George Eliot*. London: The Athlone Press, 1963.

Harvey, W. J. "Introduction." *Middlemarch*. George Eliot. Harmondsworth: Penguin Books, 1985. 7-26.

_____. "The Intellectual Background of the Novel." *Middlemarch*. Ed. Barbara Hardy. London: The Athlone Press, 1967.

James, Henry. *The Portrait of a Lday*. New York: Penguin Books, 1986.

_____. "Unsigned Review." *George Eliot: The Critical Heritage*. Ed. David Carroll. London: Routledge & Kegan Paul, 1971.

Jones, R. T. *George Eliot*. Cambridge: Cambridge UP, 1977.

Kettle, Arnold. "*Middlemarch*." *George Eliot: Middlemarch*. Ed. Patrick Swinden. London: Macmillan, 1986. 147-67.

Knoepflemacher, U. C. "Fusing Fact and Myth: The New Reality of *Middlemarch*." *This Particular Web*. Ed. Ian Adam. Toronto: U of Toronto P, 1975.

Leavis, F. R. *The Great Tradition*. New York: Penguin Books, 1986.

Liddell, Robert. *The Novels of George Eliot*. London: Duckworth, 1977.

McGowan, John P. *Representation and Revelation*. Columbia: U of Missouri P, 1986.

McMaster, Juliet. "A Microscope Directed on a Water-Drop: Chapter 19." *Approaches to Teaching Eliot's Middlemarch*. Ed. Kathleen Blake. New York: The Modern Language Association of America, 1990. 109-16.

McSweeney, Kerry. *George Eliot: A Literary Life*. London: Macmillan, 1996.

_____. *Middlemarch*. London: George Allen & Unwin, 1984.

Miller, J. Hillis. *The Ethics of Reading*. New York: Columbia UP, 1987.

Shuttleworth, Sally. *George Eliot and Nineteenth-Century Science*. Cambridge: Cambridge UP, 1984.

Williams, Ioan. *The Realist Novel in England*. London: The Macmillan Press Ltd., 1974.

Yoon, Hae-Ryung. "George Eliot's *Middlemarch* as 'The Novel of Vocation.'" *The Journal of English Literature*. Vol. 41, No. 4. Seoul: The English Language and Literature Association of Korea, 1995.

열망과 기다림의 미학 - 『대니얼 데론다』

김 현 숙

I

조지 엘리엇(George Eliot)의 『대니얼 데론다』(*Daniel Deronda* 1876)는 일관된 성과를 이루고 있지 못하다는 평가를 받아왔다. 특히 그웬들런 할레스(Gwendolen Harleth) 부분과 대니얼 데론다 부분의 이야기 고리가 탄탄하게 엮어져 있지 못하다는 비판이 지배적이다. 『대니얼 데론다』에는 "특별한 구조적 문제점"이 있으며(Hardy 108) 그웬들런 부분과 대니얼 부분의 연결은 주제의 필연적인 결과라기보다는 의도적인 기교의 소산이라고 비판되었다(Bennett 183). 엘리엇은 그웬들런 부분에서 현실을 비판적으로 재현하고 있으며 대니얼 부분에서 그런 현실에 대응할 수 있는 비전을 그리고 있지만 막상 "현실과 환상," "산문적인 것과 영웅적인 것"을 연결하는데는 실패했다는 것이다(Knoepfmacher 119).

한편 두 부분의 성과에 대해서도 다른 평가가 이루어지고 있다. 그웬들런을 주로 다룬 부분은 엘리엇의 진정한 창조정신이 발휘되었다고 칭찬되는 반면에 유대주의를 본격적으로 다룬 대니얼 부분에 대해서는 비판적인 견해가 주도적이다. 유대인에 대한 공감을 불러일으키기 위해 의식적으로 유대주의를 내세운 선의의 의도가 창조력에는 오히려 부정적인 역할을 했다고 비판된다. 헨리 제임스(Henry James)는 유대인 및 유대민족운동과 관련된 대니얼 부분이 "훌륭하게 연구되었고 상상되었고 이해되었지만, 구체화되지는 못한" "싸늘한 반쪽"이라고 비판한다(298). 엘리엇의 고결함, 관대함, 도덕적 이상주의가 자기탐닉에 빠져서 제대로 감동을 주는 예술로 승화되지 못했다고 비판하면서 "잘못된 반쪽"인 대니얼 이야기를 제거해 버리라는 F. R. 리비스(Leavis)의 지적 역시 같은 맥락이다(99-100). 그러나 대니얼의 비전을 그린 이야기는 현실을 다룬 그웬들런 이야기로 인해 설득력을 얻는다. 또 『대니얼 데론다』를 "미래에 사로잡힌 소설"(Beer 181)로까지 만드는 대니얼 부분은 헨리 제임스가 "엄청난 생명력"(294)을 가지고 있다고 할 정도로 놀라운 힘과 비전을 담고 있다.

엘리엇 자신은 대니얼 이야기가 그웬들런과 연결되어 있음을 시사하고 있다. 엘리엇은 그웬들런에게만 관심을 보이는 독자들이 책을 토막 내고 있다고 불만을 토로하면서 자신은 책 속의 모든 부분이 서로 관련이 되도록 작품을 썼다는 것이다(*Letters* VI 290). 엘리엇의 말처럼 당대의 현실에 대한 비판을 담고 있는 그웬들런 이야기를 기반으로 할 때 새로운 비전을 제시하는 대니얼 이야기의 의미가 분명해진다. 엘리엇은 그웬들런 부분에서 이기적인 사람들과 그들이 주도하는 사회의 모습을 구체적으로 그려서 대니얼이 새로운 세상을 꿈꾸는 근거를 제공한다. 엘리엇은 그웬들런을 대니얼과 정반대로 이기적인 성품의 소유자로 자신의 욕구에만 충실한 인물로 그리고 있다. 그런데 엘리엇은 그웬들런의 이기적인 성향을 개인적인 차원에 한정시키지 않고 당대사회에 의해 조장되고 키워졌다는 점을 시사하고 있다. 상류계층의 젊은 아가씨들에게 그랜코트(Grandcourt)와 같은 사람에게서만 얻을 수 있는 그런 기대와 욕구를 키워온 것은 빅토리아조 상류사회의 책임이라는 점을 분명히 드러내고 있는 것이다(Martin 143). 곧

이어 엘리엇은 영국사회의 상류층 역시 이기적인 성향으로 가득 차 있다는 것을 드러낸다. 그 대표적인 인물이 그랜코트이다.

그랜코트는 아들이 없는 휴고 멜링거 경(Sir Hugo Mallinger)에게서 재산을 물려받을 예정이며 외가로부터는 준남작의 지위를 물려받게 된다는 것에서 보이듯이 영국의 지도계층을 대표한다. 그러나 그랜코트는 악어, 도마뱀, 보어 뱀 등으로 비유되는 데서도 암시되듯이 자신의 이익과 개인적 만족만을 추구할 뿐이고 지도층으로서 사회의 미래에 대한 비전은 전혀 가지고 있지 않다. "자신을 지배하고 싶어했을 것이며 아마도 다른 남자를 지배했을 여자의 지배자"(365)가 되고 싶어서 그웬들런에게 청혼한다는 묘사에서 드러나듯이 그랜코트는 인간관계뿐 아니라 남녀관계까지도 지배와 굴종으로 해석한다. 그랜코트가 휴고 경의 재산 상속자라는 점에서 그랜코트의 타락된 모습은 "영국의 도덕적, 정신적, 실체적 힘의 타락"(Wohlfarth 191)을 시사한다. 어린 대니얼이 자신의 출생에 대해 느끼는 의구심과 절망을 이해하지 못하는 휴고 경이나, 재산을 적당한 사람의 손에 넘겨야 된다는 구실로 벌트 씨(Mr. Bult)와 같은 촉망받는 정치가와 딸을 결혼시켜 신분 상승을 꾀하고자 하는 애로우포인트 씨(Mr. Arrowpoint)도 사회에 대한 책임의식을 상실하고 있다.

엘리엇은 이러한 영국적 상황이 현실 정치를 통해 개선될 가능성에 대해 회의적인 태도를 보인다. 영국의 정치는 사회의 궁극적인 복지를 도모하는 것과는 거리가 멀다. 클레스머(Klesmer)의 지적처럼 영국의 정치는 이상주의가 결핍되어 있으며 모든 문제를 "시장의 요구"(283)로만 결정한다. 현실주의자인 휴고 경도 "모든 사람이 정치라는 것을 마치 무슨 예언으로 생각해서 영감으로 부여받은 재능 또는 소질을 요구한다면 그것은 말도 안 되는 것"이라면서 "약간의 연극적 행위 없이는 아무런 행동도 불가능하다"(434)고 주장하여 정치가 진실과는 거리가 멀다는 것을 거리낌없이 인정한다. 파티에만 열심히 참

가하는 정치가 벌트 씨는 그것을 증거하는 셈이다. 따라서 대니얼이 "빌려온 의견"(435)으로 이루어지는 것이 바로 정치라면서 영국의 정치에 헌신하기를 거부하는 것은 당연한 일이다. 이처럼 그웬들런 이야기에서는 이기주의와 타자에 대한 공감의 결여로 타락해 있는 영국의 사회가 비판되고 있으며 영국의 정치는 이상주의의 결핍으로 새로운 비전을 이끌어내는 장이 되지 못한다는 것이 드러나 있다.

엘리엇은 이런 비판적 인식을 토대로 해서 현실에 대한 대안적 비전을 성취하려는 대니얼의 노력을 형상화한다. 현실과 이상의 괴리 속에서 이상이 좌절될 수밖에 없는 상황을 그린 『미들마취』(*Middlemarch*)와는 달리 엘리엇이 『대니얼 데론다』에서 주력하고 있는 것은 대니얼의 비전이 성취되는 과정이다. 문제는 과연 더 나은 세상을 꿈꾸는 대니얼의 이야기가 얼마나 설득력 있게 제시되고 있는가 일 것이다.

대니얼 부분에 대한 비판은 엘리엇이 나타내는 비전이 설득력이 없다는 것에 집중되고 있다. 그러나 대니얼 이야기가 실패한 작업이라는 평가에 대해서는 다시 논의할 필요가 있다. 『대니얼 데론다』같이 비전을 제시하려는 작품은 많은 비판의 가능성을 처음부터 내포하고 있다. 현실을 재현하는 것과는 달리 비전을 그리는 일은 현실성을 획득하기가 쉽지 않을 뿐더러 독자의 공감을 얻기도 어렵기 때문이다. 엘리엇도 이런 어려움을 예상한 듯 대니얼의 생각, 비전과 행동을 꼼꼼히 묘사하여 설득력을 높이려는 노력을 하고 있다. 따라서 이 논문에서는 과연 엘리엇이 대니얼을 어떤 인물로 제시하고 있는지, 대니얼이 품고 있는 이상의 성격은 무엇인지, 대니얼이 따르게 되는 유대주의는 어떤 의미가 있는지, 대니얼이 유대주의를 받아들이게 되는 과정은 설득력이 있는지 등을 살펴서 엘리엇이 제시하고자 하는 비전의 의미를 구체적으로 논의하고자 한다.

II

대안적 비전을 완성시킬 수 있는 대니얼은 어떤 인물로 제시되고 있는지를 살펴보자. 다음 인용구는 대니얼의 인물됨을 잘 보여준다. 대니얼은 그웬들런에게 지나친 자기애를 버리고 다른 사람을 먼저 생각하는 사람이 되라고 충고한다.

> 당신 말고 다른 사람들의 삶을 좀 보세요. 그들의 문제가 무엇인지, 어떻게 견디어내는지를 보세요. 이 넓은 세상에서 사소한 이기적인 욕구를 만족시키는 것 말고도 무엇인가에 관심을 가져 보세요. 훌륭한 생각이나 행동, 당신 자신이 처해 있는 재해와는 관계없는 훌륭한 것에 관심을 가져보세요. (501-2)

매력적인 젊은 여인에게 이런 충고를 하는 대니얼을 대할 때 독자는 그가 이십대의 젊은이라는 것을 믿을 수 없을 뿐 아니라 이렇게 진부할 정도의 도덕적인 충고를 하는 대니얼에게 공감하기 힘든 것이 사실이다.

대니얼은 올바른 말을 할 뿐만 아니라 도덕 교과서의 모범인물처럼 올바른 행동만 한다. 대니얼에 대한 이러한 인물묘사가 매력이 없을 뿐 아니라 현실적인 인물로 여겨지지 않는다고 비판받았다. 대니얼의 인물묘사가 "개성의 부재"를 드러내는 "추상적인 분석"으로 되어 있어서 현실감이 부족하고 설득력이 없다는 것이다(Hardy "Introduction" 19, Roberts 184, James 288). 인물묘사에 탁월한 재능을 가진 엘리엇이 이처럼 대니얼의 인물묘사에서 실패한 것은, 대니얼을 자신의 철학과 도덕을 독자에게 그대로 전달하는 "작가의 도덕적으로 약정을 맺은 하인"(Stone 27)으로 그리고 있기 때문이라는 것이다. 즉 대니얼을 통해 자신의 이상을 추구하려는 엘리엇의 과욕으로 인해 구체적인 소설의 형상화에는 실패하고 있다는 것이다.

그러나 이런 비평은 인물묘사의 범주를 한정시키는 오류에서 비롯된다. 그웬들런과 전혀 다른 인물인 대니얼에 대한 인물묘사를 하면서 그웬들런의 인물묘사를 할 때와 같은 기법을 쓸 수는 없다. 그웬들런과 같은 인물이 현실의 관습적인 사회에서 행동하는 인물이라면 대니얼은 철학적 명상과 비전을 통해서 드러나는 인물이다. 이런 대니얼의 인물됨은 그의 사고와 사상에 대한 묘사에서 완성된다. 따라서 엘리엇이 대니얼의 인물묘사에서 심혈을 기울이고 있는 것은 행동이 아니라 대니얼이 자신의 현실과 미래, 자신과 타인과의 관계 등에 대한 반추를 통해서 스스로에 대한 인식을 완성해 가는 과정이다.

엘리엇의 이런 묘사로 대니얼은 그웬들런과 전혀 다른 인물로 등장하고 있다. 대니얼은 "타고난 온유함"(210)을 지니고 있으며 그것은 타인에 대한 공감으로 발전한다. 부모가 없는 어린 시절을 보내게 되는 결코 평범하지는 않은 개인적 상황으로 인해 대니얼 역시 "습관적인 믿음이 무너져 버리는 위험"(211)를 느끼기도 한다. 그러나 그웬들런이나 그랜코트가 일상의 모든 것에 대해 "권태나 반항"을 느끼는데 반해 대니얼은 "즐거움, 애정, 적성"(208)을 느낀다. 이런 태도는 휴고 경에 대한 태도에서 잘 나타난다. 대니얼은 깊은 애정을 느끼고 있는 휴고 경이 사실은 자신의 아버지일지도 모른다는 의심을 하게 되면서 고통을 겪는다. 그러나 자신의 고통에 집착하면서 빗나가는 대신에 다른 사람의 고통을 더 잘 이해하게 되고 연민의 힘을 키우게 된다. 대니얼이 그웬들런과 같은 이기적인 성향의 인물과 가장 다른 점은 "엄청나게 다른 세상도 기꺼이 받아들이는 자발성"(Mckee 216), 즉 타인에 대해 진정으로 공감할 수 있는 능력을 가지고 있다는 점이다. 이런 공감은 곧 "습관적인 연민의 열정"(370)으로 발전하며 대니얼은 "자신이 보호해 주고, 구해 주고, 그들의 삶에 어떤 영향을 주어 구원해 줄 수 있는 가능성에 비례해서 사람들에게 관심을 가졌다"(369)고 묘사된다. 이기적인 인물들이 오로지 자신에게만 관심이 있는데 반해서 대니얼은 타인에게 더 관심을 보이는 것이다.

대니얼은 도박판에서 그웬들런을 관찰하는 일화에서도 드러나듯이 "일종의 관찰자 또는 관망자"로 등장한다(김영무 190). 이때 대니얼의 관찰의 시점은 공감적이라는 점에서 다른 이기적인 인물들의 관찰과 다르다. 그랜코트가 그웬들런을 관찰하면서 자신의 소유물로 삼고자 하는 탐욕을 드러낸다면 도박을 하는 그웬들런에 대한 대니얼의 관찰은 이해와 연민을 품고 있다. 자신이 아닌 다른 사람을 생각하라는 대니얼의 말이 주제넘은 충고라기보다는 대니얼 자신이 세상을 대하는 신조이기도 하다(Newton 197). 대니얼의 삶은 타인에 대한 이해로 향하고 있고 궁극적으로 대니얼은 개인적인 공감의 차원을 넘어서서 지속적이고 공적인 차원의 공감을 확립하고자 한다. 엘리엇은 이처럼 타인을 이해하면서 바람직한 삶에 대한 열망을 성취해나가는 대니얼을 통해 사심 없는 사회적 행동이 어떻게 스스로 전파되고 또 어떤 신비스런 절차에 의해 널리 퍼지는지를 드러낸다.

그런데 이처럼 관찰과 공감의 삶이 계속되면서 대니얼은 자신이 삶의 진취적 활력에서 점차 멀어지는 위험을 느끼게 된다. "일찍 깨어난 감성과 반성"이 도덕적 지표가 없이 지나치게 확대되면서 대니얼은 "행동의 지속적인 행로"(412)를 상실하게 되는 위험에 빠지게 된 것이다. "그는 깊은 명상이 가져 오는 마비 상태에 빠져 있었으며, 실제적이고 능동적인 감격의 생활에서 자꾸자꾸 멀어져 가고 있었다."(414) 게다가 대니얼은 도덕적 판단이 없이 연민과 이해를 확장하게 되면서 도덕적 공동상태에 빠지게 될 위험성도 감지하게 된다. "지나치게 반성적이고 확산적인 공감"은 악에 대한 분노를 마비시키고 "도덕이 힘을 갖게 되는 선택적 동지애"를 마비시키기 때문이다(413). 이런 위험은 작품 활동에서 공감을 신조로 삼고 있던 작가로서의 엘리엇 자신이 절실히 느끼고 있던 문제였으리라는 것을 짐작할 수 있다. 엘리엇은 대니얼이 처한 딜레마에서 자신이 처한 문제를 직면하고 있다고도 하겠다.

선과 악에 대한 도덕적인 기준이 흔들리게 되고 그로 인해 구체적인 행동을 하지 못하게 되는 위험에서 대니얼을 구해 주는 것은 가슴에 품고 있는 열망이다. 대니얼은 자신을 명확한 행동으로 이끌어 주고 방황하는 에너지를 압축시켜 줄 "어떤 외적인 사건 또는 내면의 빛"(413)을 열망하고 있다. 그런 점에서 대니얼은 단순히 꿈을 꾸는 사람이 아니라 꿈의 현실적인 실현을 염두에 두고 있는 행동인이다. 대니얼의 행동하고자 하는 열망은 학자가 되기보다는 페리클레스나 워싱턴같은 "위대한 지도자"(819)가 되고 싶어하던 어린 시절부터 싹터 있었다. 그러므로 대니얼의 열망은 막연한 이상주의의 산물이 아니라 정치적 실현으로 통할 수 있는 행동에 대한 열망이다. 결국 대니얼의 관찰과 관망은 행동을 위한 준비였으며 자신의 꿈을 실현할 기회를 기다리는 행동인의 관찰이다. 그리고 대니얼의 행동은 그의 깊은 열망의 발현이다. 문제는 대니얼을 "사회적 삶의 유기적 일부"로 만들어 줄 이런 "필요한 사건"(413)이 언제, 어떻게 올 것 인가이다. 그것은 미라(Mirah)와 모더카이(Mordecai)를 만남으로서 오게 된다. 그런 점에서 미라와 모더카이와의 만남은 단순한 우연의 연속이 아니다. 우연한 만남을 적극적인 인연의 고리로 이어가는 대니얼의 의지의 구현이다.

엘리엇이 대니얼과 미라, 그웬들런의 삼각관계를 배제하고 미라와의 사랑을 확고히 그림으로서 극적인 요소를 생략한 것이 이 소설이 실패한 이유 중의 하나로 비판받기도 했다(Roberts 196). 그러나 사실은 바로 이 점이 엘리엇이 형상화하려던 바를 더 분명히 보여준다. 엘리엇은 『스페인 집시』(The Spanish Gypsy)라는 시극에서는 주인공 페덜머(Fedalma)가 집시 나라를 건설하기를 원하는 아버지 자르카(Zarca)와 애인 돈 실버(Don Silva) 중에서, 즉 공적인 비전과 개인적 사랑이라는 대조적 가치 중에서 선택을 해야 하는 갈등구조를 만들어 소설의 극적인 효과를 높이고 있다. 그러나 『대니얼 데론다』에서 엘리엇이 관심을 기울이고 있는 것은 개인적인 욕망과 공적인 비전 사이에서 갈등하는 주인공의 모습이 아니라 비전의 성취를 향해 나아가는 행로에 대한 탐색이다. 엘리엇은 대니얼과 미라 사이에 그웬들런으로 인해 생길 수 있는 갈등구조를 생략함으로써 관심의 핵심이 모더카이의 비전으로 더 자연스럽게 옮겨 갈 수 있게 하고 있다.

그웬들런과 모더카이의 호소를 받아들이는 대니얼의 태도에서 대니얼의 열망의 성격이 분명해진다. 그웬들런과 모더카이는 둘 다 대니얼을 자신의 삶으로 끌어들이기 위해서 필사적이다. 그웬들런은 미라가 있다는 것을 알고 있으므로, 또 자신은 결혼한 처지이므로 여성으로서의 사랑을 고백할 처지는 아니라는 것을 알고 있다. 대신 그웬들런은 대니얼이 자신의 "양심의 일부"(468)라고 하면서 자신의 나아갈 길을 지도해 주기를 바란다. "나를 버려서는 안돼요. 곁에 있어야 해요"(765)라는 그웬들런의 호소는 절실하다. 그러나 그웬들런의 호소는 개인적인 차원의 도움을 요구하는 것이므로 위대한 지도자가 되고 싶어하는 대니얼의 열망을 채워 주지 못한다. 반면 모더카이는 "자네는 내게 수족일 뿐 아니라 영혼이 되어야 하네. 내 믿음을 믿고, 내 이성에 감동 받고, 내 희망을 희망하면서. 자네는 내 생명이 될 것이야"(557) 라고 하면서 자신의 비전을 설파한다. 모더카이가 제시하는 비전은 "나 자신이 대중의 마음과 머리를 느낄 수 있는 어떤 이상적인 과제, 나에게 의무로 다가오며 개인적인 영광으로 추구되지는 않을 어떤 사회적 통솔력"(819)을 바라고 있는 대니얼의 열망의 정수를 건드리는 흡인력을 가지고 있다. 모더카이의 비전은 주어진 한계에서 벗어나 "살아있는 정신적 전통과 고양된 운명의 약속이라는 대안을 찾는 것"이기 때문이다(Garrett 168). 그러므로 그웬들런과 모더카이의 경쟁에서 대니얼의 최종적인 공감을 얻는 것은 모더카이가 될 수밖에 없다. 대니얼은 근본적으로 더 나은 사회에 대한 정치적 행동에 대한 열망을 가지고 있기 때문에 모더카이에게 경도되는 것이다.

그런데 모더카이가 대니얼에게 구체적으로 제시하는 비전은 유대주의와 유대국가 건설이라는 특정 민족의 정치적 실천과 연결되어 있다. 엘리엇은 어떤 의미에서 유대주의를 내세우고 있는 것일까? 한 민족의 정치적 실천인 유대주의를 엘리엇은 보편적 비전으로 제시하고 있는 것인가? 역사에 대한 책임을 지는 정치가의 삶을 꿈꾸면서도 막상 영국에서 정치를 한다는 것은 어릿광대 짓에 불과하다며 거부한 대니얼이 모더카이의 유대국가 건설이라는 정치적 꿈을 받아들이는 것이 타당한 것일까?

빅토리아조의 영국에서 유대인에 대한 일반 대중의 견해는 이중적인 면을 띄고 있다. 빅토리아조에는 이미 심사조례(Test Acts)가 폐지된 상태였다. 1858년에 유대인인 로스차일드(Rothschild)가 국회로 등장하였다는 것은 유대인에 대한 영국 내의 비이성적이고 부정적인 편견이 상당히 완화되었다는 것을 시사한다. 또 당대의 깨어있는 지식인들 사이에서는 분열되고 있는 영국사회가 따라야 할 모델은 순수혈통과 일관된 민족적 열망을 담고 있는 유대주의라고 여겨지기도 했다 (Lovesay 507). 『대니얼 데론다』뿐 아니라 매슈 아놀드(Matthew Arnold)의 『교양과 무질서』(Culture and Anarchy)에서도 유대주의와 기독교의 역사적 고리가 추구되고 있는 것이 그 증거이다. 그러나 70년대에도 일반적으로 유대인은 "이방인이며 시대착오적이며 집단의 건강에 적대적인 외국인"이라는 편견에서 완전히 벗어나지는 못하고 있었다 (Crosby 14). 유대인을 고리대금업자, 착취자, 장물아비, 매음굴 포주 등으로 보는 편견은 여전히 영국 사람들에게 남아 있었고 유대인들마저도 그런 비난이 타당한 점이 있다는 것을 부정할 수 없었다. 그런 한편 이런 무차별적인 편견이 불합리한 편견에 지나지 않는다는 점도 널리 인정되는 이중적인 기준이 통용되고 있었다(Mayhew 284).

엘리엇 자신도 초기에는 유대인에 대한 편견을 지니고 있었다는 것이 드러난다. 1848년에 쓴 편지에서 엘리엇은 유대인들의 국민적 정체성은 동양의 다른 민족에게서 빌려온 것에 불과하다면서 특히 유대적인 것은 질이 낮다고 쓰고 있다(Letters I 247). 그러나 『대니얼 데론다』에서 엘리엇은 유대인의 유대국가 건설이라는 진보적인 주제를 전면에 부각시키는 인식의 변화를 보여준다. 이처럼 개인적으로도 유대인에 대한 편견을 경험한 바 있는 엘리엇인 만큼 유대주의를 중요한 비전으로 제시하면서 독자의 반응에 대해 신경을 곤두세운 것은 당연한 일이다. 엘리엇은 예상했던 것보다는 독자의 거부반응이 훨씬 덜한 것에 대해 안도감을 표시하고 있다(Letters VI 301).

엘리엇이 일반대중의 공감을 확보하기 어려운 유대주의를 대니얼의 비전의 성취와 연결시킨 까닭은 무엇일까? 엘리엇의 의도는 스토우 부인에게 보낸 편지에서 분명히 드러나 있다.

> 더구나, 유대인에 대해서 뿐 아니라 우리 영국인이 접촉하는 모든 동양인들에 대해, 우리에게는 국가적 수치가 되어버린 거만하게 깔보면서 명령하는 정신이 있다는 것이 드러납니다. 가능하다면 제가 정말 하고 싶은 것은, 사람들의 상상력을 불러 일으켜 습관이나 믿음이 자신들과는 아주 다른 민족에게도 있는 인간의 권리라는 이상을 보게 하는 것입니다. (Letters VI 301-2)

위의 말에 덧붙여 엘리엇은 특히 영국인이 유대인들에게 부당했다는 점을 지적한다. 그리고 유대인은 동양인보다는 더 영국인의 현실과 가까운 존재, 즉 "서구의 낯익은 타자"(Wohlfarth 201)이기 때문에 유대인을 소설에서 다루겠다고 말하고 있다. 즉 엘리엇은 유대주의 자체를 이상적인 신념으로 받아 들이고 있는 것이 아니라 유대인이 대표적인 약자이기 때문에 소설의 소재로 삼고 있는 것이다. 실제로 엘리엇이 구현하는 유대주의는 유대민족의 정치적 이상을 대표하는 것이라고 보기가 어렵다.

엘리엇은 모더카이를 통해서 유대주의를 묘사하면서 유대의 전통적인 종교, 정치 사상을 정확하게 서술한다기 보다는 인류에 대한 자신의 보편적이며 이상적인 신념을 투사하고 있다. 모더카이의 주장은 유대인 노동자들이 모여 자주 토론을 벌이는 "철학자 모임"(Philosphers' Club)의 토론에서 잘 나타나 있다. 각자가 살고 있는 나라에 적당히 동화되어 살자는 다수의 노동자의 견해와는 반대로 모더카이는 세계 곳곳에 흩어져 있는 유대인들을 한 곳에 모아 유대국가를 세우자는 주장을 하고 있다. 모더카이의 이런 주장 때문에 한 국가의 정치적 꿈을 그린 시온주의(Zionism)는 보편적인 인간감정에 호소하는 소설의 주제가 될 수 없다는 비판을 받기도 했다(Saintsbury 374). 그러나 꼼꼼히 살펴보면 모더카이의 유대국가론은 편협한 민족주의의 산물이라고 보기 힘들다. 모더카이가 유대국가 건설을 주장하는 근거는 각 민족이 자신의 정체성을 유지하면서 영향을 주고받는 세계의 구성원이 될 때 그 세계는 오히려 풍요로워진다고 보기 때문이다. 대니엘의 할아버지 역시 모더카이와 같은 주장을 하고 있다. 그는 유대인들이 이방인들 사이에서 자신의 정체성을 잃어버리고 완전히 동화되는 것에 반대하면서 유대국가의 건설을 주장했는데, 그 이유는 "인류의 힘과 부는 분리와 소통의 균형에 달려있다"(791)고 보았기 때문이었다. 모더카이나 대니엘의 할아버지의 유대국가 창설에 대한 기본정신은 각 민족이 자신의 동질성과 특이성을 유지할 때에만 서로간의 평등하고 정당한 관계가 가능하다는 신념에 근거를 두고 있다.

모더카이는 더 나아가 유대주의의 보편적인 성격을 강조하고 있다. "나는 모든 민족에게 선을 약속해줄 수 있는 선이 아니라면 유대인을 위해서 아무 것도 탐하지 않고 구하지도 않소"(597)라는 주장에서 드러나듯이 모더카이는 유대민족의 선이 다른 민족의 선과 유리되어서는 안되며 전체적인 세계평화에 기여해야 한다는 것을 전제로 하고 있다. 심지어 모더카이는 유대교에서 주장하는 유일한 신성은 인류가 궁극적으로 하나라는 결론을 품고 있기 때문에 유대의 종교가 전세계를 위한 근본적인 종교가 될 수 있다고 한다(802). 즉 유대주의를 통해 인류 전체의 화합을 추구하면서 유대정신의 전통을 미래의 세계공동체를 위한 하나의 상징적 구심점으로 보고 있는 것이다. 이런 세계성의 강조를 통해 엘리엇은 대니얼이 자신이 유대인이라는 것을 알기 전에 벌써 유대주의를 자신이 가야할 이상적인 길로 실감하게 되는 근거를 제공하고 있다. 개인적인 삶에 대한 성취보다는 사회적인 기여를 하고자 열망하던 대니얼에게 모더카이의 비전은 자신의 열망을 구체화할 수 있는 절호의 기회로 인식되는 것이다. 대니얼은 나중에 "당신의 영감을 통해서 저는 제 생명을 건 임무를 발견했습니다"(819)라고 고백하고 있다.

대니얼에게 행동의 기회를 주는 이 소중한 기회는 우연의 결과가 아니다. 엘리엇은 미라와의 만남이 모더카이와의 만남으로 연결되는 것이나, 모더카이와의 거듭된 만남을 통해서 대니얼이 결국 소중한 성취의 기회를 잡는 것은 단순한 우연이 아니라 인간이 가장 열망하고 기다리던 것에 대한 당연한 보답이라는 점을 강조하고 있다. 대니얼의 열망과 기다리는 자세가 있었기에 이러한 소중한 기회를 제대로 잡을 수 있었던 것이다.

대니얼과 모더카이의 만남이 대니얼의 열망과 기다림의 대가이기도 하지만 모더카이의 강렬한 염원과 기다림의 결과라는 점도 주목할 필요가 있다. 모더카이는 유대국가 건설이라는 거대한 비전을 수행하는 막중한 임무를 늙고 병든 자신이 더 이상 감당할 수 없다는 것을 깨닫는다. 이때 모더카이는 그 일을 포기하는 것이 아니라 자신을 대신해서 그 일을 맡을 수 있는 다른 존재를 열렬히 기다린다. 여기서 주목할 것은 그의 기다림이 막연한 환상이 아니라 열망의 구체적인 발현이라는 점이다. 그것을 엘리엇은 아주 소중한 경험으로 그리고 있다. 엘리엇은 "맙소사! 비록 아무리 잘못되었다 하더라도 믿음보다도,

끊임없이 실망한다 하더라도 기대보다도 더 강력한 관계가 이 세상에 어디 있겠는가?"(552)라는 모더카이의 말을 통해서 모더카이의 기다림의 가치를 강조하고 있다. 모더카이가 평생 꿈꾸어오던 유대국가 건설에 대한 열망이 성취되기가 어렵고 힘든 만큼이나 모더카이가 그 꿈을 실현하도록 구체화시키는 것은 현실을 외면한 작가의 성급한 욕심일 뿐이다. 모더카이가 자신의 현실적 한계를 인정하고 기다림에 의존하는 것으로 그린 것이 작가의 성실성을 보여준다.

흔히 기다림이란 막연한 바램에 불과하며 기다림의 결과도 전적으로 우연에 의해 좌우되는 문제라고 생각된다. 그러나 모더카이의 기다림은 현실적인 대안을 포기하면서 환상에 빠져 있는 것과는 다르다. 이 점을 강조하기 위해 엘리엇은 모더카이가 여전히 현실적인 맥락에 있음을 강조한다. 모더카이는 어린 제이콥(Jacob)에게 자기 민족의 혼을 심어주는 등 주변의 평범한 사람들에 대한 애정을 잃지 않고 있다. 경멸받는 전형적인 유대인이라고 할 수 있는 코헨(Cohen) 가족에 대해 대니얼은 다소 혐오감을 느끼나 모더카이는 대니얼의 편견을 일축하면서 이들도 자신이 진정 사랑하는 민족의 한 부분임을 강조한다. 현실에 안주하려는 노동자들에게 유대국가의 건설을 열변하는 모더카이의 모습에도 열렬함은 있으나 증오나 신경질적인 태도는 없다. 이처럼 모더카이의 기다림은 현실적인 바탕 위에서 힘을 얻는다. 모더카이는 힘든 삶 속에서도 끈기 있게 자신의 꿈을 포기하지 않는다. 다른 사람들이 "저이는 꿈을 먹고 살어"라고 비판할 때 모더카이는 부정하지 않는다. "꿈은 이 세상의 창조자이며 양육자이기 때문이다."(555) 그래서 그는 궁핍하고 어려운 상황에서도 현실에 굴복하지 않으며 자신의 꿈을 포기하지 않고 기다려 오는 것이다. 기다림은 "그 기다림의 대상이 지금은 없다는 궁핍의 체험인가 하면, 기다릴 것조차도 없는 상태와는 본질적으로 다른 어떤 충만의 체험"이다(백낙청 45). 따라서 기다림은 때로는 추상적이고 비현실적인 듯 하지만 인간의 응축된 열망과 함께 할 때 강력한 힘을 가지게 된다. 엘리엇은 모더카이를 통해 "기다림의 주제"(Newton 194)를 드러내면서 행동의 동기를 일으키며 생명에 의미와 목적을 주는 수단으로서의 기다림의 가치를 보여주고 있다.

모더카이의 열망이 현실적인 맥락에 자리잡고 있다는 것은 자신을 대신해서 유대국가 창설이라는 위업을 달성할 수 있는 인물에 대한 조건에서 드러난다. 모더카이의 조건은 구체적이고 현실적이며 까다롭다. 모더카이를 대신해서 비전을 이룩할 새로운 인물은 필히 유대인이어야 한다. 또 모더카이 자신과 공감할 수 있어야 하며 동시에 달라야 한다. 새로운 존재는 현실적인 면에서도 뛰어나야 한다. 지적이고 도덕적이어야 할 뿐 아니라 용모나 풍채가 훌륭하고 목소리도 유려해야 하며 세련된 사회생활에 익숙해 있어야 하고 경제적인 여유가 있어야 한다. 모더카이의 이런 까다로운 조건은 국가건설이라는 작업의 어려움을 생각한 현실적인 고려이다. 모더카이는 자신의 후계자가 자신이 겪었던 것과 같은 생활의 어려움 때문에 좌절하지 않기를 바라므로 그에게는 어떤 현실적 방해 요인도 없기를 바라는 것이다. 병들고 늙은 자기를 대신해서 민족통일의 꿈을 이룰 수 있는 한 인물을 절실하게 기다리는 모더카이의 기다림은 "바로 삶 자체의 어떤 비밀과도 직결된 신비스러운 체험"(백낙청 45)이다.

모더카이의 생활은 이제 이런 인물을 찾는 일로 집중되며 막연하던 그의 희망은 점차 확신으로 굳어져 반드시 자기가 기다리는 이상적인 인물을 만날 것이라고 믿고 있다. 그는 "오래 전부터 그의 욕구에 응답하는 한 존재를 마음 속에 그려오고 있었는데 이 존재는 금빛 하늘을 배경으로 그에게로 다가오거나 등을 돌리는 모습으로 늘 떠올랐다."(530) 모더카이는 대니얼을 본 순간 자신의 기다림의 완성을 실감하게 된다.

모더카이는 모자를 들어 흔들면서 그 순간에 자신의 마음 속 예언이 성취되었음을 깨달았다. 장애물들, 부적절함들은 모두 완성되었다는 느낌 속으로 녹아들었다. 이처럼 자신의 소망이 외적으로 충족된 것으로 인해 그의 영혼은 완성감에 물들었다. 진작부터 그려왔던 친구는 황금빛 배경으로부터 와서 그에게 신호를 했었다. 실제로 그랬다. 나머지도 이루어질 것이었다. (550)

대니얼과 모더카이의 만남은 이처럼 두 사람의 열망과 기다림의 응집된 결과로 나타나고 있다.

대니얼이 유대인이라는 것이 밝혀져 마지막 장애가 극복되면서 모더카이의 비전을 온전히 자신의 행동의 기반으로 받아들이는 것도 바로 이런 열망과 기다림의 궁극적 결과이다. 대니얼은 모더카이의 비전에 매료된 상태이므로 자신이 유대인이라는 것을 알게된 순간 주저없이 모더카이의 열망에 자신을 완전히 헌신하겠다고 밝히고 있다. 따라서 대니얼이 유대주의를 따르는 것이 "긍정적인 필연성, 감정적 현실성"이 없다거나(Jones 113) "갑작스런 개종"(Purkis 152)이라고 비판할 수는 없다. 단지 대니얼이 유대주의를 수용할 수 있도록 대니얼의 혈통이 편리하게도 유대인으로 밝혀지는 것이 우연과 기적의 연속이며 멜로드라마같은 비개연적 상황이라고 볼 여지는 있다(Jones 115, Stone 32). 그러나 대니얼이 유대인이라는 것은 편리한 해결책으로 제시된 것이 아니라 필연적인 결과이다. 자신의 출생을 알게 된 대니얼은 자신의 어머니가 거부한 할아버지의 꿈은 "더 깊이, 더 넓게 퍼져 뿌리내리고 있는 더 강한 어떤 것의 표현"(727)이라고 말한다. 대니얼은 언제나 자신의 운명이 "분명히 감지될 수 있는 고리"(478)로 이어져 있음을 느끼고 있었다. 단지 그 고리가 이성적으로 분별된 것이 아니라 희미한 "유전된 열망"(819)에 의해 인식되었던 것이며 그것이 어머니의 고백으로 인해 확인되는 것이다. 대니얼의 깊은 열망은 할 아버지를 통해, 아니 그 이전의 여러 세대를 통해 축적된 민족적 열망이 개인에게 전수되어온 것이다. 즉 유대인으로서의 정체성이 대니얼에게 강력한 열망을 부여해주었고 그것이 발현된 것이다. 인간의 강렬한 열망이 세대와 세대를 거쳐 전수되며 어느 순간에 구체화되는 것을 엘리엇은 후천적 특성의 유전, 즉 "도덕적 진화"라는 말로 설명하고 있다(*Letters* IV 364).

대니얼이 자신의 운명을 받아들이는 태도에 대한 묘사에서 엘리엇의 의도는 잘 드러나고 있다. 대니얼은 자신의 어머니가 유대인이므로 마침내 자신이 모더카이의 뜻을 따를 수 있게 된 것이나, 자신의 어머니가 거부하려 했지만 이제 그 자식인 자신이 유대주의를 받들어 유대국가를 세우는 일에 투신하게 된 것들을 인간의 힘으로는 피할 수 없는 결정적인 운명으로 생각하고 있다. 제노어에서 돌아온 대니얼이 모더카이에게 자신이 유대인임을 밝히는 데서 그런 생각이 잘 드러나 있다.

> "어느 고산 부족에서 납치된 아이가 평야지역의 마을에서 키워졌다거나, 그림에 대한 천재성을 유전 받은 아이가 장님으로 태어났다고 생각해 보세요. 그들 속에는 옛 조상의 삶이 미지의 대상이나 감정에 대한 희미한 열망으로 남아 있을 겁니다. 이들의 유전된 신체에 주문으로 걸려있는 습관은 마치 교묘하게 만들어진 악기와 같아서, 결코 연주된 적은 없지만 항상 그 복잡한 구조의 이상하고 신비스러운 울림소리로 떨리다가 임자가 만질 때 음악을 만들어내는 것입니다. 그와 같은 것이 저의 경험이었습니다." (819)

이처럼 민족적 열망으로 준비되어 있던 대니얼은 자신이 유대인이라는 것을 알게 되자 당연히 "우리의 그리움과 행동이 완전히 일치하여 하나가 되며 우리가 눈앞에 실제로 보는 것이 우리의 이상적인 행복이 되는 그런 희귀한 순간"(817)을 만끽하는 것이다. 대니얼은 "민족의 운명"을 성취하는 과업을 통해서 공감의 미로에서 헤매던 자신의 정체성을 새로이 회복하는 이중의 성과를 이루게 되는 것이다 (Wohlfarth 196).

> 그는 자신의 조상을 발견하면서 추가적인 영혼을 찾은 듯 했다. 그의 판단은 더 이상 편애 없는 공감의 미로에서 방황하지 않게 되었고, 인간의 최고의 힘인 숭고한 편애의 정신에서 공감을 실질적인 것이게 해주는 보다 친밀한 동지애를 선택했으며, 아울러 편애를 피하기 위해 하늘로 치솟아 그 결과 모든 가치의 감각을 잃는 조감식 합리성 대신에 같은 역사를 가진 인간들과 어깨에 어깨를 걸게 해주는 고결한 합리성을 갖추게 되었다. (814)

이제 모더카이의 비전을 온전히 받아들일 수 있게 된 대니얼은 모더카이의 열망이자 자신의 열망인 유대주의의 현실화, 즉 유대국가의 창설에 기여하고자 팔레스타인 지역으로 떠나게 되는 것이다.

III

엘리엇은 유대국가를 창설하기 위해 동쪽으로 떠나는 대니얼과 미라를 그리면서 다시 한번 자신이 제시한 유대주의의 성격을 규정하고 있다. 모더카이가 이미 자신의 유대주의가 편협한 민족중심주의가 아니라 보편적인 인류화합의 장을 여는 것이라고 밝힌 바 있듯이, 대니얼 역시 자신이 따르는 유대주의의 보편적인 성격을 강조하고 있다. 자신이 유대인으로 밝혀지자, 대니얼은 "저는 가능한 저와 같은 혈통의 사람들과 자신을 일치시키는 것이 저의 의무라고 생각하며 저의 본능적 감정이기도 합니다"(724)라고 하면서 자신의 민족적 정체성을 주장한다. 동시에 대니얼은 자신이 영국에서 교육을 받았다는 점, 즉 비유대적인 유럽적인 특성을 강조하고 있다. 그는 "내 정신을 키웠던 기독교적 공감은 결코 내게서 없어지지 않을 것입니다"(724)라고 말하기도 하고, "내가 나의 타고난 혈통을 인식함으로써 내 삶의 근거를 발견했다고 해서 나의 정신적인 혈통을 부정하라고 요구하지는 마십시오"(821)라는 말을 하여, 자신의 뿌리가 유럽적 전통에 있음을 강조한다. 대니얼의 주장은 편협한 민족주의로서의 유대주의라는 틀을 배제하는 것이다. 이를 통해 엘리엇은 유대주의를 가치 있는 인간의 감정과 희망을 표현하는 "상징적인 형상"으로 나타내고 있다(Newton 199).

엘리엇은 『대니얼 데론다』에서 더 나은 세상을 이룰 수 있는 가능성을 탐구하고 있으며 유대주의를 전면에 내세워서 약소민족에 대한 공감을 드러내고 있다. 그러나 엘리엇은 대니얼이나 모더카이의 열망이 전부 응답되고 구체화된다는 식의 순진한 꿈을 제시하고 있지는 않다. 사실 동방으로 떠나는 대니얼의 장래도 그웬들런의 미래나 마찬가지로 그다지 확실하지는 못하다. 대니얼은 자신의 할 일은 "최소한 내게 불러 일으켜졌던 그런 움직임을 다른 사람의 가슴에 일으키"(875)는 정도로 생각하고 있으므로 대니얼이 유대국가 건설의 비전을 이룬 것도 아니다. 그러므로 엘리엇이 대니얼을 통해 비전의 성취를 이루려는 자기 탐닉에 빠져 있다고 볼 수는 없을 것이다. 단지 꿈을 가지고 참되게 기다리는 자세를 취할 때 그 삶은 보람될 수 있음을 엘리엇은 강조하고 있는 것이다. (『19세기영어권문학』6권 2호)

< 인용 문헌 >

김영무. 「조지 엘리엇의 『대니얼 데론다』」 『리얼리즘과 모더니즘』. 서울: 창작과 비평사, 1983: 171-198.

백낙청. 『인간 해방의 논리를 찾아서』. 서울: 시인사, 1979.

Beer, Gillian. *Darwin's Plots: Evolutionary Narrative in Darwin, George Eliot, and Nineteenth Century Fiction*. Boston: Routledge and Kegan Paul, 1983.

Bennett, Joan. *George Eliot: Her Mind and Her Art*. Cambridge: Cambridge UP, 1954.

Crosby, Christina. *The Ends of History: Victorians and "The Woman Question."* New York: Routledge, 1991.

Eliot, George. *Daniel Deronda*. 1876; rpt. Harmondsworth, Mx: Penguin Books, 1983.

_____. *The George Eliot Letters*. Gordon S. Haight. Ed. 9 vols. New Haven: Yale UP, 1954-78.

Garrett, Peter K. *The Victorian Multiplot Novel*. New Haven& London: Yale UP, 1980.

Hardy, Babara. "Introduction." *Daniel Deronda*. Harmondsworth, Mx.: Penguin, 1967: 7-30.

_____. *The Novels of George Eliot: A Study in Form*. 1959; rpt. New York: Oxford UP, 1967.

James, Henry. "*Daniel Deronda*: A Conversation." F. R. Leavis. *The Great Tradition*. 1948; rpt. Harmondsworth, Mx: Penguin Books, 1980. 284-304.

Jones, R. T. *George Eliot*. Cambridge: Cambridge UP, 1970.

Knoepfmacher, U. C. *Religious Humanism and the Victorian Novel: George Eliot,*

Walter Pater, and Samuel Butler. Princeton: Princeton UP, 1965.

Leavis, F. R. *The Great Tradition.* 1948; rpt. Harmondsworth, Mx: Penguin Books, 1980.

Lovesey, Oliver. "The Other Woman in *Daniel Deronda.*" *Studies in the Novel.* Vol. C. 30. no. 4. Winter 1998: 505-20.

Martin, Graham. "'Daniel Deronda': George Eliot and Political Change." *Critical Essays on George Eliot.* Ed. Barbara Hardy. London: Routledge & Kegan Paul, 1970.

Mayhew, Henry. *Mayhew's London: from London Labour and the London Poor.* 1861. Peter Quennell. Ed. London: Bracken, 1984.

McKee, Patricia. *Heroic Commitment in Richardson, Eliot, and James.* Princeton, New Jersey: Princeton UP, 1986.

Newton, K. M. *George Eliot Romantic Humanist. A Study of the Philosophical Structure of her Novels.* Totowa, New Jersey: Barnes & Noble Books, 1981.

Purkis, John. *A Preface to George Eliot.* London: Longman, 1985.

Roberts, Neil. *George Eliot: Her Beliefs and Her Art.* London: Paul Elek, 1975.

Saintbury, George. *Academy,* 9 Sept. 1876. rpt. in *George Eliot: The Critical Heritage,* Ed. David Carroll. New York: Barnes and Noble, 1971. 371-6.

Stone, Wilfred. "The Play of Chance and Ego in *Daniel Deronda.*" *Nineteenth-Century Literature* v. 53 no.1. June 1998: 25-55.

Thale, Jerome. *The Novels of George Eliot.* New York: Columbia UP, 1959.

Wohlfarth, Marc E. "*Daniel Deronda* and the Politics of Nationalism." *Nineteenth-Century Literature* Vol. 53. no. 2. Sept. 1998: 188-210.

| Part 5 | 여성 대중소설가들

빅토리아 시대 가정 범죄와 여성성
- 메리 엘리자베스 브래던의『오로라 플로이드』

장 정 희

I

빅토리아 시대는 중산계급의 도덕이 중심이 되어 사회 안정을 구가하던 시대였음에도 불구하고 각종 범죄에 대한 대중들의 관심이 지대했던 시대였다. 1829년 경찰력의 강화와 더불어 1842년 수사 경찰의 증가는 범죄와 수사, 법적용 과정에 전문성을 더해주었다. 즉 범죄에 대한 관심과 탐색이 점점 더 전문화되었고 이와 관련한 과학과 기술의 역할도 증대되었다. 1860년대에 이르면 범죄학이나 과학적 수사방식의 출현이 당시 소설가들에게 지대한 영향을 주고 있음을 알 수 있다. 특히 당시 대중 출판물의 증가에 따라 범죄와 처벌 과정에 관련된 사실 기록이나 허구로 구성된 범죄 이야기에 대한 관심이 폭발적으로 증가했다. 범죄, 광기 등 일탈적인 심리 상황에 대한 보고서와 소설의 경계가 점점 흐려지는 경향이 있었고 범죄 담론이 하나의 장르로 번성하게 되었다.[1]

---

[1] 빅토리아 시대 이러한 범죄 담론에 대한 논의는 빅토리아 시대 범죄와 광기, 선정성의

당시 신문이나 대중 잡지들은 판매 부수를 올리기 위한 전략으로 범죄나 공포와 관련된 이야기들을 자주 다루었다. 아울러 실제 범죄를 다룬 사건들뿐만 아니라 중산계급이 읽는 소설에도 이러한 범죄에 관련된 이야기들이 빈번히 등장하게 되었다. 이 과정에서 실제 일어났던 개인적인 사건들이 법정에서 대중들의 볼거리로 변화했고 실제 사건들을 소재로 구성된 소설이 인기를 끌었다. 특히 대중들은 결혼의 속임수, 불화 등에 대한 상세한 이야기를 알고싶어 했으며 이혼 법정에 대해 관심이 많았다. 1860년대 경에는 이중혼과 이혼 사례가 큰 관심을 끌었으며 이혼 법정뿐만 아니라, 일반범을 다루는 법정에서도 성이나 가정 폭력으로 인한 범죄가 세인의 관심을 끌었다. 이러한 실제 법정의 사건들이 당시 선정소설에 주요한 자료를 제공하였는데 특히 여성 선정소설가들은 가정 범죄의 플롯을 즐겨 다루었다.

그런데 여성 선정소설가들의 텍스트에는 가정이나 결혼이 여성의 성취가 아니라 여성을 감금하고 시련을 가져다주는 기제로 작용하고 있다. 대표적인 여성 선정소설가인 메리 엘리자베스 브래던(Mary Elizabeth Braddon)의 소설들에는 좌절된 여성 주인공들, 독립적인 성향을 지니고 있지만 광기를 지녔거나 살인을 저질렀다고 의심받는 여성들이 주류를 이룬다. 고통받는 아내이자 어머니로서 남편에게 제대로 이해받지 못하는 여성들의 이야기가 대다수를 차지하고 있다. 여주인공들이 지닌 복수심도 자신의 비밀스런 열정이나 억눌린 욕망을 대리로 나타내주는 메타포로 작용하고 있다. 여주인공의 여성성과 그녀에게 부과된 아내나 어머니 역할은 서로 갈등하는 구도를 이루며 이 구도는 여주인공의 비밀을 둘러싸고 더욱 치열한 양상으로 전개된다. 브래던의 소설에서 여

관계를 다양한 실제 사례와 보고서, 문학 장르 등에 걸쳐 논하고 있는 앤드루 몬더(Andrew Maunder)와 그레이스 무어(Grace Moore)의 『빅토리아 시대 범죄, 광기와 선정』(*Victorian Crime, Madness, and Sensation* 1-14, 73-88)과 필자의 저서 『선정소설과 여성』(8-10)을 참조로 하였다.

주인공의 비밀은 대부분 가정 범죄와 연루되어있다. 여주인공들은 중혼을 범했거나 살인을 저질렀다고 의심받는 범죄자들이 대부분이다. 브래던의 대표적 여성 인물들로 볼 수 있는 오들리 부인(Lady Audley)이나 오로라 플로이드(Aurora Floyd)는 모두 중혼이나 살인과 연루된 인물들이다. 이 두 주요 인물들 뿐만 아니라 『존 마치몬트의 유산』(John Marchmont's Legacy)의 올리비아 애룬덜(Olivia Arundel)도 자신이 사랑하는 남자의 아내를 납치하는 범죄에 가담한다. 이러한 예들에서 보다시피 이상적 가정성에 위배되는 여성 인물들이 가정 범죄에 연루되는 이야기가 연일 노동계급뿐만 아니라 중산계급 독자들에게도 제공되었던 것이다.

선정소설에서 볼 수 있는 이러한 가정 범죄들은 독자들을 유인하기 위한 단순한 흥밋거리가 아니라 가정에 대한 빅토리아인들의 불안과 이상적 여성성의 실체를 엿보게 한다. 젠더, 결혼, 가정성의 문제가 얽혀있는 가정적 공간은 영국 사회와 국가 유지에 핵심적인 영역이었다. 따라서 가정 범죄의 문제는 플롯의 전개를 위한 단순한 장치가 아니라 영국 사회와 국가의 건강성과 연루되는 주요한 문제로 볼 수 있다. 아울러 가정 범죄는 당시 여성 담론을 둘러싼 문화적 갈등의 실체를 읽어낼 수 있는 하나의 창구로 볼 수 있다. 즉 이 영역은 젠더 구성, 사적 공간의 의미 변환, 여성의 일탈에 대한 당시의 문화적 불안을 반영하면서 이러한 불안이 궁극적으로 어떻게 중산계급 여성성의 재편으로 연결되는지를 보여준다. 본 논문은 이러한 맥락에서 빅토리아 시대 가정 범죄와 이와 연관된 여성성의 문제를 1860년대의 대표적 여성 선정소설가인 메리 엘리자베스 브래던의 『오로라 플로이드』(Aurora Floyd)를 통해 검토해 보고자 한다. 여주인공 오로라 플로이드란 인물이 텍스트에서 어떻게 구성되며 오로라의 속성이 가정의 권력 구도에서 어떠한 의미를 지닌 것인지 살펴보기로 한다. 아울러 오로라를 중심으로 한 가정 범죄의 탐색 과정을 통해 어떻게 여성성과 폭력, 범죄의 역학관계가 재구성되고 있는지 검토해보기로 한다.

II

선정소설은 1790년대의 고딕 로맨스나 1830년대의 뉴게이트 소설과 달리 범죄 사건이나 인물들의 일탈 행위를 중세의 성과 같은 이국적 배경, 혹은 감옥과 연관시키지 않고 중산계급 가정과 가족 내에 위치시키고 있다. 빅토리아 문화의 핵심 영역이라 볼 수 있는 중산계급 가정은 더 이상 도시 산업사회의 잔학함이나 공포로부터 피난처가 되는 곳이 아니었다(Hughes 261). 실상 가정이 더 범죄의 현장이 되어가는 경향이 있었다. 선정소설에서 가정은 알 수 없는 비밀과 폭력에 의해 침범당하는 영역으로 제시된다. 따라서 선정소설에서 근대 영국 가정을 배경으로 고딕소설, 범죄소설, 가정소설의 주제와 방식이 혼합됨을 볼 수 있다. 실상 선정소설의 핵을 이루는 범죄와 탐색 과정은 당시 사회가 역동적으로 변화하면서 발생하게 되는 무질서한 힘들을 체계적으로 제어하려는 힘과 그에 저항하는 이데올로기의 역학관계를 보여주고 있다. 따라서 선정소설에서 볼 수 있는 이러한 역학관계는 당시 사회의 혁신적 움직임, 민주적 개혁, 도시 성장, 국가 팽창, 제국주의적 관심과 밀접하게 연관되어 있다.

이러한 관점에서 볼 때 선정소설의 범죄 탐색 과정은 빅토리아인들의 일탈에 대한 욕망을 보여주는 동시에 가정이나 사회 변화에 대한 당시 중산계급의 불안감을 반영하고 있다. 다시 말해 선정소설의 주요 플롯을 이루는 가정 범죄는 여성성, 이상적 가정성, 근대 결혼의 상황 등에 대한 의문이나 저항과 연루되어 있음을 볼 수 있다. 가족의 비밀, 가족 제도에 대한 회의 등은 1860년대 여성 선정소설가들의 작품에 공통으로 발견되는 요소이다. 브래던이나 앨런 우드(Ellen Wood) 같은 작가의 작품은 점잖은 가정의 지붕 아래 세상에 내보이고 싶지 않은 비밀스러운 영역이 있음을 보여준다. 브래던의『오들리 부인의 비밀』에서 이미 이러한 부분에 대한 언급을 볼 수 있다. 브래던은 한가로워 보이는 전원지역에서 매일 은밀히 벌어지는 살인을 유형별로 상세히 소개함으로써 평온을 가장한 가정 영역 이면에 위험이 도사리고 있음을 알린다(*Lady Audley's Secret* 54). 이처럼 가정의 영역에 범법, 폭력 개념이 연관되면서 가정 구성의 기본인 결혼에 대해서도 새로이 인식해볼 필요성이 제기되었다.

중산계급이나 상류계급의 결혼에 대한 문제 제기는 선정소설의 이중혼 플롯에서 잘 드러난다. 린 피켓(Lyn Pykett)에 따르면 선정소설의 이중혼은 우연히 발생했거나 고의성이 없는 것으로 포장되어 제시된다(*The Sensation Novel* 26-27). 즉 이중혼 플롯에서 여주인공은 의도적으로 다시 결혼을 하는 것이 아니라 첫 결혼의 배우자가 죽었다고 생각하는 잘못된 확신이나 모호한 법 기준에 근거하여 자신의 두 번째 결혼이 정당하다고 믿는다. 이러한 종류의 플롯은 강력한 심리적 호소력을 지니게 되었고 중산계급을 대상으로 한 소설에서 유용한 서술 도구가 되었다. 이는 서술의 복합성뿐만 아니라 도덕적 복합성까지 포함하였기에 독자들에게 새로운 판단을 하도록 유도하는 점이 있다. 이중혼 같은 가정 범죄에 연루된 여주인공들은 과거에 죄를 범했으면서도 외양은 순수한 상태로 보이는 이중적 상황을 연출해내며 이러한 장치는 독자들에게 새로운 흥미를 제공하는 동시에 이중적 상황에 대한 탐색의 동기를 부여하게 된다.

이러한 이중혼 플롯은 여성에 대한 도덕 기준에 상충되는 면을 내포하고 있다. 과거의 멜로드라마나 고딕소설 등에서는 선한 여성 주인공이 악한 남성의 공격 대상이 되고 있으며 선과 악의 이분법적 도덕적 잣대가 뚜렷하였다(*The Sensation Novel* 45-46 참조). 악한 남성의 공격과 유혹에 자신을 지키는 것이 선한 여성 인물의 의무였고 이의 보상으로 결혼이 이루어지는 것이 관습적인 패턴이었다. 그러나 브래던의 소설에서 이러한 패턴은 재구성되는 경향이 있으며『오로라 플로이드』에서도 이중혼을 범한 오로라에 대한 선악 판단 기준이 매우 모호하게 제시되고 있다. 실제로 당시 중산계급의 여성성 개념에 비추어볼 때 범죄와 연관된 오로라가 단죄의 과정을 거쳐야 마땅한 것이다. 물론 결말은 오로라가 가정, 모성으로 복귀함으로써 표면상으로는 위험한 여성의 제거로 마무리되는 점이 있다. 그러나 텍스트 전체의 시각은 이분법적 선악 구도와 거리가 있다. 제니 커티스(Jeni Curtis)의 지적대로『오로라 플로이드』의 텍스트는 고정되어 있는 것처럼 간주되는 대립들, 즉 표면과 깊이, 비밀과 사실, 여성에게 자연스러운 것과 부자연스러운 것 사이의 대립을 와해시키고 있다(78). 이를테면 루시 플로이드(Lucy Floyd)와 오로라라는 천사/악마의 두 유형이 텍스트의 표면상 뚜렷한 대립 구도를 이루고 있으나 이러한 대립은 단지 구성일 다름이며 남성들이 구축한 문화적 상투형의 반복임을 보여준다는 것이다(Curtis 82). 텍스트의 여러 관점들을 통해 오로라는 이러한 문화적 상투형으로 재단되지 않은 속성의 소유자라는 사실이 강조되며 따라서 천사/악마적 여성성의 이데올로기는 의문시되고 있다. 이러한 점에서『오로라 플로이드』의 텍스트 이면에는 당시 여성성이나 가정성의 이데올로기가 균열을 이루는 양상과 이에 따른 여러 인물들의 상충되는 욕망들이 잠재해있다고 볼 수 있다.

커티스와 유사한 맥락에서 린 피켓은『오들리 부인의 비밀』과 마찬가지로『오로라 플로이드』에서도 여성성, 이상적인 가정성, 결혼에서 여성의 역할, 근대 결혼의 상황 등에 대한 의문과 긴장들이 초점이 된다고 지적한다(The 'Improper' Feminine 87). 피켓의 말대로 브래던은 오로라가 중심이 된 가정을 질서와 조화가 지배하는 영역이라기보다는 끊임없는 긴장과 갈등이 지배하는 영역으로 제시한다. 결혼이나 가정과 관련된 오로라의 일탈적인 행동은 당시 중산계급의 공포감, 가부장제로 가두지 않으면 여성의 욕망은 위험하다는 공포를 드러내는 계기가 된다. 오로라는 강렬한 매력과 동시에 괴물 여성의 속성을 지닌 존재로 남성에게 위협적이며 가정 범죄와 연루된 인물로 각인된다. 즉 오로라는 남성 인물들에게 죽음과 파멸에 대한 두려움을 불러일으키며 가부장적 질서에 위협을 가하는 힘으로 형상화되고 있다. 오로라는 오들리 부인과 유사하게 남성과의 관계에서 상징적 질서, 남성, 합리성의 영역에 가두어질 수 없는 존재로서 텍스트를 지배하는 힘으로 작용한다.[2)]

오로라의 마술과 같은 힘에 그녀 주변의 남성들은 두려움을 느낀다. 오로라의 아버지 아키발드 마틴 플로이드(Archibald Martin Floyd), 오로라의 연인이자 첫 남편 제임스 코니어즈(James Connyers), 오로라에게 강렬하게 끌렸지만 결국 가정의 천사인 루시를 선택한 탤보트 벌스트로드(Talbot Bulstrode), 두 번째 남편 존 멜리시(John Mellish), 멜리시 장원의 하인 스티브 하그래이브즈 (Steeve Hargraves, 일명 소프티 Softy) 등의 남성들은 그녀를 위험하고도 위협적인 존재로 생각한다. 아버지는 그녀를 이상적인 숙녀로 만들기 위해 파리의 기숙학교로 보내어 길들이려 했지만 오로라는 아버지의 기대를 저버린 채 학교를 벗어난다. 아울러 그녀는 치명적인 비밀을 안고 돌아오는데, 아버지의 시종 제임스 코니어즈의 성적 매력에 이끌려 사랑의 도피를 한 것이

---

2) 오로라는 선정소설의 여성이 지닌 특징을 극대화한 경우라고 볼 수 있다. 이들은 적극적이고 남성들의 허가나 도움을 바라지 않고 자신을 위해 행동한다. 이들의 행위는 사악함이나 광기와 연루된 경우가 많으며 선정소설가들이 이들의 열정을 재현하는 방식에 대해 많은 평자들이 거부감을 표했다. 이러한 여성들의 비밀스러운 행위나 열정들은 중산계급 혹은 상류계급 가정을 황폐화시키는 위협으로 생각되었다. 『오들리 부인의 비밀』에서 로버트 오들리는 오들리 부인의 정체를 드러낼 경우 귀족 가문인 오들리 집안의 기반이 무너질 것이라고 생각한다. 실제로 집이 무너지는 꿈을 꾸기도 한다. 그러므로 오들리 집안을 구하기 위해 그녀의 비밀을 파헤쳐가는 탐정의 역할을 하는 것이다. 『오로라 플로이드』에서도 예전 같으면 도덕적으로 용서받지 못할 여성이 다시 집안의 천사로 마무리된다.

다. 오로라와 제임스의 결혼은 당시 결혼 규범에 중요한 계급 코드를 어긴 것으로 볼 수 있다. 또한 제임스와 결혼을 했음에도 불구하고 오로라가 계속 구혼자들을 상대하는 행위는 더욱 당시 규범에 어긋나는 것이다.

그러나 오로라는 수치와 죄의식을 느끼지 않으며 늘 자신의 판단에 자신감을 가지고 있다. 오로라는 첫 결혼에 대한 아버지의 질문에 남편 제임스가 죽었다고 간략하게 대답한다(25). 즉 첫 남편에 대한 사실들을 무시하거나 고의로 이를 확인하지 않는다. 사고로 죽었다는 간단한 신문의 기록을 그대로 받아들이고 이를 확인하지 않은 채 제임스가 죽었다고 믿는 것이다(37). 멀린 트롬프(Marlene Tromp)는 텍스트 초반부의 이러한 장치는 오로라가 비유적으로 제임스를 죽인 것과 마찬가지임을 보여준다고 지적한다(Tromp 109). 오로라가 다시 아버지가 속한 사회로 들어가기 위해 언어적으로 그를 말살시킨 것과 다름없다는 것이다. 이처럼 아버지의 사회로 다시 편입되고 오로라의 아버지는 오로라가 존과 결혼하게 되었을 때 안정감을 느끼지만 오로라는 지속적으로 열정과 위험, 죽음, 범죄의 영역에 더 근접해있는 것으로 제시된다.

오로라의 경우처럼 여성이 연루된 가정 범죄는 실제 사건이건 허구이건 독자들에게 대리 체험을 제공해주었고 중산계급 독자들도 점차 이러한 대리 체험에 매료되었다고 볼 수 있다. 『오로라 플로이드』의 가정 범죄 플롯도 실제 사건들에 대해 대중들이 느끼는 강렬한 흥미와 같은 효과를 독자들로부터 유도하고 있다. 『오로라 플로이드』의 텍스트는 실제 중혼으로 궁지에 처하거나 가정 범죄를 저지른 여성에 대한 신문기사나 보고서와 상호텍스트성을 지니고 있다. 특히 1858년 1월 시작된 이혼 법정에서 다루어진 가정사가 샅샅이 당시 신문이나 잡지에 보고되었던 사실, 1850년대의 선정적인 살인 재판들 가운데 1856년 스태포드셔의 의사 윌리엄 팔머(William Palmer)에 대한 재판

등이 텍스트에 반영되어 있다(Edwards viii). 아울러 1860년대 초반의 유명한 가정 범죄사건, 즉 네살배기 동생을 살해한 혐의로 기소된 콘스탄스 켄트(Constance Kent) 사건, 중혼뿐만 아니라 살인이 연루된 옐버튼 사건(Yelverton Case)이 브래던의 작품 구성에 영향을 주었던 것이다. 아마도 『오로라 플로이드』의 구성에 가장 큰 영향을 주었던 것은 1857년 마덜린 스미스(Madeleine Smith)에 대한 재판을 둘러싼 담론이었다고 볼 수 있다(Edwards xv). 마덜린 스미스 사건은 중혼이 아니라 살인이 중심인 사건이었다. 하지만 이 사건은 살인의 동기가 결혼과 가정에 연관된 것으로서 계급과 재산의 면에서 더 나은 구혼자의 청혼을 받아들이기 위해 자신을 위협하던 하층 계급 연인을 제거하려는 모티브를 담고 있다. 오로라도 이와 유사하게 하층계급에 속했던 첫 남편의 살해에 연루되어 있지만 브래던은 다양한 수사 장치들을 통해 당시 신문이나 실제 범죄 보고서의 여성 범죄자에 대한 묘사와는 차별성을 두어 오로라를 묘사하고 있다(Edwards xi). 실제 재판 기록에서 볼 수 있는 여성들과 달리 오로라는 수치심을 느끼지 않고 중혼 상태를 유지한다고 볼 수 있다.[3]

텍스트 전체를 통하여 오로라는 독자와 화자, 남성 인물들에게 강렬한 마력을 지닌 존재로 형상화되어 있다. 가정소설에서는 가정성을 보장하는 정신적 과정에 육체를 종속하는 것이 일반적인 패턴이었는데(Armstrong 3-58 참조), 브래던은 이러한 패턴과는 달리 오로라의 육체에 주목하게 만든다. 범죄와 연루된 오로라의 육체는 주변 인물들의 응시와 탐색의 대상으로 강렬한 선정적 정서를 불러일으킨다. 브래던은 당시 시각 예술의 장치를 차용한 기법이나 과장된 멜로드라마

---

3) 오로라의 경우 중혼 상태를 유지하는 동기가 성적인 것이며, 첫 결혼도 선정적 열정으로 이루어진 것으로 볼 수도 있다. 그러나 일레인 쇼왈터(Elaine Showlater)의 지적대로 선정소설가들과 여성 독자들은 여성 인물의 자기주장이나 당시 결혼과 가족 제도안에서 여성 역할의 지루함과 부당함으로부터 독립하려는 자질에 더 중점을 두었다고 볼 수 있다(161).

적 수사법 등을 통해 오로라를 다양한 관점에서 제시한다. 예를 들면 존과 결혼하여 멜리시 장원에 정착하게 될 때 하인들의 시각을 통해 오로라는 강렬한 응시의 대상이자 멜리시 장원 전체를 매료시킬만한 존재로 형상화되고 있다.

> 그녀는 너무도 훤하게 잘 생겨서 소박한 마음을 지닌 사람들은 태양빛을 당연히 받아들이듯이 그녀의 아름다움을 받아들였고 빛나는 사랑스러움에서 온화한 따뜻함을 느꼈다. 가장 고전적인 완벽미도 결코 이런 따뜻함은 자아낼 수 없었을 것이었다. 정말로 요크셔 하인들에게 그리스형의 윤곽은 허사로 비칠 수도 있었다. 그들의 세련되지 못한 취향 때문에 순수한 자태보다는 눈부신 색채를 더 인식하려했기 때문이었다. 그들은 오로라의 눈을 찬탄해마지 않았다. 그들은 그 눈에 대해 이구동성으로 '늘 빛나는 별들'이 될 것임을 단언했다. 그녀의 풍요한 붉은 입술 사이에서 보이는 빛나는 흰 치아, 창백한 올리브빛 피부를 빛나게 하는 환한 홍조, 왕관처럼 땋아 올린 숱많은 머리의 자줏빛 광채에도 찬탄해마지 않을 수 없었다. 그녀의 아름다움은 늘 대중들에게 큰 영향을 미치는 풍요하고도 화려한 질서의 아름다움이었으며 그녀의 자태가 자아내는 매혹은 소박한 사람들에게 거의 마술과 같은 힘을 발휘했다. (132)

오로라의 눈동자, 붉은 입술 사이로 빛나는 흰 치아, 흰 피부, 풍요한 머리타래의 광채 등이 강조되면서 오로라의 육체는 관찰자에게 거의 마술과 유사한 효과가 있는 것으로 보인다. 이러한 마력이 오로라 주변 사람들에게 지배적인 영향력을 끼친다는 사실은 거의 과장법에 가까운 멜로드라마적 문체를 통해 강조된다. 화자도 오로라를 검은 눈을 지닌 사이런(Siren)(132)이나 헤카테(Hecate)에 빗대면서(277) 텍스트 전체를 매혹시키는 강렬한 존재라는 사실을 독자에게 인식시키는 데 주력한다.

이러한 비유 외에도 역사상 관습적 여성성의 범주를 벗어난 열정적인 여성들에게 오로라를 비유하는 장황한 열거법이 동원됨을 볼 수 있다. 탤보트는 고양된 심리 상태에서 "명성과 아름다움의 극치에 있던 시절의 니스벳 부인(Mrs. NIsbett), 시드누스(Cydnus)강을 항해해 내려가는 클레오파트라, 오렌지를 파는 넬 그윈(Nell Gwynne), 바바리아의 학생들에게 싸움을 거는 롤라 몬테스(Lola Montes), 국민들의 벗이 목욕을 하는 중 뒤에 서서 칼을 쥐고 있는 샬롯 코데이(Charlotte Corday)"(47) 같은 여성들에 오로라를 비교하고 있다. 그는 오로라를 한 마디로 "아름답고도 기이한 존재, 사악하고 여성답지 않은 실체, 매혹시키는 존재, 많은 바보들이 사랑에 빠질 그런 유형"(47)이라고 단언한다.

브래던은 이러한 과장된 수사 장치와 더불어 당시 유행하던 라파엘 전파의 화풍에서도 기법을 차용한다. 오들리 부인의 초상화 장면과 유사하게 라파엘 전파의 그림 방식을 차용하여 오로라의 속성을 시각적 기호로 제시한다. 브래던은 오로라가 내실에서 잠든 모습을 극적으로 제시함으로써 남편 존이나 독자들의 강렬한 응시의 대상으로 만들고 있다. 특히 이 과정에서 존은 오로라의 머리 타래에서 메두사(Medusa)와 뱀의 이미지를 보게 된다(271). 이는 자신이 아내에게 바라던 여성성과 대치되는 이미지로서 존에게 묘하게 악마적 여성성을 느끼게 한다. 이러한 이미지는 가정이나 가정의 통치자인 남성에게 위협감을 불러일으킨다. 오로라의 육체는 가정적 이상보다는 죽음, 폭력, 성애 등의 범죄와 연루되면서 더욱 주목의 대상이 되는데 브래던은 이러한 범죄적 육체를 은폐시키지 않는다.

오로라는 오들리 부인처럼 항상 친구나 적들의 강렬한 관찰 대상이 되지만 결코 자신을 명백히 드러내지 않는다. 독자들이나 주변의 인물들은 오로라의 정체를 탐색하는 탐색가의 정보없이는 비밀을 알 수 없다. 탤보트 같은 구혼자는 지속적으로 오로라의 비밀을 캐내려하지만 비밀의 구체적인 내용까지 알아내지 못한다. 탤보트가 오로라의 비밀을 캐고 싶은 심리 근저에는 안정적 공간이라고 여겼던 가정에까지 어두운 그림자가 침범하는 데 대한 탤보트의 두려움이 도사리고 있다. 탤보트는 "부드럽고 여성다우며－자신의 순백색 옷만큼이나 순결할 뿐만 아니라 여성적인 우아함과 소양을 지니고 있으며 이를 오로지 가정이라는 좁은 영역에서만 발휘하는 여성"(40)을 이상적인 여성으로 여긴다. 이러한 맥락에서 결국 오로라와의 결혼을 포기하는 탤보트는 가부장적 시각과 제국주의적 시각이 결합된 관점에서 오로라를 관찰한다. 그는 오로라의 눈과 머리에 주목하며, 특히 검은 눈으로 인해 통치권을 충분히 가질만한 "동양의 여황제"(41)로 본다. 그는 오로라를 격상시키는 동시에 오로라를 정복해야할 대상, 식민화의 대상으로 여긴다. 오로라를 정복의 대상으로 보는 탤보트의 심리 이면에는 오로라가 범죄나 죽음과 연관된 존재일지도 모른다는 두려움이 자리잡고 있다. 따라서 그는 오로라와 결혼할 경우 자신의 가정사도 샅샅이 법정에서 보고 될 위험이 도사리고 있다고 판단한다. 탤보트의 이러한 판단은 가정의 지배자로서 자신의 위치를 정립하기 어렵다는 생각으로 이어지며 탤보트가 오로라에게서 느끼는 두려움은 그의 악몽 속에 강렬하게 제시된다.

> 무명사라사천으로 장식한 방의 솜털 베개는 그날 밤 그의 지친 머리에 전혀 휴식을 제공하지 못했다. 늦은 새벽에 잠이 들었을 때 끔찍한 꿈을 꾸게 되었고 환영 속에서 오로라 플로이드가 펠든의 우거진 숲 후미진 곳에 있는 맑은 웅덩이 가장자리에 서서 수정같은 물표면 아래 루시의 시신을 가리키고 있는 것을 보게 되었다. 루시는 창백하게 꼼짝않은 채 백합과 달라붙은 수초들 사이에 고요히 누워있었으며 수초들의 긴 덩굴손은 밝은 금발머리와 뒤얽혀있었다. (96)

탤보트의 악몽은 오로라가 루시를 살해하고 당당히 서있는 장면으로 극화되어 있으며 탤보트에게 이 장면의 의미는 상징적이다. 꿈에서 가정의 천사이자 자신의 이상형인 루시를 살해한 오로라에게서 탤보트는 극도의 공포감을 느낀다. 더구나 루시의 시신에 대한 묘사는 탤보트에게 펠든과 같은 영역이 죽음과 범죄로 얼룩질 수도 있다는 우려를 극대화해서 보여주는 효과가 있다. 탤보트가 오로라와 관련하여 꾸는 꿈이나 생각들은 이러한 우려들과 동일한 맥락을 취하고 있다.

> 그는 자신이 너무 행복하다는 막연한 두려움이 있었다. 그의 곁에 있는 검은 눈동자의 여인에게 온 마음과 영혼이 묶여있었기에. 그녀가 죽기라도 한다면! 그녀가 그에게 거짓되이 굴기라도 한다면! 그런 생각을 하니 역겹고 어지러워졌다. 성스러운 신전에서 조차도 악마는 그러한 재앙에 대비해서 고여 있는 웅덩이, 장전된 피스톨, 그 외 또 다른 어떤 방책이 있다고 속삭였다. 이 끔찍한 열병인 사랑은 비겁할 뿐만 아니라 너무도 사악한 열정이었다! (96-97)

이처럼 오로라에게 강렬하게 끌리면서도 오로라의 배신에 대한 우려는 고여 있는 웅덩이, 장전된 피스톨 등의 범죄나 죽음과 관련된 이미지로 이어진다. 이러한 이미지들은 지속적으로 오로라를 중심으로 반복되며 탤보트는 이러한 두려움 때문에 오로라와 대극에 있는 이상적 여성인 루시를 결혼상대로 선택한다. 그러나 텍스트의 마지막까지 오로라의 마력에서 벗어나지 못하는 자신을 발견한다.

탤보트는 오로라와 가정을 이루지 못했지만 탤보트가 오로라를 동양의 정복해야할 대상으로 보는 패턴은 오로라와 존과의 관계에서도 지속되는 모티브이다. 존도 약혼 시절 막연하게 오로라에게서 죽음과 연관된 상상을 하게 된다. 폭력이나 죽음과 연관된 이미지는 오로라가 멜리시 장원에 정착했을 때도 표면적으로 평안해 보이는 가정 아래 잠재해있다. 멜리시 장원 사람들의 지배적 관점은 탤보트의 관점과 유사함을 볼 수 있다. 존은 오로라를 통제하고 정복의 대상으로 볼 뿐만 아니라 하인인 스티브(이하 소프티로 칭함)도 이러한 관점을 공유하여 오로라에게 대응한다. 존과 소프티의 공모 관계는 오로라를 길들이고 체벌하는 데 주안점이 두어진다. 존이 오로라를 다루는 방식은 길들이기, 순화시키기의 방식이다. 존의 방은 권총, 채찍, 지팡이 등 각종 체벌 도구들로 채워져 있으며 이러한 체벌 도구들은 그가 오로라를 어떻게 다룰 것인지를 상징적으로 보여주는 것이다. 그는 오로라를 구속하고 관에 눕혀놓는 상상, 오로라의 심장에 총알을 박는 상상을 한다. 이러한 존의 대처는 위험한 여성성, 범죄와 질병의 육체를 감금과 통제의 기제로 해결한 『오들리 부인의 비밀』과 유사한 구도라고 볼 수 있다. 가정의 지배자로서 존의 의지와 오로라의 특성이 복합적으로 연관되면서 멜리시 장원은 안정적 공간의 성격을 잃는다. 죽음, 폭력, 성애 등이 관련된 가정 범죄와 이의 해결을 위한 기제들이 서로 상충되며 부딪치는 영역이 되는 것이다.

Ⅲ

오로라가 존의 청혼을 받아들여 멜리시 장원에 정착한 모습은 그들의 가정이 일견 질서와 조화가 깃들인 안정적 공간임을 보여준다. 오로라의 아버지도 이러한 정착에 만족하며 존도 오로라를 구속하려는 욕망이 있지만 외견상은 오로라에게 숭배에 가까운 태도를 보인다. 멜리시 장원에서 오로라의 존재는 화려한 안주인으로서 손색이 없지만 오로라의 애견을 둘러싼 일화는 존과 오로라가 이룬 가정의 권력

구도가 어떠한 것인지를 엿보게 해준다. 존과 존의 하인인 소프티는 오로라를 폭력으로 정복하려는 의지를 지니고 있다. 소프티도 존과 마찬가지로 오로라에게 위협감을 느끼며 그녀의 권위를 인정하지 않으려한다.

텍스트에서 오로라의 애견 바우 와우(Bow Wow)는 오로라와 동일시되는 존재로 볼 수 있고 소프티는 바우 와우를 잔인하게 다룬다. 이러한 소프티의 행위는 오로라에게 폭력을 가한 것과 마찬가지 행위로 볼 수 있다. 즉 이미 상처를 입고 있는 개 바우 와우를 학대한 소프티의 행위는 가정 공간의 폭력을 상징적으로 보여준다. 소프티의 행위에 오로라는 강렬한 분노로 대응하며 동일한 폭력을 행사한다. 오로라는 소프티를 거의 광적인 상태로 채찍질하게 되는데, 이러한 오로라의 모습은 남성을 체벌하는 지배자의 이미지로 제시된다.

> 오로라는 아름다운 암호랑이처럼 그에게 덤벼들었고 가느다란 손으로 그의 능직 무명윗도리 깃을 잡고는 그를 꼼짝 못하게 붙잡았다. 가녀린 손아귀로 잡았으나 열정으로 격동한 상태라 쉽게 뿌리칠 수 없었다. 그녀는 그 마부보다 한 피트 반이나 더 컸으므로 그를 굽어보고 있었다. 뺨은 분노로 창백하게 되었고 눈은 번뜩이는 분노로 가득했고 모자는 땅에 떨어졌으며 검은 머리는 어깨 근방까지 풀어졌다. 그녀의 열정은 숭고한 지경에 이르렀다. 그녀는 오른 손을 그의 깃에서 들어올려 그녀의 가는 채찍을 꼴사나운 그의 어깨에 빗발처럼 마구 내리쳤다. 그 채찍은 금색 머리 부분에 에메랄드가 박힌 장난감일 따름이었지만 그 작은 손에서는 휘어지는 쇠막대처럼 따끔하게 아픈 것이었다. "감히 네가 어떻게 그런 짓을 저지를 수 있어!" 그녀는 계속 채찍질을 해댔고 한 손으로 그를 붙잡고 있으려 애쓰는 바람에 그녀의 뺨은 창백한 빛에서 주홍빛으로 바뀌었다. 이때 그녀의 엉클어진 머리 타래가 허리까지 흘러내렸고 채찍은 여섯 군데

쯤 부러져버렸다.(138)

이처럼 극적으로 제시된 오로라의 강렬한 이미지를 통해 브래던은 가정에서 남성과 여성의 역할이 전도된 양상을 보여준다. 여성이 남성의 폭력에 폭력으로 대응하는 행위는 젠더 경계를 흐리게 하고 가정적 공간, 존의 남성, 남편, 통치자로서의 정체성을 불안정하게 한다(Tromp 114). 이러한 오로라에게서 존은 두려움을 느끼며 정숙해야할 오로라가 마치 자신에게 폭력을 가하는 것처럼 느낀다. 그는 이를 여성의 행동규범에 어긋난 행위라고 생각하고 오로라를 체벌하는 관점에서 이 일을 처리한다. 즉 영국의 진실한 아내의 의무나 고상한 숙녀의 태도와 맞지 않다는 평을 하며 소프티의 잘못된 행동보다는 여성의 역할을 넘어선 오로라의 지나친 행동에 대해 불만을 표시한다. 존은 남성인 소프티의 잔학함을 체벌하기 보다는 오로라의 육체적 질병에 원인을 돌림으로써 이 사건을 처리한다(139). 결국 존은 이 사건을 회고할 때 오로라의 행위를 여성의 정신적 질병, 즉 히스테리의 일종이라는 관점에서 해석한다.4) 존은 이러한 정신적 일탈 행위를 통제해야 한다고 판단한다. 따라서 소프티를 체벌하기보다는 그에게 돈을 주고 멜리시 장원에서 추방한다. 소프티가 오로라의 애완견을 가혹하게 다룬 행동은 묵인됨으로써 두 사람은 오로라에 대해 동일한 맥락의 대응을 하고 있다.

소프티는 오로라가 가한 체벌을 용납하지 못하며 돌아온 제임즈가 오로라에게 편지를 전해주도록 부탁하자 오로라에 대한 분노와 두려움을 표현한다. 소프티는 오로라가 자신을 체벌했던 사실에 대응하여 자신이 더 강한 폭력으로 오로라를 제압하고 싶은 욕망을 드러낸다.

---

4) 이처럼 당시 여성성의 기준에 비추어볼 때 일탈적인 행위는 여성의 질병이라는 관점에서 해석되는 경우가 많았다. 질 매터스(Jill Matus)나 패밀러 길버트(Pamela Gilbert)같은 평자는 이러한 해석에 문제가 있음을 지적하면서 여성 육체와 질병, 모성, 성의 문제를 다시 점검하고 있다(Matus 186-212, Gilbert 92-112).

제가 두려워하는 것이 뭔지 말씀드릴까요? 스티브 하그레이브즈 (소프티)는 특유의 불쾌한 속삭임으로 다문 이빨 사이에서 쉿쉿 말을 뱉어냈다. "그건 멜리시 부인이 아니라 저 자신이예요. 바로 **이겁니다.**" 그는 이 말을 하면서 바지의 느슨한 호주머니에 들어있는 무엇인가를 거머쥐었다. "바로 **이겁니다.** 전 부인 근처에 가면 자신을 믿지 못할까봐 두려워요. 부인에게 달려들어 두 귀를 가로질러 목을 벨 것만 같아서요. 저는 부인을 때때로 꿈 속에서 보았습니다. 아름다운 흰목이 드러나 흘러내리는 피 바다가 된 상태였지요. 그런 상황에도 불구하고 부인은 언제나 손에 부러진 채찍을 쥐고 있었고 언제나 날 비웃고 있었지요. 난 부인에 대한 꿈을 많이 꾸었지만 죽었거나 고요히 있는 걸 보지 못했습니다. 손엔 언제나 채찍을 들고 있었습니다. (191)

이처럼 오로라를 살해하고 싶은 욕망을 조절하기 힘들다는 소프티의 말은 오로라를 장악하고 싶은 극단적인 욕망을 보여준다. 오로라와 관련하여 사용된 피바다, 잔혹한 죽음, 채찍의 이미지는 남성 인물들이 오로라를 제압하려는 극단적인 의지와 연관되어 있다고 볼 수 있다. 아울러 가정의 통제 기제가 폭력성과 근접해 있음을 보여주는 이미지라고 볼 수 있다.

존과 소프티의 욕망에도 불구하고 오로라가 가정, 젠더의 경계를 넘어서려는 욕망은 존에게 위협이 되고, 약혼시절 그가 느꼈던 죽음의 공포는 지속적으로 재생산되고 있다. 존의 공포는 오로라가 연루된 살인이라는 가정 범죄로 구체화된다. 다시 말해 상류계급이나 중산계급 가정이 범죄와 폭력으로 오염되어있는 상황은 제임스가 멜리시 장원에서 살해됨으로써 극대화되는 국면으로 접어든다. 오로라는 돌아온 제임스를 돈으로 무마하여 돌려보내려하지만 결국 제임스는 소프티에게 살해되는 것이다. 제임스의 귀환과 살인, 범인 탐색 과정을 통해 여성성과 가정 범죄, 폭력의 관계가 텍스트의 지배적인 구성을 이루게 된다.

오로라 주변의 인물들이 공모하여 가정 범죄를 탐색해가는 과정은 여성성과 계급의 문제까지 포괄하고 있다. 제임스의 살해범으로 오인받는 오로라의 상황은 남성들이 그녀에게서 느끼던 위협, 폭력성이 현실로 기호화된 것과도 같다. 오로라와 제임스의 대화를 엿듣고 오로라가 살인범일지도 모른다는 사실을 멜리시 장원에 유포시킨 오로라의 외삼촌 사무엘(Samuel)은 오로라가 죄의식을 가져야하고 비난받아 마땅함을 강조한다. 소프티까지 가담하여 오로라가 아버지를 거역하고 런던으로 도피했던 사실을 이야기한다. 사무엘은 소프티와의 대화를 통해 오로라가 살인범이라고 추정한다. 또한 사무엘은 배우였던 오로라의 어머니를 회상하면서 오로라가 어머니의 피를 이어받아 살인을 범한 것으로 추정한다. 사무엘은 오로라의 어머니 엘리자(Eliza)가 아주 싸구려 배우였음을 회상하면서 은행가인 오로라의 아버지와는 걸맞지 않는 결혼 상대였음을 강조한다.[5] 그리고 오로라의 어머니 엘리자를 폭력과 연관된 여성으로 기억하면서 오로라에게 노동계급의 피가 전수된 것으로 단정짓는다.

조셉 그림스톤(Joseph Grimstone) 탐정과 그의 조수 탐 치버스(Tom Chivers)는 이 사건을 조사하게 되는데 수사 과정에서 역시 배우였던 오로라의 어머니를 범죄와 관련된 주요한 요인으로 간주한다. 오로라의 어머니가 싸구려 배우였다는 점, 어머니의 과거나 혈통이 그대로 오로라에게 전수되었다고 믿는 이들 남성 집단은 오로라의 속성을 가정 공간의 폭력성이나 범죄와 연루된 것으로 파악하고 이를 그녀의

---

5) 오로라의 어머니와 아버지가 만나게 되어 결혼에 이르는 과정은 첫 장 「어떻게 부유한 은행가가 여배우와 결혼하게 되었나」("How a rich banker married an actress")에 아주 구체적으로 묘사되어 있는데 오로라의 어머니가 거의 바닥에 가까운 생활을 하며 싸구려 배우를 했던 사실이 강조되어 있다(5 - 17). 이러한 첫 장의 상세한 묘사는 오로라의 일탈적 행위나 성격을 계급과 연관시켜보는 주변 인물들의 관점에 보충적 설명이 되기도 하지만 브래던 자신이 배우였던 점을 감안해볼 때 이러한 중산계급 가정의 구성도 정당한 것이라는 항변을 엿볼 수 있다.

출생에 얽힌 계급의 문제로 보는 것이다. 이들은 노동계급과 폭력을 관련시키는 관점으로 오로라의 범죄성을 규명하며 은행가와 싸구려 배우의 결합은 정상적 가정 구성으로 이어지기 어렵다고 단정짓는다. 따라서 이러한 가정상의 문제로 인해 오로라가 일탈의 심리를 지니게 되었다고 판단한다. 늘 오로라를 위협적인 존재로 파악했던 탤보트도 오로라의 노동계급 혈통을 폭력성이나 범죄와 연관시킨다. 이처럼 오로라 주변 인물들이 여성성과 범죄, 여성 질병, 노동계급 속성을 연관시켜 탐색해가는 과정은 당시 여성 담론의 실체를 다시 짚어보도록 하고 있다. 즉 브래던은 젠더와 계급의 상관관계, 가정 구성과 여성성의 문제, 모계로 이어지는 일탈적 여성성의 문제 등을 재점검하도록 유도하고 있다.

비록 결말에서 오로라가 누명을 벗고 가정에 정착하지만 이는 중산계급을 의식한 결말로 볼 수 있다. 텍스트의 말미에 영국이 싫어서 어디로던 떠나고 싶었던 여성, 아프리카로 독립과 자유를 찾아 떠나고 싶었던 여성의 삶은 모성으로 순화된 모습으로 종결된다. 즉 오로라의 이중혼, 이로 인한 파생적 범죄의 흔적은 지워지며 오로라의 정체성은 공백 상태로 된다. 소설의 말미에 그녀의 미래는 남편에게 속해 있음이 강조되듯 오로라는 멜리시 부인으로 언급되며 마지막 삼장에서 독자는 오로라의 목소리를 더 이상 들을 수 없다. 이처럼 오로라가 가정 범죄와 연루된 혐의를 벗고 모성이라는 전통적 역할에 충실함으로써 오로라 주변 남성들, 탤보트나 존의 공포는 일단락된 것으로 볼 수 있다. 그러나 이들의 공포가 표면적으로 거두어진 것으로 볼 수 있음에도 불구하고 완전히 소멸되었다고 보기 어렵다. 오로라의 침묵과 순화 자체가 바로 빅토리아 시대 가정과 결혼의 영역이 안정된 영역이라는 확신으로 연결된다고 단정지을 수 없다. 그러한 확신보다는 텍스트 전체를 통해 가정 범죄를 중심으로 가정성, 결혼, 여성성에 대한 의문으로 가득 찬 긴장감이 더욱 지배적으로 작용하고 있기 때문이다. 오로라는 다양한 관점들을 통해 압도적으로 텍스트를 지배하고 있으며 오로라가 자신의 힘을 주변 남성에게 행사하는 과정은 텍스트의 화자나 작가인 브래던의 은밀한 지지를 받고 있다. 이러한 관점에서 볼 때 여전히 오로라의 욕망과 이를 가두려는 기제들이 서로 갈등하고 상충하는 구도가 모성이나 순화의 기제로 이루어지는 결말보다 훨씬 더 강력한 것이라 할 수 있다.

여성성 문제와 이중혼, 가정 범죄의 관계는 텍스트의 결말에서 보이는 것처럼 단순히 중산계급 가정으로의 복귀나 위험한 여성성의 제거에 그치지 않는다. 가부장적 질서에 순응하는 구성에도 불구하고 브래던은 여성성과 당시 가정성의 관계, 여성에 대한 담론의 문제점들을 텍스트의 이면에 배치하고 있는 것이다. 브래던은 이러한 전략을 통해 당시 여성 담론을 둘러싼 문화적 갈등의 실체를 독자에게 제시하고 있으며 중산계급 여성성의 의미를 새로이 읽어내도록 유도한다. 피켓은 얼핏 보아 지배계급의 질서를 공고하게 다지는 것처럼 보이는 대중 텍스트도 당시 여성성에 대한 지배담론의 모순들을 폭로하고 있다고 주장한다(The 'Improper' Feminine 5). 피켓의 말대로 브래던의 텍스트도 지배 질서의 공고함보다는 모순을 폭로하는 데 주안점이 두어져있다고 볼 수 있다.

브래던은 『오로라 플로이드』에서 가정의 영역이 폭력과 범죄와 연루되어 있으며 이러한 가정 범죄의 모티브는 가정의 중심인 여성의 역할과 연관됨을 밝히고 있다. 브래던은 가정 범죄 영역과 여성성의 문제를 다룸으로써 빅토리아 사회의 가정과 여성 이데올로기의 균열을 폭로하는 데 중점을 둔다. 이러한 균열을 보여주는 과정에서 빅토리아 시대 중반의 여성성 구성의 허구를 폭로하여 당시 여성 담론에 내재한 문제점을 제시해주고 있다. 즉 브래던은 여성성과 폭력, 범죄의 역학 관계를 보여주면서 젠더 규범이나 이상적 가정성, 근대 결혼의 상황에 대해 독자들이 다시 판단하도록 유도하고 있다. 이러한 브래턴의 작업을 통해 범죄와 관련된 선정성, 범죄 담론에 관련된 용어나 정서가 점진적으로 중산계급의 읽을거리에도 통합되었음을 볼 수 있으며 이러한 과정은 당시 문화 기준의 재구성에 하나의 역할을 담당했다고 볼 수 있다. (『19세기영어권문학』 11권 2호)

< 인용 문헌 >

장정희. 『선정소설과 여성』. 서울: L.I.E, 2007.

Armstrong, Nancy. *Desire and Domestic Fiction*. Oxford: Oxford UP, 1987.

Braddon, Mary Elizabeth. *Lady Audley's Secret*. New York: Oxford UP, 1987.

_____. *Aurora Floyd*. New York: Oxford UP, 1999.

Curtis, Jeni. "The Esparliered Girl: Pruning the Docile Body in *Aurora Floyd*." *Beyond Sensation: Mary Elizabeth Braddon in Context*. Eds. Marlene Tromp, Pamela Gilbert and Aeron Haynie. State U of New York P, 1999. 77−92.

Edwards, P. D. "Introduction." *Aurora Floyd*. New York: Oxford UP, 1996.

Flint, Kate. *The Woman Reader, 1837−1914*. Oxford: Clarendon Press, 1993.

Gilbert, Pamela. K. *Disease, Desire and the Body in Victorian Women's Popular Novels*. Cambridge: Cambridge UP, 1997.

Hughes, Winifred. "The Sensation Novel." *A Companion to the Victorian Novel*. Eds. Patrick Brantlinger and William B. Thesing. Oxford: Blackwell, 2002.

Liggins Emma, Daniel Duffy. Eds. *Feminist Readings of Victorian Popular Texts*. Aldershot: Ashgate, 2001.

Maunder, Andrew, Grace Moore. *Victorian Crime, Madness, and Sensation*. Burlington: Ashgate, 2004.

Matus, Jill. *Unstable Bodies: Victorian Representation of Sexuality and Maternity*. Manchester and New York: Manchester UP, 1995.

Pykett, Lyn. *The "Improper" Feminine: The Women's Sensation Novel and the New Woman Writing*. London: Routledge, 1992.

_____. "Sensation and the Fantastic in the Victorian Novel." *The Cambridge*

Companion to The Victorian Novel. Ed. Deirdre David. Cambridge: Cambridge UP, 2001. 192—211.

_____. *The Sensation Novel from The Woman in White to The Moonstone.* Exter: BPC Wheatons Ltd. 1994.

Showalter, Elaine. *A Literature of Their Own: British Women Novelists from Brontë to Lessing.* Princeton, N.J: Princeton UP, 1977.

Tromp, Marlene. *The Private Rod: Marital Violence, Sensation, and the Law in Victorian Britain.* Charlottesville: UP of Virginia, 2000.

신여성 소설과 여성의 질병
- 새러 그랜드의 『천상의 쌍둥이』

장 정 희

I

신여성은 빅토리아 시대 말기의 문화와 정치의 복합적인 산물로서
당시의 문학이나 대중매체에서 다양하게 형상화된 주요한 문화 아이콘
이다. 신여성을 둘러싼 논의를 통해 당시의 문화나 의학, 법학 담론에
서 발견되는 여성성 논의의 특질과 문제점들을 짚어볼 수 있을 뿐 아
니라 세기말의 젠더와 계급, 인종과 제국주의 문제까지 짚어볼 수 있
다. 이러한 신여성을 다루고 있는 신여성 소설은 1890년대에 대중의
인기를 누렸지만 당시의 비평가들에게 인정받지 못했을 뿐 아니라 지
금까지 제대로 연구가 이루어지지 않았던 하위 장르에 속한다. 근자에
대중문화에 대한 새로운 관심이나 페미니즘에 대한 활발한 연구와 더
불어 신여성이 세기말의 문화나 정치와 관련되는 주요한 존재로 부상
함에 따라 신여성 소설은 문화 연구의 차원에서 주요한 논의의 대상이
되고 있다. 예를 들자면 쉘리 레저(Salley Ledger), 린 피켓(Lyn Pykett), 안젤
리크 리차드슨(Angelique Richardson) 크리스 윌리스(Chris Willis) 등을 중심

으로 신여성을 세기말 영국의 사회주의, 제국주의, 데카당스, 동성애, 대중문화 등의 다양한 맥락과 연관시키는 연구가 활성화되고 있다. 이 들의 연구에서는 신여성을 중심으로 세기말의 문화·과학·정치의 복합 적인 관계에 대해 다양한 논의가 이루어지고 있음을 볼 수 있다.

이처럼 활발히 이루어지고 있는 신여성 연구의 일환으로서 본 논문 은 빅토리아 말기 여성 작가의 신여성 소설에 나타난 여성 질병의 의 미를 페미니즘의 관점에서 밝혀보려 한다. 즉 신여성을 생리학적으로 과도한 감정이나 신경증을 지닌 여성으로 규정하던 당시 의학담론과 신여성의 관계를 중점적으로 고찰하여 여성의 몸과 질병/신여성 담론 의 관계를 고찰해보고자 한다. 이를 위해 신여성 소설 작가 새러 그랜 드(Sarah Grand)의 『천상의 쌍둥이』(*The Heavenly Twins*)에 신여성과 연관 된 히스테리/광기가 어떻게 형상화되고 있는지, 이러한 여성 질병이 당대 여성 문제와 어떻게 연관되는지 검토해보고자 한다. 우선 여성의 몸과 질병을 진단하던 당대 의학 담론이 어떻게 텍스트에 구체적으로 재현되고 있는지, 이것이 당시 지배 문화와 어떤 관련이 있는지를 살 펴보기로 한다. 이어서 그랜드가 이중의 서술 구조, 즉 1인칭 서술과 3 인칭 서술의 혼재라는 실험을 통해 어떻게 여성의 질병을 악으로 진단 하고 도덕적 치료의 필요성을 주장하던 당대의 의학 담론과 신여성의 충돌 관계를 형상화하고 있는지, 즉 어떻게 여성의 질병에 대한 여성 론적 읽기와 의학적 읽기의 간극을 드러내는지 검토해보기로 한다. 마 지막으로 그랜드가 여성의 광기/백일몽/환상의 장치를 통해 어떻게 지 배 문화에 대한 저항과 역전을 시도하는지 평가하기로 한다. 이 작업 을 위해 텍스트의 방대한 인물들과 플롯 가운데 이디스(Edith)와 이바 드네(Evadne)의 플롯에 초점을 두어 빅토리아 말기의 여성 질병의 의미 를 논하기로 한다. 특히 두 여성 중 텍스트에서 더 큰 비중을 차지하 고 있는 이바드네의 경우를 본격적인 논의의 대상으로 삼기로 한다.

II

신여성 소설 작가들이 비난의 대상이 된 것은 선정소설보다 더 과 감하게 여성들이 접하기에 부적절한 내용들을 형상화한 것, 특히 성 과 성병을 다룬 것 때문이었다(Pykett 154). 하지만 이러한 비난을 뒤 집어 생각하면 이들이 이중 기준에 대해 강하게 반발하고 성병을 직 접적으로 다룸으로써 매춘과 여성의 성에 대한 담론을 새로이 구축하 는 데 일조하였다고 볼 수도 있다. 또한 이들 신여성 소설 작가들은 가족을 육체적으로나 도덕적으로 타락시키는 현상의 책임이 남성에게 있음에 주목하였으며, 1890년이 되면 남성 성병환자는 여성론적 항의 를 담은 소설 속에서 악한으로, 즉 질병과 광기를 가족에게 옮기고 인류의 정신적 진보에 위협이 되는 인물로 형상화된다 (Showalter 1986,88). 그랜드의 소설도 희생자인 여성의 질병을 섬세하게 다룸으 로써 이러한 남성이 여성에게 어떻게 해악을 미치는지를 밝히고 있다. 그러한 과정을 통해 그랜드는 독자들에게 당시의 성적 이중 기준이나 여성 질병에 대한 의학 담론의 정당성을 다시 생각하도록 유도한다.

신여성 문제를 다룬 소설이 성행하던 1890년대에 소설 읽기 행위는 대중들에게 여성의 성을 다룬 문화에 접하는 계기를 제공한 것으로 보이는데, 1860년대의 선정소설과 마찬가지로 신여성 소설은 인기못지 않게 대중에게 미칠 위험성에 대해 많은 논란을 불러일으켰다(Mangum 90). 그랜드의 신여성 소설 삼부작 『아이딜라』(Ideala), 『천상의 쌍둥이』, 『베스의 이야기』(The Beth Book)도 당시의 결혼과 성의 이중 기준 문제, 여성 몸의 질병 문제를 다룸으로써 위험한 요소를 내포한 것으로 주 목받았다. 이 삼부작은 신여성이 복합적으로 발전해가는 지형도를 형 성하고 있는데, 특히 『천상의 쌍둥이』는 이디스, 이바드네, 안젤리카 (Angelica)라는 세 여성의 이야기를 통해 당시 결혼의 문제점, 성과 여 성 질병, 젠더 문제를 잘 보여주고 있다. 이디스, 이바드네, 안젤리카와 같은 인물들은 독자들에게 전통적인 젠더 역할에 대해 다시 생각하도록 유도하며, 당시 의학 담론은 여성의 육체를 통제하였으며 여성의 정체성 형성에 파괴적 효과를 미쳤다는 사실이 다양한 서술 장치들을 통해 형상화되고 있다(Heilmann 123).

맨검(Mangum)의 지적대로 그랜드는 비참한 삶이나 부당한 현실에 대한 방어 기제이자 여성이 누려야할 권리인 여성의 교육에 대해 갖고 있는 자신의 생각을 세 여성의 삶을 통해 전개한다(90). 텍스트에서 결혼은 여성 인물이 누리고 받아야할 자기 성취와 교육에 장애가 되며 질병과 죽음, 혹은 전통적 여성 역할로의 회귀와 연관되고 있다. 무엇보다도 그랜드는 신여성이 살아남기 위해서는 자신이 속한 문화의 비판자가 되어야 한다고 강조한다. 그랜드는 남성의 책, 이성, 통제수단 등 남성의 특권을 얼마나 읽어내는 가에 신여성의 실패와 성공이 달려있다고 강조한다(Mangum 90). 이를 위해 그랜드는 텍스트의 세 플롯, 이디스, 이바드네, 안젤리카의 플롯을 서로 연관되도록 하여 각 여성의 문제를 당대 여성 문제라는 공통의 문제로 만들고 있다.

전통적인 여성상에 속한 이디스는 나머지 두 신여성 이바드네와 안젤리카의 삶에 지대한 영향을 끼친다. 이바드네와 안젤리카는 이디스의 멜로드라마적 결혼과 죽음에 대해 나름대로 해석하는데, 독자는 세 여성의 결혼 플롯에 담긴 여성 질병의 의미를 통해 당시 여성의 육체와 건강, 질병 이데올로기를 재평가하게 된다. 이바드네에게 결혼과 성은 이디스에게와 마찬가지로 질병이나 죽음과 연관된다. 이디스는 성적으로 문란한 남편과 결혼하여 매독에 감염되고 병든 아이를 출산하며 매독 때문에 결국 광기와 죽음의 길을 가게 된다. 이바드네 역시 불행한 결혼의 희생자인데, 성적으로 문란했던 남편과 성관계를 하지 않는 조건으로 결혼을 유지한다. 이바드네의 이러한 결혼 생활은 히스테리를 낳게 되며 의사 남편과 재혼한 후에도 그녀의 히스테리는 치유되지 못한다. 이디스를 통해 선정적으로 재현된 결혼과 성,

여성 질병의 의미는 이바드네에 이르면 더 복합적인 양상을 띠고 제시된다.

이디스와 모즐리 멘티스(Mosley Menteith)경의 결혼은 부모의 축복을 받은 결혼이지만 궁극적으로 성의 이중 기준을 드러내준다. 결혼 이후 그녀와 아이는 매독에 감염되는데 매독은 19세기말 문학에서 빈번히 등장하는 주제였다. 「매독, 성, 세기말 소설」("Syphillis, Sexuality, and the Fiction of the Fin de Siecle")에서 쇼왈터가 지적한 것처럼 세기말 여성 작가들은 순진한 아내와 어린 아이들이 매독에 감염되었음에 주목하였다(94). 즉, 여성들은 성적으로 문란한 남편들을 통해 매독에 감염되었고 결과적으로 어린 아이들도 질병과 사망에 이르게 되는 경우가 많았다. 소설의 중심에 위치한 이디스 본인의 죽음은 다른 여성 인물들로 하여금 자기 행위의 윤리적 기준을 결정하게 해주는 구심점 구실을 한다. 이디스의 어린 아이도 이디스가 죽은 뒤에 다른 여성 인물들에게 결혼 제도와 이중의 성기준을 기억시키는 역할을 한다.

그랜드는 이디스의 육체적 질병의 현상뿐만 아니라 심리 변화에 초점을 두어 1890년대 여성론자들 사이에 싹트고 있던 생각들을 담아내고 있다. 당시 사회정화 운동에 종사하는 사람들에게 호색(lechery)은 여성에게 손상을 가하는 도덕적 감염으로 생각되었다. 쇼왈터는 1890년대 대중의 상상력 속에 매독은 광기와 마비와 연관되었으며 매독을 논할 때 주로 남성 인물들의 고통에 초점을 두는 경향이 있었음을 지적한다(Showalter 1986, 95-108). 그러나 그랜드는 순진한 중산 계급 여성의 고통에 초점을 맞춘다. 즉 그랜드는 중산 계급 여성도 매춘부나 정부와 마찬가지로 부주의한 남성의 희생자가 될 수 있다는 점을 이디스를 통해 성공적으로 극화시키고 있다. 이디스의 질병은 사적 영역이건 공적 영역이건 간에 여성을 가혹하게 파멸로 몰고 간다는 점에서 단순한 육체적 질병 이상의 의미를 포함하고 있다.

이디스의 질병이 지닌 의미를 효과적으로 전달하기 위해 그랜드가 쓰고 있는 장치는 이디스를 당시의 이상적 여성상에 가까운 모습과 성향을 지닌 여성으로 설정하는 것이다. 그랜드는 이디스가 금발에 푸른 눈, 사랑스럽고 어린애 같은 성품을 지닌 것으로 형상화함으로써 그녀가 부당한 결혼과 질병의 희생자라는 사실을 강조한다. 그랜드가 사용하는 또 하나의 장치는 멜로드라마의 형식이다. 맨검의 지적대로 이디스의 질병과 죽음은 사회 질서에 위협적인 메시지를 독자에게 전달하기 때문에 이디스의 질병을 나타내는 데는 사실적 문체보다 멜로드라마의 형태가 적합하다(91). 멜로드라마 형식에서 가능한 사항들, 즉 일차원적 악한, 질병을 묘사하는 선정적 세부 사항들, 불가능한 우연의 일치들, 감정적 논리들이 성적 이중 기준의 부당함이나 그 기준을 수용하는 착한 여성들에 대한 여성론적 분노를 나타내는 장치로 작용하고 있다.[1] 멜로드라마의 플롯은 부당한 취급을 받는 여성 인물을 통해 사회 질서를 전복시키는 의미를 전달하는 데 일조하며 그랜드는 이러한 멜로드라마의 장치들을 효율적으로 차용하고 있다.

이디스는 질병으로 인해 자신의 감성 부분만이 병적으로 활발하게 작용하여, 자기 통제의 노력에도 불구하고 결국 광기의 증상을 보이는 것으로 귀착된다. 이디스는 남편인 멘티스의 냉정함에 지쳐서 부모가 있는 모닝퀘스트(Morningquest)로 돌아가는데 화자는 그녀의 몰락

---

1) 멜로드라마와 대중문화, 여성론 사이의 관계에 대한 논의는 일레인 해들리(Elaine Hadley)의 논의와 피터 브룩스(Peter Brooks)의 논의 등이 주목할 만 하다. 멜로드라마는 고급문화보다 대중문화와 연관되어 문화의 주류밖에 있는 청중들과 함께 사회나 정치 문제들을 탐색하는 데 효율적이었다. 19세기에 이러한 대중들은 주로 여성과 노동자들이었다. 이러한 점에 주목하여 마사 비시너스(Martha Vicinus)도 멜로드라마의 이원적 세계관은 궁극적으로 힘없는 자들을 선호한다고 주장한다. 그러나 멜로드라마의 이중적 면, 즉 혁신적 충동과 반동적 충동들이 서로 상호 작용하는 면도 있음을 설명하며, 이러한 멜로드라마의 역설적 면은 더 큰 도덕적 질서가 있다는 믿음 아래 사악한 사회에 대해 가정적 이상(domestic ideal)을 수호하는 것일 수 있다고 본다. 비시너스는 이러한 도덕적 질서는 실은 당대 사회 가치의 반영일 수 있다는 점을 지적한다(127-43).

을 부모와 친구들이 어떻게 읽는가에 초점을 둔다. 이 과정에서 그랜드는 이디스의 부모뿐만 아니라 당대 사회에도 책임이 있음을 지적한다. 맨검은 이디스의 비극 이면에는 제한된 여성 교육, 여성에 대한 과보호, 초월적인 성향을 강조하는 영국 교회의 문제점, 남녀에 대한 전통 교육의 문제점이 잠재해있다고 지적한다(96). 특히 이디스의 문제를 읽어내는 여러 인물들 중에서 현실적으로 냉정하게 이를 파악하는 안젤리카의 관점은 여성론적 의미에서 매우 주요하며, 작가인 그랜드의 관점을 반영하고 있다.

처녀때 이디스는 모든 삶의 지식을 피하며 사고를 하지 않는데, 이러한 성향은 후에 이바드네가 질병에 걸렸을 때의 태도를 예상케 하는 것이다. 모든 사고를 기피하는 이디스의 버릇은 질병과 죽음에 직면하여 극단적인 저항으로 바뀐다. 그녀의 광기는 극단적으로 진전되어 폭력적인 백일몽 상태에 이른다. 이디스는 자신을 질병과 광기의 상태로 이끈 남편과 결혼이라는 사회 기제 자체를 강렬한 비난하며 내면으로부터 분노를 표출한다.

> "정말이지, 정말 난 미쳤어" 그녀가 말했다. 내가 뭘 하고 있
> 었는지 알아? 그를 죽이고 있었어! 잠자고 있는 그를 놀라게 하
> 려고 맨발로 살금살금 다가갔어. 손에 아주 날카로운 작은 칼을
> 쥐고 있었어― 동맥을 찾느라고 더듬거렸지―그녀는 자신의 목에
> 손을 댔다―그리고 잽싸게 찔렀어! 그는 깨어났고, 자기가 죽는
> 걸 알고는 몸을 움츠렸어! 그리고 그를 죽이는 게 내게 큰 기쁨
> 이었어. 오, 그래! 정말이지 정말 난 미쳤어!"(304)

순종적이었던 이디스가 광기와 폭력의 극단적 상황으로 변화하는 이러한 과정을 극적으로 제시함으로써 그랜드는 이 변화에 숨어있는 의미를 읽어내도록 유도한다. 즉 멘디스의 범죄에 대해 이야기하고 이

를 되갚으려는 이디스의 결의에서 더 이상 여성의 질병에 대해 침묵을 강요할 수 없다는 그랜드의 메시지를 읽어낼 수 있다. 이디스의 분노나 남편을 칼로 찌르려는 이디스의 폭력적 환상은 안젤리카에 의해 변형된 형태로 실현된다. 그랜드는 안젤리카가 이디스의 남편에게 성경책을 던져 코를 부러지게 만듦으로써 이러한 꿈의 대리실현 효과를 독자에게 느끼도록 하는 것이다.

이디스의 결혼과 질병, 죽음은 결국 그녀가 가부장제의 희생자임을 알려준다. 이디스의 아버지는 영국 교회와 가족의 권위를 상징하는 주교로서 순진한 여성인 이디스가 호색한이자 성병에 걸린 남성의 힘 아래 억압되고 희생되는 것을 묵인한다. 그랜드는 이디스의 광기를 통해 독자로 하여금 이러한 권위의 남용에 대해 다시 판단해야 함을 역설한다. 즉 그랜드는 사회적으로 용인된 남성성이 여성에게 억압적으로 작용할 수 있으며 궁극적으로 질병과 죽음에 이르게 할 수도 있음을 주장한다.

III

이바드네의 이야기는 순종적인 여성인 이디스와 비교하여 신여성의 실패를 보여주는 이야기이다. 특히 그녀의 질병인 히스테리는 빅토리아 말기의 의학담론을 대표하는 조지 갈브레이스(George Galbraith)와 새드웰 록(Shadwell Rock) 경의 사례 연구 형태로 마지막 권에 상세히 기록되어 있다. 그녀는 19세에 콜크혼(Colquhoun) 대령을 만나 결혼하며 결혼 전 그의 문란한 과거에 대한 익명의 편지를 받았음에도 불구하고 주위의 권고에 따라 결혼에 응한다. 그녀는 성적인 접촉이 없는 독신 상태와 같은 생활을 조건으로 결혼하지만 그러한 부자연스러운 결혼생활은 그녀의 육체와 정신의 건강을 손상시킨다. 대령이 죽고 난 후에도 그녀는 회복되기 어려운 상태가 된다. 그녀의 질병은 5권까지는 삼인칭 전지적 화자 시점으로 서술되어 있지만 마지막 6권은 두 번째 남편인 갈브레이스의 의학적 기록으로 구성되어있다.

이바드네의 이러한 질병의 뿌리는 성장 과정으로부터 추적해볼 수 있다. 그랜드가 강조하는 것은 이바드네의 지적 호기심이다. 그랜드는 그녀가 밀(John Stuart Mill)의 『여성의 종속』을 비롯하여 철학, 의학, 해부학 수학, 시, 생리학 등 다양한 분야의 책들을 읽었음을 자세히 밝힌다. 남성의 성장 소설과 대조적으로 이바드네의 교육은 그녀와 아버지 사이에 지속된 미묘한 갈등의 산물이다. 아버지는 그녀가 이상적인 자아를 키워나가는 교육의 출발점이 된다. 마치 『플로스강의 물방앗간』(*The Mill on the Floss*)의 매기 툴리버(Maggie Tulliver)처럼 이바드네가 남성의 지식을 훔치는 과정은 바로 자신의 교육 과정임을 볼 수 있다. 그녀는 오빠의 버려진 교과서를 다락에서 뒤진다거나, 어른들이 흩어놓은 책들을 섭렵하고, 아버지의 서재를 뒤진다. 하지만 여성에 대한 아버지의 평가에는 동의하지 않는다. 집안 문화의 중심은 아버지이지만, 독서를 통해 그리고 아버지의 관점에 대해 침묵으로 저항함으로써 아버지의 문화에 대응하는 세계를 구축해간다.

그러나 이러한 노력에도 불구하고 그녀의 지성은 그녀를 해방시키지 못한다. 비정상적인 결혼의 형태에 순응함으로써 그녀의 독립적 사고방식은 감정적·경제적 의존상태로 바뀌며 그 과정에서 내면적 갈등이 심화된다. 특히 남편에게 한 약속, 어떤 경우에도 사회나 정치 운동에 연루되지 않겠다는 약속은 그녀를 더욱 억압한다. 그녀는 자기 책들을 불태우며 지적 활동을 포기하고 마는데, 점점 더 자신의 원칙들로부터 멀어져가는 과정에서 히스테리 상태에 빠져들게 된다. 이바드네는 자신을 예외적인 여성으로 만들어주었던 모든 것들을 다시 원점의 상태로 되돌리려한다. 이바드네는 남편의 실망을 덜기 위해서, 마치 토머스 하디(Thomas Hardy)의 『무명의 주드』(*Jude the Obscure*)에 나오는 수 브라이드헤드(Sue Bridehead)처럼 자신의 지성을 포기하려 한다. 그녀는 인간의 고통을 묘사한 그림을 모두 제거하고, 고통스런 생각과 연상된 책들을 불태운다. 화자는 완전한 정체의 상태로 접어드는 이바드네의 모습을 다음과 같이 묘사한다.

> 그녀는 평온함을 해치는 것은 어떤 것도 보려하지 않았다. 자신의 감정을 괴롭히는 어떤 것도 읽으려 하지 않았다. 그래서 결국 분노에 사로잡히게 하고 저항의 헛된 충동을 일깨울 수 있는 것은 어떤 것도 들으려 하지 않았다. 절대적인 안정감을 주거나 즐길 수 있는 것이 아닌 것은 어떤 생각이나 견해든 모두 제거해버렸다. (350)

이처럼 자신의 미래에 대한 야심과 희망을 다 버리고 이바드네는 마치 미혼 시절의 이디스처럼 수동적인 존재가 된다. 그녀가 가족에게 거부당하고, 독서를 통한 탈출구도 박탈당한 채 정체된 상태로 가는 과정은 마지막 권에서 절정을 이룬다. 두 번째 남편인 의사 갈브레이스는 그녀를 이러한 정체 상태에서 벗어나게 해줄 수 있는 듯 보이지만 그 역시 그녀를 구원할 수 없다.

갈브레이스는 이바드네에게 지적·사회적·정치적 문제에 적극적 관심을 지니도록 장려함으로써 새로운 의학적 치료를 시도하지만 궁극적으로 지배 이데올로기로부터 자유로울 수 없음을 보여준다. 물론 헤일먼의 지적처럼 여성의 광기나 질병에 대한 그랜드의 여성 담론은 남성 의사와 여성 히스테리 환자의 도식적 관계를 넘어서는 면이 있다. 갈브레이스를 직선적 악한으로 만들거나 이바드네를 수동적 희생자로 그리지는 않는다. 갈브레이스나 새드웰 록경이 이바드네가 진심으로 회복하기를 바라는 것, 육체와 정신의 자극을 강조하는 치유법

등은 실제 빅토리아 시대 의사들의 권위적인 의술과는 차이성을 지닌 것으로 볼 수 있다(Heilmann 127).

갈브레이스는 이바드네를 처음 만났을 때 심리 연구 사례상 매우 흥미 있는 대상으로 파악한다. 이바드네와 갈브레이스의 첫 만남은 의미심장하다. 안락의자에서 잠자고 있는 이바드네를 발견한 갈브레이스는 과학적 관심과 자신이 만들어낸 이미지, 즉 '샬롯의 여인'(Lady of Shalott) 이미지가 혼합된 형태로 그녀에게 접근한다. 그는 잠자고 있는 그녀의 육체를 지속적으로 자신의 응시의 대상으로 여겨 망원경으로 그녀를 관찰하기도 한다. 그녀의 태도가 마치 자신에게 도움을 구하는 것처럼 다가오는 것을 확신하고 그녀의 집에 당도하지만, 그녀가 아무런 감정의 동요없이 조용한 것을 발견하기도 한다. 그의 태도는 이바드네에 대한 분석 방식을 예견해주는데, 그녀의 마음 구석까지 뚫고 들어가려는 그의 시도는 쇼왈터나 브론펀이 지적했듯이 (Showalter,1991,134; Bronfen 3-14), 여성과 관련된 지배적 이미지와 메타포로 볼 수 있다. 즉, 이바드네와 갈브레이스의 관계는 여성이 상자 (case)로 재현되고 그것의 신비는 작가의 펜이나 화가의 붓, 의사의 칼, 심리 분석가의 응시에 의해 열리고 침투될 때 풀린다는 문화의 개념을 반영해준다(Mangum 127).

갈브레이스와의 만남에서 이바드네는 자신이 텍스트가 된다. 이러한 과정에서 신여성의 내면에 자리한 갈등 요소들을 볼 수 있는데 그녀의 지성은 사회에서 요구하는 의무와 모순되고, 그녀가 스스로 이루었던 교육은 당시 이상적 여성성과 충돌을 일으킨다. 이바드네의 내면에 소멸되지 않는 분노가 어떠한 양상으로 변하는 가에 따라 히스테리의 증상은 더욱 복합적으로 된다. 즉 자신이 삶의 지식들을 잊고 사는 한 가장 순종적인 여성이 될 것이지만 때로 분노 그 자체가 될 수도 있다는 사실, "혁명"(672)이라는 단어가 자신의 외침이 될 것이라는 말속에 실은 재혼 상태에서 이러한 분노의 표출, 억압이 더욱 심화되었다는 사실을 읽어낼 수 있다. 즉 재혼 이후 이바드네의 육체에 가해지는 남성의 통제는 오히려 강화된다.

피켓이 지적하듯이 이바드네의 이러한 상태에 대한 기록을 삼인칭에서 일인칭 시점으로 바꿈으로써 그랜드는 효과적으로 갈브레이스의 한계를 지적할 수 있다(174). 갈브레이스의 서술은 여성의 감정이 남성적 의학적 응시의 대상이 된다는 것을 보여주고 있으며 당시의 의학 담론과 연관된 의사의 역할을 보여준다. 제 6권의 마지막 부분에서 갈브레이스의 시점은 더욱 특권적 위치를 차지하게 된다. 즉 텍스트의 3인칭 시점은 이바드네의 감정 상황에 대해 공감을 보이고 있는데 비해 갈브레이스의 시점은 여성의 감정을 히스테리로만 파악한다.[2]

그랜드는 6권에서 화자가 바뀌는 것에 대해 부가적으로 설명을 삽입하고 있으나 독자로 하여금 여성의 체험을 남성의 시각에서 기록한 것의 신빙성 여부에 의문을 품게 만든다. 갈브레이스의 기록 첫 줄은 이바드네에 대한 이해가 부적절하다는 것을 보여주면서도 관찰자로서의 권위를 내세우고 있다.

> 이바드네는 당혹스러웠다. 일반적으로 나와 같은 직종에 있는 이들, 특히 나 자신과 같은 전문가들은 여성의 성격을 분류하거나 선과 악에 대한 여성의 성향을 쉽게 측정할 수 있다. 의사와 상담을 하거나 혹은 우연히 단 둘이서 30분 쯤의 일상적 대화를 나누고 나면 쉽게 질병을 진단할 수 있다. (555)

갈브레이스가 보이는 이해의 한계는 당대 히스테리 진단 자체의 문제점을 제시해주고 있다. 헤일먼의 지적대로 의사이자 남편의 역할을

---

2) 이러한 시점의 변화를 신여성 작가들의 근대적 인식의 근거로 볼 수 있는데 존 구시치(John Kucich)는 마지막 6권을 세기말 미학의 하나인 믿을 수 없는 화자(unreliable narrator)의 사용에 근거한 것으로 보고 있다(120). 즉 구시치는 갈브레이스의 서술의 신빙성이 독자가 의학적 권위를 믿는 정도에 따라 정해지는 점에 주목한다.

하는 갈브레이스는 샬롯 길먼(Charlotte Perkins Gilman)의 『누런 벽지』 (*The Yellow Wallpaper*)에 등장하는 남편과 유사하다(126). 길먼의 텍스트처럼 그랜드의 텍스트에서도 남편의 역할의 의미, 즉 갈브레이스의 관심 이면에 자리한 가부장적 권위를 볼 수 있다. 갈브레이스는 이바드네를 어린 아이로 여기는데 길먼이나 그랜드의 텍스트에서 의사/남편의 의학적 양생법은 아내를 치유하는 데 기여하지 못한다. 두 텍스트에서 여성들은 임신을 소외의 체험으로 여기는데 남편들이 그들의 육체에 가하는 통제가 부가되었기 때문이다. 『누런 벽지』의 화자가 주인공의 광기를 남편으로부터 해방되는 탈출구로 그리는데 비해 이바드네는 분노와 절망을 자신에게 돌리는 것이 특징이다. 『누런 벽지』가 아내의 독립 선언으로 끝나는 것과 달리 이바드네는 그림자와 같은 자신의 상태에 너무도 집착한 나머지 무의미한 껍질처럼 살려고 한다. 갈브레이스는 이러한 여성의 내면을 진단하고, 도덕적 치유가 필요하다고 주장한다. 그녀가 만들어내는 징후는 "기만적인 것"(573)이라고 판단하고 "자신과 같은 직업을 가진 이만이 그 징후의 진정한 의미를 알아낼 수 있을 것"(573)이라고 주장하는 것이다.

이러한 치유법을 주장하는 것은 19세기 의학 담론에서 히스테리를 왜곡된 여성성 혹은 과다여성성(hyperfeminity)라고 본 점과 연관된다 (Pykett 175). 갈브레이스도 당대 의학 담론의 관점을 대변하여 여성의 히스테리를 허위와 기만의 체제와 연관된 것으로 의심한다. 그리하여 여성의 정신 질병을 타락과 연관시키고 도덕적 통제를 통해 치유하려고 한다. 당시의 의사들은 히스테리 치유에 지속적으로 도덕적 영향의 중요성을 역설하고 양심을 일깨우는 것이 큰일이라고 생각했던 것이다.

그랜드는 이바드네를 통해 여성성이나 여성 질병에 대한 당시의 의학 담론에 대해 역서술을 구축하고자 한 것으로 보인다. 이디스는 순종적이었다가 폭력과 환상에 빠지는 단순한 행로를 보이는 데 반해 이바드네는 여성의 역할을 순종적으로 받아들이기 거부하는 가운데 복합적인 갈등의 양상을 보인다, 그러한 갈등은 곧 이디스에 대한 비판으로 작용하지만 이바드네의 갈등은 히스테리로 귀착된다.3)

그랜드는 히스테리를 진단하는 갈브레이스의 한계를 보여주면서 이바드네의 질병은 19세기 가족과 결혼 이데올로기에서 비롯된 것임을 보이려 한다. 피켓은 이바드네의 질병을 새로운 시각에서 평가하는데, 이바드네가 실은 그녀를 진단하려는 남성보다 더 우월한 도덕적 주인공이며, 그녀의 히스테리는 더 우월한 여성적 감성을 지녔음을 입증한다고 주장한다. 피켓은 창조적 예술의 가능성과 히스테리를 연관시킨 미첼(Juliet Mitchell)의 논의에 근거하여 이바드네에게서 전복적 의미까지 읽어낼 수 있다고 본다(175).

특히 이중의 서술 구조를 통해 그랜드는 여성의 정신 질병에 대한 여성적 읽기와 의학적 읽기의 간극들에 주목하게 한다. 독자에게 갈브레이스의 기록들에서 볼 수 있는 이바드네에 대한 지식의 결핍, 불완전한 이해, 개인적 편견들에 주목하여 읽기를 권하고 있다. 즉 일인칭 서술이 믿을 수 없다고 말하면서 그의 기록은 본질적으로 구성적임을 강조한다. 과학적 지식보다는 감각적 어휘에 주목하도록 권하면서 그랜드는 독자들에게 주된 화자인 의사의 특권적 위치에 도전하고, 그의 치료 행위를 비판할 필요성을 부각시킨다. 헤일먼의 지적대로

---

3) 크리스틴 브레이디(Kristin Brady)는 빅토리아인들이 신여성의 문제를 병리학적 차원, 특히 히스테리와 관련시켜본 것에 주목한다(95). 빅토리아인들은 여성이 사고의 기능보다는 생식의 기능을 하도록 창조되었기 때문에 신여성의 정신 활동들은 결코 남성적이 될 수 없으며 합리적 결과로 유도될 수 없다고 믿었다. 그러므로 빅토리아 시대 고유의 여성역할을 넘어서려했던 신여성은 특별히 위험스런 위치에 있게 됨이 당연하였다. 이들은 자신의 육체에 대한 남성의 통제를 거부함으로 자연히 과도한 신경증에 빠지게 된다는 것이 당시의 생각이었다(Brady 95). 여성성을 이처럼 병리학적 차원에서 규정할 경우 신여성은 여성 고유의 질병이 더 강화된 경우라는 생각이 19세기 후반의 대다수 의학 논문들에서 나왔다. 커닝험이나 쇼왈터는 이 논문들이 신여성의 발생을 사회 구조나 문화적 맥락보다는 히스테리의 증가와 연관시키고 있는데 신여성을 주로 생리학적 관점으로 규정하고 있는 한계를 보인다고 지적한다(Cunningham 49, Showalter,1987, 137).

그녀는 힘의 역학 관계를 전복시키는데, 여성 독자에게 그의 진료 사례를 연구하도록 만든다. 즉 갈브레이스의 관찰이 얼마나 정확히 이바드네의 실상을 짚어내는 가를 읽어내도록 하면서 그랜드 자신의 관찰에 주목하도록 만든다(141). 그러한 과정을 통해 이바드네의 질병이 그녀의 첫 남편이 강요한 약속에서 유래했음을 읽어내도록 만들고, 재혼 역시 질병의 원인이 되었음을 읽어내도록 유도한다.

갈브레이스에게 도식적인 의사와 환자의 관계를 넘어서는 면은 있지만 실제 그는 여성 환자에게 행사하던 가부장적 성향에서 완전히 자유롭지는 못하다. 즉 여성 히스테리 환자의 양심을 깨우치기 위해 지속적인 도덕적 감화가 필요하다는 믿음 속에는 당시 의사의 모습이 반영되어 있다. 갈브레이스는 여성 운동에 공감하지만 아내와 어머니로서의 역할을 수용해야만 여성의 정신적 평정을 유지할 수 있다고 생각하는 것이다. 결과적으로 이바드네가 임신하자마자 어머니로서의 생리학적 기능이 그녀의 모든 것 위에 우선하고, 삶에 대한 새로운 관심이 그녀의 병적인 기분들을 치유해줄 것이라고 생각하는 것이다. 갈브레이스는 어머니로서의 역할에 대한 긍지와 기쁨보다 더 건강하고 자연스러운 것이 없다는 견해를 편다. 실상은 임신 기간 동안 정신적 상황은 더욱 안 좋아지고 자신과 아이를 없애려는 시도에서 이러한 병적인 상태는 절정을 이룬다. 아들을 낳은 후 분노의 상태에서 의존적인 어린 아이같은 아내로의 변신은 완벽해지는 것이다. 이바드네는 자신의 삶의 목적을 완전히 집안에 두고 침묵하는 그림자 같은 존재가 된다. 그랜드는 이바드네의 침묵과 갈브레이스의 실패를 시인하며 책을 끝냄으로써 당시 여성 질병의 원인과 치유에 한계가 있음을 보인다.

19세기 의학의 대변자로서 갈브레이스는 결혼과 모성을 여성에게 이로운 것으로 처방하고 있지만 그랜드는 둘 다 여성에게 궁극적 해결책이 아님을 강조한다. 갈브레이스의 가설, 즉 그녀의 우울증이 성적 좌절에서 비롯되었다는 가설은 입증되지 못한다. 재혼이후 출산까지 그녀의 질병은 회복되지 못한다. 텍스트에서 이바드네는 천연두가 유행하는 동안 간호원으로 일할 때 가장 명랑하고 적극적인 태도를 보이는 것으로 묘사되고 있다. 결국 그랜드는 여성을 광기나 히스테리로 몰아가는 것은 성의 부재가 아니라 여성에게 성취감을 부여하는 직업의 부재라고 본 것이다. 여성에게 성취의 삶이 거부된 결과는 이바드네의 질병을 통해 잘 드러나며, 헤일먼은 이러한 질병의 과정을 여성의 반항적 충동의 징후로 보기도 하며 세기말 여성적 글쓰기에서 여성의 저항과 연관된 메타포로 읽을 수 있다고 지적한다(Heilmann 141).

그랜드는 이디스를 통해 남성의 질병이 여성을 감염시켜 얼마나 치명적인 결과를 초래하는 가, 성적인 무지가 얼마나 비극을 초래하는가를 보여준다. 또한 이디스가 무지의 상태에서 극단의 저항이나 광기와 분노의 상태로 변화하는 과정을 통해 당대 여성의 성과 결혼에 대한 통념을 비판한다. 또한 이바드네의 이야기에서는 더욱 섬세하게 비정상적인 결혼을 영위하거나 남편에 의해 의미있는 활동을 금지당한 경우 정신 건강에 심각한 손상을 입는다는 것을 보여준다. 그랜드의 탁월한 업적은 당대 의학 담론에 전면적으로 도전한 데 있다. 그녀는 여성의 질병을 악으로 진단하고 도덕적 치료의 필요성을 주장하는 당대의 의학 담론이 실제 여성의 상황과 얼마나 배치되는 가를 부각시킨다. 여성의 질병을 둘러싼 이러한 여성론적 읽기와 의학적 읽기의 간극을 전달하기 위해 그랜드는 이중의 서술 구조, 멜로드라마 등의 기법을 동원한다. 이러한 기법을 통해 세기말 여성 질병에 대한 담론의 문제점을 지적하고 여성의 광기/ 백일몽/ 히스테리에 대해서 새로운 관점에서 접근하도록 유도한다. 그랜드는 당시 독자들에게 여성 질병의 원인이나 치유를 병리학적 관점보다는 여성의 법적·경제적· 사회적 위치라는 관점에서 새로이 읽어내어야 한다고 주장하는 것이다. 여성 질병에 대한 그랜드의 관심과 주목은 당대 신여성 소설이 어떻게 세기말 여성의 육체와 질병을 조명하였으며 이를 통해 어떻게 세기말의 여성성 담론에 도전하였나를 명확히 보여주고 있다. (『19세기영어권문학』7권 1호)

< 인용 문헌 >

Brady, Kristin. "Textual Hysteria: Hardy's Narrator on Women." *The Sense of Sex*. Ed. Margaret R. Higonnet. Chicago: U of Illinois P, 1993. 87-106.

Bronfen, Elizabeth. *Over Her Dead Body: Death, Femininity and the Aesthetic*. Manchester: Manchester UP, 1992.

Brooks, Peter. *The Melodramatic Imagination: Balzac, Henry James, Melodrama, and the Mode of Excess*. New Haven: Yale UP, 1976.

Cunningham, Gail. *The New Woman and the Victorian Novel*. London: Macmillan, 1978.

Grand, Sarah. *The Heavenly Twins*. Ann Arbor Paperbacks, 2002.

Hadley, Elaine. *Melodramatic Tactics: Theatricalized Dissent in the English Marketplace, 1800-1885*. Stanford: Stanford UP, 1991.

Heilmann, Ann. "Narrating the Hysteric: Fin-de-Siecle Medical Discourse and Sarah Grand's *The Heavenly Twins*." *The New Women in Fiction and in Fact*. Eds. Richardson, Angelique and Chris Willis. London: Palgrave Publishers Ltd. 2001.

Kucich, John. *The Power of Lies: Transgression in Victorian Fiction*. Ithaca: Cornell UP, 1994.

Ledger, Sally. *The New Woman: Fiction and Feminism at the Fin de Siecle*. Manchester: Manchester UP, 1997.

Mangum, Teresa. *Married, Middlebrow, and Militant: Sarah Grand and the New Woman Novel*. Ann Arbor: U of Michigan P, 2001.

Pykett, Lyn. *The "Improper" Feminine: The Women's Sensation Novel and the New Woman Writing*. London:Routledge, 1992.

Showalter, Elaine. *The Female Malady: Women, Madness, and English Culture,*

1830-1980. New York: Penguin Books, 1987.

_____. "Syphilis, Sexuality, and the Fiction of Fin de Siecle." *Sex, Politics, and Science in the Nineteenth Century Novel*. Ed. Ruth Yeazell. Baltimore: Johns Hopkins UP, 1986.

_____. *Sexual Anarchy: Gender and Culture at the Fin de Siecle*. New York: Penguin Books, 1991.

Vicinus, Martha. "'Helpless and Unfriended': Nineteenth-Century Domestic Melodrama." *New Literary History* 13 (1981):127-43.

| Part 6 | 여성시인들

영국 낭만시에서 여성의 목소리 읽기
         - 애너 바볼드의 후기시를 중심으로

                                              강 옥 선

Ⅰ. 들어가는 말

영국 낭만주의의 규범은 주로 남성시인 중심으로 이루어져, 거의 200년 동안 지켜져 내려왔지만 최근에 페미니스트 비평가들로부터 도전을 받고 있다. 페미니스트 비평가 멜러(Anne Mellor)는 낭만시기의 여성작가의 텍스트는 유연하고 민감한 주관성이 특징이 된다고 지적하면서, 여성작가들을 구분하여 "여성적 낭만주의"(*Romanticism* 3)라고 불렀다. 낭만기 여성시인들은 당대의 남성시인들이 추구하는 창조적 상상력의 가치를 부정하고, 남성시인의 작품에서 비도덕적인 이해할 수 없는 내용이 있다고 지적하였다. 여성시인들은 나름대로 새로운 시적 목표를 추구하면서, 현실 그 자체에 보다 밀착된 정서적 경험을 표현하면서, "강렬한 정서의 자발적인 유출"보다는 "합리적인 마음의 작용"을 찬미하였다. 따라서 그들은 남성시인의 가치관과는 다른 여성적 가치관을 당대의 "시대정신"으로 표현해 내고 있다(Mellor, "*Criticism*" 30-31). 특히 프랑스 혁명을 전후하여 여성시인들은 남성 중심적 가치체계에 저항하고 여성 자신의 목소리로 문학적 환경을 조성하면서, 나름대로의 독특한 문학세계를 이루어내었다. 바볼드(Anna Barbauld), 스미스(Charlotte Smith), 윌리암즈(Helen Maria Williams), 베일리(Joanna Baillie), 모어(Hannah More), 이어슬리(Ann Yearsley), 오피(Amelia Alderson Opie)와 애이킨(Lucy Aikin)등이 활동하였는데, 바볼드가 단연 선두주자이었다.

낭만기 여성시인들의 텍스트에서는 거의 예외 없이 현실문제에 대한 끊임없는 탐색과 그것에서 비롯된 강렬한 도덕적 감수성을 읽을 수 있다. 여성시인들은 현실생활에 바탕을 둔 도덕적 가치를 추구하면서, 특히 프랑스혁명과 노예무역 폐지 등의 역사적 사건에서 많은 영향을 받았다. 그들은 대부분 노예폐지운동에 직접 참여하였는데, 남성 동료들로부터 받았던 대우로 말미암아 "여성 자신의 억압"을 생각하게 되었다"(Donovan 141). 그들은 현실의 실제적인 문제를 급진적인 안목으로 관찰하면서, 당대의 "시대정신"을 표현해내는 문화적 권위자의 역할을 해내고자 시도하였다. 바볼드, 오피, 모어와 같은 여성시인들은 당대의 주요 논쟁인 노예제도 폐지론을 적극 지지하고, 억압받는 노예의 입장에서, 그 억압과 아픔에 공감하는 시를 연이어 발표하였다. 남성 지배적인 사회 속에서, 여성의 목소리는 남성 중심적인 가치체계에 저항하는 태도로, 여성 자신의 자아회복과 도덕적 개혁을 시도하고 있다. 페미니스트 심리학자 길리건(Carol Gillgan)은 "인간 관계로 이루어진 세계를 인식"하면서, 개인의 정의를 소중히 하는 정의의 윤리 못지 않게 타인을 배려하는 관심의 윤리도 성숙한 도덕 개념이 될 수 있다고 주장하였다(29). 멜러는 길리건의 관심의 윤리에 기초한 도덕관을 낭만기 여성시인에게서 읽을 수 있다고 지적하였다(*Romanticism* 3). 멜러의 지적이 아니더라도 관심의 윤리는 낭만기 여성시인의 여성적 가치관과 상당한 긴밀성을 갖는다.

1990년대 이후 낭만기 여성시인 연구가 활발해지면서, 그 동안 정전에서 제외되고 잊혀져 있던 여성시인의 시집이 발굴되기 시작하였다. 페미니스트 비평가들은 여성시인들의 텍스트에서 여성 참정권 운동 등 19세기 초반의 사회 정치 문화에 걸친 페미니스트의 기원을 찾는 작업을 시도하였다. 그들은 남성중심의 낭만주의 읽기를 비판하고, 지속적으로 여성 시인들의 세부 작품에 새로운 조망을 비추면서, 영국 낭만주의의 규범에 도전장을 던지고 있다. 맥카시(William McCarthy)가 1994년 바볼드의 시 171편을 모아서 한 권의 시집으로 편집 출판하였다. 물론 바볼드 사후, 조카딸인 애이킨이 바볼드의 시를 한 권으로 묶어 출간한 적도 있지만, 맥카시가 편집한 시집이 공식적인 의미에서 바볼드의 시 대부분을 수록한 첫 번째 시집이 된다. 당대 콜리지와 워즈워드가 개인적으로 존경할 정도의 시인이었지만, 낭만시 전집에서도 제외된 채 오랫동안 잊혀져 있었던 바볼드의 시가 단행본으로 드디어 세상에 빛을 보게 된 것이다. 멜러와 맥카시와 같은 여성주의 비평가들은 바볼드의 시에 나타난 여성적 가치관을 탐색하면서 낭만주의의 시적 주제를 폭넓게 탐색하고 있다. 바볼드는 1791년 노예제 반대운동에 직접 참여하였으며, 후기시 「1811년」("Eighteen Hundred and Eleven," 1812)에서는 대영제국주의를 비난하였다. 바볼드는 비국교도로서, "대영제국은 몰락한다(Then empires fall to dust)"(B159)[1]고 예언하면서, 여성적 가치관으로 영국 제국주의의 부당성을 고발하고 있다.

본 논문에서는 바볼드의 후기시에 나타난 여성의 목소리를 읽으면서, 여성적 가치관을 살펴보고자 한다. 바볼드의 「1811년」에서 여성의 목소리가 어떻게 여성 억압을 극복하고 자유를 추구하는 방식으로 나아가고 있는지, 그 과정에서 여성적 가치관은 무엇으로 정의할 수 있는지 텍스트를 분석하면서 탐색해 보고자 한다. "여성시인이 쓴 감수

---

1) 바볼드의 시는 맥카시(William McCarthy)가 편집한 『앤나 바볼드의 시』(*The Poems of Anna Letitia Barbauld* (Athens: U of Georgia P, 1994))를 사용하며, 괄호 속에 B와 전집 쪽수로 표기한다(보기: B159).

성의 시가 낭만시의 기초"(Curran 197)가 된다면, 바볼드의 감수성은 도덕적 가치를 강조하는 정서적 경험으로 읽을 수 있다. 바볼드의 「1811년」에 나오는 여성 화자의 목소리에서 여성적 가치관의 특징을 살펴보고, 인간관계의 이상적인 방식을 탐색해보고자 한다. 당대 여성시인들의 화두였던 노예무역은 1807년 법적으로 폐지되었지만, 그 이후에도 여전히 번성하고 있었다. 영국은 자국의 이익이 그 무엇보다 우선적이었기에, 노예제도를 묵과하고 있었다. 이처럼 겉으로는 정의를 내세우면서도 이익을 위해 타인을 배려하지 않는 폭력적 태도가 남성적 가치관이 지배하는 현실에서 비일비재하였다. 이에 여성시인들은 영국의 노예제도와 제국주의에 담겨 있는 남성 중심의 폭력적인 가치관에 의문을 제기하게 되었다. 바볼드 시의 특징이 "직관적인 인식과 섬세하고 유연한 사고"라는 말에서 드러나듯이, 바볼드의 텍스트 「1811년」은 정복을 위한 남성적 가치관과 대영제국의 문화적 폭력에 저항하면서, 여성의 섬세하고 직관적인 목소리를 담아내고 있다(Anderson 723). 낭만시에서 여성의 목소리 읽기는 "여성이 문학의 생산과 소비에 높은 비율을 차지하였던 낭만기 문학"(Mellor, "Criticism," 33)을 폭넓게 이해하는 하나의 접근법이 될 것으로 기대된다.

II. 여성적 낭만주의와 여성의 목소리

낭만시의 여성시인들은 급진적으로 변화하고 있었던 영국사회에서 고독한 경험보다는 공유하는 경험을 중시하면서 공동체 의식을 보여주고 있다. 여성시인들의 시적 주제는 남성시인들의 것과는 다른 점이 있다. 남성시인들은 초월의 가능성과 독자적인 자아 발전에 관심을 쏟으면서 창조적인 작가의 모습을 보여주는 반면에, 여성시인들은 여성적 가치관으로 여성의 자아회복과 사회개혁을 추구한다. 여성시인들은 무엇보다도 인간관계를 중시하고 타인을 배려하는 입장에서 시적 목표를 추구한다. 그들이 여성과 남성의 동등한 권리를 주장하면서 내세우는 근거는 "관계의 특성"(Richardson 76)에 있다. "여성적 낭만주의"는 성별의 동등성과 여성의 합리적인 능력과 가치에 중점을 두고 있으며, 여성의 능력은 관계성을 수용하는 도덕적 감수성에서 찾아볼 수 있다. 낭만기 여성시인들은 여성적 가치관을 통해서 여성의 동등한 권리와 도덕적으로 성숙한 사회를 구축하려고 시도하였다.

낭만기 여성시인들의 텍스트의 특징은 다른 사람의 아픔에 공감하는 여성적 가치관을 담아내고 있는 점이다. 여성시인들의 여성적 가치관은 텍스트에서 여성의 목소리로 울려나온다. 여기서 여성의 목소리는 길리건이 『다른 목소리로』(In A Different Voice, 1993)에서 밝힌 "관심의 윤리"와 맥이 닿는다. "관심의 윤리"는 길리건이 『다른 목소리로』에서 처음 사용한 용어로서, "상호관계에 기초하는 원리"이다(Lister 100). 길리건은 여성의 도덕적 관심의 본질을 여성의 관계적 자아형성에서 찾아내고 있다. 길리건은 창조적이고 협동적인 삶의 방식이 가능하기 위해서는 사회적 평등뿐만 아니라 사람들이 보살핌으로 연결된 상황과 불평등한 억압의 삶을 구분할 수 있는 심리학의 새로운 언어가 필요하다고 설파하였다. 이 언어는 여성들의 인간관계에 대한 경험에서 유래될 수 있다는 관점에서 여성의 목소리를 인간관계 속에서 관찰 분석하였다. 여성은 심리적 발달과정에서 남성과 다르게 연속성을 강조하며, 여성의 자아형성과정에서는 관계성이 많은 비중을 차지하게 된다는 심리학적 분석이다. 여성적 자아가 기반을 두고 있는 것은 공격이 효율적인 삶의 방식이 아니라 연결이 필요하다는 인식이다(Gillgan 48-49). 따라서 여성적 가치관은 심리학적인 면을 토대로 할 때, 남성들의 견해와 다르다는 점을 도출해 낼 수 있다. 길리건의 관심의 윤리는 여성적 낭만주의의 여성적 가치관을 이루는 하나의 속성으로 파악할 수 있다. 관심의 윤리는, 남성 중심의 정의의 원리를 도덕원리로 채택하는 사람이 도덕적으로 성숙한 행위자라는 아주 오랜 동안의 가설을 뒤집는 주장이 된다. 길리건에 따르면, "관심의 윤리"가 "정의의 윤리" 못지않게, 행위자의 도덕적 성숙도를 가늠하는 기준이 될 수 있다는 가설이 성립한다. 그렇다면, 낭만기 여성시인들의 텍스트에서 관심의 윤리를 읽으면서, 도덕적으로 성숙한 여성적 가치관을 탐색할 수 있을 것이다. 또한 여성의 성숙한 도덕적 감수성을 수용하여 여성적 가치를 창조할 수 있을 것이다. 이러한 여성의 가치창조는 여성시인의 텍스트에서 여성의 목소리로 독자에게 전파될 것이다. 길리건은 목소리를 중시하면서, 목소리가 없으면 현실생활에 대한 저항과 변화의 시도도 가능하지 않다고 생각하여, 여성의 관계적 자아형성 과정을 관찰하고 분석하면서, 여성심리에 입각한 변화의 가능성을 모색하였다. 지금까지 소홀히 다루어져 온 여성시인의 텍스트에서 여성의 목소리 읽기는 여성적 낭만주의를 대변하는 여성적 가치관을 이해하는 데 도움이 될 것이다.

낭만시에서 여성의 목소리 읽기는 여성 시인들의 억압과 저항과 같은 정서적 경험과 불가분의 관계에 놓여있다. 많은 여성시인들이 당대 남성시인들의 작품에 불만을 토로한 바 있고, 특히, 바볼드는 "콜리지의 시에는 도덕성이 없다"(Wolfson 24)라고 지적하면서 남성시인들의 시적 주제를 이해할 수 없는 애매한 텍스트라고 비판하였다. 여성시인들은 인간관계를 이루는 덕목을 시적 주제로 내세우면서, 현실생활에 밀착된 실제적인 문제를 다루었다. 멜러에 따르면, 여성시인의 텍스트에서 덕목은 "도덕적인 공정함, 타협에 대한 거부, 타인에 대한 배려, 무엇보다도 정신적 자유와 평화로운 공존의 원리를 의미한다"(Mellor, "Female" 265). 길리건의 말대로 "도덕 문제가 인간관계의 문제"(xix)라고 본다면, 관심의 윤리는 결국 인간 관계의 윤리가 된다. 목소리를 가진다는 것은 인격을 지닌 인간이 되는 것이므로, 여성이 그들 자신의 목소리를 포기하는 것은 인간관계를 포기하고 선택에 관련된 모든 것을 포기하는 것이 된다. "여성은 성장과정에서 관계를 나타내는 문제에 열중하는 능력이 있다" (Chodorow 169)는 심리학적 가설을 도입해 보면, 여성시인의 도덕적 감수성은 인간관계를 중시하는 관심의 윤리에 기초하고 있다. 여성적 낭만주의는 지금까지의 낭만시에 대한 비평의 논의에서 제외되어 있었던 도덕적 감수성에 대한 여성의 목소리를 듣게 될 것이다.

당대의 여성시인 오피는 「흑인 소년의 이야기」("The Negro Boy's Tale," 1802)에서 노예제도를 비판하면서 노예의 언어인 혼성어 크리올어(Creole)로 시를 쓰고 있다. 흑인 노예소년 잠보(Zambo)가 노예선을 타고 가는 이야기 중에서 "깜깜한 배 속에 남아있을 때, 어머니의 뜨거운 눈물이 내 얼굴에 떨어지고"(Vile in de dark, dark ship I dwell, / Long burn her tear upon my face) (A91)[2]라는 대목을 읽을 수 있다. 잠보의 혼성어는 "사회공동체로부터 추방당한 노예신분의 소외감"(Behrendt 40)을 드러내면서 인간관계 속에서 빚어지는 흑인 노예의 현실을 고발한다. 오피는 「흑인 소년의 이야기」에서 노예제도에 대한 담론을 흑인 노예소년의 입을 빌려 직접 말하고 있다. 이러한 시적 전략으로 오피는 노예들의 입장을 부각시키고 있으며, 노예소년의 정서적 경험은 텍스트를 읽는 독자의 마음속에 공감을 불러낸다. 오피의 텍스트에서 잠보의 아픔을 외면하지 않고 공감하고자 하는 여성의 목소리는 여성시인의 도덕적 감수성을 보여준다. 오피는 도덕관념에 바탕을 두고 있으며, 개인의 자유를 보장하고 자아를 회복하게 하는 원천적인 힘을 타인을 배려하는 관심의 윤리에서 찾아내고 있다. 자아회복과 자유정신이 바로 사회개혁으로 이어질 수 있다는 여성의 도덕적 감수성을 오피

---

2) 오피의 시 「흑인 소년의 이야기」는 암스트롱(Isobel Armstrong)이 편집한 『19세기 여성시인 선집』(Nineteenth-Century Women Poets: An Oxford Anthology (Oxford: Clarendon P, 1998))을 사용하며, 괄호 속에 A와 전집 쪽수로 표기한다(보기: A91).

는 역설하고 있는 것이다. 노예 소년 잠보가 겪고 있는 불평등한 억압의 삶을 구분시켜주는 것은 잠보의 혼성어이다. 잠보가 백인소녀 애너(Anna)에게 계속 들려주는 대화방식의 이야기에서 잠보의 영국 땅에 대한 동경을 읽을 수 있는데, 잠보는 영국이 기회와 자유의 땅이라고 생각한다. "그 곳에서는 해안에 발을 딛고 서게되면/ 무력한 흑인이 자유의 몸이 된다"(vere, soon as on de shore he stand,/ De helpless Negro slave be free, A91). 여기서 혼성어는 백인이 주장하는 노예에 대한 계몽의 의미를 선명하게 부각시켜준다. 즉, 노예의 계몽이 노예의 입장에서 행해지기보다 결국 백인의 이익추구를 위해 노예를 구속하는 것일 뿐이라는 오피의 직관적인 통찰력은 독자에게 노예제도의 본질을 되묻고 있다. 오피는 노예의 계몽조차도 결국 백인의 거짓과 위선이라고 폭로하고, 당시 노예 소유주들의 노예 억압이 계몽과 같은 허울좋은 방식으로 정당화되는 점을 비판한다. 길리건이 지적한 바대로 "인간관계를 바라보는 두 가지 관점"에서 노예주와 노예의 관계는 여성의 "그물조직적 인간관계"가 아니라 남성의 "서열구조적 인간관계"라는 점을 상기시켜준다(62).

19세기 초반의 낭만기 여성시인들은 남성 중심의 가치관에 도전하여, 가부장제 사회 속에서 여성에 대한 억압을 폭로하고, 여성의 자아정체성과 도덕적 인격체와 같은 후일의 페미니스트들의 주제를 논의한 선구자들이다. 여성시인들은 남성의 관점으로부터 규정되어 있는 남성 중심적 세계 속에서, 여성의 세계를 탈구축하고 재구축하고자 시도하였다. 여성시인들은 사회개혁을 요구하면서, 성별에 대한 현재의 구조를 전복시키고 동등성을 확보하고자 한 것이다. 여성시인들이 여성적 가치관을 여성 자신의 목소리로 표현하고자 한 시도는 여성운동의 시발점이라고 말할 수 있다. 영국 낭만기 여성시인의 작품에서 페미니즘의 원천을 두 가지 점에서 파악할 수 있는데, 하나는 여성의 도덕적 감수성을 전하고 있다는 점이다. 다른 하나는 종교적 논쟁에서 여성 선지자들이 공적으로 설교하듯이, 여성이 공공연하게 발언하는 것을 문학의 관례로 세우게 된 점이다. 낭만기 여성 시인들은 도덕적 감수성이 담긴 자신의 목소리를 내면서, 여성적 가치관을 긍정적으로 수용하는 평화로운 공동체를 그려내고 있다.

애이킨(Lucy Aikin)은 1810년 『여성에 대한 편지』(*Epistles on Women*)에서 에덴동산에서부터의 인류역사를 여성의 입장에서 다시 쓰면서, 여성에 대한 역사적인 억압을 공공연하게 비난하였다. 『여성에 대한 편지』의 서문에서 여성이 소유하지 않은 "어떠한 재능도 덕목도 장점도 성향, 혹은 정신적인 능력도 없다"(M817)[3]라고 밝힘으로써, 애이킨은 여성의 도덕적 정신적 능력에 대한 확고한 믿음을 나타내고 있다. 애이킨이 『여성에 대한 편지』의 첫 번째 서한에서 창조와 타락의 이야기를 쓰면서, 이브와 아담의 "상호간의 행복과 근본적 동등성"(M818)을 먼저 밝히고 있다. 주목할 점은 도덕적으로 보면, 이브가 아담보다 더 우월하다고 애이킨은 주장한다. 두 번째 서한에서 애이킨은 문명의 주요 발전이 "어머니의 사랑"(M822)과 관심의 윤리와 같은 여성적 가치관에 기초한다고 지적하면서, "이브를 인류 전체를 돌볼 수 있는 잠재력의 여신"(Eger 212)으로 다시 구성해 내었다. 애이킨이 여성의 사회참여와 동등한 인격적인 대우를 뛰어넘어, 여성이 인류 문명에 기여한 바를 여성적 가치관에서 찾아내고 있는 점은 주목할 만하다. 당연히 애이킨은 역사적으로 남성의 일방적인 억압과 지배를 강조하면서, 이 시의 서문에서 "노래의 도덕성"(M817)을 밝히고 있다. 즉, 남성은 삶의 동반자인 여성을 무시할 수 없으며 여성의 장점을 수용하려는 시도이다. 애이킨의 여성적 가치관은 울스턴크래프트(Mary Wollstonecraft)가 『여성의 권리 옹호론』(*Vindication of the Rights of Woman*)

---

3) 애이킨의 시 『여성에 대한 편지』는 멜러가 편집한 『영국문학 1780-1830』(*British Literature 1780-1830* (New York: Harcourt Brace & Co., 1996))을 사용하며, 괄호 속에 M과 전집 쪽수로 표기한다(보기: M817).

에서 밝힌 양성 사이의 동등한 정신적 능력에 대한 반향으로 읽을 수 있다. 애이킨은 양성 사이의 동등성을 "영혼에는 남녀의 구별이 없다"(Souls have no sex, M826)라고 외친다. 역사적으로 보면, 이 말은 포프(Alexander Pope)가 『인간에 대한 수필』의 두 번째 서한인 「여인에게」("To a Lady")에서 "대부분의 여성에게는 인격이 없다"(Most women have no characters at all, Abrams 2271)는 주장에 대한 저항이기도 하다. 또한 포프의 "모든 여성은 마음속으로 난봉꾼이다"(every woman is at heart a rake)(Abrams 2277)라는 발언에 대하여, 애이킨은 여성의 인격과 본질에 대한 여성적 가치관을 제안하였다. 애이킨은 『여성에 대한 편지』에서 여성의 목소리를 발굴하여 여성의 도덕적 감수성을 높이 평가하고 여성적 가치관이 수용되는 사회를 찬미하고 있다.

낭만기 여성시인들은 대영제국이 전쟁을 시작함에 따라 군대의 대량살상에 대하여 관심을 가지게 되었다. 그들은 주로 전쟁 혹은 살육과 같은 폭력을 주제로 시를 쓰기 시작하였다. 여성시인들이 폭력의 주제를 다루면서 그려내는 도덕적 감수성은 법이나 정치와 같은 타율적 질서가 아니라, 주로 인간 관계 사이에 작용하는 관심의 윤리에 바탕을 두고 있다. "어떤 제국주의적 질서도 그 중심에는 거짓말이 있다"(Gilligan xxiv)는 말처럼, 여성시인들은 법이나 제도적 힘보다 양심의 자유를 중시하는 목소리를 내었다. 바볼드는 「코르시카」("Corsica")에서 자유의 쟁취는 양보할 수 없는 절대절명의 주제임을 선언하면서, "마음의 자유"(The freedom of the mind)(B26)를 찬미하였다. 맥카시가 "마음의 자유에 대한 믿음이, 사회 개혁의 기원이 된다"(McCarthy xxiii)고 지적하고 있듯이, 여성시인들의 자유에 대한 추구는 도덕과 양심의 문제와 결부되고 또한 성숙한 사회로 나아가는 지름길인 것이다. 여성은 오랫동안 억압받는 것에 익숙해져 왔으며, 또한 이미 억압된 의식을 소유하고 있으므로, 여성시인들은 자유의 추구에 도덕적 덕목을 결부시킨 여성적 가치관을 제안하는 것이다. 여성시인들은 여성의 자유를 추구하기 위해서 우선 남성중심적 가치체계를 개혁하고 여성과 영토에 대한 남성지배의 확충으로부터 벗어나야 했던 것이다. 여기서 낭만기 여성시인들의 텍스트는 이후의 급진적 페미니스트들의 "여성문화에 대한 자부심"(Burris 355)을 미리 보여준다. 오피의「흑인 소년의 이야기」에 등장한 흑인 노예 소년 잠보 혹은 애이킨의『여성에 대한 편지』에서 억압된 여성들, 혹은 모든 식민지화된 민족들과 마찬가지로 여성의 문화는 억압당해왔다. 여성적 가치관이 남성지배적인 사회에서는 가치 없는 부정적인 것으로 여겨 왔지만 여성시인들의 텍스트에 드러난 여성의 목소리는 "여성 원리를 들어올려야 한다"는 페미니스트 버리스(Barris Burris)의 목소리를 상기시켜준다. 버리스에 따르면, 여성원리는 정서, 직관, 사랑, 인간적 관계를 의미하며, 인간적인 사회의 도래는 오랫동안 억눌려온 여성원리를 주장함으로써만 이루어질 수 있다고 주장하였다. 버리스는 "여성원리가 제 4의 세계"라고 설파하고 있다 (354-5). 낭만기 여성시인의 텍스트에서 발굴되는 여성의 목소리는 이후의 급진적 페미니스트들의 여성문화와 여성원리에서 다시 읽을 수 있다.

III. 바볼드의 후기시와 여성의 목소리

바볼드는 자유주의자로서 정치가들의 범행을 관찰해 왔는데, 초기시에서는 주로 가정적인 문제에 제한되어 있었던 반면에, 후기시「1811년」에서는 한 걸음 더 나아가 영국사회의 총체적인 몰락을 예언하고 있다. 대영제국의 몰락의 원인을 파헤치면서 바볼드는 당대의 정치가들과 상인들의 가치관에 초점을 맞추고 있다.「1811년」의 첫 두 행에서,

대영제국의 현재와 미래를 전망하고 파멸이 바로 닥치고 있다고 다음과 같이 외친다. "아직도 죽음의 북소리가 멀리서 우레 같은 큰 소리로 울려오고/ 소란스러운 나라에 전쟁이 빗발치듯 쏟아져 내리고 있다"(B152). 물론 당대로서는 이러한 폭넓은 사회적 전망은 물론 남성시인의 몫이었다. 그러나 바볼드는 당시 일흔의 나이에 접어든 성숙한 시인으로서 영국 사회의 파멸의 원인을 도전적이고 대담한 견해로 탐색하고 발표하였다. 피 흘리는 폭풍우가 영국과 유럽의 자유에 내리퍼붓고 있다는 바볼드의 외침은 영국이 주도권을 상실하게 될 것이라고 예언하기에 이른다. 주목할 점은 바볼드가 영국의 몰락을 외부의 전쟁이 아니라 내부적 부패에서 찾아내고 있는 통찰력이다. 사실 「1811년」이 출판되기 바로 전 해, 이미 영국에서는 언론의 자유가 죽어가고 있음을 알리는 북소리가 들리면서 많은 위기를 알리고 있었다. 대부분의 대도시에 의회기관으로서의 대표기구가 없었으며 잦은 전쟁으로 인하여, 시민들은 기아와 경제적 파탄에 빠져들고 있었다. 또한 영국 사회 내부에서 이미 합리적 정치의 원리가 무너지고 있었다. 영국에서 비국교도들의 시민권을 원천봉쇄하고 있었던 통합법과 심사법(the Corporation and Test Acts)을 무효화하려는 시도가 실패로 돌아가자, 정부는 비국교도들을 더욱 더 심하게 탄압하게 되었다. 영국 정부는 바볼드의 가족과 지식인 공동체와 같은 비국교도와 개혁가들의 목소리를 침묵시키면서, 시민권을 대폭 제한하려고 하였다. "바볼드의 친구 프리스리(Joseph Priestly)는 자신의 집과 실험실이 불태워진 뒤 미국으로 도피하였으며, 출판업자 존슨(Joseph Johnson)은 선동적인 소책자를 출판하였다는 명목으로 투옥되었다"(Favretti 102). 바볼드는 대영제국이 안으로는 탄압정책을 강화하지만, 대외적으로는 주도권을 상실하게 될 것이라고 예언하면서, 그 원인을 내부에서의 비틀린 힘의 원리에서 밝혀내고 있다. 억압과 탈취의 형식으로서 내부로부터의 파멸을 지적하면서, 바볼드는 "남성 문화가 갖는 행동코드, 즉 벌이가 좋은 생산성, 효율성과 경쟁성을 포함하는 남성적 자본주의 사회의 가치관"(Donovan 97)을 비판하고 있다. 이러한 행동코드는 불가피하게 파멸의 시간으로 내달리지 않을 수 없다고 외친다.

> 이곳이, 마치 지진의 충격처럼, 파괴되고 있다
> 그곳에는 말 못하는 공포로 가슴이 시들고
> 참혹한 죽음으로 애정이 핏물이 되어 흘러 넘치고,
> 그 무엇보다 영혼의 질병이 우선하고 있다. (B154)

바볼드는 남성들이 추구하는 가치관이 주로 공격적이고 이익중심의 원리가 우세하다고 비판하고 있다. 남성적 가치관으로 이익을 좇아 나아간다면, 부패와 파괴를 향한 돌진은 역행시킬 수 없는 것이다. "영국이여, 죄를 나누어 가진 그대가 괴로움도 나누어 가져야 한다"(Britain, now, / Thou who hast shared the guilt must share the woe)(B154)고 외치면서, "영혼의 질병"이 어디서부터 오는가 라는 의문을 제기한다. 사회가 파멸하게 되는 원인을 인간의 도덕과 양심의 문제에서 탐색하고자 하는 바볼드의 여성적 가치관을 보여준다. 바볼드는 영국사회가 안고 있는 내부적인 부패와 인간성의 덕목이라는 문제에 열중하면서, 성숙한 사회로 나아갈 수 있는 길을 모색하고 있다. 바볼드는 권력을 추구하는 남성의 욕망이 시민사회의 절반을 이루는 여성적 가치관으로 균형을 이루어야 비로소 사회가 파멸로부터 벗어날 수 있다고 주장한다. 그러나 19세기 초엽의 영국 제국주의는 그 힘의 원천이 상업적 이익 동기 추구에 있으며, 또한 이러한 개인의 이익이 영국의 국익에 도움이 된다는 자본주의적 가치관이 팽배하던 시기이었다. 바볼드는 이러한 남성이 주도하는 가치관에 의문을 제기하면서, 제국주의적 문화의 허약성을 지적하고 나섰다. "부가 더 많은 부를 생산해 내는 것이 사회적으로 인정받는 목표"(Appleby 9)가 되었던 영국의 산업혁명기 동안, 바볼드는 여성적 가치관으로 사회개혁을 이루어보고자 시도하였다. 이때 남성이 지배하는 부패한 정치체계를 없애기 위해서는 "이성적으로 작용하는 마음"에 호소하는 새로운 가치관이 필요하다고 생각하였다. 바볼드는 상업의 부와 이익을 추구하는 동기부여의 사회 구조를 비판하면서, 상업적 영국사회의 아픔을 다음과 같이 지적한다.

> 그대의 근거 없는 부는 공기 속에서 분해되고 있다,
> 마치 아침햇살에 녹아내리는 안개처럼,
> 복잡한 거리에서 혹은 시장 거리에서
> 친구를 만나도 반갑게 인사도 나누지 않네
> 왕자다운 상인은 슬퍼하고 있는 땅을 굽어보면서
> 변형된 표정으로 불행한 날들을 예고하면서, (B154)

대영제국의 문화에 대한 바볼드의 관점은 현실생활에 대한 비판으로 이어진다. 남성적 가치체계에 익숙한 사람들은, 상업적인 이익을 위하여 고전적인 덕목을 포기하고, 영혼의 아픔과 탐욕에 굴복하고 있다. 바볼드는 상업이 갖는 위험성은 남성의 가장 파괴적인 정열 중의 하나인 탐욕과 연관되어 있다고 지적하였다. 문제는 이러한 파괴적인 정열이 공공의 이익을 위하여 이용되고 있는 영국의 내면적인 부패를 고발한 점이다. 상업이 자본주의를 확장시키는 추진력이 있지만 그 속에 이미 부패를 안고 있다는 점을 인식하면서, 바볼드는 공동체의 평화적 공존을 위한 새로운 가치관을 모색하고 있다. "친구를 만나도 인사조차 나누지 않는" 사회가 아니라, 타인을 배려하는 관심의 윤리가 영국사회에 필요한 시점임을 인식하고 있는 대목이다. 바볼드의 희망은 평화로운 공동체 건설이며, 이 시의 주요 등장인물인 남성 수호신과 창조적인 여성 자연이 결합하여, 마침내 "늪지대가 기름진 초원으로 변화"(The steaming marsh is changed to fruitful meads)(B158) 되

는 것이다. 자본주의 사회구조 속에서, 남성은 양심적인 도덕성을 포기한 채, 개인적인 이익을 위하여 상업의 파괴적 가능성을 확장시켜 나왔던 것이다. 물론 자연을 정복하고 파괴하면서 관계성을 돌볼 여유가 없었던 것이다. 그러나 평화적인 공존의 원리를 두고 생각해 보면, 일단 남성 수호신이 자연을 정복하고 파괴해 버리면, 이제 더 이상의 이익은 그 누구에게도 존재하지 않게 된다. 말을 바꾸면, 여성적 가치관이 배제된 채 창조적인 여성 자연이 구속되고 나면, 어떤 창조적인 힘도 가능하지 않으며 마침내 파괴는 불가피하게 된다. 결국 자연까지도 가운데가 썩어서 곧 사라져가게 될 문명을 생산해 내게 된다.

> 수호신은 이제 우호적인 해안을 포기한다
> 그가 전에 사랑했던 것을 변덕스럽게도 이제는 미워한다.
> 그리고 나서 제국은 몰락하고, 예술도 쇠퇴하게 된다.
> 폐허가 된 왕국이 허약해진 독재자를 휘청거리게 하고
> 자연조차도 변화되어 간다; (B159)

바볼드는 제국이 몰락하고 예술이 쇠퇴하게 되는 총체적인 부패의 원인을 파괴적인 힘의 남용에서 찾아내어 경고하고 있다. 바볼드는 창조적 여성 자연의 입장을 반영하여 몰락을 막아내고 사회를 개혁하고자 하는 신념을 보여준다. 바볼드의 신념은 여성의 도덕적 감수성을 통하여 관계를 회복하게 될 때, 개인의 자유가 보장되고 부패 구조가 개혁되어 평화 공동체를 이루어 낼 수 있다는 것이다. 그러나 당시는 남성 이론가들이 천부인권설을 주장하면서도, 그 인권은 남성에게만 해당할 뿐, "여성은 합리성이 결핍된 존재이며 시민의 역할로부터도 배제되어" 있었던 시기였다(Donovan 5). 바볼드는 남성 중심적 문화가 빚어놓은 파멸과 투쟁하면서 여성의 도덕적인 감수성을 내세워서, 공존을 위한 덕목의 개념을 발전시켜 나가고자

하였다. 당시 수단 방법을 가리지 않고 부를 재생산해 내는 것이 목표였던 상업 중심의 문화를 비판하면서, 바볼드는 남성적 가치관이 지배와 착취에 기여한다면, 여성적 가치관으로서 관심의 윤리와 수용성이 필요하다는 인식을 늦추지 않았다. 바볼드는 "어느 누구도 상처받을 수 없다는 한층 고차원의 관심의 윤리"(Mellor, Romanticism 209)를 제시하여, 부패로 얼룩져 있는 영국 사회를 치유하고자 시도한 것이다. 남성이 지배하는 사회체계를 전환시켜, 여성적 가치관으로 이루어진 새로운 사회질서를 구축하고자 시도하는 바볼드의 목소리에서 버리스의 여성원리에 대한 자부심을 읽을 수 있다. 바볼드는 창조적 여성자연이 문명화된 사회에서 거의 존재할 수 없는 현실을 개탄하면서, 여성적 가치관의 도래를 희망하고 있다.

> 유리벽이 부드러운 식물을 제한하고,
> 향기로운 오렌지와 감미로운 파인애플도 가두고 있다;
> 그 곳에는 시리안의 포도가 풍요로운 꽃 줄을 늘인 채 달려있고
> 신선한 공기 혹은 더 밝은 낮을 요구하지 않는다: (B160)

여성적 자연은 풍요로운 꽃줄이 달린 시리아 포도가 되어 매달려 있지만, 유리벽 뒤에 감금되어 있다. 다만 객관화된 시선으로 투시될 때에만 식물과 과일은 빛을 발하게 된다. 여성 적 가치관은 다른 사람들에게 "향기로운 오렌지와 과실즙"을 제공하고자 시도하지만, 영국 제국이라는 유리벽에 갇혀서 "신선한 공기를 요구할 수 없는" 상태이다. 바볼드는 이 대목에서 남성중심적 문화권 속에 묻혀있는 여성의 창조적인 가치관을 비유하고 있다. 식물과 과일이 유리벽에 가두어져 있는 상태는, 마치 제국주의의 지배 아래 제한되어 있는 식민지 땅으로 읽을 수 있다. 여기서 버리스와 같은 급진적 페미니스트들의 목소리를 읽을 수 있다. "여성은 최초로 식민

지화된 단체이며"(353), 세계 곳곳에서 남성의 제국주의 확장을 위한 전쟁의 승리로 식민지화는 계속되고 있다. 이제 사회개혁을 위하여 여성적 가치관이 요구되는 시점임을 바볼드는 직관적으로 인식하고 있다. 식민지 땅의 회복과 공동체의 평화적 공존을 위해서, 제국주의는 무너져내리고 여성문화가 수용되어야 한다. 여성적 가치관의 덕목은 갇혀있는 "향기로운 오렌지"처럼, 자신을 내어주며 다른 사람을 배려하는 태도이다. 바볼드의 시적 경험은 "초월적 개념"을 주로 시적 목표로 내세웠던 낭만기 남성 시인들의 견해와 달리, 타인을 배려하는 도덕적 감수성을 소중히 하는 점에서 차별화되고 있다. 바볼드의 도덕적 감수성은 개인의 정신적 자유와 공동체의 평화적 공존을 이루는데 원천이 된다는 점에서 여성적 낭만주의는 그 의의가 크다. 바볼드가 주장하는 여성적 가치관으로서 덕목은 자율적 질서의 개념이면서, 동시에 다른 사람과의 관계 속에서 형성되는 개념이다. 바볼드는 여성적 가치관인 관심의 윤리가 요청된다는 입장을 다음과 같이 피력하고 있다.

> 그러나 아름다운 꽃이 피어나지만 파괴되고
> 벌레가 그 속에 있어, 영광은 사라지고
> 예술도 군대도 부도 그들이 이루어놓은 열매를 파괴하고 있네
> 아름다움이 그러하듯이, 상업은 다음의 봄을 알지 못한다,
> 범죄자가 길거리를 활보하고, 기만으로 더러운 빵을 벌어들이고 있다
> 결핍과 괴로움 위에 그대의 화려한 옷이 펼쳐지고 (B160)

바볼드가 주장하는 여성의 도덕적 감수성은 총체적이다. 그러나 애이킨의 『여성에 대한 편지』에서도 읽을 수 있듯이 여성적 가치관은 역사적으로 조롱을 받고 무시되어 왔다. "서열구조적 인간관계"에 익숙한 남성적 가치관에서는 전체적인 상황을 관계성으로 파악하는 여성의 직관

적 인지력은 오히려 부족할 수 있다. 따라서 남성지배적 문화에서 여성들의 도덕적 감수성은 오랫동안 합리성이 결여된 어리석은 태도로 여겨왔다. 바볼드의 "기만으로 벌어들인 축복받지 못한 빵"은 이익 추구의 상업적 가치관과 영국의 제국주의적 폭력적 문화를 보여주는 적나라한 대목이다. 바볼드는 관계 중심적으로 현실을 파악하면서, 영국사회의 업적인 부(wealth)의 방식을 여성의 도덕적 감수성으로 통찰하고 있는 것이다. "우아함이 자라나면, 그 만큼 근심의 양도 많이 늘어난다" (With grandeur's growth the mass of misery grows)(B185)는 대목에서도, 바볼드는 대영제국의 폭력문화를 비판한다. 바볼드는 자신이 영국 시민이지만, 타인을 배려하지 않고 희생시키면서 자국의 이익을 얻어내는 영국의 상업 중심의 문화를 고발하는 대담성을 보여주고 있다. 타인을 배려하고 공존을 모색하는 여성적 가치관이 배제된 상업중심적 문화는 필연적으로 몰락하게 된다고 미리 예언하고 있다. 이러한 여성적 가치관을 남성 비평가들이 부정하고 수용하지 않는 것은, 영국의 낭만기만 해당되는 것은 아니고 어느 시대에나 가혹하고 파괴적이었다. 바볼드가 대영제국의 몰락을 비난하면서, 그 원인을 상업의 책략에 흔들렸던 타락한 남성 중심적 문화에서 원인을 찾고자 했을 때, 남성비평가들의 반발 또한 만만하지 않았다. 당대의 많은 비평가들은 늙은 여성시인 바볼드의 제안을 수용하기는커녕 불쾌해 하면서 거침없이 조롱하였다. 영국 제국의 융성과 멸망에 대한 설명을 여성 시인이 제안하는 것 자체가 남성이 이루어 놓은 기존의 문화에 대한 공격으로 받아들였던 것이다. 당대의 비평가 크로커(John Wilson Croker)는 『계간 논평』(Quarterly Review, June 1812)에서, 바볼드의 글쓰기를 "공격적으로 비판하고" 찬물을 끼얹었다. 크로커는 남성의 정치적 초연함의 영역에 감히 여성시인인 바볼드가 개입할 자격이 없다는 입장이었다. 대영제국은 늙은 여성 작가의 충고나 개입 없이도 충분히 존속할 수 있다고 주장하였다(재인용, Armstrong 1). 남성시인과 비평가의 입장에서는, 「1811년」에서 바볼드가 금지된 담론에 개입하는 일대 실수를 저질렀다고 판단한 것임에 틀림없다. "1790년대의 여성시인들은 (남성 비평가들의) 적대적인 비평에 침묵을 지키고 있었으며" 물론 바볼드도 급진적인 내용이 담긴 시들을 거의 출판하지 못하고 있었다(Ashfield xiv). 18세기가 지나가고 마침내 19세기 초반 1812년이 되어서야 비로소 개인 적으로는 일흔의 노 시인이 되어 초기시의 서정적 경향을 상당히 뛰어 넘어 사회의식을 담은 「1811년」을 출간하였던 것이다. 그러나 그 때도 여전히 남성시인들과 비평가들은 대영제국의 종말을 제대로 파악하지 못하고 있었다. 바볼드는 대영제국의 부패와 그 원인을 여성의 도덕적 감수성으로 포착하고 고발하지만, 수용되기에는 역부족이었으며 이러한 도전적 시가 낭만시 전집에 포함되기에는 시기상조이었던 것이다. 당시 바볼드의 시와 목소리를 평가할 수 있는 논객은 남성 비평가들이었다. 남성의 선입관이 지배하던 시대이므로 당연히 그들은 바볼드의 시에 대해 지극히 공격적인 태도로 악평을 던졌던 것이다. 남성의 응시만으 로는 사회를 정확히 파악하는 것은 어느 시기에서나 부족하고 여성의 도덕적인 응시가 개입될 때, 사회는 한층 더 도덕적인 방향으로 나아갈 수 있다는 바볼드의 제안이 그들에게 탐탁했을 리는 없다. 그러나 바볼 드의 텍스트에 담긴 여성의 목소리는 남성중심의 공격적 가치관에 관 계 중심의 관심의 윤리가 보태어질 때 사회는 변화하고 개혁될 수 있 다고 울려나오고 있다. 아직 빛이 들지 않은 어두운 시대적 상황 속에 서 바볼드가 던지는 「1811년」의 여성적 가치관은 이후의 페미니스트들 에게 빛을 던져주고 있다.

Ⅳ. 나가는말

페미니스트 텍스트로서 바볼드의 시 읽기는 낭만기 여성시인의 도 덕적 감수성에 기초한 새로운 낭만적 전통을 보여준다. 바볼드를 위시한 여성 시인들은 억압된 여성의 삶을 강요당하면서, 빼앗긴 현실을 문학에서 시적 상상력으로 다시 회복하고자 하였다. 심리적으로 억압된 여성시인들은 여성적 가치관을 텍스트에 제시하면서 여성의 자아회복뿐만 아니라 사회적 개혁을 이루고자 시도하였다. 바볼드로부터 영감을 얻은 많은 후배 여성시인들이 바볼드의 목소리를 쫓아 시단에 등장하여 여성적 낭만주의를 이루어내고 있다. 남성중심의 질서로 구축된 사회현실 속에서 여성적 가치관을 제시하는 여성의 목소리는 당대 여성 독자들에게 자아의 해방이었으며 탈출선언이었을 것이다. 당시 바볼드는 남성의 전유물인 문학적 관례와 고정된 독자의 기대를 벗어나 여성적 가치관을 주장하면서 여성적 낭만주의의 선두주자가 되고 있다. 그러나 바볼드 뿐만 아니라 여성시인의 텍스트는 남성 비평가들로부터 무시되고 조롱 받았으며 오랜 동안 빛을 보지 못한 채 묻혀 있었다. 바볼드를 위시한 여성시인에 대한 연구가 최근에 활발히 이루어지고 있으며, 이제 영국 낭만주의는 보다 새로운 의미를 확장시켜 나갈 것으로 전망된다.

바볼드의 텍스트에서 여성의 목소리는 여성의 자아정체성을 회복하고 사회를 개혁하고자 하는 여성적 가치관을 보여준다. 이 여성의 목소리는 당대의 다른 남성시인들, 즉 워즈워드, 콜리지, 쉘리와 구별되는 시적 주제를 표현하고 있다. 바볼드의 후기시는 여성적 가치관을 보여주는 텍스트로써, 현실생활에 밀착한 여성의 "공감하는 정서적 경험"을 보여준다. 바볼드는 후기시에서 주로 여성의 가치관이 개입된 조화로운 힘을 통한 사회개혁의 목소리를 높이고 있으며, 「1811년」에서는 여성의 동등한 자유와 평화적 공존을 부르짖고 있다. 바볼드가 제시한 관심의 윤리는 개인의 정의보다는 타인과의 관계를 중히 여기는 여성적 가치관이다. 여기서 주목할 점은 관심의 윤리와 같은 여성의 도덕적 감수성이 여성의 자유뿐만 아니라 사회개혁을 위한 원동력으로 제시하고 있다는 점이다. 19세기 초반 영국의 현실세계와 문학세계에서 자신의 자리를 찾고자 노력하였던 여성시인의 목소리를 읽어내는 작업은 영국 낭만주의의 정전을 다시 생각하게 하고 낭만주의 시 비평의 폭을 넓히는 계기가 될 것이다.(『19세기영어권문학』6권 2호)

< 인용 문헌 >

Abrams, M. H. *The Norton Anthology of English Literature.* Vol. One. New York: Norton, 1986.

Anderson, John M. ""The First Fire": Barbauld Rewrites the Greater Romantic Poetry." *Studies in English Literature, 1500-1900,* 34 (1994): 719-738.

Appleby, Joyce. *Capitalism and a New Social Order: The Republican Vision of the 1790s.* New York: New York UP, 1984.

Armstrong, Isobel. Ed. *Nineteenth-Century Women Poets: An Oxford Anthology.* Oxford: Clarendon P, 1998.

Ashfield, Andrew. Ed. *Romantic Women Poets 1770-1838.* Manchester: Manchester UP, 1995.

Barbauld, Anna. *The Poems of Anna Letitia Barbauld.* Ed. William McCarthy. Athens: U of Georgia P, 1994.

Behrendt, Stephen C. "The Gap That Is Not a Gap: British Poetry by Women, 1802-1812." *Romanticism and Women Poets.* Eds. Harriet Kramer Linkin, & Stephen C. Behrendt. Lexington: UP of Kentucky, 1999. 1-14.

Burris, Barris. "The Fourth World Manifest." *Radical Feminism.* Ed. Anne Koedt. New York: Quadrangle, 1973. 322-57.

Chodorow, Nancy. *The Reproduction of Mothering: Psychoanalysis and the Sociology of Gender.* Berkeley: U of California P, 1978.

Curran, Stuart. "Romantic Poetry: The I Altered." *Romanticism and Feminism.* Ed. Anne K. Mellor. Bloomington: Indiana UP, 1988. 185-207.

Donovan, Josephine. *Feminist Theory: The Intellectual Traditions of American Feminism.* Continuum: Frederick Ungar Books, 1996.

Eger, Elizabeth. "Fashioning a Female Canon: Eighteenth-Century Women

Poets and the Politics of the Anthology." *Women's Poetry in the Enlightenment*. Ed. Isobel Armstrong. London: Macmillan, 1999. 201-215.

Favretti, Maggie. "The Politics of Vision." *Women's Poetry in the Enlightenment*. Eds. Isobel Armstrong and Virginia Blain. London: Macmillan, 1999. 99-110.

Gilligan, Carol. *In A Different Voice: Psychological Theory and Women's Development*. Cambridge: Harvard UP, 1993.

Lister, Ruth. *Citizenship: Feminist Perspectives*. New York: New York UP, 1997.

McCarthy, William. "We Hoped the Woman Was Going to Appear." *Romantic Women Writers: Voices and Countervoices*. Eds. Paula R. Feldman and Theresa M. Kelley. Hanover: UP of New England, 1995. 113-137.

Mellor, Anne. *Romanticism & Gender*. New York: Routledge, 1993.

_____. "A Criticism of Their Own." *Questioning Romanticism*. Ed. John Beer. Baltimore: Johns Hopkins UP, 1995. 29-48.

_____. Ed. *British Literature: 1780-1830*. New York: Harcourt Brace & Co, 1996.

_____. "The Female Poet and the Poetess: Two Traditions of British Women's Poetry, 1780-1830." *Studies in Romanticism* 36 (Summer 1997): 261-276.

Richardson, Alan. "Women Poets and Colonial Discourse: Teaching More and Yearsley on the Slave Trade." *Approaches to Teaching British Women Poets of the Romantic Period*. New York: MLAA, 1997. 75-79.

Wolfson, Susan. "The Language of Interpretation in Romantic Poetry." *Romanticism and Language*. Ed. Arden Reed. Ithaca: Cornell UP, 1984. 22-49.

『오로러 리』에 나타난 생태여성주의 시학*

여 홍 상

I

빅토리아조의 중요한 여성시인으로 평가되는 엘리자베스 바렛 브라우닝(Elizabeth Barrett Browning, 1806-61)의 장편시 『오로러 리』(*Aurora Leigh*)[1]는 최근 다양한 비평가들 사이에 많은 논란이 된 작품이다. 체스터턴(G. K. Chesterton), 버지니어 울프(Virginia Woolf), 앨런 모어스(Allen Moers)의 경우[2]를 제외하고, 20세기의 중후반까지 거의 잊혀졌던 바렛 브라우닝의 이 작품을 코러 캐플런(Cora Kaplan)이 1978년에 재출판하면서 쓴 서문은 그 이후 비평가들이 『오로러 리』를 현대적으로 재평가하는 데 있어 결정적 계기를 제공하였다. 캐플런은 서문에

* 이 논문은 2004년도 한국학술진흥재단의 지원에 의해 연구되었음(KRF 2004-041-A00446). 『영문학과 사회비평』, 문학과 지성사, 2007. 232-259에서 발췌됨.

1) 텍스트는 Margaret Reynolds, ed., *Aurora Leigh* (New York: Norton, 1996)를 사용하며, 인용은 본문의 괄호 안에 권수와 행수로 표시함.
2) 체스터턴은 바렛 브라우닝을 성차별적 철학을 넘어선 진정한 코스모폴리탄으로 칭송하였다(Stone, *Elizabeth Barrett Browning* 211-12 재인용). 울프는 유보를 두기는 했지만,『오로러 리』가 빅토리아조 사회에 대한 근본적 비평을 제공하는 소설적 시임을 높이 평가하였다(Woolf 439-46). 모어스(Moers)는 일찍이『오로러』와 다른 문학 텍스트의 영향사적 관계를 분석하였다(40-41).

서 바렛 브라우닝이 당대의 다른 소설과 시작품에 대한 인유와 상호텍스트성을 통해 어떻게 이들을 자신의 여성주의 입장에서 다시 쓰고 있는지 검토하면서, 그녀의 작품에 나타난 부르주아 여성주의 혹은 자유주의의 이데올로기적 한계를 지적하였다(Kaplan 5-30). 캐플런 이후, 많은 여성주의 비평가들은 주로 성차(gender) 문제와 연관하여 오로러의 여성시인으로서의 성장 과정과 정체성, 여성 인물 및 어머니의 모티프와 같은 여성주의적 주제 및 장르, 서술 구조, 여성주의 시학, 인유와 상호텍스트성 등을 집중적으로 분석하거나(Gilbert & Gubar; Duplessis; Friedman; Cooper; Mermin; Case; Zanona; Laird; Reynolds; Hickok; Rosenblum; Byrd; Scheinberg; Brown; Egan; Lootens; Thum; Wallace), 바렛 브라우닝이 제기하는 성과 가부장제 이데올로기 문제가 어떻게 당대 사회의 계급과 자본주의 사회의 경제적 체제 문제와 결부되어 있는지를 논의하였다(Leighton; David; Stone). 반면에, 패트릭 브랜틀링거(Patrick Brantlinger)는 당대 사회의 정치적 맥락에서 바렛 브라우닝의 개인주의/자유주의를 비판적으로 검토하였다(154-60). 국내 연구의 예로 이소희 교수는 이 작품에서 여성 언어와 계급 문제를 연관 지어 논의하였으며, 필자도 성과 계급의 문제 및 여성교육과 국가간 문화적 차이의 문제를 논의한 바 있다.

국내외의 기존 연구는 다양한 각도에서 이 작품에 대한 현대적 재해석에 기여하였다. 그러나 이 작품의 여성주의적 주제가 함축하는 문학 생태론적 의미, 특히 '생태여성주의적'(ecofeminist) 의미에 주목한 예는 아직 찾아볼 수 없다. 본고는 기존의 페미니즘 비평이 이루어 놓은 업적을 문학 생태학의 시각에서 새롭게 수용하고 전유함으로써, 이 작품에 대한 최초의 생태학적 접근을 꾀하고자 한다. 영국 낭만주의 시에 대해서는 최근 생태학적 접근이 활발히 이루어지고 있다(Abrams; Beach; Coupe; Kroeber; McKusick). 그러나 빅토리아조 시, 그중에서도 특히 바렛 브라우닝에 대한 생태학적 접근은 아직 이루어지지 못하고 있다. 본고에서는 다양한 생태학적 접근 중 특히 생태여성주의의 시각에서, 바렛 브라우닝이 오로러를 통해 제시하는 여성주의 시학이 어떻게 후기낭만주의의 생태학적 전망과 연관될 수 있는지 살펴보고자 한다.

본론의 논의에 앞서, 본 연구의 핵심어인 '생태여성주의'의 개념을 간략히 살펴보겠다. '생태학'(ecology)과 '여성주의'(feminism)의 합성어인 이 용어는 프랑소아즈 도본느(Françoise d'Eaubonne)가 1974년의 저서 『여성주의인가 아니면 죽음인가』(*Le Feminisme ou la mort*)에서 처음 사용했다고 한다(Gates 16). 생태여성주의는 1970년대 이후 등장한 실천적 사회운동으로, 여성과 자연에 대한 억압의 관련성에 주목한다. 칼라 암브러스터(Karla Armbruster)는 탈구조주의 입장에서 문학비평/이론과 생태여성주의 사이의 경계 허물기를 주장하며(97-122), 패트릭 머피(Partick D. Murphy)와 그레타 가드(Greta Gaard)는 생태여성주의적 접근을 문학 비평에 적용하고 있는 예이다(Gaard & Murphy 23-48; 224-48).3) 생태여성주의는 여성을 억압하는 근대 사회의 가부장제 체제와 자연을 파괴, 착취, 억압하는 근대의 반생태적인 물질적 생산 양식의 연관성에 주목하면서, 근대 사회체제의 피해자인 동시에 대안적, 창조적 힘의 원천으로 간주되는 여성과 자연의 긴밀한 연관성을 강조한다. 따라서 생태여성주의는 단순히 성 문제에만 집중하는 경향이 있는 기존 여성주의의 한계를 넘어서, 자연 생태계와 인류 공동체를 파괴하고 억압하는 자본주의, 식민주의, 제국주의 체제의 계급, 인종, 문화의 중층적 모순을 다루고자 한다. 생태여성주의의 입장은 여성과 계급, 자연과 문화의 복합적 문제를 다루고 있는 바렛 브라우닝의 장편시 『오로러 리』에 잘 적용될 수 있을 것으로 보인다. 이하에서 오로러의 성장 과정과

---

3) 이외에도 머피는 생태여성주의 문학론에 대한 단독 저서를 출판하였다(*Literature, Nature, and Other*). 생태여성주의에 대한 일반적 논의의 예로 인용문헌에 제시된 메리 멜러(Mary Mellor)와 발 플럼우두(Val Plumwood)의 저서, 그리고 캐런 워렌(Karen J. Warren)의 두 권의 편저서를 참고할 것.

관련하여 사용되는 자연과 유기체의 비유, 영국과 이탈리아의 자연과 문화의 차이, 3권과 5권에서 전개되는 오로러의 시학, 그리고 오로러, 마리앤, 롬니의 관계 등의 문제를 중심으로 하여, 이 작품에 제시된 생태여성주의 주제를 검토해보고자 한다.

II

많은 여성주의 비평가들이 지적하였듯이, 시인이자 여성으로서 오로러의 성장 과정은 이 장편시의 중심 주제의 하나이다. 바렛 브라우닝의 작품은 윌리엄 워즈워스(William Wordsworth)의 『서곡』(*The Prelude*)과 같이 1인칭 화자의 시인으로서의 성장 과정을 자서전적으로 서술한다. 일면 낭만주의의 시인관과 자연관을 계승하는 바렛 브라우닝의 시에서 시인-주인공의 성장과정은, 앞으로 상세히 살펴보고자 하는 것처럼, 워즈워스의 시에서와 같이 자연, 인간, 상상력의 유기체적, 생태학적 관계를 반영한다. 그러나 두 작품의 중요한 차이는 『오로러 리』에서는 주인공의 성장 과정이 '여성'으로서 체험하는 성 문제와 긴밀히 연관되어 있다는 것이다. 이것은 오로러의 어머니의 나라 이탈리아와 아버지의 나라 영국 사이의 자연과 문화의 대조에서도 잘 드러난다. 두 나라의 자연과 문화적 차이가 오로러의 교육과 성장에 끼치는 영향은 여성과 자연의 긴밀한 상호연관성을 시사한다. 샌드러 길버트(Sandra Gilbert)가 지적하듯이, 영국문학에서 전통적으로 이탈리아는 여성 원리 혹은 모성 원리를 대변하는 "상징적 텍스트"(symbolic text)로 재현되었다("From *Patria* to *Matria*" 132-66). 바렛 브라우닝의 작품에서 밝은 태양이 빛나는 숭고하고 다채롭고 아름다운 자연 풍경과 창조적인 예술 및 종교적 영성의 전통을 지닌 어머니의 나라 이탈리아가 만물을 생성화육하는 여성-모성 원리를 대변한다면, 우울하고 어두운 날씨와 인위적으로 길들여지고 다듬어진 자연과 획일적인 집들의 모습으로 을씨년스런 아버지의 나라 영국은 비인간적이고 공리주의적이고 가부장적인 남성 원리를 대변한다.

> 그리고 육지! 영국! 아, 서리처럼 흰 절벽이
> 나를 차갑게 내려다보았다. 나의 집을 찾을 수 있을까,
> 안개에 묻힌 저 비천한 붉은 벽돌집 틈에서?
> (중략)
> 대지는 친근한 신록으로부터 단절된 것처럼 보였고,
> 들과 들, 사람과 사람도 마찬가지였다;
> 하늘 자체가 나지막하고 실증적으로 보였다……
> 모든 것이 지루하고 흐릿했다.
> (I. 251-66)

반면에, 다음 구절은 연속적인 부정 어구의 사용을 통해서, 영국과는 대조적인 이탈리아의 거칠고 야생적인 자연의 장엄하고 숭고한 아름다움을 잘 묘사하고 있다.

> (영국의 것은) 장엄한 자연이 아니다. 발롬브로사의
> 내 밤나무 숲처럼, 벼랑의 돌출부 틈새로
> 벼랑까지 뻗어 있지 않다. 가파르게 치솟는
> 나의 강처럼, 기쁨이나 두려움에 소리 지르고,
> 약동하는 소나무 숲을 가로지르며,
> 시간의 스릴을 지닌 채,
> 영원으로 내동댕이쳐진 순결한 영혼과 같지 않다. 정녕
> 나의 수많은 산들처럼, 마술의 원 속에

주저앉아, 서로를 짜릿하게 만지면서,
영향력을 미치는 하늘 아래,
깊고 충만한 가슴으로부터 숨을 헐떡거리며,
친교와 위임을 기다리지 않는다. 이탈리아와
영국은 별개이다. (I. 615-27)

숭고한 야생의 자연을 지닌 이탈리아는 오로러에게는 어머니를 대
신하는 대리모와 같은 존재이다. 그녀는 이탈리아를 떠날 때 증기선
에서 멀어지는 모국 땅의 모습을 "애원하며 부여잡는 치맛자락을 화
가 나서 거두어들이는 이"(one in anger drawing back her skirts/ Which
suppliants catch at, I. 232-35)에 비유한다.

실용주의적인 영국인 아버지가 사업차 방문한 플로렌스의 축제일에
이탈리아인 어머니와 첫눈에 낭만적 사랑에 빠져서 결혼하게 되는 것
은 성별특정적 관점에서 대조적인 두 나라의 자연과 문화 사이의 일
종의 양성적 결합을 시사한다. 그러나 어머니가 세 살 때 일찍 돌아
가신 후, 오로러는 이탈리아 펠라고(Pelago)의 깊은 산중에서, 아버지로
부터 루소의 에밀처럼 인간의 타고난 본성을 자연스레 키워주는 인문
주의적 교육을 받게 된다.

그(오로러의 아버지)의 생각에 어머니 없는 아기는
다른 이들에게 소용되는 것보다 어머니 자연이 더 필요했기
때문에. (I. 112-13; 강조첨가)

오로러의 성장 과정에서 가장 핵심적인 문제는 어릴 적부터 겪어
야 했던 "어머니의 결핍"(mother-want, I. 40)이다.[4] 한 여성으로서, 그

---

4) 이러한 측면에서, 도로시 머민(Dorothy Mermin)은 오로러의 성장 과정에서 '어머니' 찾
기의 모티프를 강조한다(190-96).

리고 예술가로서 오로러의 삶의 과정은 어릴 때 바라본 벽 위의 어머니의 신비한 초상화(I. 134-73)가 암시하듯이, 죽음과 삶의 다양한 모순적 형식이 복합된 상징적, 원형적 기표로서의 잃어버린 '어머니'의 진정한 의미를 어떻게 찾아가느냐 하는 문제와 긴밀히 연관되어 있다. 아버지와 함께 이탈리아에 머무는 동안, 정다운 유모이자 하녀인 아순타(Assunta), 그리고 모국 이탈리아의 숭고하고 아름다운 자연의 모습은 돌아가신 어머니의 모성과 여성성을 대체하는 대리모의 역할을 한다. 그러나 13세에 아버지마저 갑자기 돌아가시고, 오로러는 영국의 고모댁으로 가게 된다.5) 오로러의 양어머니 역할을 떠맡은 고모는 실용주의적이고 비인간적이며 가부장적인 영국 사회에서 종속되고 왜곡된 여성 원리를 대변하는 영국 독신여성의 문화적 상투형을 전형적으로 재현한다. 대리모로서 고모의 왜곡된 여성상은 길들여지고 삭막한 영국의 자연 풍경과 도시 모습에 대한 객관상관물이다.

성별특정적 관점에서 이탈리아와 영국의 자연과 문화의 대조적 재현과 아울러, 오로러가 자서전적 서술에서 그때그때 자신이 처한 상황과 자신의 정체성을 묘사하기 위해 다양한 자연물의 비유를 활용하고 있는 것은 여성으로서의 그녀의 정체성 형성 과정과 자연물 사이의 유기체적, 생태학적인 연관 관계를 암시해 주는 것으로 보인다. 워즈워스, 코울리지, 셸리, 키츠 등의 남성 낭만주의 시에서 '바람,' '풍금,' '달,' '식물'(나무, 풀, 꽃), '새,' '샘/물' 등은 흔히 인간 정신 혹은 낭만적 상상력의 상징으로 사용되었다. 여러 비평가들은 낭만시의 이러한 핵심적 비유를 생태학적 관점에서 인간 혹은 인간 정신과 자연의 유기체적 동일시를 대변하는 것으로 해석하였다(Abrams; Beach; Coupe; Kroeber; McKusick). 오로러가 자신의 정체성을 묘사하기 위해

---

5) 모린 섬(Maureen Thum)은 이방인이자 고아인 오로러의 소외된 시각이 영국 사회를 '낯설게' 하는 효과적인 방편으로 사용되고 있다고 지적한다(224-25; 228).

자연물의 유기체적 비유를 즐겨 사용하는 것도 같은 맥락에서 이해될 수 있다. 그러나 그녀가 사용하는 자연물의 비유는 남성 낭만주의 시인들과 달리 성별특정적 관점에서 여성이자 시인으로서의 그녀의 고유한 정체성의 정립 과정과 긴밀히 맞물려 있다. 오로러가 자신을, 혹은 타인이 그녀를 묘사하기 위해 사용하는 수사적 비유에는 동식물과 같은 유기적 생명체, 대지와 하늘, 천체, 계절과 하루의 시간, 수풍지화의 4원소 등 자연과 자연현상의 생태학적 비유가 흔히 사용된다. 이러한 생태학적 비유는 나아가서 원예(gardening), 농경(farming), 사냥(hunting) 등의 비유와 연관된다.

특히 이 시에서는 오로러뿐 아니라 그녀의 '다른 자아'(alter ego)로서의 마리앤과 관련하여, 나무, 풀, 잎, 꽃, 씨앗과 같은 식물의 비유, 새, 가축, 짐승, 벌레, 곤충과 같은 동물의 비유, 그리고 불(불꽃), 물(이슬, 강), 공기(바람), 흙(먼지, 진흙)과 같은 자연의 4원소의 이미지가 빈번히 사용된다. 오로러의 성장 과정과 관련하여 자주 원용되는 다양한 식물의 비유는 여성주의적적 생태시학의 관점에서 볼 때 중요한 의미를 지닌다. 예컨대, 흔히 인용되는 2권의 자기대관식 장면에서 오로러는 전통적으로 시 혹은 시인과 연관되어 온 "월계수"(bay)와 "도금양"(myrtle), 그리고 "까마귀밥나무"(guelder-rose)와 같은 다른 나무를 제쳐두고 "담쟁이"(ivy)를 자신의 왕관의 소재로 선택한다. 이것은 키 큰 남성시인-나무에 기생하거나 "담"(wall)을 타고 올라가 이를 넝쿨로 감싸고 정복하려는 여성시인으로서의 은밀한 욕망을 나타내는 것으로 볼 수 있다.

> 아, 저것이 바로 내가 택하려는, 담 위의 담쟁이야,
> 가파르게 올라간 저 담쟁이의 한 잎 한 잎
> 모두가 꽃다발을 생각게 하네. 큰 잎이든 작은 잎이든,
> 내 포도넝쿨처럼 톱니가 있고, 그 반만큼 푸르네.

내가 이런 담쟁이를 좋아하는 것은, 용감히 높은 곳으로 뛰어오
르고,
　힘차게 기어오르기 때문이지; 무덤 위에 키우기 좋고
　바쿠스의 지팡이에도 휘감기 좋지; 게다가 예쁘기도 해,
　(이건 나쁜 점이 아니지) 머리 빗 주위에 둘둘 감으면.
　(I. 46-53)

　장래 여성시인으로서의 오로러가 기존 남성시인의 거대한 문학적
정전 및 전통과의 관계에 있어 자신이 처한 미묘한 입장을 담쟁이와
담 혹은 다른 큰 나무와의 생태계적 관계에 비유한 것은 매우 흥미롭
다. 이것은 오로러가 다락방에서 아버지가 남긴 책을 몰래 읽는 자신
의 모습—즉 전통적인 남성중심의 문학적 정전을 여성독자로서 전유
하고자 하는 자신의 모습—을 희화적으로, 멸종한 마스토돈 화석의
갈비뼈 사이를 드나들며 먹이를 갉아 먹는 재빠른 생쥐에 비유하는
것(I. 837-38)과 일맥상통한다.
　미켈란젤로의 작품명(Aurora, 새벽의 여신) 혹은 조르주 상드의 실
명(Aurore Dudevant)에서 따왔다고 하는 '오로러'라는 이름은 새로운
여성 중심 문학 시대의 시작을 알리는 여성신으로서의 선구적, 예언
자적 역할을 암시한다. 오로러는 동이 트고 이슬이 내리는 하루 중
특정한 시간의 자연적 이미지를 성별특정적 관점에서 여성시인의
문학사적 정체성과 연관 짓고 있다. 나이팅게일이 노래하고, 장미
꽃봉오리가 막 피어나는 6월의 이른 아침에, 오로러가 이슬 맺힌 풀
밭에서 옷자락을 끌며 붕붕거리는 벌처럼 혼자 노래하며 자신의 생
일을 홀로 경축하기 위해 집을 "걸어"(walk) 나서는 흥겨운 축제적
장면에서, 이제 막 성년을 맞이하는 한 여성시인으로서 그녀의 내면
의 싱그러운 삶의 생명력 또는 시심(詩心)과 연관된 무르익은 봄의
자연 풍경에 대한 세부적 묘사는, 에이브럼즈(M. H. Abrams)가 낭만

주의 시에 대해 일반적으로 지적하듯이, 시인의 상상력과 자연 혹은 내면-외면 세계의 생태학적 일치/상응을 암시하는 것으로 해석할 수 있다. 오로러의 자기대관식 장면을 때마침 목격한 롬니는 그녀에게, 여성이 시인이 되려 하는 것은 두통만 일으키며, 흰 가운만 더럽히게 된다고 힐난한다. 그러자 오로러는, 비록 가운에 흙을 묻히더라도 "나는 모든 위험을 무릅쓰고 걷기를 택한다"(I. choose to walk at all risks, II. 106)라고 반박한다. 그녀가 흙을 묻히면서 '걷기'를 택하는 것은 '여성'으로서의 시작6) 행위가 대지/흙/자연과 불가분한 것임을 시사한다. 롬니와의 대화 중에 그곳에 우연히 나타난 고모의 기대와는 달리 그와 결혼할 의사가 없음을 밝힌 후, 오로러가 땅에 떨어져 흙이 묻은 담쟁이 화환을 머리에 다시 쓰는 것(II. 808-14)은 이러한 맥락에서 그녀가 대지/자연/현실과 동떨어지지 않은 나름대로의 시를 쓸 것이라는 결심을 재확인하는 상징적 행위이다.

20세 생일에 이르는 날까지, 오로러는 고모 집에서 혼자 독서를 하다가 '시'를 처음 접하게 된다. 이때의 감동을 묘사하고 있는 다음 구절은 자연과 시가 생태시학적 측면에서 근본적으로 동일한 우주의 생명의 "맥박"(pulses) 또는 '리듬'에서 연유한 것임을 강조한다.

> 해는 높이 솟았지,
> 내 맥박이 그에 맞춰 뛰는 것을 처음 느꼈을 때;
> 피와 뇌의 맥동치는 격류가 말로 휩쓸려 나왔을 때.
> (I. 895-98)

오로러가 고모 집에서 낯선 영국 문화에 그래도 적응하며 살아갈 수 있는 것은 고모의 외적, 권위적 언어에 대항하여, 조그마한 식물의

---

6) 앤 월러스(Anne Wallace)는 이 작품에서 '걷기'(walking)와 '바느질'의 두 가지 여성적 모티프를 분석하면서, 이를 오로러의 여성적 시학과 관련짓는다(237-63).

씨앗처럼, 자기 내면에 내재하는 유기적 생명력을 은밀히 유지하고 키워 나갈 수 있기 때문이다. 오로러는 영국의 길들여진 자연에서 그래도 나름의 안식과 평화를 찾는다. 오로러의 상상적 대화 속에서, 기대와 달리 영국 땅에서 잘 버텨 가는 오로러를, 고모가, 빵을 만들기 위해 곳간에 둔 곡식의 씨앗이 틈새로 들이친 비에 파란 싹이 트는 데 비유하는 것(I. 1043-45)은 아이러니컬하게도 비인간적인 영국 사회에서도 말살되지 않고 살아남는 인간 내면의 끈질긴 자연적 생명력을 잘 보여준다.

오로러의 방 내부의 "녹색"(green)은 집밖의 풀밭과 다양한 나무들이 있는 숲의 녹색, 그리고 멀리 언덕과 육지 위의 '갑'(岬)의 원경으로까지 연결된다(I. 567-602). 집의 내부와 외부, 인간의 내면과 외부의 자연은 모두 코울리지(S. T. Coleridge)의 시 「풍금」(風琴, "The Eolian Harp")에 나오는 표현을 빌려 말하자면, "한 생명"(one Life), 혹은 우주에 편재하는 '신'(God)의 '정기' (spirit)의 현현이다.7) 스웨덴보리의 신비주의 사상의 영향을 받은 바렛 브라우닝은 이 작품에서 오로러의 입을 빌려서, 물질적 현상계로서의 자연과 육체, 그리고 정기와 영혼의 이념계의 "두 겹 세계"(a twofold world, VII. 762)가 사실은 하나임을 강조한다(VII. 762-85). 즉 자연 속에는 신성한 정기가 서려 있고, 후자는 자연과 육신을 통해서만 실제로 나타난다. 어린 시절, "우리 내부의 사랑과 외부의 사랑은 뒤섞여서……우리는 숲이 움직이는지 우리가 움직이는지 알지 못한다"(The love within us and the love without/ Are mixed, confounded…We know not if the forest move or we, I. 965-70). 『서곡』에서의 워즈워스처럼, 오로러는 마치 한 그루 나무처럼, "자연으로부터/ 기본적인 영양과 열기를/ 흡수했으며"(drew/ The

---

7) 이러한 측면에서, 에이브럼즈가 코울리지의 시와 자연철학을 논하면서 사용하는 "우주적 생태계"(cosmic ecology, Abrams 216)의 개념은 바렛 브라우닝의 시에도 적용될 수 있을 것이다.

elemental nutriment and heat/ From nature, Ⅰ. 474-75), "자연의 모든 축복을 들이마셨다"(drew the blessing in/ Of all the nature, Ⅰ. 650-51)고 술회한다.

오로러가 5권에서 개진하는 시학 이론은 비평가들 사이에 많은 논의의 대상이 되었다. 그러나 그 이전 3권에서 몇 가지 중요한 특성이 예시되고 있음을 간과할 수 없다. 예컨대, 3권의 서두에서 오로러는 베드로에 대해 언급하고 있는데, 이것은 하나님이 베드로에게 명했듯이 (시인-예언자로서) '대지'에 발을 딛고 옷에 '흙'을 묻히며 혼자 시인으로서의 길을 '걸어가겠다'는 의미뿐 아니라, 베드로가 십자가에 거꾸로 매달려 순교하였듯이, 시를 쓰는 머리를 거꾸로 하여 끊임없이 대지에 (혹은 당대 사회 현실에) 밀착된 시를 쓰겠다는 의지를 암시한다. 즉 오로러에게 있어 머리로 시를 쓰는 행위는 대지에 발을 딛고 걷는 것과 같다. 머리와 발의 공간적 위치와 서열이 전도된 '걷기'의 시학을 통해서 대지와 하늘은 하나가 된다. 그러나 오로러는 여성 시인으로서의 정체성을 정립함에 있어 반드시 정통적인 기독교의 사도나 남성 선지자에 의존하지는 않는다. 이전의 시인들이 시나이(Sinai)나 파나서스(Parnassus)와 같은 남녘의 신화적 산에서 시적 영감을 구하였다면(Ⅲ. 187-95), 오로러와 같은 근대 시인들은 런던의 높다란 다락방에서 바라보는, 대기를 핏빛으로 물들이는 런던의 석양과 도시 전체를 "질식시키는"(strangle, Ⅲ. 180)듯한 짙은 안개에서(Ⅲ. 178-83), 당대의 현실적 삶에 뿌리박은 새로운 노래의 소재와 영감의 원천을 발견한다고 말한다.

> 나는 해를 바라보았다,
> 음산한 아침이나 기괴한 오후에
> (드루이드족의 어떤 불꽃같은 놋쇠 우상과 같이
> 깜박이지도 않는 지독한 열기의 고정된 테두리로부터,

속에 갇힌 희생자의 피가
조금씩 배어나와 대기를 빨갛게 물들이는 것처럼 보였다).
  (III. 170-75)

밀턴은 『실낙원』에서 기독교의 '성자'(Son)와 동음이의어로서의 '태양'(Sun)을 시신으로 환기하였던 반면, 오로러에게 있어 런던의 태양은 기괴하게도 고대 이교의 잔인한 인신희생과 연관된다. 근대적 대도시의 붉은 태양의 이교적 이미지는 어쩌면 반생태적, 반인간적인 것으로 비춰질 수도 있다. 그러나 붉은 석양빛과 인간의 "피"(blood)의 색채적 연관성은 피와 살을 지닌 실제 인간의 삶을 다루는 오로러의 시학의 자연주의적, 현실주의적 특성을 드러낸다는 점에서 심층생태학적 전망과 연결될 수 있다. 그녀는 도시 전체가 짙은 안개의 침묵 속에 빠져드는 모습에서, 갑자기 파라오의 군대가 홍해 속으로 빨려 들어가는 것과 같은 환상을 목도하면서, 신시어 샤인버그(Cynthia Scheinberg)가 지적하듯이(306-23), 모세와 같은 기독교 남성 예언자가 아닌 미리엄과 같은 유대교의 여성 예언자의 노래가 자기와 같은 근대 여성시인의 시에 적합한 힘을 지니고 있다고 느끼게 된다(I. 195-203).

오로러가 자신의 내부에서 끓어 넘치는 시적 창조의 자발적 힘(피)을 "나의 모든 생명을 불태우는"(it burns… my whole life, III. 261) "주피터의 (번개)불-씨앗"(Jove's fire-seed, III. 252)에 비유하는 것은 이러한 태양과 피의 상징적 동일시와 연관될 수 있다. 물론 불의 힘을 시적 창조력과 연관 짓는 것은 낭만적 프로메테우스주의(Romantic Prometheanism)의 전통을 이어받는 것이다. 그러나 곧이어 오로러는 죽은 시인의 책을 상징하는 "재"(ash)와 무덤가의 "주목"(yew)을 대비시키면서(III. 266-71), 불, 물, 나무의 이미지를 결합시켜서 자신의 독특한 생태론적 시인론/인간론을 펼친다.

영혼이

어린이 속에서 자라면서 그를 자라게 하듯이,
또는 신의 손길로서의, 불의 수액이
나무를 휘감아 돌면서, 껍질을 부풀게 하고
거기에 거친 비늘과 옹이를 만들고, 이윽고
여름 잎의 녹색 불길을 무성히 일어나게 하듯이
내 속에서 깊어가는 생명은 내가 택한 모든 길에서
깊어져 갔다.
(Ⅲ. 327-35)

오로러는 일면 초기 기독교의 사도와 선지자, 그리고 낭만주의의
생태론적 문학의 전통을 이어받으면서도, 이전의 남성중심적인 종교
적, 문학적 전통을 넘어서서, 고대 드루이드족의 원시적 신앙, 유대
교의 여성선지자 전통, 그리고 그리스 신화 등에 기대어, 여성이자
시인으로서 자연과 인간, 시인과 시에 대한 새로운 대안적 이해를
추구하고자 한다.

3권에서 산견되는 오로러의 문학론은 5권에서 본격적인 시학 이론,
문학 이론으로 전개된다. 자신의 문학의 주제와 관련지어, 5권의 서두
에서 오로러가 스스로에게 제기하는 일련의 질문은 명백히 밀턴[8]을
연상시킨다.

바랄 수 있을까

인간과 자연과 조화로운 곡조의
시를 말하기를? - 용암-림프액과 더불어
연속적인 우주천체로부터

---

8) 새러 브라운(Sarah Annes Brown)은 이 작품과 밀턴의 『실낙원』의 상호텍스트성에 주목
하면서, 바렛 브라우닝이 여성시인의 입장에서 어떻게 밀턴에 대한 인유를 이용하는지
를 분석한다(7-22).

방울 방울져 하나님의 손가락으로부터 떨어져
훨씬 새로운 세계를 이루는?
(V. 1-6)

여기에서 흥미롭게도, "자연과 인간에 대해 말한다"(To speak of
man and nature)라는 거대한 밀턴적 서사시의 주제를 다룰 수 있는
시적-우주적인 창조력의 근원을, 암암리에 거대한 여성의 가슴에
서 흘러내리는 젖에 비유하는 것은 생태여성주의적 관점에서 중요
한 시사점을 던져준다. 계속해서, 오로러는 자연의 사계(四季)와
인간의 가슴과 몸의 순환이 서로 상응하는 그러한 시를 쓸 수 있
을지 자문하면서(V. 6-22), "순수한 천구층(天球層)처럼 빛나면서
조화롭게 맥동치는……/ 어머니의 가슴"(mother's breast/ Which . . .
throb luminous and harmonious like pure spheres, V. 16-18)의 이미지
를 사용한다. 이러한 스스로의 질문에 대해, 오로러는 롬니와 같은
한 명의 독자도 만족시키지 못하는 자신의 시는 결국 "그 요술 같
은 자연의 원초적 리듬"(the primal rhythm of that theurgic nature,
V.29-30), 혹은 알렉산더 포우프(Alexander Pope)의 시에서 표현된
거대한 존재의 사슬을 관류하는 "생명력"(quick, V. 26)을 구현하는
데 "실패할 수밖에 없다"(I must fail, V. 30)고 단언한다. 그러나 여
기에서 오로러의 부정적 대답은 그녀가 추구하는 생태여성주의적
시의 가능성에 대한 부정이라기보다는, 롬니라는 비판적 독자를
의식하는, 자신의 시에 대한 스스로의 반성과 철저한 자아비판을
드러내는 것으로 보는 게 옳을 것이다. 즉 바렛 브라우닝은 5권의
서두에서 작중 인물인 오로러의 자기겸양과 자기반성의 몸짓을 통
해서 생태여성주의적 시학의 주제를 조심스럽게 도입하고 있는 것
으로 볼 수 있다.

이하에서 오로러는 당대의 여러 문학 장르를 면밀히 검토하면서 자

신의 비판적 문학관을 피력한다. 그녀는 우선 감상적이고 개인적이며 소위 순수예술을 지향하는 당시의 '여성'문학을 거부하고, 신을 위한 숭고한 예술을 추구하겠다고 단언한다(V. 59-62; 69-72; 81-82). 구체적으로, 대중들에게 인기가 있었던 자신의 "민요"(ballad)와 "소네트"(sonnet), 그리고 "묘사시"(descriptive poem)의 하나인 「언덕」("The Hills")을 예로 들어서, 그리스 신화에서와 같이 자연을 "인간화"(humanize)하는 것은 오류이며, 기독교의 창조주 신이 "지구" (Earth)의 시체를 소행시킨 이후, 님프와 요정이 등장하는 시는 쓸 필요가 없다고 주장한다(V. 95-106).9) 따라서 오로러는 자신의 "전원시"(pastoral poems)가 실패했음을 솔직히 인정하면서(V. 130), 자연을 인간화하기보다는 오히려 인간을 자연의 일부로 보고, 인간의 "몸"과 "녹색 대지"가 결국 하나임을 강조한다.

> 대지를 보라
> 녹색 대지는 우리 몸의 몸이며,
> 의심의 여지없이 인간의 육신과 같으니
> 이 분절된 핏줄을 통해서
> 우리 심장이 피를 흐르게 한다.
> (V. 116-20)

감상적 전원문학에 대한 비판에 이어, 오로러는 "서사시"와 "로맨스"에 대해 언급하면서, 모든 "영웅"(hero)은 평범한 인간이고, 모든 시대는 나름대로 영웅이 있다고 주장한다(V. 151-55). 오로러는 서사시처럼 단순히 과거를 이상화하지 않고, 과거를 되돌아보면서 동시에 미래를 내다보는(V. 154) "이중적 전망"(double vision, V. 184)의 시를 추

---

9) 바렛 브라우닝은 오로러를 통해 당대의 감상적 여성문학뿐만 아니라 이전의 낭만주의 시에서 흔히 자연을 의인화한 것을 비판하고 있는 것으로 보인다.

구하고자 한다. 즉 시인은 샤를마뉴나 아서왕 시절의 기사도 로맨스가 아니라 "살아있는"(live) 현재의 시대를 다루어야 한다.

> 그들(시인들)의 유일한 일은 시대를 재현하는 것이니,
> 샤를마뉴가 아닌, 그들의 시대, 이 살아서 맥동치는 시대를.
> (V. 202-3)

바렛 브라우닝은 여기서 오로러의 입을 통해 아서왕의 전설과 같은 중세시대의 이야기를 주된 소재로 다루었던 '빅토리아조의 중세주의'(Victorian Medievalism)를 비판하고 있는 듯하다. 위 인용구에서, "맥동치는" 심장의 비유는 자주 인용되는 다음의 유명한 구절에서 시와 대지의 불과 여성의 몸 사이의 강렬한 은유적 동일시로 발전한다.

>   붙잡아라,
> 불타는 노래의 용암 위에,
> 충만한 핏줄로 솟아나는, 시대의 두 젖가슴을:
> 그리하여, 다음 시대가 올 때, 그 때 사람들은,
> 흠모의 손길로 그 자취를 어루만지며, 이렇게 말하리라,
> '보라, - 보라, 우리가 빨았던 그 젖꼭지를!
> 이 가슴은 아직도 뛰는 것 같구나, 혹은 적어도
> 우리 가슴을 뛰게 하는구나: 이것은 살아있는 예술이며,
> 이렇게 진정한 삶을 제시하고 기록한다.'
> (V. 214-22)

전형적인 낭만적 상상력의 상징의 하나인 프로메테우스적인 '불'('용암')의 이미지와 원형적 풍요의 상징으로서의 대지-여성의 몸('젖'이 흐르는 '가슴')의 이미지를 하나의 강렬한 은유로 결합시키고 있는 위의 구절에서, 여성·자연·시가 이루는 삼위일체는 바렛 브라우닝 특

유의 '생태여성주의적 시학'의 전망을 웅변적으로 천명하고 있다.

시인이 당대 사회의 현실적 문제를 다루는 '살아있는' 시를 쓰는 것은 화산의 용암과 같이 '생성하는 자연'(*natura naturanta*)의 자기 창조력에 비유되며, 그것은 다시 만물을 생성·화육하는 대지-어머니 여신의 젖가슴에 비유된다. 먼 후일에 인류의 후손이 굳은 용암의 모습을 보고, 다시 원래 분출하던 화산 용암의 살아있는 창조력을 되새기듯이, 문학 작품은 후대의 다른 독자들에 의해 계속 새롭게 수용되어, 저자와 독자 사이에 끊임없는 창조와 재활용의 생태학적 순환을 거듭하는(Rueckert 105-23), 영원한 유기적 생명력을 지닌다. 바렛 브라우닝이 여주인공 오로러를 통해 개진하는 여성주의/여성시인의 시학은 낭만주의의 생태학적 시론과 결합되어, 새로운 생태여성주의 시학을 창조한다. 그것은 최근 여성주의 신화학자들이 지적하듯이, 초기 인류 역사에서 남성중심의 가부장제가 정착되기 이전에, 여성중심의 모계 사회에서 생성되었던 풍요와 창조의 상징으로서의 '여성신'의 신화적 원형(Baring & Cashford 1-45; Sheldrake 18-21)을 부활시키는 일임과 동시에, 시인이 생존하였던 빅토리아조 당대 사회의 살아있는 인간 사회의 '삶' 혹은 '생명'을 '노래'(시)로써 재창조하는 일이기도 하다. 이 것은 생태학적 관점에서, 인간의 삶과 예술이 공유하는 자연적, 유기적 생명력을 암시해 준다고 하겠다.

Ⅲ

하층민 여성 마리앤의 성장과 삶의 편력 과정은 오로러와 평행을 이루며 후자의 삶의 중요한 시점에서 교차한다. 오로러와 같이 책을 많이 읽고 체계적인 교육을 받을 기회가 없었던 마리앤은 떠돌이 노동자인 아버지와 함께 각지를 방랑하는 가운데, 하늘과 대지와 산과 바다와 같은 자연 풍경 속에서 종교적 경건함과 직관적인 도덕적 감수성을 키워나간다(III. 954-91). 오로러가 세 살에 어머니를 잃었다면, 마리앤은 세 살 때에, 어머니의 품을 벗어나 금작화의 담 틈새로 푸른 하늘을 바라보며, 눈을 멀게 하는 하늘의 눈부신 빛으로부터 천사와 하느님의 존재를 알게 된다(III. 898-900). 그녀의 풍성한 머리칼은 라파엘전파의 그림의 '굉장한 미인'(stunners)처럼, 마치 새에게 보금자리를 제공하는 숲과 같이(III. 965-66), 여성적-모성적 풍요의 상징이다. 오로러가 재서술하는 마리앤의 이야기에서 후자는 전자와 같이 흔히 맹금류나 사냥꾼에 쫓기는 새나 짐승, 벌레, 혹은 꽃에 비유된다. 오로러가 고모 집에서 억압당하는 자신을 바닷가 암석 위에 밀려온 "해초"에 비유한다면(I. 379-84), 마리앤은 학대하는 부모로부터 도망쳐 길거리의 미친 여자로 전락하여 "죽은" 것과 마찬가지인 자신을 바닷물에 의해 끊임없이 침식당하는 "돌"에 비유한다(VI. 804-13).

오로러가 자연의 맥동 속에서 시의 운율을 느끼듯이, 마리앤은 스쳐가는 바람소리에서 시적 언어의 율동을 배운다(III. 1002-8). 바느질을 하면서 시상을 떠올리는 그녀의 모습은 노동계급의 잠재적 시인으로서의 재능을 시사한다.

> (마리앤이) 앉아서 바느질을 하는 동안,
> 아무도 그녀의 해맑은 상념을 멈출 이 없었으니,
> 아름다운 시의 운율이 빙빙 돌았다
> 환희의 곡조가 울리는 원환 주위에,
> 시간의 축축한 손길 아래에.
> (III. 1016-20)

그러나 찰스 킹슬리(Charles Kinglsley)의 『앨턴 록』(*Alton Lock*)과 달리,

바렛 브라우닝의 주인공은 중산층 출신의 오로러이며, 하층민 노동자인 마리앤은 결코 시인이 되지 못한다. 오로러와 롬니에 의해 "어린애"로 불리거나, 토마스 하디(Thomas Hardy)의 테스(Tess)처럼 "말없는 짐승"(dumb creatures, IV. 159)에 비유되는 그녀는 기존 사회의 문명에 물들지 않고 그로부터 소외되어 있음으로 해서, "야만적 자연발화성"(savage spontaneity, IV. 163)과 "자연의 보편적 가슴"(Nature's general heart, IV. 166)을 지닌 '고귀한 야만인'으로 간주된다. 파리 도심을 벗어나 근교 마리앤의 처소로 가는 길은 문명에서 벗어난 "황무지"(a waste, VI. 519)로 묘사된다. 그러나 그녀의 집 앞에 있는 잎이 무성한 키 큰 아카시아나무(VI. 537)는 마리앤의 풍성한 머리카락처럼 자연적-여성적 풍요의 상징이다. 마리앤은 오로러에게 길을 가로막는 답답한 "벽"(롬니)의 틈새로 신선한 공기를 들어오게 하는 "창문"과 같은 역할을 한다(IV. 349-57).[10] 하층민 마리앤이 간직한 자연-여성성은 어머니-이탈리아를 잃은 중상층 여성 오로러에게 구원의 결정적 계기를 마련해준다.

오로러는 처음에는 보호자 없는 마리앤에게, 나중에는 마리앤의 아버지 없는 아기에게 "어머니" 역할을 하고자 한다. 그러나 오로러의 이러한 시혜적 몸짓에도 불구하고, 결국 '타락한 여성' 마리앤이 오로러 자신보다 훨씬 더 우월한 도덕적, 영적 힘을 지니고 있음을 깨닫게 됨으로써 오로러는 결정적으로 도덕적, 정신적 성숙을 달성한다 (Leighton, *Elizabeth Barrett Browning* 152-57; Cooper 155, 180; Egan 65-78)[11]. 마리앤과 대조적으로, 오로러에 의해 레이미어 혹은 "뱀여

---

10) 바렛 브라우닝은 토마스 칼라일(Thomas Carlyle)이 시대의 답답한 "벽"에 "창문"을 내주는 "예언자-시인"과 같다고 칭송한 바 있다(Norton 394). 그런데 오로러가 마리앤에게 동일한 비유를 사용하는 것은 중산층 여성시인과 하층민 여성노동자 사이의 사회적 역할과 서열관계의 전복을 암시한다.

11) 덧붙여, 마리앤이 결말에서 오로러에게 어머니-시신(Mother-Muse)과 같은 역할을 한다고 보는 비평가도 있다(Zanona 532; Rosenblum 157-63).

인"(serpent-woman)으로 불리어지는 발데마르 부인(Lady Waldemar)은 아기를 낳고 양육하는 풍요로운 어머니-여신의 상징인 마리앤과 반대되는, 오로러가 어릴 적 어머니의 초상에서 본 '메두사'의 형상과 같은 파괴적인 어머니상을 대변한다. '어머니 없는' 오로러의 궁극적 구원은 마침내 마리앤과 함께 모국 이탈리아로 돌아감으로써 이루어진다. 8권의 서두에 나오는, 플로렌스의 오로러의 빌라에서 마리앤이 아기를 돌보는 모습은 성모와 성자의 그림을 연상케 한다. 아기에게 무화과 열매를 먹이며 웃는 마리앤, 분수, 자줏빛 무화과나무, 풀, 붉은 태양이 어우러진 아름다운 풍경은 에덴동산과 같은 유토피아의 모습이다(Ⅷ. 5-18). 이제 오로러에게 마리앤의 아름다운 모습은 더 이상 땅의 흙이나 돌과 같은 비천한 존재가 아니라, 달빛에 의해 대지 위로 들어올려진 "성인"(saint, Ⅸ.187))의 모습으로 다가온다(Ⅸ. 185-91).

어머니 나라 이탈리아는 오로러가 잃어버린, "사랑"하는 롬니를 되찾게 해준다. 마리앤의 웃음소리를 들으며 홀로 상념에 잠겨있을 때, 산중턱 빌라에게 바라다 보이는, 석양빛에 물든 골짜기와 플로렌스의 파노라마적 풍경은 가히 장관이다.

점차

자줏빛 투명한 그림자는 천천히
골짜기 전체를 가장자리까지 채우고
도시 전체를 잠기게 하여, 마치
어떤 마법에 걸린 바다에 잠긴 도시를 보는 듯했다.
(Ⅸ.34-38)

런던의 다락방에서 바라보았던 붉은 태양 아래 기괴한 도시의 모습과 사뭇 대조되는 위 구절에서, 플로렌스의 자줏빛 석양은 물의 세례로 이탈리아의 도시를 "마법에 걸린 바다"로 변화시킨다. 이탈리아의 태양은 인간이 만든 도시마저 아름다운 자연의 일부로 화하게 한다.

그런데 오로러가 플로렌스의 석양에 심취해 있는 순간, 롬니가 마치 바다에서 "용왕"(sea-king, Ⅸ. 41; 60)이 솟아나듯이, 홀연히 그녀 앞에 나타난다. 여성시인 오로러와 기독교 사회주의자 롬니는, 제임스 스튜어트 밀(James Stuart Mill)이 19세기의 두 대표적 사상가로 손꼽은 새뮤얼 테일러 코울리지(Samuel Taylor Coleridge)와 제러미 벤덤(Jeremy Bentham)의 경우처럼, 각각 인간과 문학을 자연과 같은 유기체로 파악하는 낭만주의의 생태론적 문학관 및 인간관, 그리고 이에 대립되는 공리주의의 이론적, 추상적, 물질주의적 인간관을 대변한다. 물질주의자로서의 롬니는 오로러와 다른 의미에서 자연의 비유를 사용한다. 예컨대, 그는 기아에 허덕이는 빈민층을, 거대한 주둥이를 벌리고 계속 먹이를 달라고 조르는 새끼 새에 비유한다(Ⅷ 396-98). 바렛 브라우닝의 시에서 롬니의 사회주의 공동체 실험의 실패는 그의 물질주의적, 실용주의적 인간관과 세계관의 문제를 극명하게 드러내어 준다. 리홀이 결국 불타 소진되는 장면은 자연의 모든 생명이 파괴되고 떠나는 악몽 같은 생태학적 종말론의 전망을 보여준다. 마치 하늘로부터 "벼락"(thunderbolt, Ⅸ. 546)을 맞은 듯, 마리앤의 아버지가 밀친 서까래에 눈이 멀게 된(Ⅸ. 546-57) 롬니는 꿈속에서 모든 새와 짐승이 가을철 낙엽처럼 흩어져 떠나고 난 뒤, 갑자기 쥐죽은 듯 고요한 숲의 침묵 속에서, 새끼 새가 둥지에서 떨어지는 소리를 듣는다(Ⅷ 992-1003). 마치 최후의 심판의 날처럼, 모든 것이 불에 파괴되고 불에 그을린 큰 고목들의 잿빛 잔해만 유일하게 생존한 "증인"(witness, Ⅸ. 1013)처럼 남아 있는 리홀의 황막한 풍경은 시적 상상력이 부족한 롬니에게조차 어떤 시적 소재가 될 수 있는 장관처럼 비쳐진다.

> 분명히, 그건
> 당신처럼 아름다운 시인이,

시의 불꽃을 타오르게 할 수 있는 훌륭한 장관이었소. 나 자신도
장엄한 고목들에게서 무언가를 느꼈소,
그때 그들은 드루이드족의 신처럼,
폐허의 가장자리에 놀라서 서있었는데,
거대한 불길이 마치 시커먼 구덩이 속으로 같이
거기에 떨어졌소.
　　(IX. 1004-11)

시적 창조력과 불의 이미지, 그리고 드루이드족의 원시신앙에 대한
언급은 오로러의 말을 연상시킨다. 이 구절에서 롬니는 빛과 암흑, 불
과 종말론적 계시의 이미지를 통해 자신의 사회주의적 공동체의 실험
의 실패와 오로러의 예견적 시의 힘을 대비시킨다. 즉 시커먼 구덩이
가 롬니의 먼눈을 상징한다면, 오로러의 예언적 시는 그의 먼눈에 빛
을 던지는 불덩이로 볼 수 있겠다. 롬니는 오로러와 "이탈리아"를 그
를 "숨쉬게" 해준 이상적 "여성"으로 칭송한다(VIII. 356-59). 오로러, 롬
니, 마리앤과 아기가 과거의 상처와 고통을 극복하고 함께 살아가는
이탈리아는 스탈 부인(Mme de Staël)의 『코린』(Corinne)처럼, 치유적이고
재생적인 여성원리를 상징한다(Gilbert 139-40; Alaya 55).

　　오로러의 여성시인으로서의 성공과 롬니의 사회운동의 실패는
결국 롬니의 추상적 사회이론보다는 오로러의 여성생태론적 '시'가
인간 사회를 구원할 수 있는 궁극적 희망임을 암시한다. 그렇다고
롬니의 사회주의 사상이 이 시에서 일방적으로 완전히 용도 폐기
되는 것은 아니다. 특이하게 롬니가 오로러의 사회적 예술론을 대
신 서술하는 이 시의 종결 부분에서, 예술의 사회봉사적 역할("Art's
a service," IX. 915)을 달성하기 위해서는, '노동'과 '사랑'이 조화를
이루어야 함을 강조하는 것(IX. 925-29)은 당시 유토피아적 사회주
의 사상과 무관하지 않다. 나아가서, 여성시인의 종말론적, 예언자

적 힘("Now press the clarion on thy woman's lips," IX. 929)을 통해 모든 계급의 벽을 무너뜨리기를 기원하는 것("And blow all class-walls level as Jericho's," IX. 932)은 19세기 전반을 풍미했던 '사회주의적 여성주의'와 접맥될 수 있다.12) 오로러의 시학에 있어 '사회주의적 여성주의' 혹은 '여성적 사회주의'의 시각을 강조하는 것은 서론에서 인용한 바와 같이 캐플런이 이 작품이 표방한다고 보는 부르주아/자유주의적 여성주의에 대한 대안적 해석을 제공한다. 바렛 브라우닝은 기독교 사회주의의 교의뿐만 아니라 혁명적 예술가의 신화를 예언적 여성시인의 입장에서 다시 쓴다고 할 수 있다(Mermin 204). 바렛 브라우닝의 대변자로서 오로러는 푸리에와 오웬의 공상적 사회주의를 비판하였지만, 오로러와 롬니의 마지막 이중창은 당시 사회주의 운동의 천년왕국설을 여성주의 입장에서 전유하고자 하는 바렛 브라우닝의 입장을 대변한다. 이것은 폭넓게 볼 때 머조리 스톤(Majorie Stone)이 지적하듯이, 19세기 전반기에 성행했던 사회주의적 여성주의 운동의 전망과 연관될 수 있다 (Elizabeth Barrett Browning 181-82).

흥미롭게도 이 시의 결말에서 바렛 브라우닝이 롬니의 입을 빌어 표현하는 오로러의 여성적, 생태론적, 리얼리즘적, 사회적 시학은 당대 사회에서 여성, 자연, 계급의 문제가 불가분리하게 연관되어 있음을 시사한다.13) 오로러와 롬니가 공통적으로 표방하는 일종의 '생태여성주의적 사회주의'로 지칭될 수 있는 바렛 브라우닝의 독특한 시학은 부르주아 여성주의와 가부장적/인간중심적 사회주의의 한계를 넘어서서, 근대사회에서 성, 계급, 반생태주의의 중층적 모순을 극복할

---

12) 19세기 사회주의 여성운동에 대해서는 Barbara Taylor, *Eve and New Jerusalem: Socialism and Feminism in the Nineteenth Century* (New York: Pantheon, 1983) 참고.
13) 특히 이 작품에서 성과 계급의 상관관계에 대한 자세한 검토는 졸고, 「『오로러 리』에 나타난 성과 계급의 문제」, 『영어영문학』50.3 (2004 가을): 663-93 참고.

수 있는 새로운 미래 세계의 대안적 전망을 제시한다. 아래 인용문에서 롬니가 천명하는, 우주와 인간사회에 공통적으로 내재하는 신성한 유기체적 생명력의 자기 창조적, 진화론적 힘에 대한 신념은 이러한 생태여성주의적 주제를 잘 요약해준다.

> 세상은 늙었지만,
> 옛 세상은 갱신의 시간을 기다린다,
> 그때가 되면, 새로운 가슴이 각각 자라나고,
> 생명력을 발휘하여, 수없이 불어나
> 새로운 인류의 왕조를 이룰 것이다;
> 그로부터 자라나고 자연스레 성장한
> 새 교회, 새 경제, 새 법이
> 자유를 인정하고, 새 사회가
> 허위를 물리칠지니; 그가 모든 것을 새롭게 할 것이다.
> (IX. 941-49)

알프레드 테니슨(Alfred Tennyson)의 장시 『추념』(*In Memoriam*)의 결론을 연상시키는 위 구절은 물론 어떤 면에서 빅토리아조의 소박한 낙관적 진보주의를 표방하는 것으로 읽힐 수 있다. 그러나 이 시에서, 19세기 영국사회를 지배하는 가부장제와 비인간적 물질주의에 대한 바렛 브라우닝의 근본적 사회비평, 영국-이탈리아의 자연과 문화의 차이, 그리고 당대 사회주의 사상을 비판적으로 포섭하는 여성적, 생태론적, 리얼리즘적, 사회적 시학이론은 성, 자연, 계급, 민족국가, 문화의 문제를 두루 포괄하는 오늘날 생태여성주의의 입장에서 재음미해볼 수 있는 현재적 의미를 지니고 있다고 생각된다.(『19세기영어권문학』10권 1호)

< 인용 문헌 >

여홍상. 「『오로러 리』에 나타난 성과 계급의 문제」. 『영어영문학』50.3
(2004 가을): 663-90.

_____. 「『오로러 리』에 나타난 국가간 문화적 차이와 여성교육의 문
제」. 『19세기 영어권 문학』 9.2 (2005): 53-74.

Abrams, M. H. *The Correspondent Breeze: Essays on English Romanticism.* New
York: Norton, 1984.

Alaya, Flavia. "The Ring, the Rescue, and the Risorgimento: Reunifying
the Browning's Italy." Donaldson 42-70.

Armbruster, Karla. "'Buffalo Gals, Won't You Come Out Tonight': A
Call for Boundary Crossing in Ecofeminist Literary Criticism."
Gaard & Murphy 97-122.

Baring, Anne and Jules Cashford. *The Myth of the Goddess: Evolution of
an Image.* London: Viking, 1991.

Beach, Joseph Warren. *The Concept of Nature in Nineteenth-Century English
Poetry.* New York: Russell, 1966.

Bloom, Harold, ed. *Elizabeth Barrett Browning.* Philadelphia: Chelsea
House. 2002. (Bloom으로 약칭)

Brantlinger, Patrick. *The Spirit of Reform: British Literature and Politics,
1832-1867.* Cambridge: Harvard UP, 1977. 154-60.

Bristow, Joseph, ed. *Victorian Women Poets: Emily Brontë, Elizabeth
Barrett Browning, Christina Rossetti.* London: Macmillan, 1995.
(Bristow로 약칭)

Brown, Sarah Annes. "*Paradise Lost* and *Aurora Leigh.*" Bloom 7-22.

Browning, Elizabeth Barrett. *Aurora Leigh.* Ed. Margaret Reynolds. New York:
Norton, 1996. (Norton으로 약칭)

Byrd, Deborah. "Combating an Alien Tyranny: Elizabeth Barrett Browning's Evolution as a Feminist Poet." Bloom 202-17.

Case, Alison. "Gender and Narration in *Aurora Leigh*." Norton 514-19.

Cooper, Helen. *E lizabeth Barrett Browning, Woman and Artist.* Chapel Hill: U of North Carolina P, 1988.

Coupe, Laurence, ed. "Introduction to Part III." *The Green Studies Reader: From Romanticism to Ecocriticism.* London & New York: Routledge, 2000. 119-22.

David, Deirdre. *Intellectual Women and Victorian Patriarchy: Harriet Martineau, Elizabeth Barrett Browning, George Eliot.* Ithaca: Cornell UP, 1987.

_____. "The Old Right and the New Jerusalem: Elizabeth Barrett Browning' Intellectual Practice." *Intellectuals: Aesthetics, Politics, Academics.* Ed. Bruce Robbins. U of Minnesota P, 1990. 201-24.

Donaldson, Sandra, ed. *Critical Essays on Elizabeth Barrett Browning.* New York: G. K. Hall, 1999. (Donaldson으로 약칭)

Dupleiss, Rachel Balu. *Writing Beyond the Ending: Narrative Strategies of Twentieth-Century Women Writers.* Bloomington: Indiana UP, 1985. 84-87.

Egan, Susanna. "Glad Rags for Lady Godiva; Woman's Story as Womanstance." Bloom 61-76.

Friedman, Susan Stanford. "Gender and Genre Anxiety: Elizabeth Barrett Browning and H. D. as Epic Poet." Norton 466-73.

Gaard, Greta. "Hiking without a Map: Reflections on Teaching Ecofeminist Literary Criticism." Gaard & Murphy 224-48.

Gaard, Greta, and Patrick D. Murphy, eds. *Ecofeminist Literary Criticism: Theory, Interpretation, Pedagogy.* Urbana & Chicago: U of Illinois

P, 1998. (Gaard & Murphy로 약칭)

Gates, Barbara T. "A Root of Ecofeminism: *Ecoféminisme.*" Gaard & Murphy 15-22.

Gilbert, Sandra. "From *Patria* to *Matria*: Elizabeth Barrett Browning's Risorgimento." Bristow 132-66.

Gilbert, Sandra, and Susan Gubar. *The Mad Woman in the Attic: The Woman Writer and the Nineteenth-Century Literary Imagination.* New Haven: Yale UP, 1979. 575-80.

Hickok, Kathleen. "'New Yet Orthodox'--The Female Characters in *Aurora Leigh.*" Donaldson 129-40.

Kaplan, Cora. Introduction. *Aurora Leigh and Other Poems.* London: The Women's P, 1978. 5-30.

Kroeber, Karl. *Ecological Literary Criticism: Romantic Imagining and the Biology of Mind.* New York: Columbia UP, 1994.

Laird, Holly A. "*Aurora Leigh*: An Epical Ars Poetica." Norton 534-40.

Lee. So-Hee. "The Relationship between Class and Language in *Aurora Leigh.*" *The Journal of English Language and Literature* 39.4 (Winter 1993): 709-26.

Leighton, Angela. *Elizabeth Barrett Browning.* Brighton, Sussex: Harvester. 1986.

_____. *Victorian Women Poets: Writing Against the Heart.* Charlottesville: U of Virginia P, 1992.

_____. "'Because men made the law': The Fallen Woman and the Woman Poet." Bristow 223-45.

Lootens, Tricia. "Canonization through Dispossession: Elizabeth Barrett Browning and the 'Pythian Shriek'." Bloom 77-118.

McKusick, James C. *Green Writing: Romanticism and Ecology.* New

York: St Martin's, 2000.

Mellor, Mary. *Feminism and Ecology*. New York: New York UP, 1997.

Mermin, Dorothy. *Elizabeth Barrett Browning: The Origins of a New Poetry*. Chicago: U of Chicago P, 1989.

Moers, Ellen. *Literary Women: The Great Writers*. Garden City, NY: Doubleday. 1963. Rpt. New York: Oxford UP, 1985.

Murphy, Patrick D. "'The Women Are Speaking': Contemporary Literature as Theoretical Critique." Murphy & Gaard 23-48.

_____. *Literature, Nature, and Other: Ecofeminist Critiques*. Albany: SUNY. 1995.

Plumwood, Val. *Feminism and the Mastery of Nature*. London & New York: Routledge, 1993.

Reynolds, Margaret. ("Allusion in the Verse Novel"). Norton 552-57.

Rosenblum, Dolores. "*Casa Guidi Windows* and *Aurora Leigh*: The Genesis of Elizabeth Barrett Browning's Visionary Aesthetic." Donaldson 157-63.

Rueckert, William. "Literature and Ecology: An Experiment in Ecocriticism." Eds. Cheryll Glotfelty and Harold Fromm. *The Ecocriticism Reader: Landmarks in Literary Ecology*. Athens, GA: U of Georgia P, 1996. 105-23.

Scheinberg, Cynthia. "Elizabeth Barrett Browning's Hebraic Conversions: Feminism and Christian Typology in *Aurora Leigh*." Donaldson 306-23.

Sheldrake, Rupert. *The Rebirth of Nature: The Greening of Science and God*. New York: Bentam, 1991.

Stone, Majorie. *Elizabeth Barrett Browning*. New York: St. Martin's, 1995.

_____. "Genre Subversion and Gender Inversion: *The Princess* and

Aurora Leigh." Norton 494-505.

Taylor, Barbara. *Eve and New Jerusalem: Socialism and Feminism in the Nineteenth Century.* New York: Pantheon, 1983

Thum, Maureen. "Challenging Traditionalist Gender Roles: The Exotic Woman as Critical Observer." Bloom 223-36.

Wallace, Anne D. "'Nor in Fading Silks Compose': Sewing, Walking, and Poetic Labor." Bloom 237-63.

Warren, Karen, ed. *Ecofemjnism: Women, Culture, Nature.* Bloomington & Indianapolis: Indiana UP, 1997.

_____, ed. *Ecological Feminism.* London & New York: Routledge. 1994.

Woolf, Virginia. "Aurora Leigh." Norton 439-46.

Zanona, Joyce. "'The Embodied Muse': Elizabeth Barrett Browning's *Aurora Leigh* and Feminist Poetics." Norton 520-33.

바렛 브라우닝 시의 대화주의와 사회비평*

여 홍 상

I. 머리말 ─ 바렛 브라우닝 비평의 최근 경향과 사회비평의 주제

빅토리아조 영국에서 큰 대중적 영향력과 명성을 누렸던 엘리자베스 바렛 브라우닝(Elizabeth Barrett Browning, 1806-61)[1]은 20세기에 와서 오랫동안 잊혀졌다가 최근에 페미니즘 비평가들 사이에 집중적 조명의 대상이 됨으로써, 영문학사에서 중요 여성시인으로 다시금 부각되었다. 이들의 연구는 대체로 바렛 브라우닝의 장편시 『오로러 리』(*Aurora Leigh*)와 『포르투갈인의 연가』(*Sonnets from the Portuguese*)와 같은 작품을 중심으로 하여, 여기에 나타난 여성과 여성시인의 정체성 및 여성언어와 여성의 사회적 입장을 분석하는데 집중하고 있다. 보기 드문 국내 연구의 예로, 이소희교수는 『오로러 리』에서 여성 언어와 계급 문제를 연관짓는다(Lee 709-26). 최근 페미니즘 입장에서 바렛 브라우닝에 대한 연구는 그녀의 문학을 새로운 비평적 시각에서 재조명함으로써 그 현재적 의미를 되새기는 데 중요한 기여를 하고 있음에 틀림없다. 그러나 바렛

* 본 연구는 2003년도 성곡학술문화재단의 지원에 의해 이루어졌다. 『영문학과 사회비평』, 문학과 지성사, 2007. 146-180에서 재수록.
1) 이하 바렛 브라우닝으로 약칭한다.

브라우닝의 다양하고 폭넓은 시세계가 과연 이러한 단일한 비평이론의 시각에서 제대로 해명될 수 있는지는 의문이다. 주지하다시피 바렛 브라우닝의 시가 당대 독자들에게 큰 반향을 불러일으킬 수 있었던 것은 단순히 여성문제뿐만이 아니라, 영국 산업사회의 아동노동과 교육, 황금만능주의, 영국의 제국주의와 미국의 노예제, 이탈리아 독립운동 등의 영미와 유럽대륙에 걸친 광범위한 사회적, 정치적, 경제적 문제에 대해 폭넓은 사회비평을 제시했기 때문이었다.[2] 이런 의미에서, 바렛 브라우닝 자신이 당대의 여성참정권론자들과 같은 좁은 의미에서 '페미니스트'로 불리는 것을 거부하였던 것은 깊이 되새겨 봄직하다.[3]

본 연구는 최근 페미니즘 연구의 생산적 성과는 그것대로 수용하면서, 바렛 브라우닝의 시에서 단순히 여성 문제를 넘어서서 당대 사회에 대한 포괄적인 사회비평의 목소리를 다시 읽어내려는 시도이다. 안토니오 그람시(Antonio Gramsci)의 지식인론의 시각에서 바렛 브라우닝을 보고자 하는 데어더 데이빗(Deirdre David), 레이먼드 윌리엄즈(Raymond Williams)의 문화이론을 바렛 브라우닝의 초기시에 적용하고 있는 앤서니 해리슨(Anthony Harrison 102-24), 그리고 여성 문제와 함께 계급과 사회경제적 '체제'의 문제를 중시하는 안젤러 레이턴(Angela Leighton)과 마조리 스톤(Marjorie Stone) 등이 바렛 브라우닝 시의 폭넓은 사회비평적 함의를 비교적 균형잡힌 시각에서 접근하고자 하는 비평가들의 예이다. 이들의 다양한 접근 방식은 바

---

2) 바렛 브라우닝은 그녀의 시 월터경의 부인("Lord Walter's Wife")을 출판하기를 거절했던 당시 『콘힐지』(*Cornhill Magazine*)의 편집자 윌리엄 새커리(William Thackeray)에게 보낸 편지에서, "우리 사회의 부패에 대해 문과 창문을 닫을 것이 아니라, 빛과 공기를 쐬는 일이 필요하다"(The corruption of our society requires not shut doors and windows but light and air)라고 역설하였는데(Garrett 93), 이것은 보수적인 빅토리아조 독자들의 도덕적, 사회적, 정치적 의식의 제고를 위해 그녀가 의도적으로 도발적이고 도전적인 사회비평의 시들을 썼음을 천명해준다.

3) 그렇더라도 포스터가 바렛 브라우닝의 작품집의 서문에서 지적하다시피, 바렛 브라우닝의 시들이 오늘날 시각에서 볼 때 '페미니즘'과 연관될 수 있는 '주제'를 지니고 있음은 부정할 수 없다(Forster, Introduction xix).

렛 브라우닝 시의 정치성과 역사성을 조명하는 데 중요한 기여를 하고 있음에 틀림없다. 그러나 이들이 주로 원용하고 있는 비평이론의 거대담론들은 바렛 브라우닝 시 내에서 다양한 목소리들 사이의 미묘한 상호작용을 읽어내는 데는 미흡한 점이 있다. 본 연구는 주로 러시아의 비평가 미하일 바흐친(Mikhail M. Bakhtin)의 '대화주의'(dialogism) 이론과 부분적으로 '카니발'(carnival) 이론을 바렛 브라우닝의 시 읽기에 적용함으로써, 그의 시의 폭넓은 사회비평적 주제가 시적으로 형상화되는 양상을 좀더 텍스트 내재적으로 꼼꼼히 미시적으로 분석하려는 시도이다.

형식주의의 내재적, 미시적 분석 방법과 마르크스주의의 거시적 이론을 행복하게 결합시킨 것으로 평가되는 바흐친의 대화주의 이론은 바렛 브라우닝의 사회비평의 주제를 새롭게 분석해낼 수 있는 이론적 대안이 될 수 있다. 바흐친은 주로 소설 장르의 담론이 대화적이라고 지적하였지만, 서정시와 같은 다른 장르의 서술도 내재적으로 대화적일 수 있음을 배제하지 않았다(Bakhtin, "Discourse in the Novel" 278).[4] 바흐친의 시각에서 볼 때, 바렛 브라우닝의 사회비평을 주제로 하는 시들에 등장하는 일인칭 화자는 공감적 입장에서이든 논쟁적 입장에서이든 간에, 사회의 다양한 다른 목소리들과의 긴밀한 상호작용을 통해서 자신의 사회비평의 목소리를 개진하려는 '대화주의적' 전략을 보여주고 있다. 때때로 그녀의 시작품의 부분이나 전체에 있어 1인칭 화자는 시인 자신보다는 완전히 다른 극적 타자의 목소리로 바뀌기도 한다. 바렛 브라우닝의 시는 다양한 대화적 전략을 통해 당대의 정치적, 사회적 비평의 주제를 도덕적 · 종교적 비판의 목소리로 분절화하고 있다. 영미권에서 여성주의 비평의 선구자라고 할 수 있는 버지니

---

4) 이러한 관점에서, 필자는 졸저 『19세기 영문학의 이해와 비평 이론』(34-77)에서 바흐친의 대화이론을 로버트 브라우닝(Robert Browning)의 극적독백 형식의 시 읽기에 적용시킨 바 있다.

어 울프(Virginia Woolf)는 『오로러 리』에 대해 언급하면서, 이 장편시
가 정말 "소설"과 같은 시라고 할 수 있는지에 대해서는 부분적으로
회의적인 태도를 취했지만, 이 작품이 빅토리아인들이 씨름했던 사회
적 문제를 당대의 사실주의 소설처럼 생생하게 다루었다는 점에 대해
서는 찬사를 아끼지 않았다(Woolf 143; Stone, *Elizabeth Barrett Browning*
214 재인용). 울프가 강조한 바렛 브라우닝 시의 이러한 사실주의적
당대성은 비교적 길이가 짧은 바렛 브라우닝의 다른 사회비평의 시들
에 대해서도 마찬가지로 적용될 수 있을 것이다. 본고에서 주된 논의
의 대상으로 삼고자하는 것은 인간의 외침("The Cry of the Human"),
어린이들의 외침("The Cry of the Children"), 런던의 극빈아동 학교를
위한 탄원("A Plea for the Ragged Schools of London") 등의 세 편의 시
작품이다.5) 이들은 공통적으로 근대 산업사회의 소외와 "저주" (curs
e)6)의 문제를 다루고 있다는 측면에서 함께 논의해 보고자 한다.

---

5) 인간의 외침과 한 나라에 대한 저주는 Margaret Forster, ed. *Elizabeth Barrett Browning:*
   Selected Poems (Baltimore: Johns Hopkins UP, 1980); 런던의 극빈아동 학교를 위한 탄원과
   어린이들의 외침은 John Robert Glorney Bolton & Julia Bolton Holloway, eds., *Elizabeth*
   Barrett Browning: Aurora Leigh and Other Poems (London: Penguin, 1995); 기타 바렛 브라우닝
   의 작품이나 글은 Horace E. Scudder, ed., *The Complete Poetical Works of Elizabeth Barrett*
   Browning (Cutchogue, NY: Buccaneer, 1993)을 텍스트로 사용하고, 작품으로부터의 인용은
   본문 중에 연, 행, 쪽 수로 표기함.
6) 바렛 브라우닝 당대의 한 남성 비평가는 정치적 시가 많이 수록된 그녀의 1860년 시
   집 『의회에 바치는 시』(*Poems Before Congress*)에 대해, "저주가 아니라 축복하는 것이 여성
   의 역할"이라고 비난한 바 있다(Gilbert & Gubar 544에서 재인용). 반면에, 현대 여성비
   평가 스톤은 초기시 추방의 드라마("A Drama of Exile")에서 시작하여 한 나라에 대한
   저주에 이르기까지 '저주'를 주제로 다루고 있는 바렛 브라우닝의 일련의 정치적 시들
   이 여성시인으로서의 정체성의 성장과정을 잘 보여준다고 지적한다(Stone, "Cursing as
   One of the Fine Arts" 155-73). 스톤은 인간의 외침을 다루지 않았지만, 본고에서 고찰
   하고 있듯이, 이 작품도 그녀가 강조하는 바렛 브라우닝의 '저주'의 주제를 잘 드러내
   고 있음에 틀림없다. 본 연구에서는 스톤의 논의와 관련지어, 이러한 '저주'와 '외침'
   의 주제가 바흐친의 대화론의 입장에서 당대 산업사회에 대한 근본적 비판과 어떻게
   연관될 수 있는지를 검토하고자 한다.

II. 바렛 브라우닝의 세 편의 시에 나타난 대화주의와 사회비평

세 편의 시 중에서 연대적으로 제일 앞선 인간의 외침은 1842년에 『그레이엄의 미국 잡지』(*Graham's American Magazine*)에 출판되었고 『1844 년 시집』(*Poems of 1844*)에 수록되었다. 이 시에서 바렛 브라우닝은 구약 의 선지자와 같은 예언자적 목소리7)로, 전쟁과 역병 및 "황금의 저 주"가 지배하는 근대 자본주의 사회의 종말론적이고 비인간적인 상 황을 고발한다. 바흐친의 대화주의 관점에서 볼 때, '저주'의 주제를 다루는 바렛 브라우닝의 사회비평의 시들은 흔히 근대 사회의 병리 를 진단하고 고발하는 지적(知的) 목소리와 자비와 연민, 구원의 희 망, 죄에 대한 용서에 호소하는 감성적 목소리의 혼효를 보여준다. 서정시 형식으로 씌어진 바렛 브라우닝의 사회비평의 시들은 일반 서정시와 같이 막연한 청자나 독자를 대상으로 하여 화자 자신의 주관적 정서를 독백적으로 표현하기보다는, 각시의 상황에 따라 다 양한 구체적인 청자를 명시적으로 설정함으로써, 화자-청자 사이의 내재적 대화과정을 통해 그녀가 추구하는 사회비평의 주제를 형상 화한다. 바렛 브라우닝의 시작품에 있어 특징적인 시어와 서술방식 및 수사학적 전략의 구사는 사회비평의 주제를 구체화하는 여러 가 지 목소리 사이의 대화적 상호작용 및 혼효와 연관될 수 있다. 예 컨대, 인간의 외침의 전반부(1-6연)와 후반부(7-14연)에서 화자-청자 의 관계는 각각 선지자-인류의 관계와 인류-신의 관계로 정식화할 수 있다. 또한 각 연의 각운은 ababcdcd로 엇갈려 이어지고, 마지막

---

7) 바렛 브라우닝은 낭만주의의 "시인-예언자"(Poet-prophet; Bard)의 전통을 이어받는 대표
   적인 빅토리아조 시인이다. 본고에서 다루지는 않지만, 한 나라에 대한 저주의 프롤로
   그에서 천사와 여성시인의 대화과정과 『오로러 리』에서 여성시인의 성장과정은 모두
   남성적 시인-예언자의 전통을 여성주의 입장에서 다시 쓰고 있다고 할 수 있다. 바렛
   브라우닝의 시적 화자의 성적 정체성과 시인-예언자 전통의 관계는 중요한 문제이지
   만, 본고의 핵심 주제에서 비껴난 문제이기 때문에, 본론에서 이를 중심적으로 다루지
   는 않겠으며, 결론에서 간략히 암시하는 정도에 그치겠다.

9행에서 "불쌍히 여기소서, 오 하나님"(Be pitiful, O God)이라는 후렴이 반복되는데, 엇갈린 각운을 이루는 단어들은 서로 연관되어 아이러니나 대조, 연관과 강조 등의 수사적 효과를 지닌다. 각 연의 말미의 후렴은 신에 대한 화자 자신의 개인적 탄원임과 동시에 그가 보기에 절망적 상황에 처한 인류의 공통된 울음/외침이기도 하다. 바흐친의 용어로 표현할 때, 이 후렴은 시적 화자의 말과 시속에서 극화된 인류의 말을 동시에 대변하는 일종의 "이중목소리의 담론"(double-voiced discourse; Bakhtin, "Discourse in the Novel" 324)으로 간주될 수 있다. 바렛 브라우닝은 신의 자비를 구하는 기독교의 전통적, 상투적 표현을 현대 사회에 대한 날카로운 정치적 비판과 결합시킴으로써, 전통적인 종교적 자비의 의미를 당대 사회의 구체적인 역사적 맥락에서, 바흐친의 표현을 빌릴 때, "재활력화"(re-animate)하고 "재강세화"(re-accentuate)한다.

인간의 외침의 전반부(1-6연)에서 화자는 당대 인간사회의 상황에 대해 제3자로서 거리를 두고 이를 거시적, 객관적 시각에서 비판적으로 묘사하고 있는 반면에, 마지막을 제외하고 각 연이 모두 "우리"로 시작하는 후반부(7-14연)에서는 그러한 불쌍한 처지에 처한 보통 사람들과 동일한 인간의 견지에서 신에게 구원을 간구한다. 화자의 말에는 타락한 인간사회를 질타하는 예언자의 목소리와 비판의 대상인 인류 자신의 겸허한 목소리가 뒤섞여 있다. 이러한 이중적, 혹은 다성적 목소리의 혼효는 1연에서부터 잘 드러난다. 1연의 서두는 신의 존재를 믿지 않는 어리석은 무신론자의 말을 인용하는 것으로 시작하지만, 곧 이어 2행 이하에서 인간 세상의 필연적인 "슬픔"에 따라 인간은 신의 자비를 구하지 않을 수 없음을 암시한다. 6-7행에서 길가 묘지 곁을 지나는 상상적 여행자의 말은 연의 끝에서 화자 자신의 말로 재강세화된다.

시의 서두인 1연에서 연속적으로 제시되는 어리석은 무신론자와

"슬픔"을 부정할 수 없다는 말, "자연"의 "신앙"의 목소리, 평소에 신을 찬양하지 않았더라도 길옆 무덤을 보고 신의 자비를 구하는 "입술", 슬픔, 죽음, 신의 자비 등은 앞으로 이 시에서 전개될 여러 가지 목소리와 말들 사이의 대화적 상호작용을 암시한다.

> "하나님은 없다"고 어리석은 이는 말하지만,
>   "슬픔은 없다"고 말하는 이는 아무도 없으며,
> 천성(天性)은 절실히 필요하면 흔히
>   믿음의 외침을 빌린다:
> 설교자가 가르칠 수 없던 눈이
>   길옆 묘지에서 올려다보게 되고,
> "하나님을 찬양하라"라고 결코 말한 적이 없는
>   입술이 "하나님 불쌍히 여기소서"라고 말한다.
>   "불쌍히 여기소서, 오 하나님." (1연 1-9행)

다양한 목소리를 도입/제시하는 1연에 뒤이어, 2-6연은 여러 가지 재난으로 인해 멸망이 임박한 것처럼 보이는 인간 세상의 암울한 종말론적 상황의 묘사에 초점을 맞춘다. 다가오는 폭풍의 어두운 전조(2연), 인간이 "형제"를 서로 죽이는 잔혹한 전쟁(3연), 도시를 휩쓰는 역병의 묘사(4연)는 딱히 바렛 브라우닝 당대 사회가 아니더라도 중세와 같은 과거의 시대에도 적용될 수 있는 역사적 전망이다. 2연의 1-4행에서 '폭풍'이 임박한 상황에서, 짐승들이 양순해져서 인간에게 기어드는 것은 물론 말세적 상황을 묘사하는 것이지만, 반대로 '유토피아'의 도래를 연상시키기도 한다. 뒤이은 행에서, 다가오는 폭풍의 "구름 소용돌이(바퀴)"(cloud-wheels)는 구약의 출애굽기에서 방랑하는 유대인들을 인도해주었던 구름 기둥에 대한 인유이다. 그러나 마치 엘리엇의 『황무지』의 끝 부분의 천둥이 말한 것에서처럼, "천둥"에 대한 "대답"은 없다. "구름 소용돌이"는 황야에서 방랑하는 유태인에게 길을 가르쳐 주었던 하나님의 징표라기보다는, 뒤의 7연 3-4행에 나오는 산업사회의 기계문명을 대변하는 "기차" 바퀴의 이미지, 혹은 나아가서 뒤에 살펴보게 될 어린이들의 외침에 나오는 공장의 거대한 "쇠 바퀴"의 이미지와 연관될 수 있다. 3연에서 전쟁, 학살, 죽음의 이미지는 나폴레옹 전쟁과 같은 당시의 실제적 전쟁에 대한 언급일 가능성이 많다. 그러나 5연 이하의 내용에 비추어 전쟁과 같이 이기적 목적을 위해 같은 인간을 무차별 공격하는 산업사회의 극도의 경쟁적 인간관계를 상징적으로 표현한 것으로 읽을 수도 있다. 구체적으로, 3연의 2행에서 "새로운 낫"은 6연 4행에서 (기차를 비유하는) "죽음의 백마"의 이미지와 연결될 수 있다. 4연에서는 역병이 도는 도시의 절망적 상황을 그리며, 뒤이어 5연에서는 이를 "황금의 역병"으로 번역, 또는 역사적으로 구체화한다.

5연과 6연은 4연의 "역병"을 "황금의 역병" 혹은 "황금의 저주"로 번역하면서, 당대 인간사회가 새로운 종류의 역병 혹은 저주에 시달리게 되었음을 고발한다. 1연부터 모든 동사가 현재 시제로 기술되어 있다는 것은 2-4연의 종말론적 상황이 5연 이하 현재 산업사회의 상황과 직결됨을 암시한다고 볼 수 있다. 5-6연에서의 구체적 사회비평에 비추어, 이전 2-4연에서 제시되었던 폭풍, 전쟁, 역병의 중세적 이미지는 바로 근대 자본주의 사회의 극단적 비인간화를 드러내는 새로운 상징적, 우의적 의미를 띠게 된다. 특히 5연에서 바렛 브라우닝은 인간의 사회와 정신에 두루, 그리고 깊이 침투한 "황금의 역병"의 폐해를 신랄하게 고발한다. 바렛 브라우닝은 "황금의 역병"(the plague of gold), "자줏빛 가운"(purple chimar), "창백한 금광부"(the pale gold-diggers)와 같은 색채 이미지를 두드러지게 사용한다. 영어에서 "자주"색은 원래 왕이나 고위 관리, 혹은 로마 교회의 주교나 추기경의 의상에 사용된, 고귀한 신분을 상징하는 색깔이다. 인간이 입는 고귀한 빛깔의 "자주빛 가운"은 아이러니컬하게도 인간을 반인반수의 켄타우르보다 더한 광기로 몰아넣는 황금의 역병과 연관된다. 황금의 저주와 마술은 우리의 사고를 공허하게 하고 언어를 기이하게 만들뿐만 아니라, 황금채광자/광부가 영웅이 되며, "영혼" 혹은 "인간"(soul)은 양처럼 번호/숫자가 매겨지고 교환가치로 평가된다.

계속해서 6연에서 화자는 "황금의 저주"가, 디즈레일리의 표현을 빌릴 때, 영국을 빈부의 "두 나라"(Two Nations)로 갈라놓았다고 강조한다. 이 연에서 당대 산업사회의 구체적 실상에 대한 바렛 브라우닝의 세부적 묘사는 그녀의 사회비평의 사실주의적, 역사적 통찰력을 잘 보여준다.

> 이 나라에 내린 황금의 저주는
> 빵의 부족을 강요한다;
> 기차는 해변에서 해변으로 으르렁거리며 달리니,
> 마치 사신(死神)의 백마와 같도다!
> 부유한 자는 '권리'와 미래를 설교하지만,
> 천사들의 비웃음을 듣지 못하고,ㅡ
> 가난한 이는 말없이 죽어간다ㅡ굶주린 시선으로
> 먼 바다의 곡식 실은 배를 바라보며.
>   불쌍히 여기소서, 오 하나님! (6연 1-6행)

이미 언급하였듯이, 엇갈리는 각운으로 짝을 이루는 각각의 2행에서 바렛 브라우닝은 근대 산업자본주의 사회의 명암을 극명하게 대조시킨다: 황금의 저주와 빵의 부족(1-2행); 산업혁명의 상징인 기차와 죽음의 전령사(3-4행); 부자들의 "권리"와 낙관적 진보주의에 대한 천사들의 조소(5-6행); 풍부한 수입 곡식에도 불구하고 굶어 죽어가는 극빈층(7-8행). 또한 숨가쁘게 이어지는 청각적 이미지들ㅡ"황금의 **저**

주"(the *curse* of gold; 강조첨가), 해변에서 해변으로 달리는 열차의 "으르렁거리는 소리"(snort(ing)), 천사의 "비웃음"(scoffing)을 "듣지 못하는"(hear no …) 부자들의 "설교"(preach(ing)), "말없이"(mute) 굶어 죽어가는 기층민중ㅡ은 자유방임적 근대자본주의 사회를 지배하거나 반대로 침묵화된 (목)소리들, 혹은 바흐친의 용어를 빌릴 때, 사회적으로 분화된 "다중어"(heteroglossia)의 "오케스트러화"(orchestration)를 보여준다고 하겠다(Bakhtin, "Discourse in the Novel" 262, 278, 292).

인간의 외침의 후반부(7-14연)에서 서술의 초점은 "우리"의 일인칭 복수 시점으로 전환된다. (사실, "우리"에 대한 언급은 이미 앞 연에서 간간이 나온 바 있다(2연 3행; 3연 3행; 5연 3행).) 앞에서 언급하였듯이, 시의 전반부에서 화자는 당대 인간사회에 대해 거리를 두고 이를 객관적, 비판적으로 조망하고 있다고 한다면, 마지막을 제외하고 각 연이 모두 "우리"로 시작하는 후반부에서 화자는 전반부와 달리 자신을 그러한 불쌍한 처지에 처한 보통 사람들과 동일한 입장에 두고 신을 청자로 하여 타락한 인간 세상에 대한 구원의 희망을 간구한다. 1-6연의 서술이 근대 산업사회의 종말론적 상황을 공시적이고 파노라마적인 전망으로 그려내었다면, 7-14연의 서술은 잔치 자리에서의 만남에서 시작하여 서로 사랑을 나누고, 사랑하는 이와 사별하며, 어린이를 양육하고 교회에서 기도하며, 속세로부터의 도피를 거쳐 마지막 죽음에 이르기까지, 근대 사회에서의 "우리"의 평범한 인생의 전 과정을 통시적 관점에서 조망한다. 언뜻 보기에, 이 시의 후반부는 전반부의 예언적 사회비평과 별 연관성이 없는 독립적 시 작품으로 읽혀질 수도 있겠다. 그러나 후반부의 각연에서 반복적으로 제시되는 일상적 삶의 공허함과 죽음의 모티프는 전반부에서 시적 화자가 예언적 목소리로 제시한 사회비평의 주제를 평범한 "인간"의 입장에서 그들 자신의 "외침"의 목소리로 재강세화하는 역할을 한다고 할 수 있다. 이 시의 최종적 아이러니는 "교회묘지의 풀"(죽음)을 바라보는 "우리"의 눈

은 결국 어두워지고, 죽어 가는 이의 모습을 지켜보는 순간에도 하느
님께 연민을 구하는 "외침"을 발하지 못한다는 것이다(13연 7-8행; 14
연 1-5행). 그렇지만 이 시의 종결(14연 5-9행)에서 화자는 구원의 희망
을 끝까지 버리지 않는다.

　사실, 이미 언급한 것처럼 화자는 7연 이전에 이미 "우리"에 대해
간간이 언급하고 있지만, 이전 연에서 "우리"는 인류가 처한 보편적
상황을 다룬 것임에 비해, 7연 이하에서의 "우리"는 개인적 존재로서
일상적 삶을 주제로 삼고 있다는 점이 다르다. 7연 이하 후반부는 만
남과 이별/죽음, 사랑과 슬픔, 과거 어린 시절의 기억과 현재의 공허
한 삶, 구원의 희망과 사중생의 절망 사이에서 끊임없이 부동하는
"우리"의 삶의 불안정한 양의성을 그린다. 우리는 잔치자리에서 만나
지만 우리 사이에는 공허감과 슬픔의 저류(7연 4행의 "빈 의자"; 8행
의 "슬픔")가 흐른다. 우리는 서로의 사랑을 확인하지만 죽음을 예감
한다(8연). 사랑하는 이는 죽음을 맞이하고(9연), "행복한 어린이들"은
우리의 어린 시절에 대해 물어보지만, 우리는 말없이 어릴 적 "언덕"
의 달라진 전망을 바라볼 뿐이다(10연). 우리는 교회에서 자비를 구하
는 기도를 하지만, 우리의 손은 사악한 짓으로 지쳤으며, 우리의 발
아래는 주검이 놓여있고, 우리는 사중생의 삶을 살고 있다(11연). 마
지막 12-14연에서 화자는 사중생의 삶 속에서 그래도 일말의 구원의
희망을 모색한다. 우리는 교회의 회중을 떠나서 미래의 무한한 세대
와 함께 외로운 삶을 추구하고, 자연의 침묵 속에서 안식의 가능성을
찾는다(12연). 어린 시절 "언덕" 위에 앉아 도시의 황금 빛 첨탑을 바
라보는 것(13연 1-6행)은 기억 속에 잔존하는 과거의 유토피아의 이
미지로 볼 수 있다. 그러나 교회 무덤의 풀을 가장 오래 응시하는 것
은 여전히 암울한 죽음의 그림자를 떨쳐 버릴 수 없음을 암시한다
(7-8행). 마지막 14연의 초두(1-5행)에서 다시 모든 비전은 흐려지고,
그는 죽어가며, 우리는 울거나 외칠 힘도 없다. 이것은 전반부에서

제시된 종말론적이고 엔트로피적 상황으로의 회귀를 암시하는 것으로 해석될 수도 있다. 그러나 시의 끝부분에서 "나의 영혼"은 하나님을 쳐다보며 승리한다는 언명에 뒤이어, "불쌍히 여기소서, 오 하나님!"이라는 후렴의 최종적 반복은 신을 향한 화자/인간의 탄원일 뿐만 아니라, 바흐친의 표현을 빌릴 때, 성부(聖父)에게 인간의 구원을 탄원하는 성자(聖子)의 말의 "혼효구성"(hybrid construction; Bakhtin, "Discourse in the Novel" 304)으로 해석될 수 있겠다. 우리의 삶의 공허함과 슬픔, 그리고 사중생의 절망 속에서도 화자가 "우리"로 지칭하는 인류 공동체의 구원의 희망을 포기하지 않는 것은 마치 바흐친이 예로 든 아기를 배고 죽은 노파의 기괴한 고대 테라코타처럼, 개인적 죽음과 우주의 공포를 넘어서 아직 완성되지 않은 삶의 갱생을 지향하는 인류공동체의 "그로테스크한 몸"(grotesque body)의 "양의성"(ambivalence)으로 표상되는, 민중적 낙관주의와 연관될 수 있다(Bakhtin, *Rabelais and His World* 24-25).

인간의 외침의 서두에서 화자는 여러 가지 목소리와 말의 인용을 통해, 근대 사회에서 종교적 언어, 혹은 신의 존재의 가능성 및 신의 인간에 대한 자비의 가능성에 대한 물음을 제기한다(1연). 나아가서 그는 예언자적 목소리로, 폭풍과 전쟁과 역병으로 점철된 종말론적 상황을 묘사하며(2-4연), 이를 근대 산업자본주의 사회에서 황금만능주의의 지배와 계급문제, 비인간화와 물신주의, 그리고 정신적인 죽음과 연결짓는다(5-6연). "우리"라는 복수 일인칭 대명사의 부분적 사용에도 불구하고, 주로 예언자의 목소리를 취하고 있는 이 시의 전반부에서, 화자는 근대 사회의 역사적 실상에 대해 일정한 거리를 두고 객관적으로 진단하고 분석하고 비판하는 입장을 취한다. 그러나 후반부에서 화자는 예언자적인 자신과 종말론적 상황에 처한 보통 사람들 사이의 구분을 철회하고, 화자 자신을 포함하는 보편적 인간으로서 "우리"가 영위하는 일상생활 속에서의 공통적인 절망에 침잠한다. 바렛 브라우닝 시의 화자는 자본주의 사회의 타락한 "우리" 인간의 군상에 대해 비판적 거리를 두지만, "불쌍히 여기소서, 오 하나님!"이라는 후렴을 통해, 화자를 포함하여, 신을 향한 인간의 공통된 외침을 대변한다.

데이빗은 그람시의 지식인론에 비추어, 바렛 브라우닝을 "전통적 지식인"(a traditional intellectual)으로 규정하였다(David, *Intellectual Women* 112). 이것은 인간의 외침에서 바렛 브라우닝이 종말론이나 신의 자비와 같은 전통적인 기독교의 담론을 통해 근대 자본주의 사회의 병리를 진단하고 해결하고자 하는 '보수적' 입장과 연관될 수 있다. 그러나 바렛 브라우닝 시가 함축하는 '급진성' 또한 간과할 수 없다. 이 시에서 "황금의 저주"로 대변되는 황금만능주의의 무소불위한 지배력, 인간영혼의 시장상품화, 인간을 소외시키는 자유방임주의와 공리주의의 이데올로기, 산업사회의 문제를 대변하는 기차와 곡물법 등에 대한 묘사는 칼라일이나 디킨즈뿐만 아니라, 초기 마르크스와 루카치의 인본주의적, 문화론적 입장에서 자본주의 사회 비판과도 연관지을 수 있겠다.[8] 레이먼드 윌리엄즈의 용어를 빌릴 때, 바렛 브라우닝의 시는 세속화된 근대적 산업사회의 "잔여 이데올로기"(residual ideology)로서의 기독교의 종말론적 전망을 미래 사회의 "생성적 이데올로기"(emergent ideology)로서의 급진적 사회비평으로 재창조하고 있다고 보겠다.[9] 다음에 살펴보고자 하는어린이들의 외침에서 흔히 비평가들이 지적하는 시적 화자의 "감상적 박애주의"의 목소리는 이러한 시각에서 재조명해볼 수 있다.

---

8) Karl Marx, *The Economic and Philosophic Manuscripts of 1844*, ed. with int. Dirk J. Struick, trans. Martin Milligan (New York: International Publishers, 1964; Georg Lukacs, *History and Class Consciousness: Studies in Marxist Dialectics*, trans. Rodney Livingstone (Cambridge, Mass.: MIT Press, 1971) 참조.

9) 해리슨은 민요(ballad) 형식으로 씌어진 바렛 브라우닝의 초기시들이 과거의 잔여적 예술형식을 차용하여 미래 사회의 생성적 이데올로기를 암시한다고 지적한다(Harrison 102-24). 본고에서 검토하고 있는 작품들은 이와같이 초기작품에 잠재해 있던 사회비평의 주제를 당대 사회에 대하여 좀더 본격적으로 발전시킨 것이라고 볼 수 있다.

어린이들의 외침은 1843년 8월에 『블랙우즈 지』(*Blackwood's Magazine*)에 처음 실렸고 『1844년 시집』(*Poems of 1844*)에 출판되었다. 당대 독자들에게 큰 사회적 반향을 불러일으켰던 이 시는 광산과 공장에서 어린이 노동의 실태에 대한 조사위원회의 부위원장을 맡았던 바렛 브라우닝의 친구인 혼(R. H. Horne)의 보고서에 기초하였으며, 어린이 노동 시간과 조건을 개선하기 위한 법안 통과에 영향을 주기 위해 씌어졌다. 노동계급의 삶에 대한 직접적 지식이나 경험이 전혀 없었던 바렛 브라우닝이 이렇게 아동노동자의 경험을 생생하게 묘사할 수 있었던 것은 그녀의 공감적 상상력이 지니는 놀라운 문학적 힘을 보여주는 것이다. 당시에는 9세 어린이가 화씨 98도의 온도에서 하루에 9시간씩 중노동을 하는 것을 예사로 여겼으며, 기업가들은 이렇게 싼 아동노동으로 싸게 물건을 생산하는 것이 결국 모든 빈곤층에게 이득이 된다고 믿었다(Radley 63). 이러한 당시의 노동 착취적 지배 이데올로기에 대항하여 바렛 브라우닝이 이 시를 쓴 것은 사회정의의 실현을 위한 그녀의 강한 용기와 의지를 보여주는 것이었다. 그녀는 이전 인간의 외침에서 산업사회에서 인간이 겪는 보편적 "슬픔"의 문제를 다룬 적이 있었는데, 어린이들의 외침에서는 이를 공장에서 노동하는 "어린이들"의 슬픔의 문제로 구체화하고 있다. 인간의 외침의 화자가 주로 성인의 입장에서 영국의 사회적 상황을 다루었다면, 어린이들의 외침의 화자는 자신의 주관적, 내면적 정서와 감정을 표현하기보다, "그들"(they)로 지칭하는 어린이들이 겪는 고통을 피서술자/ 청자에게 객관적으로 묘사, 전달하는데 중점을 두고 있다.

바흐친의 대화이론에 비추어 볼 때, 어린이들의 외침은 1인칭 화자의 주관적 관점과 3인칭 아동들 자신의 객관적인 말, 그리고 2인칭 피서술자의 상상적 반응 사이에 내재적 대화구조를 보여준다. 인도주의적 입장에서, 어린이들이 처한 상황에 대한 시적 화자의 동정적 묘사는 3연 이하에서 어린이들 자신의 목소리와 대위법적으로 평행되고,

상보적으로 뒤섞임으로써 수사적 설득력과 호소력을 더한다. 윌리엄 워즈워스(William Wordsworth)의 시에 있어서 어린이나 타자에 대한 묘사는 흔히 그들의 말의 짧은 인용에 그치거나 화자 자신의 주관적 묘사와 논평에 치우치는 경우가 많음에 비해, 바렛 브라우닝의 작품에서 어린이들은 자신의 관점에서 자신의 목소리로 자신의 체험을 어른들에게 생생히 전달한 기회를 가진다. 어린이들의 외침에서 화자와 청자, 어린이의 목소리 사이의 특이한 3각 대화 구조는 하나님이 어린이들의 상상적 기도의 청자로 등장하는 마지막 9-11연에서 일종의 4각 대화 구조로 확장된다. 화자와 어린이들은 "우리"(we), "당신"(you), "그들"(they)의 인칭 대명사를 각각 다르게 사용함으로써, 성인 영국 국민과 어린이 사이의 관점과 입장의 차이를 극명하게 드러낸다. 마지막 13연은 하나님에게 기도를 할 수 없는 어린이들을 대신하여, 아동을 착취하는 영국민의 잔인함을 고발하는 어린이들의 수호천사들의 상상적 목소리의 "저주"로 끝맺고 있다. 이 시에 함축된 다면적 대화구조는 아이러니컬하게 화자가 당신으로 지칭하는, 아동 노동의 참상에 무관심한 성인 영국 국민과 어린이들, 그리고 하늘을 향해 기도를 할 수 없는 어린이와 신 사이의 대화의 부재와 단절을 보여줌으로써, 당시 영국 산업사회의 비인간성을 적나라하게 고발한다.

1-3인칭 대명사의 구분된 사용과 그들 사이의 관계, 화자와 청자의 관계, 도전적 질문과 대답(혹은 대답의 결여), 아동노동자의 "외침"/ "울음"(Cry)과 그것을 듣는(혹은 듣지 못하는) 성인독자 사이의 관계, 그리고 화자 자신의 목소리 내에서 다양한 어조 사이의 갈등과 상호작용은 이 시의 다면적 대화구조를 이해하는 데 있어 중요한 관건이다. 먼저, 아동 노동의 참상을 고발하는 화자의 목소리에는 마치 윌리엄 블레이크(William Blake)의 런던("London")의 화자의 목소리와 같이 분노와 연민, 도발과 슬픔이 뒤섞여 있다. 바렛 브라우닝의 화자는 반복과 변이, 대조와 아이러니의 수사학을 적

절히 구사한다. 1-2연의 서두에서 화자는 어린이의 슬픔과 울음에 대한 질문을 다른 형태로 반복한다. 또한 각 연의 마지막 4행에서 "그러나"(But)로 시작하는 구문을 통해, 즐거운 자연전원의 모습과 어린이들이 처한 현실을 대조시키고, 노년이 아닌 어린이들이 겪어야 하는 슬픔의 아이러니를 강조한다. 어린이들은 원래 자연 속에서 즐겁게 뛰어놀아야 할 존재이지만 늙은이처럼 지치고 슬픔에 잠겨있으며 삶의 의욕을 잃은 채 죽음의 문턱에 놓여있다. 1연의 서두에서 "오 나의 형제들이여, 그대는 어린이들이 우는 소리를 듣는가?"("Do ye hear the children weeping, O my brothers … ?")라고 질문을 제기한 화자는 2연의 서두에서 다시 "왜 그들이 그렇게 눈물을 흘리는지/ 슬픔에 잠긴 어린 아이들에게 그대는 물어보는가?"(Do you question the young children in the sorrow/ Why their tears are falling so?)라고 묻는다. 바렛 브라우닝의 화자의 물음은 셸리(P. B. Shelley)의 서풍부("Ode to the West Wind")의 서두 연들에서 반복되는 "그대는 듣는가?"(Do you hear?)라는 질문을 상기시킨다. 셸리의 시에서 서풍의 소리는 타락한 인간세계를 파괴하고 재생을 가져다 줄 예언자의 목소리를 표상하지만, 바렛 브라우닝 시에서 화자가 독자에게 귀를 기울이기를 간청하는 것은 공장에서 중노동에 시달리며 살기보다 죽기를 바라는 어린이들의 "울음" 소리이다. 인간의 외침과 어린이들의 외침의 제목에서 공통적으로 사용되고 있는 영어 단어 "Cry"는 우리말로 풀이할 때 절망한 인간/어린이의 "절규" 혹은 "외침"인 동시에 "울음"이다. 윌리엄 블레이크(William Blake)의 런던("London")의 시적 화자처럼, 인간의 외침이든 어린이의 외침이든 바렛 브라우닝의 시에서 타자가 절규하고 외치는 소리, 저주하고 우는 소리를 "듣는" 것은 중요하다. 시인은 독자에게 절망한 인간/ 어린이의 외침/ 울음에 귀 기울이기를 종용한다.

이하 3-13연은 2연의 질문에 대한 대답으로서, 화자 자신의 말과 어린이들의 인용된 말이 교체되어 제시되는 상상적, 내적 대화과정을 보여준다. 시적 화자는 누구보다도 어린이들의 처지를 잘 이해하고 그들의 고통에 대해 동정적이지만, 선의와 진심으로 우러나오는 시적 화자의 박애주의적 말과 어린이들이 현실적으로 겪는 절절한 고통의 사실주의적인 묘사 사이에는 미묘한 간극과 차이가 있다. 이것은 3연 1-4행에서 화자의 말과 5-12행에서 어린이들의 말의 대조에서 잘 드러난다. 어린이들이 "창백하고 쾡한 얼굴로 쳐다보며/ 그들의 표정은 쳐다보기에 서글프다"(They look up with their pale and sunken faces,/ And their looks are sad to see; 3연 1-2행)와 같은 화자의 표현은 아동노동자의 모습을 사실적으로 잘 묘사하는 것이면서도, 시의 이 부분에서 아직도, 과도한 감상주의에서 벗어나지 못하고 있는 측면이 있다. 화자는 계속해서 노인의 고통이 어린이들의 뺨을 짓누른다고 말하지만(3연 3-4행), 어린이들은 이 말을 받아서, 자신들은 노인과 같이 지치고 힘이 없지만, "죽음의 안식을 맞이할 날이 아직 멀었기"(Our grave-rest is very far to seek; 3연 8행) 때문에, 오히려 그들보다 더욱 불행하다고 말한다. 여기에서 현실의 고통에서 벗어나기 위해 오히려 죽음을 갈망하는 어린이들의 입장은 인간의 외침에서 화자를 포함한 "우리" 어른들이 앞으로 다가올 죽음을 슬퍼하는 것과 대조된다. 어린이들은 어른화자의 감상적이고 인도주의적인 말을 받아서, 이를 사실주의적 입장에서 재강세화함으로써 이 시의 아이러니컬하고 신랄한 사회비평의 효과를 강화한다.

화자와 어린이들의 상상적 대화는 4연 이하에서 계속된다. 이들 사이에 반복, 교체되는 대화의 과정에서, 인도주의적인 화자의 말은 그의 선의에도 불구하고 어린이 자신들의 냉엄한 현실적 대답에 의해 끊임없이 문제화된다. 어린이들은 작년에 죽은 "꼬마 앨리스"(Little Alice)의 이야기를 통해서, 때 이른 죽음이 오히려 그들에게 오히려 안식을 가져다준다고 말한다(4연). 이에 대해 화자는 어린이들이 "생중

사"(Death in life)를 추구함을 슬퍼하며, 그들에게 탄광과 도시에서 벗어나 자연 속에서 즐겁게 뛰어 놀 것을 권유한다(5연 1-8행). 그러나 아이들은 오히려 "우리들을 석탄 그늘의 어둠 속에 조용히 남겨두기를"(Leave us quiet in the dark of the coal-shadows; 5연 11행) 바란다. 중노동에 시달리면서 극도로 피로에 지친 어린이들은 풀밭에서 뛰어 놀기보다 차라리 그 자리에 쓰러져 잠들고 싶어한다(6연 1-8행). 어린이들은 계속해서 자신들은 하루 종일 탄광에서 석탄수레를 끌거나 공장에서 쇠바퀴를 돌리느라 피곤에 지쳐서, 전원에서 뛰어 놀 힘이 전혀 없으며(6연 9-12행), 그들이 풀밭에 관심을 가진다면 오로지 그곳에서 쓰러져 잠들기 위해서라고 말한다(6연 3-4행).

어린이들은 비좁은 석탄갱도에서 탄차를 끌거나 공장에서 윙윙 돌아가는 기계 앞에서 하루 종일 일해야 한다(6연 후반부-7연). 어린이 노동자에게 한숨 돌릴 틈도 주지 않고 하루 종일 정신 없이 돌아가는 거대한 "쇠바퀴"(the iron wheels)의 이미지는 산업혁명에 의한 공장제의 기계공업 생산 방식에서 노동자들이 겪는 인간소외를 상징적으로 보여준다. 아이들의 가슴, 머리, 벽, 창문의 하늘, 천장의 파리까지 이 세상의 모든 것이 바퀴와 함께 끊임없이 어지럽게 돌아간다.

> "하루 종일, 바퀴들은 윙윙거리며 돌아가지요;
>> 그 바람이 우리 얼굴에 불어 닥치면,—
> 우리의 심장도 돌지요,—우리 머리는 뛰는 맥박으로 불타는 듯하고,
> 공허하게 휘감는 높은 창의 하늘도 돌고,
>> 벽 위에 길게 늘어 떨어진 햇빛도 돌고,
> 천장에 기어가는 검정 파리도 돌고,
>> 모든 게 돌아가지요, 하루 종일 우리 모두와 함께.
> 그리고 온종일, 쇠바퀴들은 윙윙거리고,
>> 그리고 우리는 가끔 기도할 수 있을 거예요,
> '야 바퀴야,' (미친 듯한 신음소리를 터뜨리며)

'제발 오늘은 조용히 멈춰라!'"(7연 1-12행)

스스로 돌아가는 "쇠바퀴"는 비인간화된 산업사회에서 하나님의 섭리를 대체하는, 철저히 세속화된 자본주의의 거대하고, 프랑수아 료타르(Francois Lyotard)의 표현을 빌릴 때, "숭고한"(sublime) 기계 체제이다. 8연에서 화자는 "그들에게 …… 하게 하라"(Let them . . .)라는 말을 반복함으로써(1-8행) 어린이들이 쇠바퀴에서 벗어나게 되기를 희구하지만, 그래도 쉼 없이 돌아가는 쇠바퀴는 어린이들의 "생명"을 분쇄하고 그들의 "영혼"을 어둠 속에서 떠돌게 한다.

화자는 9연에서 계속해서 "그대 형제들"에게 어린이들에게 하나님이 그들을 축복하도록 기도하라고 권고해보라고 말한다(1-4행). 바흐친의 대화이론에 비추어볼 때, 이 장면은 작가 자신의 소박한 인도주의나 여성적 감상성을 직접적으로 표현하고 있다기보다는, 시적 화자의 마스크를 통해서, 어른들의 소박하고 비현실적인 복음주의의 언어를 간접화법으로 인용하고 있는 것으로 해석될 수 있다. 이것은 사실상 이전 연들에서 화자의 언어가 화자 자신의 것이라기보다, 감상적이고 소박한 박애주의자의 목소리/ 마스크를 빌린 것으로 다시 볼 수 있는 단초를 제공한다. 이렇게 본다면, 이 시에서 화자의 목소리는 "이중강세"(two accents), 혹은 혼효구성의 특성을 보여준다. 화자 혹은 시적 화자는 청자인 "그대"의 말을 암암리에 비판적 거리를 둔 채 복화술적으로 재현하고 있다. 이것은 패트릭 브랜틀링거(Patrick Brantlinger 154)가 바렛 브라우닝을 단순히 "개인주의적 자유주의자"로 치부하는 데 대한 반론의 중요한 근거가 될 수 있다. 화자의 복화술적 질문에 대한 아이들의 대답/ 반문(9연의 5-12행)은 당대 중산층 성인의 소박한 복음주의적 신앙을 근본적으로 문제화한다. 아이들은, 지상의 사람들도 우리의 울음소리를 듣지 못하고 그냥 지나치며, 우리 자신은 쇠바퀴 소리 때문에 문간의 손님의 소리를 듣지 못하는데, 노래하는 천사에 둘러싸여 지내는 하나님이 어찌 우리 기도를 들을 수 있겠는가? 하고 반문한다. 1연의 서두에서 화자가 "형제들"에게 던진 "그대는 듣는가"라는 질문을 9연에서 아이들은 하나님의 존재 자체에 대한, 당대의 진지한 기독교도 독자들에게 소름끼치도록 무시무시한 신학적, 종교적 질문으로 뒤바꿔 놓는다.

어린이들이 기도에서 할 수 있는 말(혹은 주기도문에서 기억하는 말)은 오로지 "우리 아버지"(Our Father)라는 두 단어뿐이다(10연 3, 9행). 그들은 하나님이 혹시 그 말을 듣고 "내 아이들아, 내게 와서 쉬어라"("Come and rest with Me, My child"; 10연 12행)라고 말하기를 바란다. 그러나 어린이들에게 하나님은 그들을 혹사하는 공장주와 같이 "목석처럼 말없는"(speechless as a stone; 11연 2행) 존재일 뿐이다. 하늘에서도 공장의 쇠바퀴와 같은 어두운 "구름"의 소용돌이가 돌아갈 뿐이다(11연 5-6행). 아동 노동자들에게 기독교의 하나님 아버지와 공장주는 그들을 공장으로 내몬 집안의 아버지와 똑같이 마르크스의 용어로 "사물화된"(reified) 목석같은 존재이다. 레이턴이 지적하였듯이, "우리의 행복한 아버지나라"(In our happy Fatherland; 2연 12행)에서 "아버지"의 "이름"은 아동노동을 착취하는 비인간적인 산업자본주의의 사회경제 체제와 결합된 가부장제 이데올로기의 "상징적 질서"(Symbolic Order)를 나타낸다(Leighton 94-95). 아버지는 일단 집안형편 때문에 자식을 일터로 내몰 수밖에 없었던 하층민 가정의 가부장일 뿐만 아니라, 공장이나 광산에서 아동노동자들이 "주인님"(master)이라고 부르는 고용주이며, 나아가서 "아버지나라"(Fatherland)로 불리는 영국의 민족국가(nation-state)를 지칭하고, 종교적, 신학적 측면에서는 천사들의 노래에 싸여 어린이들의 울음을 듣지 못하는, 10연에서 어린이들이 "우리 아버지"로 부르는, 기독교의 무심한 하나님 아버지(God Father)를 뜻한다. 따라서 이 시에서 "조국" 혹은 "아버지나라"(Fatherland)라는 표현은 여러 가지 아이러니컬한 반향을 지닌다: 1) 어린이를 지켜주어야

할 보호자로서의 아버지가 없는 나라, 2) 기독교의 하나님 아버지를 섬기지만, 하나님의 존재를 역사적 현실 속에서 찾기 힘든 나라, 3) 어린이를 돌봐주고 양육할 모성애 혹은 여성원리는 결여되고, 왜곡되고 엄한 아버지의 가부장제적 권위만이 지배하는 산업사회(부정적 의미에서 아버지의 나라). 덧붙여, 당대 사회에서 아버지의 상징적 질서에 대한 바렛 브라우닝의 비판은 전기적 측면에서, 부분적으로 자녀들에게 과도하게 보호적이었던 것으로 알려진 그녀의 아버지와의 관계를 반영하는 것으로도 볼 수 있다.

　11연의 끝에서 화자는 복음주의자 "형제"들에게 어린이들의 무신론적/회의주의적 대답을 듣고 있는지 묻는다. 그는 어린이들의 대답과 반문을 통해서 복음주의적 중산층의 소박한 종교적 신앙에 대해 근본적 도전을 제기한다. 이전 연에서와 대조적으로, 마지막 12-13연에서 화자는 지금까지 전략적으로 분리시켰던 자신의 목소리와 어린이들의 목소리를 하나로 합쳐서, 이제 극화된 감상적, 이상적 인도주의자의 마스크를 벗어던지고, 철저히 사실주의적 입장에서 어린이들의 입장과 목소리의 대변자로서 말한다. 화자는 어린이들과의 상상적 대화과정을 통해 그들의 외적언어를 이제 자신의 내적언어로 수용하였다. 시적 화자는 이제, 어린이들은 피로에 지쳐 풀밭에서 달릴 힘이 없고, 햇빛의 찬란함을 보지 못했으며, 어른의 슬픔과 절망을 알았고, 노예이자 순교자이며 노인이자 고아이니, 그들을 그냥 울게 내버려두라고 권고한다. 창백하고 쾡한 얼굴로 하늘을 쳐다보는 어린이들의 모습은 "천사"를 상기시키므로 더욱 두렵다(13연 1-4행). 마지막 부분에서 화자의 말과 어린이의 말 사이의 간극이 사라지고 결국 전자의 말이 후자의 말을 대변하게 된다면, 마지막에서 인용되는, 기도할 수 없는 어린이들을 위한 수호천사의 말은 역으로 화자(그리고 나아가서 '함축된 저자')가 의도하는 사회비평을 극적으로 대변한다고 볼 수 있다. 블레이크의 『경험의 노래』(*The Songs of Experience*)의 굴뚝

청소부("The Chimney Sweeper")와 같이, 바렛 브라우닝 시의 마지막 말은 그들을 억압하고 짓밟는 어른의 "나라"(nation)의 잔인한 지배체제 전반에 대해 통렬한 비판을 제시한다.

> "얼마나 오랫동안," 그들은(천사들은) 말한다, "얼마나 오랫동안,
> 아 잔인한 나라여,
> 당신들은 세상을 움직이기 위해, 어린이의 심장을 밟고 서서,
> 철갑의 발꿈치로 그 맥박을 질식시키고,
> 시장 속에서 당신들의 옥좌를 향해 계속 밟아나갈 것인가?
> 아 수전노여, 우리의 피는 위로 치솟고,
> 당신들의 자줏빛 옷은 당신들의 길을 보여준다!
> 그러나 아이들의 흐느낌은 침묵 속에서
> 분노하는 힘센 남자보다 더 깊은 저주를 낳는다." (13연 5-12행)

아이들은 눈 속에 굴뚝소제부로 내몰아 놓고 부모들은 교회에 예배 드리러 갔다는 블레이크 시의 점잖은(?) 결론에 비할 때, 위에 인용한 바렛 브라우닝 시의 결론은 어른들의 "나라"가 아동에게 가하는 격렬한 물리적, 육체적 폭력의 이미지를 통해서, 산업자본주의 사회가 아동 노동자에게 가하는 가공할 물리적, 육체적 학대와 폭압을 너무나 진솔하고 생생하게 형상화하고 있다고 평가할 수 있겠다. 특히 인용문의 9-10행에서 "수전노"(gold-heaper)에 대한 언급과 11-12행에서 조용하게 흐느끼는 어린이들의 "저주"는 인간의 외침에서 황금만능주의에 대한 비판과 저주의 주제와 연결될 수 있다. 화자가 독자들에게 귀기울이기를 간청하는 어린이들의 말은 결국 바렛 브라우닝 시의 사회 비평적 주제로서 당대 자본주의 사회에 대한 종말적 심판의 "외침"이자 가공할 "저주"이다.

제목에 제시된 "울음"의 모티프와 관련하여, 겉보기에 이 시가 표

방하는 과도한 '감상성'은 많은 비평가들 사이에 비판과 논란의 대상이 되었다. 보수적 남성 비평가들은 흔히 이 시를 "여성적"인 과도한 감상성 때문에 사회비평의 주제를 흐린 시로 평가하는 경향이 있다. 예컨대, 앞에서 인용한 브랜틀링거는 어린이들의 울음을 포함한 바렛 브라우닝의 "인도주의적인 시들"(humanitarian poetry)은 "정치학이 배제된 정치시"(political poetry with the politics removed)라고 혹독하게 비판한 바 있다(Brantlinger 154). 반대로 스톤이나 머민 같이, 페미니스트 입장에서 바렛 브라우닝을 옹호하고자 하는 일부 비평가들은 이 시가 "여성적" 감상성을 나타낸다는 데에는 일단 동의하면서, 이것을 바렛 브라우닝의 여성시인으로서의 성장과정에 있어 불가피한 과정으로 보거나(Stone, "Cursing as One of the Fine Arts" 155-73), 그래도 감상적인 빅토리아조 독자에게 효과적인 수사학적 방책이었을 것이라는 궁색한 변명을 제시한다(Mermin 96-97). 그러나 바흐친의 대화이론에 비추어 볼 때, 이들의 비판이나 옹호는 모두 이 시에서 화자와 어린이들 사이의 대화적 상호작용을 간과한 독백적 글읽기에서 비롯된다고 할 수 있겠다.

이 시의 시적 화자의 목소리는 언뜻 겉보기에 감상적이고 이상주의적 인도주의의 이데올로기를 선양하고 있는 것처럼 보일 수도 있다. 그러나 이 시의 서술구조를 자세히 살펴보면, 중상층 독자의 인도주의적 동정심에 호소하는 화자의 선의에 찬 이상주의적 목소리는 "순진무구한" 어린이 자신들의 사실주의적 반응에 의해 계속해서 상대화되고 전복된다는 것을 알 수 있다. 시의 후반부에 가면서 화자는 점점 자신의 관념적 감상성에서 벗어나 어린이들의 사실주의적인 내적 언어를 수용하게 되며, 독자들에게 어린이들의 "저주"가 함축하는 무서운 무신론적 함의에 주목하도록 엄중한 경고를 내린다. 더 나아가서, 바렛 브라우닝 시의 화자는 진정한 의미에서 "대화적"인 소설담론의 화자와 같이, 의도적으로 복음주의적 인도주의의 목소리를 차용하여 이를 자신의 목소리와 뒤섞음으로써, 어린이 자신의 목소리와의 대화적 응답과정을 통해서, 그러한 지배적 · 보수적 이데올로기가 함축하는 감상적 목소리의 한계를 보여주고 있다고 해석할 수 있다.

폭넓은 문학사의 맥락에서, 바렛 브라우닝은 18세기 말 이래 여성문학의 지배적, 전통적 감정 구조로 간주되어온 여성적 감상성 혹은 감수성의 담론을 이 시의 시작 부분에서 이상주의적이고 인도주의적인 화자의 퍼소나, 혹은 마스크를 통해 재현 · 굴절시키면서, 이를 어린이 자신들의 철저한 사실주의적 목소리와 대위법적으로 병치시키는 가운데 그와의 점진적인 대화적 상호작용을 통해, 전통적인 여성적 감상주의의 언어를 새로운 사실주의적, 역사적, 정치적 사회비평의 목소리로 승화, 혹은 재창조해내는, 새로운 여성적 사회비평의 시적 전략을 창출해내고 있다고 하겠다. 이와 같은 사회비평의 주제는 다음에 살펴볼 런던의 극빈아동 학교를 위한 탄원에서 계속 추구되는 문제이다.

바렛 브라우닝은 여동생 애러벨러 무톤 바렛(Arabella Moulton Barrett)이 주최하고 후에 서티스 쿡 부인(Mrs Surtess Cook)이 맡았던 런던 자선 바자회를 위해, 1854년 로마에서 런던의 극빈아동 학교를 위한 탄원을 썼으며, 남편의 쌍둥이("The Twins")이라는 시와 함께 얇은 팜프렛으로 출판했다. 이 시는 1861년 6월 21일에 저자가 죽고, 이듬해 1862년 2월에 남편이 그녀의 유고를 모아 출판한 『마지막 시집』(Last Poems)에 수록되었다. 런던의 극빈아동학교를 위한 탄원은 어린이들의 울음처럼 산업사회에서의 아동문제를 다루고 있다. 앞에서 이미 언급하였듯이, 이 시는 극빈층 아동교육의 모금운동을 위한 바자회를 위해 씌어졌기 때문에, 이 시의 화자는 그가 "자매들"(sisters)라고 일컫는 당시 런던(영국)의 중상층 여성 독자를 주된 청자로 삼고 있으며, 그들의 박애주의적 "동정"(pity)에 호소하고자 한다. 화자는 같은 여성/어머니의 입장에서 런던(영국)의 중상층 "자매들"에게 극빈층 아동교육 문제에 관심을 기울이도록 촉구하지만, 화자가 예상하는 그들의 상상적 반응은 마지막 24-25연에서 암시되어 있듯이 상당히 부정적이다. 극빈층의 계급적 문제를 해결하기 위해 중상층의 인도주의적 선의에 호소하려 한다는 측면에서, 브랜틀링거가 주장하듯이, 이 시는 명백히 바렛 브라우닝의 개인주의적 자유주의의 한계를 드러내는 작품으로 간주할 수 있다. 그러나 이 시의 전반부에서 시적 화자가 로마의 다양한 목소리를 인용하면서 제시하는 산업사회의 빈부 격차의 문제와 영국 제국주의의 문제는 바렛 브라우닝의 인식이 단순히 소박한 개인주의적 박애주의에 기초했다기보다, 자본주의 사회의 근본적인 사회체제 문제에 대한 깊은 역사적, 정치적, 사회학적 통찰에 뿌리를 두고 있음을 분명히 보여준다.

이 시의 수사학적 상황은 일단 시적 화자와 "자매들"이라고 부르는 주된 청자 사이의 내재적 대화구조를 보여준다. 그런데 시의 후반부에서 런던의 "자매들"에게 직접 호소하기 이전에, 시의 전반부에서 화자는 먼저 자신이 지금 글을 쓰고 있는 로마에서 여러 가지 목소리를 들으며, 그에 대해 상상적으로 반응한다. 화자는 영국제국의 부와 힘에 대한 로마인들의 부러움에 찬 (그러나 다분히 피상적인) 평가를 인용하면서, 타자의 시각을 통해 본 영국인의 허상적 자아상과, 자기모순과 위선에 가득 찬 영국사회의 실상을 아이러니컬하게 대조시킨다. 화자는 과거의 로마제국과 현재의 영국제국을 평행시킴으로써, 독자들에게 역사적 현실에 대한 의식을 환기하고자 한다. 이 시의 전반부에서 제시되는 여러 가지 상상적 목소리와 그에 대한 화자의 반응의 대화적 상호작용은 바흐친이 높이 평가한 도스토예프스키의 "다성적 소설"(The polyphonic novel)의 담론적 특성을 연상시킨다.

처음 1-3연에서 화자는 영국에서 멀리 떨어진 로마에서, 이탈리아인들의 영국에 대한 찬양이나 부러움에 찬 평가를 "듣는다."10) 로마인들은 영국의 강한 정치적 힘(1연)과 경제적 부(2연), 그리고 사회적 복지와 정의를 부러워하고 칭송한다. 그러나 이것은 영국의 국내의 실상을 모르는 외국인들의 상투적인 선입견일 뿐이다. 여기에 인용되는 로마인들의 여러 가지 목소리들은 마치 로버트 브라우닝의 『반지와 책』의 처음 몇 장에 나오는 로마인들의 독백이나 바흐친이 지적하듯이 디킨즈의 소설에 흔히 나오는 일반인들의 상투적이고 대중적 의견 (Bakhtin, "Discourse in the Novel" 302-4)을 대변한다고 볼 수 있겠다. 인간의 외침이 "그대는 듣는가"라는 도전적 질문을 청자에게 던짐으로써 시작하는 반면에, "나는 듣고 있다"라는 서두에서 볼 수 있듯이, 런던의 극빈아동학교를 위한 탄원의 화자는 반대로 자신을 청자의 입장에 놓고 서술을 전개한다.

4연에서 시인-화자는 알프스를 넘어서 (영국에서부터) 들려오는, 영국 사회의 잔혹상을 고발하는 다른 목소리를 듣는다. (아마 영국에 거주하는 영국인 자신들은 영국 내에서 이 목소리를 듣지 못하고 있다고 생각된다.) 화자는 그 목소리를 과거 로마제국의 압제에 짓밟히던 인민들의 절규에 비유하며(5연), 다른 이들(시인들)이 아무리 영국을 칭송하더라도, 자신은 영국제국의 "영광"에 대해 신의 용서를 구할 것이라고 말한다(6연). 화자는 계속해서 영국제국의 사회적 문제를 열거하면서 "우리가 제국을 자랑할 수 있을까?"하고 영국 독자들에게 묻는다(7-10연). "베드로의 돔"(성 베드로 성당)으로 상징되는 영국성공회(영국교회)는 "시간의 폐허"(시대에 맞지 않는 낡은 구제도)가 되었고(7연), 외국인들은 영국의 자연(산과 들)이 아름답다고 칭송하였지만, 인민들의 턱뼈가 산재한 영국의 들판은 퇴색하였다(8연). 시인-화자는

---

10) 1연의 첫 행은 "나는 여기 로마에서 듣고 있다"(I am listening here in Rome)라는 표현으로 시작하는데, 이것은 4연과 20연의 서두에서 반복된다. 다른 시에서도 살펴볼 것처럼, 바렛 브라우닝은 흔히 동일한 구문의 반복과 변이(變異)를 수사학적으로 잘 활용한다.

영국의 군사적 패권주의(해안의 대포)와 민주적 정치제도(의회)는 시저처럼 실패할 것이라고 예언하며(9연), 왕자, 상인, 군인, 선원의 거처와 로마의 폐허보다 못한 영국의 거지 남녀의 거처를 대조시키면서, 빈부의 '두 나라'로 분열된 영국사회의 계급적 문제를 통렬하게 고발한다(10연).

> 왕자의 저택과 상인의 집,
> 병사에게 텐트와 선원에게는 배,
> 그렇지만, 당신 나라의 거지 남녀에게는
> 로마의 폐허보다 못한 거처. (10연 1-4행)

"공중을 나는 새는 둥지가 있고 여우는 땅굴이 있으나 인자는 그 머리를 쉴 곳이 없다"는 성서의 전도서의 일절을 상기시키는 이 구절은 예언자적 시인으로서의 화자의 목소리를 잘 예시해준다. 뒤이어 나오는 거지 남녀의 "저주"는 바렛 브라우닝 특유의 "저주"의 시적 주제를 잘 예시해준다.

> 가스불빛 사이로 조소하는 여인들,
> 그대는 바로 그들의 젖가슴으로 양육되었다!
> 굶주림으로 이리가 된 사내들이―지나간다;
> 그들은 스스로 말을 할 수 있으니, 그대를 저주한다. (11연 1-4행)

12연 이하에서, 화자는 독자들에게 거지 성인보다 특히 길거리의 떠돌이 아이들에게 주의를 기울일 것을 탄원한다. 여기에서부터 바렛 브라우닝의 시의 서술의 초점은 영국제국에 대한 폭넓은 역사적 비판에서부터, 당대 영국의 극빈층 아동의 구체적인 사회적 문제로 옮아

간다. 화자는 "넝마를 걸친 어린이들"의 다양한 모습을 묘사하며—구걸하는 "넝마를 걸친 어린이들"; 학대를 많이 받아 "참을성 많은 어린이들"; 도박에 빠진 "사악한 어린이들"; "병든 어린이들"; 빵을 노리는 "건강한 어린이들"—그들이 여러 가지로 "당신들"의 삶과 직접적 연관이 있음을 강조하고자 한다(12-19연). "영국"의 어원에 따라 영국 어린이들은 마치 "천사"같다고 칭송하는 로마인의 상상적 목소리를 인용하면서(20-21연), 화자는 길거리 거지 어린이들이 헐벗은 채 방황하고 있을 때, "우리" 아이들만 귀여워하고 사랑할 수 있겠는가고 영국 독자들에게 묻는다(22-23연). 그러나 "당신"의 상상적 대답은 구빈활동에 대해 회의적이다. "모든 제국에는 기근이 있고, 모든 입을 먹이고 모든 몸에 옷을 걸치게 할 수 없다" ("Every nation's empery/ Is asserted by starvation?/ All these mouths we cannot feed,/ And we cannot clothe these bodies."; 24-25연, 95-98행)고 보는 "당신"의 견해는 어떠한 사회적 개선의 노력도 시도하려 하지 않는 부르주아 계급의 보수적인 사회적 숙명론을 드러낸다. 그것은 적자생존의 "자연"의 법칙을 인간의 사회에 투영시킨 "사회적 다원주의"의 논리이다. 인간의 사회계약이 이 세상의 사람을 분쇄한다면, 죽어서 저 세상에서 그리스도 하나님의 계약에 희망을 거는 수밖에 없다(25연 3-4행-26연). 시의 결론에서 화자는 사회의 전체적 구빈이 어렵다면, 최소한 길거리 부랑아들이 학교에서 교육 받을 기회라도 주도록 "우리" 함께 노력하자고 호소하면서(27-32연), 울면서 길거리를 헤매는 아이들은 바로 우리 자신의 아이들이니, 그들을 불쌍히 여겨야 한다고 강조한다(32연 1-4행).

전체적으로 이 시의 어조와 구조는 처음, 중간, 끝으로 이행하는 과정에서 점진적으로 '하강'의 곡선을 긋는다고 할 수 있다. 1연의 서두에서 "나는 로마에서 듣고 있다"로 시작한 화자는(이것은 중간에 20연의 서두에서도 반복된다), 12연에서 "그대 그들을(빈곤층 아동들을) 불쌍히 여겨라"라고 호소하며, 24연에서 이기적 독자의 상상적 대답을 거쳐, 29, 32연에서 "오 나의 자매여" "그들을 불쌍히 여깁시다"라는 말로 끝맺는다. 서술의 진행 과정에 따라 시적 화자는 다음과 같이 여러 가지 다른 마스크를 바꾸어 쓰는 것으로 해석할 수 있다: 1. 영국독자로부터 멀리 떨어진 1인칭 화자로서 시인(로마(시)인들의 말의 청자), 2. 영국 내 빈곤층 아동의 모습을 사실주의적, 객관적으로 묘사하면서 영국 독자에게 말을 거는 시인, 3. 자비심, 연민이 결여된 영국인 (이기적) 자매들을 "우리"로 껴안으면서, 최소한의 자선에 호소하는 시인. 영국의 제국주의와 자본주의의 문제에 대한 역사적, 사회학적 통찰력을 지니고 있는 1인칭 화자로서 시인과 그녀가 마지막에서 "우리"로 지칭하는─물론 그전 7연 서두의 "우리가 제국을 자랑할 수 있을까?"라는 질문에서 이미 시인 자신과 영국인 독자들을 아우르는 1인칭 복수 대명사를 사용한 바 있다─영국인 "자매" 청자 사이에는 상당한 이데올로기적 간극이 있음을 화자 자신이 누구보다도 분명히 의식하고 있다. 이 시는 시인과 독자 사이의 이러한 의사소통의 현실적 틈새를 인정하면서, 그러면서도 사회 개혁을 위해 보수적인 영국인 독자들의 의식을 변화시키고자 하는 시도로 읽혀질 수 있다.

시의 끝으로 가면서 화자는 자신의 거시적인 사회적 통찰력을 수사적 목적을 위해 의도적, 전략적으로 이기적이고 개인주의적인 부르주아 독자의 말과 혼효, 희석시킨다. 그러나 사회정의를 위한 화자의 고매한 이타적 이상주의와 보수적 영국독자 사이의 이데올로기적 간극은 화자의 노력에도 불구하고 이 시에서 극복하기 어려운 문제로 남아 있다. 이것은 이 시가 어린이들의 외침에 비할 때, 길거리 극빈층 아동 자신의 말을 인용하기보다는, 영국에 대한 로마인들의 피상적인 견해나 보수적 영국인의 말을 인용하는 데 그침으로써, 어린이 자신의 입장을 전달하는 데 한계를 지니고 있기 때문인지도 모르겠다. 다시 말해서, 어린이들의 외침에서 화자의 시각은 어린이들 자신의 사실주의적 언어와의 대화적 상호작용과 상호혼용을 통해서, 소박한 감상적 박애주의에 빠지는 위험을 극복할 수 있는 것으로 보인다. 반면에, 극빈아동학교를 위한 탄원에서는 화자나 독자가 공유하고 있을지도 모를 과도한 감상주의를 교정해줄 단서로서 어린이 자신의 주체적 시각이 결여되어 있다. 따라서 어린이들은 화자의 이타적 선의에도 불구하고, 자신의 입으로 자신의 체험을 말할 수 있는 정당한 기회가 주어지기보다는, 화자나 독자의 말에 의해 상대적으로 독백적으로 재현되는 타자로 전락할 소지가 없지 않다. 빈곤층을 위해 학교를 세우고 그들을 위한 '교육'을 지원하는 것은 오히려 자본주의의 지배적 체제를 영속시키는 데 기여하는 '이데올로기적 국가장치'에 도움이 될 뿐이라고 할 수도 있겠다. 예컨대, 시의 거의 끝부분인 31연에서 화자는 빈곤층 아동을 학교에 집어넣는 것이 마치 그들을 사회적으로 순치하는 효과적인 방법임을 독자에게 강조하고자 하는 것처럼 보인다 ("극빈아동학교에서……유랑자들은 내일/ 유순한 말과 규율에 따라/ 바로 그들 슬픔의 용도를 배울 수 있을 것이다(in RAGGED SCHOOLS, /… (T)he outcasts may to-morrow/ Learn by gentle words and rules/ Just the uses of their sorrow. ll. 122-24)). 그러나 이전 28연에서 언급하듯이, 화자는 학교교육이 최하층민의 사회적 불만을 '의식화'하는 결과를 가져올 수 있음을 경고한다("비참한 런던의 깃발 위에,/ 잔혹한 사회적 요술을 통해,/ 그들 헤어진 옷 아래 가슴의 투쟁을/ 숭고하게 할 사상을 주입하라(On the dismal London flags,/ Through the cruel social juggle,/ Put a thought beneath their rags/ To ennoble the heart's struggle. ll. 109-12)). 아무튼 어린이들의 울음과 달리, 이 시에서 어린이들이 자신의 목소리로 직접 말할 기회를 갖지 않음에도 불구하고, 화자가 강조하는 최소한의 연민은 편협하고 이기적인 영국인 중상층 독자를 설득하기 위한 유효한 수사적, 전략적 방편으로 작용한다. 또한 시의 전반부에서, 다성적 목소리를 인용하면서, 영국내의 빈부 문제와 관련지어 영국 제국주의에 대해 시적 화자가 가하는 비판은 시인의 날카로운 역사적,

사회학적 통찰력을 보여준다.

III. 맺음말 – 바렛 브라우닝의 대화주의적 전략과 사회비평의 현재성

바흐친의 시각에서 바렛 브라우닝의 시를 재해석하는 것은 페미니즘이 주된 접근 방식으로 되어 있는 최근의 바렛 브라우닝 연구의 경향에 있어 새로운 해석의 틀을 제공함으로써, 단순히 성 문제를 넘어서서 그녀의 사회비평의 포괄적 의미를 살펴보는 데 중요한 기여를 할 수 있다. 본고에서 살펴본 바렛 브라우닝의 세편의 시는 다양한 방식의 "외침"과 "저주"의 시학을 통해서, 산업사회의 아동노동과 극빈층 아동문제, 황금만능주의의 모순을 지적하면서, 근대 자본주의 사회의 비인간적 측면에 대해 통렬한 비판을 가한다. 이들 시의 화자가 딱히 여성이라고 단정지을 뚜렷한 증거는 없지만, 일반적으로 인간적 '연민'에 호소하거나, 하층민 아동에 대한 '모성애' 혹은 '자매애'를 베풀 것을 호소한다는 측면에서, 부분적으로 여성성을 드러내고 있는 것으로 보인다. 인간 사회의 고통에 대해 깊은 연민을 지닌 여성적 시적 화자는 다양한 대화적 전략을 통해, 피억압자인 아동노동자의 목소리를 극적으로 재현하거나, 다른 다성적 목소리와의 대화적 상호작용을 통해 사회비평의 주제를 효과적으로 형상화한다. 바렛 브라우닝은 전통적으로 '여성'문학의 특징으로 간주되어온 여성적 '감수성' 혹은 '감상성' 목소리를－한 나라에 대한 저주("A Curse for a Nation")에 나오는 천사의 말을 빌릴 때－전통적으로 남성 작가에게 부여되어온 "쓰고, 훌륭한"(bitter, and good, Forster 280) 시인-예언자의 사회비평의 목소리와 혼효시킴으로써, 여성적 사회비평 문학의 새로운 지평을 열어주었다고 평가할 수 있다.

본고에서 다룬 바렛 브라우닝의 시들은 반드시 좁은 의미에서 소설 장르와 같은 대화적 담론을 구현한다고 말하기는 힘들지만, 전통적인 서정시의 장르에 잠재된 내재적 대화성을 당대 사회에 대한 근본적 사회비평의 새로운 시적 전략으로 발전시키고 있는 것으로 보인다. 이들 시에 있어서 화자와 청자 사이의 수사학적, 의사소통적 관계는 대화주의적 전략의 바탕이 되며, 당대 사회의 다양한 이데올로기와 담론이 다성적, 대화적, 카니발적으로 상호작용하는 양상을 그린다. 근대 산업사회의 노동문제와 인간소외, 그리고 황금만능주의 문제 등에 대한 바렛 브라우닝의 비평을 단순히 빅토리아조 중상층 시인의 개인적 자유주의의 발로로 치부해버리는 것은 정당한 평가가 되기 어렵다. 그녀의 사회비평은 인본주의적 입장에서 초기 마르크스와 루카치의 자본주의 사회비판과도 상통할 수 있는 날카로운 통찰력을 지닐 뿐만 아니라, 오늘날 신역사주의, 마르크스주의, 탈식민주의의 관점에서도 재조명해볼 수 있는 현재적 의미를 지니는 것으로 보인다. 여기에서 다룬 작품 이외에도, 장편시 『오로러 리』와 이탈리아 독립 운동을 다룬 시, 기타 필그림곶의 도망노예("The Runaway Slave at Pilgrim's Point")와 한 나라에 대한 저주("A Curse for a Nation") 등도 다양한 사회비평의 주제를 다루고 있다고 할 수 있는데, 이들에 대한 논의는 다른 기회로 미룬다.(『19세기영어권문학』8권 2호)

< 인용 문헌 >

여홍상. 『19세기 영문학의 이해와 비평이론』. 서울: 고려대학교, 1997.

Bakhtin, M. M. "Discourse in the Novel". *The Dialogic Imagination: Four Essays by M. M. Bakhtin*. Ed. Michael Holquist. Trans. Caryl Emerson and Michael Holquist. Austin: U of Texas P, 1981. 259-422.

————. *Rabelais and His World*. Trans. Helen Iswolsky. Bloomington: Indiana UP, 1984.

Brantlinger, Patrick. *The Spirit of Reform: British Literature and Politics, 1832-1867*. Cambridge, Mass.: Harvard UP, 1977.

Browning, Elizabeth Barrett. *Elizabeth Barrett Browning: Selected Poems*. Selected & Int. Margaret Forster. Baltimore: The Johns Hopkins UP, 1988.

————. *Aurora Leigh and Other Poems*. Eds. John Robert Glorney Bolton and Julia Bolton Holloway. London: Penguin, 1995.

————. *The Complete Poetical Works of Elizabeth Barrett Browning*. Ed. Horace E. Scudder. Cutchogue, NY: Buccaneer, 1993.

David, Deirdre. *Intellectual Women and Victorian Patriarchy: Harriet Martineau, Elizabeth Barrett Browning, George Eliot*. Ithaca: Cornell UP, 1987.

Forster, Margaret. Introduction. *Elizabeth Barrett Browning: Selected Poems*. Baltimore: The Johns Hopkins UP, 1988. xi-xix.

Garrett, Martin, ed. *Elizabeth Barrett Browning and Robert Browning: Interviews and Recollections*. London: Macmillan, 2000.

Gilbert, Sandra M. and Susan Gubar. *The Madwoman in the Attic: The Woman Writer and the Nineteenth-Century Literary Imagination*. New Haven: Yale UP, 1979.

Harrison, Anthony. "Elizabeth Barrett in 1838: 'Weakness like Omnipotence'." *Victorian Poets and the Politics of Culture: Discourse and*

Ideology. Charlottesville: UP of Virginia, 1998. 102-24.

Lee, So-Hee. "The Relationship between Class and Language in *Aurora Leigh*." *The Journal of English Language and Literature* 39. 4 (Winter 1993):709-26.

Leighton, Angela. "Elizabeth Barrett Browning." *Victorian Women Poets: Writing Against the Heart*. Charlottesville: UP of Virginia, 1992. 78-117.

Lukacs, Georg. *History and Class Consciousness: Studies in Marxist Dialectics*. Trans. Rodney Livingstone. Cambridge, Mass.: MIT Press, 1971.

Marx, Karl. *The Economic and Philosophic Manuscripts of 1844*. Ed. with Int. Dirk J. Struick. Trans. Martin Milligan. New York: International Publishers, 1964.

Mermin, Dorothy. *Elizabeth Barrett Browning: The Origins of a New Poetry*. Chicago: U of Chicago P, 1989.

Radley, Virginia L. *Elizabeth Barrett Browning*. New York: Twayne, 1972.

Stone, Majorie. *Elizabeth Barrett Browning*. New York: St Martin's, 1995.

——. "Cursing as One of the Fine Arts: Elizabeth Barrett Browning's Political Poems." *Critical Essays on Elizabeth Barrett Browning*. Ed. Sandra Donaldson. New York: G. K. Hall, 1999. 184-201.

Woolf, Virginia. "*Aurora Leigh*." *Virginia Woolf: Women and Writing*. Ed. Michele Barrett. London: Women's Press, 1989.

필자약력

■ 장정희

부산대학교 문리대 영어영문학과 학사. 서울대학교대학원 영어영문학과 석사 및 박사. 현재 광운대학교 영어영문학과 교수.

19세기 영어권문학회 회장.

저서:『토머스 하디, 삶과 문학세계』,『프랑켄슈타인』,『선정소설과 여성』,『토머스 하디와 여성론 비평』외 다수. 논문 : 빅토리아 시대 대중소설 및 잡지와 토머스 하디에 대한 논문 다수.

■ 강옥선

부산대학교 문리대 영어영문학과 학사. 부산대학교 대학원 영어영문학과 석사 및 박사. 현재 동서대학교 영어학과 교수.

저서:『블레이크와 작은 천국』,『Eternal Spirit of the Chainless Mind』외 다수. 낭만주의 여성시인 및 윌리엄 블레이크에 대한 논문 다수.

■ 김진옥

이화여대 영어영문학과 학사. 미국 New York University 석사 및 박사.

현재 한밭대학교 영어과 교수.

경력 : 한밭대학교 어학교육원 원장 역임.

저서:『*Charlotte Brontë and Female Desire*』(Peterlang Pub. 2003), 브론테와 울프 등 영국소설에 관한 다수의 논문.

■ 김현숙

부산대학교 영어교육학과 학사. 서울대학교 대학원 영어영문학과 석사, 박사. 현재 수원대학교 영어영문학과 교수.

1997년 풀브라이트 하버드대 방문교수, 2007년 스탠포드대 방문교수.

저서:『디킨즈 소설의 대중성과 예술성』,『영미소설 속의 여성, 결혼, 그리고 삶』

역서:『이성과 감성』(제인 오스튼 저),『인간등정의 발자취』(야곱 브로노우스키 저, 공역) 등, 그외 논문 다수.

■ 박상기

연세대학교 영어영문학과 학사. 미국 Indiana University 영문학 석사, 박사. 현재 서강대학교 영어영문학과 교수.

「타자의 민족성: <위대한 유산>에 나타난 계급, 성, 인종의 담론」,

「오스틴과 공리주의적 도덕 개혁」,「콘래드의 양가적 제국주의 비판」,「호미 바바의 포스트모더니즘 비판」 등 논문을 발표.

■ 여홍상

서울대학교 영문학과 학사, 석사. 위스컨신대학(매디슨) 영문학 박사.

코넬대학 교환교수. 19세기영어권문학회장 역임. 현재 고려대학교 영어영문학과 교수. 19세기 영미문학과 현대비평이론이 주 관심 분야.

저서:『영문학과 사회비평—19세기 영시와 영문학 교육』(문학과 지성사, 2007)이 있음.

■ 이순구

충남대 영문학과 학사. 서울대학교 대학원 영어영문학과 석사 및 박사.

박사 후 과정: U.C Berkeley 박사 후 과정 수료. 현재 평택대학교 교양학부 조교수.

저서:『죠지 엘리어트와 빅토리아조 페미니즘』(2003)

■ 이만식

서울대학교 사범대학 영어교육학과 학사, 시드니대학교 대학원 영문과 석사, 고려대학교 대학원 영문과 박사. 현재 경원대학교 영어영문학과 교수.

저서:『T. S. 엘리엇과 쟈크 데리다』(2003),『해체론의 문학과 정치』(2007),『영문학과 해체비평』(2007), 시집:『시론』(1994),『하느님의 야구장 입장권』(1997),『나는 정말 아주 다르다』(2005), 역서:『해체비평』(1998년 문화관광부 추천 우수학술도서)

■ 조애리

서울대학교 인문대 영어영문학과 학사. 서울대학교 대학원 영어영문학과 석사 및 박사. 현재 카이스트 문화과학대학 인문사회학부 교수.

저서:『성·역사 소설』,『제인 에어』외 다수.

역서:『빌레뜨』,『설득』외 다수.

■ 한애경

이화여대 문리대 영문과 학사. 서울대학교 대학원 영어영문학과 석사 및 박사. University of Connecticut, Yale Univ., Purdue Univ., University of North Carolina(Chapel Hill) 교환교수. 현재 한국기술교육대학교 교수.

저서:『죠지 엘리어트와 여성문제』.

역서:『플로스강의 물방앗간』(민음사) 외 다수.

■ 함종선

연세대학교 영어영문학과 학사. 서울대학교 대학원 영어영문학과 석사 및 박사. 현재 서울대학교 강사.

19세기 영어권 여성문학론

인쇄일 초판1쇄 2008년 1월 25일
발행일 초판1쇄 2008년 1월 30일
지은이 장정희외 / **발행인** 정구형 / **발행처** *L. I. E.*
등록일 2006. 11. 02 제17-353호

서울시 강동구 성내동 447-11 현영빌딩 2층
Tel : 442-4623,4,6 / Fax : 442-4625
homepage : www.kookhak.co.kr
e-mail : kookhak2001@hanmail.net
ISBN 978-89-93047-01-1 *94800 / 가 격 20,000원
　　　 978-89-959111-5-0 *94800 (set)

저자와의 협의하에 인지는 생략합니다.

L. I. E. (Literature in English)